U0899622

苜蓿芽儿

韩乾昌 著

甘肃人民出版社
甘肃·兰州

图书在版编目（CIP）数据

苜蓿芽儿 / 韩乾昌著. -- 兰州 : 甘肃人民出版社，2025.3. -- ISBN 978-7-226-06235-7

Ⅰ. I247.7

中国国家版本馆CIP数据核字2025PE3115号

责任编辑：王建华

封面设计：方春芳

书法、国画、摄影：芷

苜蓿芽儿

MU XU YA ER

韩乾昌 著

甘肃人民出版社出版发行

(730030 兰州市读者大道568号)

甘肃金田印刷有限责任公司印刷

开本787毫米×1092毫米 1/16 印张19 插页2 字数335千

2025年3月第1版 2025年3月第1次印刷

印数:1~1000

ISBN 978-7-226-06235-7 定 价:58.00元

目录

深　蓝

月　白

烟　灰

鹅黄

苜蓿芽儿

一

寒食过了就是清明，苜蓿芽儿就出世了。

走！掐苜蓿芽儿走！

扤上竹笼儿，迎着春风，一路欢蹦乱跳地向狗娃梁跑去。那里的苜蓿芽儿最胖啦！再说，放羊的岁牛他爷爷去年把腿绊瘸了，再也不能拿着个放羊鞭子撵我们，抽我们的屁股，边撵边抽边咒：把你们几个碎绊死地，掐我的苜蓿芽儿，我把你娃的腿撅折哩！

我们的腿好好儿的，他的腿瘸了。我们心里就说不出的好受。

今年，丑蛋儿他姐还是我们的娃娃头儿；我们就爱跟着她掐苜蓿芽儿。我是天天掰着手指头才盼到这一天。不光因为苜蓿芽儿好吃，还因为丑蛋儿他姐走路有说不出的好看。她有一根粗粗黑黑的辫子，从脖颈上一直垂到屁股蛋。她一走，她的两瓣屁股就争着抢着去够那辫子。她的辫子甩来甩去，抽打着我的眼睛，也抽在我心上。

三娃这货总能看穿我的心思。他说他要告诉丑蛋儿，我对丑蛋儿他姐的屁股耍死狗(耍流氓)。我咬着牙踢了他一脚。

“你才是死狗，你大是死狗，你爷是死狗，你全家都是死狗！”

看着三娃半真半假地抹眼泪，我自己心里其实也打鼓。他说的没错，我本来是老实娃娃，可看见丑蛋儿他姐的屁股咋就防不住地成了死狗了，真是没奈何！每当想到这里，我心里就有莫名的兴奋和羞耻交织在一起。

春天来了，河湾里的冰凌化了；我心里时常有一股热乎乎的液体流过，莫名烦躁。

狗娃梁上的风可不小，把几个老婆子早刮到了苜蓿地里连滚带爬了。三娃努力一吸，鼻孔下垂着的两根鼻涕突然受惊，一下缩回去。他骂一声：“紧赶慢赶，还是没这几个老家伙快!”

我们认识，她们是上庄里栓柱她奶奶，四队里黑将他大娘，还有庙底下桑杏她婆。几个老太太跪在苜蓿地里，黑衣大襟苫住了腿，只露出黑条绒布下的尖尖小脚。黑将他大娘肥胖的身体吃力地贴在地上，两只小脚兔子尾巴一样滑稽。右手拿一根用粗铁丝砸扁磨快做成的刀刃子，左手按住一个苜蓿芽儿，手起刃落，杀猪一样把一根肥嫩的苜蓿芽儿杀倒在地，麻利地放在面前的竹笼里。另两个老太太用指头掐苜蓿芽儿，一只手撩起黑衣大襟，一只手把掐下来的苜蓿芽儿佴进衣襟拢起的窝窝里。三娃从她们面前经过，故意用他娘新做的千层底挑起蹚土，蹚土吹进了老太太们的衣襟里。栓柱他奶奶揉了揉眼睛，咬着牙咒骂：“你大是个么带把儿地，咋日弄出个你也是个么带把儿地!”

丑蛋儿他姐听了抬手捂住嘴噗嗤一笑，扭头就跑了。三娃又气又臊，狠狠吸一口鼻涕，红着脸边跑边骂：“咳！老不死的！咳！老不死的!”身后扬起阵阵蹚土。

昨夜的一场细雨把地浇得虚蓬蓬的。苜蓿芽儿红着脖子，一使劲儿就钻出来了。苜蓿芽儿最爱丑蛋儿的姐姐，也就是七巧。她蹲在哪里，哪里的苜蓿芽儿就格外得胖，格外得嫩，都摇头晃脑盼着被七巧的白手掐了去。

我说：“七巧姐，你能，你掐的苜蓿芽儿又胖又好看，我就跟在你屁股后头掐吧。”

七巧回头瞥我一眼，笑着说：“能成!”

我怕三娃又说我耍死狗，回头张望，他在塄塄上镶他的铲铲。他的铲铲把儿掉了，他不能让那几个老太太看见他的铲铲没有把儿。他的脸憋得通红，一歪脑袋，把鼻孔下两根面条一样的鼻涕揩到腈纶布袖子上。远处，岁牛几个都勾着头抢着掐苜蓿芽儿。一个个山包像花卷儿一样蹴在天底下；一群羊趴在山塄塄上啃一口草根，抬头望望天上的云，发个呆。沟卡卡里悠悠传来几声秦腔——

“前边儿走的高文举……后边儿紧随张梅英……”

七巧的手又白又麻利，我总觉得我的眼睛跟不上她。一晌工夫，她的竹笼里就躺了满满一笼苜蓿芽儿。再看看我的竹笼，刚盖住底子。娘会骂的，我赶紧学着麻利起来。勤快人掐苜蓿芽儿，懒人撅苜蓿头，到了能割的时候，就只能给驴啊骡子啊这样的牲口吃了。

掐回去的苜蓿芽儿，娘拣了柴梗，淘洗干净，用开水焯了，拌上盐和油泼辣子，清香满屋，一家人吃起，嘴皮子咂巴得震天响。或者下一锅旗花面，面快熟时把苜蓿芽儿下到里头，面白苜蓿绿汤清，口水就止不住往外冒。但我更爱的是，用玉米面和苜蓿芽儿做的焪焪。玉米面的清甜伴着苜蓿芽儿的清香，吃得人直到晚上还胀肚子。正胡思乱想呢，肚子咕噜噜乱叫唤开了。七巧回头看看我的竹笼。

“光顾着发呆，看看你，又掐那么一点。”我不好意思地挠头。看着三娃高高一竹笼的苜蓿芽儿。我说：“三娃，我藏着块糖哩，你娃想不想吃撒？”三娃听见糖眼睛猛一亮：“我晓得，你又哄我哩！”

“这次是真格地。”我说。

“在哪里？我看！”三娃问。

“回去再说，我藏着呢。”

“真格?”

“真格!”

说这话时，我巴巴儿瞅着三娃竹笼里高高的像山一样雄伟的苜蓿芽儿。三娃就咧嘴笑，就往我的竹笼里抓苜蓿。边抓边说：“我再信你一次，你可再甭把人哄下了！”我的目光随着他抓苜蓿的手移动，感觉差不多了。“么麻达！（没问题）”我说。

后来，三娃这小子终于知道，被我藏着的糖只是个美丽而遥不可及的传说。他回家照例要挨他娘几鞋底，并得到这样的警告：以后少跟二宝要，人把你卖了你还帮人数钱哩！

可三娃终归是三娃，只要他的鼻涕还在，他就会死缠烂打跟我要糖吃。而他到现在为止还不知道的秘密是，他的竹笼里总会多几个土坷垃。他娘就说他是猪变的，爱拱土吃。其实，那土坷垃是我趁着他揩鼻涕，抓一把他的苜蓿到我的竹笼，再埋一个土坷垃到他的竹笼，就这样，他的苜蓿跑到了我的竹笼里，地里的土坷垃就跑到了他娘的手里，最后变成打在三娃屁股上的鞋底子或者笤帚疙瘩，害得三娃一见我就瞪眼。

只有七巧知道这个秘密。她笑着白我一眼，我不好意思地挠头傻笑。她就抓一把自己的苜蓿放到我的竹笼里。

“以后甭欺负人咧！”

“咹，我晓得了……”

那时候，我娘总夸我手巧又麻利。我听了心里欢喜得不得了，晚上就梦见七巧。

二

那天，岁牛跑过来给我说，西山上的莓子红透了，跟牛奶头子一样大，真格甜！

我说：“七巧姐，我们也去摘莓子吧。”

“嗯！”七巧说。

西山的日头真格毒，把六虎他爷那么霸道的人都晒得蔫头耷脑地蹴在老槐树底下抽旱烟。

“又是你个岁怂！”他抬了抬眼皮。

“咋?!”我说。

他吸一口烟，呛出了眼泪，边拿袖子揩边斜瞥着打量我。

我说：“你静静儿缓着，管得多！”

七巧笑着骂我：“把你的走！”

六虎他爷一张嘴就咳嗽一声，脖子上的青筋一阵翻滚，努着嘴想说个啥，终于没能说出口。

岁牛说的没错，西山的莓子真的比牛奶头还大，胀蓬蓬的，有的红透了，在日头底下嗞嗞冒热气，间或一两个绿的藏在叶子下面偷偷张望。我顾不上刺扎手，忙忙去摘。

“从没吃过这么甜的莓子！”七巧说。

“姐，今儿让你吃美！”我说。

“我大说，莓子蔓里头有长虫哩，你可防着。”

“嗯！”我嘴上应承着。俩人边摘边吃，七巧咯咯咯笑个不住。我心里正得意，见一片枯叶子挡住了一颗最大的莓子，伸手去够，快到跟前了，那枯叶猛一下跳起来向七巧脚下窜去——

“长虫！”七巧大喊一声。

听见七巧说长虫，我慌忙回转身来救，一脚踩空跌到田埂塄下面去了。我眼前一黑，身体飘了一下，后腰一阵生疼。

“娘！娘！这个不要脸的又尿炕啦！”我忍痛睁开眼，我哥把脚从我的后腰幽幽移开，嘴上做个鄙视的动作。

我感到裆里热乎乎一片。原来是个梦。梦醒了，可我特想哭。

一整天，我的心情不好。娘说：“尿了就尿了。”

我嘴里应承着，始终没力气抬起头。

午饭后，三娃跑过来说："岁牛的爷爷，那个拿鞭子抽过我们的瘸腿老汉死了！快去看看去！"

"啊——"

"你到底去不去啊?!"

"七巧去吗?"

"她去。"

"走!"我拉着三娃飞了出去。

岁牛的爷爷那天傍晚放羊时从田埂上摔下去，村里的赤脚医生忙了三个钟头，人还是走了。村里人说，老汉是个好人啊！他们说，还是生产队的时候，大家都吃不饱，岁牛的爷爷负责给生产队放羊，顺便看护队里的庄稼。规程终究抵不过肚子咕噜叫，大家都饿啊！于是有些人就铤而走险去偷偷掐生产队的苜蓿芽儿。岁牛的爷爷发现了，老远就把羊鞭子甩得震天响。

"把你个坏怂，公家的苜蓿芽儿你也敢掐?!"

他的羊鞭子甩得欢，咒得人心慌，可脚却是原地踏步。人们心领神会，赶紧掐上半笼笼苜蓿芽儿，再配合着他的声音动作，作一个夸张的逃跑状四散跑开。听说谁谁家的月里娃喝了苜蓿芽儿水活下来了，岁牛他爷就咧开他的豁牙嘴笑了。后来，生产队解散了，可岁牛爷的那群羊不愿意解散，于是就继续跟着岁牛爷的羊鞭子漫天遍野地练习着"一二一"。

包产到户以后，田归个人，苜蓿地也分了。可每当苜蓿芽儿出世时，岁牛他爷还是会跟以前一样甩着羊鞭子，追赶我们这些掐苜蓿的孩子。那时，孩子们都厌恶他，偷偷把他的鞭子藏起来；在他家门前挖"陷马坑"，盼着他的腿瘸了。现在才知道，他对我们甩鞭子，只是放不下过去的岁月。倒不是怀念饿肚子，而是放不下那时人们偷着掐苜蓿，他作势追赶，眼看又能救活几个娃娃、填饱几个肚子的那份默契。

听了大人们的议论，我们无话可说，都沉默着。

恰好看见七巧在大门前，我跑到她跟前，她吓了一跳，愣愣看着我。我压低声音说："七巧姐，如果你哪天要死了，我愿意拿我的命来换你的命……"

话说完，我觉得我的脸好烫，心要从嗓子眼儿蹦出来。

七巧还没回过神，大眼睛瞪着我看。

我飞出大门。

两行液体在脸上肆意燃烧……

三

每当春回大地，冰消雪融时，苜蓿芽儿就挠得人心痒痒。我还是喜欢跟着七巧去掐苜蓿芽儿，只是再不能跟那么近了。她娘给她缝了宽大的上衣，可还是能看出七巧胸前藏了什么似的。和她目光相对，她的胸脯就起起伏伏，好像有两只兔子在挠她，她脸一红，辫子一甩就走了。我觉得我们之间起了莫名的变化，到底是什么变化，我也说不清。是不是她不喜欢我上唇渐渐变黑的汗毛？或者是她不喜欢我说起话来变得嗡嗡嘮嘮的声音？我曾在夜里偷偷一根一根地拔自己嘴上的汗毛，但声音是没办法变的，就算狠狠搧自己几个耳光也一样。后来我们仿佛有了某种默契，不自觉地保持着一段距离。她走快，我走快，她走慢，我走慢。她的屁股比以前更好看了，我却不敢像以前那样看，仿佛多看一眼就会被蛇咬一口，教人心口发烫。她的辫子还是甩来甩去，甩得我在梦里叹气，说胡话，把我娘吓得赶紧把手放在我额头上说，这孩子，怕是沾了不是（邪祟）了……

柳条伸展腰肢，白云懒洋洋眯缝着眼，小河的水咯琅琅地流。谁家的坟头还有未烧尽的纸钱冒着青烟。麦苗看了一眼天空，高兴得摇头晃脑。此时的苜蓿芽儿，就像老农的胡子，刚掐了，只要几丝春雨，就又呼啦啦从土里跳出来。苜蓿芽儿还是爱跟着七巧跑，她蹲在哪里，哪里的苜蓿芽儿就闹腾，就撒欢儿。苜蓿芽儿把她白白的手指染绿了，像一管翠嫩的葱叶长在白润的葱身上。

岁牛和丑蛋儿他们拿着铁铲铲、柳条条追逐打闹着。我远远儿看着七巧的背影，她很安静，她掐苜蓿芽儿的样子好看极了！

那天，回家的路上，她趁人不注意，偷偷抓了几大把苜蓿芽儿放在我的笼笼里。我会心一笑，想起小时候，她总这样。但此刻心里除了高兴，还有些说不上来的感觉，直觉得那天的日头好刺眼，刺得我不敢抬头看天空。她低头笑了，脸上飘过一朵红云。我感觉背后有双眼睛盯着。一定是三娃！

那天，这小子特别殷勤，哥长哥短地叫我，还硬缠着非要帮我提笼笼，我拗不过，只好让他提了。这小子嘴角露出诡异的笑，我只当是他为了报小时候的仇。回家仔细检查我的苜蓿芽儿，并没有找到土坷垃。

回到家，娘告诉我，爹要调动工作了，我们要跟着他去，我必须转学离开老家，去另外一个地方上学。我翻腾了一夜没睡好，可也知道这是没办法的事情。离开老家那天，爹娘推着自行车上山，我跟在后面磨磨蹭蹭，我在等七巧。可是，她没有来。

那天的山路格外地陡，自行车的链条匝匝匝地叫，布谷鸟无聊地说话，麻雀叽叽喳喳跳来跳去，这一切真恼人！我多希望走着走着，地球突然就转过身来，脚步便是往回走，就能看到七巧。

鸭坪梁到了，要下山了，我知道，必须要和我的村庄，我的苜蓿芽儿说再见了。可一想到七巧，直觉得嗓子里咸咸涩涩的。

“快上车子啊！”爹命令。

娘已在后座，她向自行车横梁的位置努努嘴。我无力点头，木然坐上去。风呼呼掠过，有什么东西落在脸上，凉凉的，凉得人心疼……

迷蒙中，我恍惚看到侧后方的杨树林里有一抹红色在流动，定睛再看，原来是七巧！真的是七巧！

“手松开！手松开！”爹气得高声叫着。

我双手紧紧抓着自行车手闸的横杆，以至于爹无法自如地捏手闸减速。爹一声高过一声地呵斥着，我紧紧攥着的双手汗流成河，心里，泪亦成河。

七巧追赶着，脚下被什么绊了一下，几乎摔倒，又摇晃着站起来，双手费力地比划着什么。一下比个大圆，一下又比个四方，一下指向我，一下又指着她自己。她怕我爹娘听见，不敢喊出声来。可我分明听到她的眼泪在粗糙的杨树干上撞成八瓣，又斑斑点点飞向空中，落在脚下，砸到心上……

从此，离开故乡，离开了七巧。

我曾托老乡捎一包樱桃给她，七巧最爱吃樱桃了。

那时，我爷爷家花园有棵樱桃树，樱桃开花了，她和我一起看樱桃花。几场春雨，几度艳阳，樱桃由绿变红时，她的笑也像樱桃一样柔软明媚起来。她说，要是能一辈子看这樱桃开花结果就好了。我悄悄说，那你以后就当我的女人吧！她的拳头雨点般落下来，我落荒而逃……

后来，也曾写书信给七巧，但始终等不来她的回信。再后来，由于爹又变换了几次工作地点，渐渐离家乡越来越远，离她越来越远。渐渐失去了七巧的消息。

可我心里的承诺始终不忘。如果需要，我会拿自己的命给七巧，我要七巧当我的女人。这么想时，觉得我的心就是她的心，她的心也是我的心，我们彼此想什么，对方都会知道……

时光如流。少不更事的年纪，曾以为自己无所不能，曾以为手里若有一根金箍棒就可以呼风唤雨。等到略懂人事才发现，人不过是历史长河里不起眼的尘埃而已。

春不至，盼春，春来了，喜春，春要走，惜春，春走远，又伤春。我们总在自己的情感世界里颠沛流离，以为一次邂逅，一声叹息，一场爱恋，一腔思念就是全部。殊不知，花开花落，春去秋来，只是亘古流转的世事轮回，花不变，鸟不变，山水亦不变，变的只是我们日渐成熟的心态与花褪残红的容颜，日复一日，年复一年，也不过是为这亘古的造化增添一个无关紧要的注脚罢了。那些逝去的时光一去不回。蓦然回首，早已物是人非。

四

那天，我正在书房看书，接到岁牛从宝鸡打来的电话。他现在是一家房地产公司的部门经理。我俩聊了许多关于家乡以及小时候的趣事，更让我畅快的是，他居然没怎么变。我说："你怪不得是你爷爷的孙子！"电话那头，他哈哈大笑。后来他的声音低沉了，说话吞吞吐吐，似有隐衷。我说："你小子也开始装了？你娃装也像装孙子！"他干笑了几声，更像是敷衍。

"……嗯……知道吗？"

"知道啥？有屁就放！"

"其实……也没啥，本不该给你说的……但是……"

"你怎么像个娘们儿！"我表示深切鄙视。

电话那头，良久的沉默。

"好吧，其实……早都应该告诉你了。"听他这么说，我心头闪过一丝不祥。

"到底咋了嘛？！"

"你不要着急。"岁牛说。

"嗯！"我答应。

"七巧结婚了……"

"……"

"当然，这都好几年了……"

"……"

我的头一下大了，这些年辛苦积攒下的理智与成熟一下子烟消云散。

"岁牛你个孙子，你等老子洗把脸！"我嘶吼着。电话那头不知所措地沉默了。我胡乱往脸上扑了几把凉水，双手抱住打火机，颤抖着手勉强点着一支香烟，深深吸几口，让烟雾淹没我的肺，我的心脏，我的身体，直到把我吞没……

片刻混沌之后，我似乎恢复了一点理智。一个不敢问又挂在嘴角难以下咽的问题滑出口。

“和谁?

“嗯……是三娃。”

“他？……”

“喂二宝！喂——老哥，你听我说……”

挂了电话，我跌落在沙发里。空望着眼前的一切，仿佛洞穿了前世今生，又仿佛看不到脚下的尺土寸地。一幕幕往事像过电影一样来回往复地播……苜蓿芽儿，樱桃，柳梢，羊群……

岁牛他爷，快要饿死的月里娃，羊鞭子，竹笼，土疙瘩，三娃……我连抽了五支烟，电影还在没头绪地播着。

三娃，三娃……

这几年，三娃叫我哥似乎叫得更甜了，时常从老家带来我爱吃的土特产，让人带话向我问好。我也常让人带一些城里的稀罕东西给他，嘱咐他好好孝敬老人。电话里说起小时候，我俩都开心地笑，可一提起七巧他就回避，我觉得都是兄弟，他一定有他不说的理由。我心想，七巧，等着我。有一天我会去找你，给你摘莓子，摘樱桃，我要你当我的女人……可是身边关于七巧的消息越来越少了。

几天后，岁牛再次打来电话。告诉我说，那时，七巧到了该嫁的年龄，家里人催促，她总是敷衍。三娃跟前跟后地缠她，七巧总不爱理。眼看着身边同龄的女孩儿都出嫁了，只有七巧总爱往苜蓿地里跑，发呆。她娘急了，哭着求她。她爹抡起巴掌要打，又慢慢放下颤抖的手，流下两行浑浊的泪。七巧回到家，三天没出门。最后一天，她一剪子把那条粗粗黑黑的长辫子铰了。她说，“爹、娘，我嫁!”

三娃请来了乡里最好的媒人和吹打师傅，人家的彩礼是“三个六”，三娃给了“三个八”。

那天，许多小孩跟在毛驴后面做鬼脸，嘴里说着:“嗯嗯，我不去，把你毛驴儿大拉着去……”

奇怪的是，大红盖头底下没有一声言语。小孩儿们闹了半天觉得无趣，悄悄嘀咕。

“哎！这可真是奇了，这个新媳妇儿咋不叫唤哩？原来她爹她娘二十年养了个哑子!”

孩子们哄笑着跑开了。

三娃把七巧从毛驴上抱下来的时候,看到七巧胳膊上殷红一片,滴下来,红嫁衣上开了一朵血色的玫瑰。三娃“妈呀”一声,七巧差点跌下来。七巧胳膊上的血印子下面是两排深深的牙印……

一年后,七巧生下一个白白胖胖的儿子娃,把三娃和他爹娘高兴得逢人就说七巧不但模样长得俊,还会养娃娃。

开春了,三娃晓得七巧爱吃苜蓿芽儿,他趁着天麻麻亮掐来最胖最嫩的头茬儿苜蓿芽儿给七巧吃,七巧连看都不看。

第二年,三娃跟着人去新疆搞副业,在一个建筑工地,吊车在起吊一堆钢管时,绑带断了,一根钢管把三娃的一条腿给打折了。他只好回家养着。从此,七巧负担起家里里里外外的活。她不爱照镜子了,以前油光明亮的黑头发也乱蓬蓬地披着,她的细嗓门儿变粗了,一顿饭能吃五个馒头。

人们背后说,“看把个人见人夸,花见花爱的七巧苦成个撒咧!”

以前十里八乡的小伙子听见七巧的名字就腿打绞绞,不会走路了。现如今,七巧能一膀子背起百十来斤的麦子,比那些小伙儿的劲还大。

说完这些,岁牛在电话那头沉默着。我满腹惆怅,却无以排遣。像被一针扎破的气球,瘪下去。我瘫坐在沙发里,一天一夜没有吃饭,没有睡觉,也没有洗漱。烟头满地,憔悴满地,心碎满地,嘴里的神经是麻木的,胃里也是麻木的。我感觉自己手脚的神经开始坏死,一点点失去知觉,不听使唤,只有部分脑细胞还活着,不仅存活,而且变得异常活跃。我感觉这些脑细胞上下翻飞,左撞右突,顶得我脑袋生疼,仿佛一个将死的怪兽在苟延残喘,又回光返照一般,把往事演了一遍又一遍……

七巧,蹲在水泉边的七巧
七巧,站在樱桃树下的七巧
七巧,扭着屁股蛋子甩着长辫子的七巧

七巧,掐苜蓿芽儿的七巧
七巧,穿一双绣鸳鸯的花鞋鞋的七巧
……
每一个你都是那么新鲜美丽

每一个你都是无与伦比

我要为你拨开荆棘
我要为你除却危险
如果需要
我愿用我的命来换你
……

五

正月里穿新衣,人堆堆儿里咋不见你
手里攥了一把糖,捏地人汗淌哩

二月里雪消了,我到树林林里去等你
刀刀儿在树皮上划下你的名字咧,看了一眼还在哩

三月里桃花开,你远远地走过来
你在前头我在后,咱们一搭里起掐苜蓿

四月里折柳梢,我骑在墙上来看你
你爹追过来,打了我一烟袋

五月里来过端午,花线线儿你脖子上戴
十里八乡的女子娃,我看就数你美

六月里山丹丹红,不见你想死个人
花骨朵在叶叶儿里头藏着哩,一见你笑地胡开乱绽哩

七月里麦黄了,老汉吆着个毛驴儿碾场哩
他毛驴儿大么拴好跳开了,把你笑地腰闪了

八月的洋芋开紫花儿,捉了个蚂蚱到你家

看见你娘我跑得欢，差点把我一门闩

九月里风吹地人心慌，坐在灯盏底下把你想
灯盏里头么油了，一天不见你我就发愁了

十月里媒人炕上坐，洋芋疙瘩擀长面
吃好喝好你耍高兴，二斤黑糖提上去说亲

十一月涝坝里的水冻住了，盼你盼得人心里焦干了
洋瓷脸盆新被面，蒸馍肉菜油圈圈

腊月里把你领进门，闹洞房的咋还不走急死个人
掀开盖头来把你爱，你是我的女人咱不分开
……

这是我偷偷给七巧写的歌，没事干我就到野洼上吼，七巧听见羞红了脸，咬了一下嘴皮说，“我大听着了卸你娃的腿哩！”

我说：“那也是他丈人大教训新女婿。”

七巧低头一笑，甩着个长辫子跑了。

夜里，我迷迷糊糊把爹叫丈人大。

我娘说：“了不得了！这娃娃怕沾了不是了。”

那年正月里，大家都穿了各自的娘缝的新衣裳在阳屲暖暖儿里耍。桑杏儿她爷呲着缺了一个口子的黄门牙说：“哎呀！这几个娃娃穿下这么新的衣裳，怕说女人恰。”

“三娃，你想让谁给你当女人？”桑杏她爷问。

三娃腼腆地吸了一口鼻涕，两只沾满鼻涕的手使劲揉搓着他娘给他做的新衣裳。

大家轰啦一声笑开了，把三娃羞得没地方钻。

“六虎，你呐？”

“我除了七巧，谁当女人我都不要！”六虎昂头说着，把个头摇得像个猪尿脬。

听他说要七巧当他女人，腾一下点起了我心头的无名火。我冲上去一个剪刀腿，把六虎像割麦子一样放倒。六虎一看他娘新做的衣裳滚到了泥地里，杀猪

一样地嚎起来。要在平时，我还真打不过他，听说六虎跟他爷练过黑虎掏心捶。他爷爷年轻时是个闻名乡里的赖皮。大家都怕六虎，惹谁都不惹狗日的六虎。可那天我一个剪刀腿就把狗日的六虎给放倒了。小伙伴儿们都惊呆了，连桑杏她爷爷那颗门牙都愣在正月的风里了。三娃鼻子底下的两根面条像猪油一样沁住了。四周静悄悄，我仿佛听到每个人肚子里都在喊——

"二宝把狗日的六虎放倒了！"

我骑在六虎那肥胖的肚子上，一捶接一捶地去捣他的猪尿脬，我的捶头和六虎的嚎叫声在冷风里飞扬。

"敢跟老子抢女人！"我骂。

我捣一捶，骂一声，他嚎一声，直到我俩都声嘶力竭。

……

我以为七巧姐是我的女人。可是若干年后，七巧姐成了别人的女人。

二十五年前，我从没怀疑过我的人生，二十五年后我开始思考人生。人生到底是什么，谁能告诉我。我在想人活着到底是为了什么。草木一岁一枯荣，它们也有情感吗？它们怕疼吗？它们知道冷暖吗？狗娃梁上的苜蓿芽儿，割了又长，长了又割，它们流过泪吗？它们曾有过不舍吗？分开了，它们会想念吗？想念时它们心里会疼吗？

……

天天和草木石头说话，我觉得我分裂了。

五月，岁牛来了。

他说："去青海湖吧。"

我说："走！"

我俩驾车向青藏高原进发，音响一遍遍播放着亚东的歌。岁牛不说话，不时轻轻回头看我一眼，我不回应，只看着窗外。格桑花开得正艳；鹰鹞在空中盘旋；雪山在阳光照耀下发出七彩的光，冷峻的线条开始变得柔和起来；三两朵白云像刚出浴的少女，往澄蓝的湖水里照自己的影子。

远远处，一片一片的油菜花扑面而来，最后连成花天相接的一片海。

头顶，是明如心海的蓝。

脚下，是灿若梦幻的芬芳。

"我要是哪天死了能埋在这里就好了。"我说。

岁牛看我一眼，停顿一下又望窗外一眼，"知道死，说明你还活着"。

我长长出了一口气，仿佛已经三个世纪没有呼吸过了。

又吸一口气，油菜花好香……

接下来的几天，我和岁牛与藏民一起尽情地跳锅庄，看篝火，大块吃肉，大口喝酒，放肆地唱歌。半夜里，偷偷跑到湖边洗自己的身体。

我们看了天葬，看了古老的宗教仪式，碰见一路匍匐磕长头的朝拜者，看了生与死。

我仿佛又隐约能看见我自己。

“如果可以，我愿意做一坨牛粪，暖暖地躺在这里。”我对岁牛说。

“你就不想一朵鲜花儿？”岁牛幽幽地说。

我俩都哈哈大笑。

我的脸上有一丝凉风吹过。

“去看看她吧。”岁牛说。

“好。”

六

腊月里，我和岁牛六虎他们约好回老家。车离家越近我心越慌，就像一个待嫁的小媳妇儿总不知道怎么打扮才好。

老远就看见那个杏树坡下的小村庄，树影疏疏落落，屋顶炊烟袅袅。熟悉又陌生，害怕又亲近。路比以前宽多了，房子都成了砖瓦房，偶有几间土坯房孤独怅惘，又倔强而立，似乎是为了给匆匆流逝的时间梳理出一个脉络，怕归来的游子找不到家门。经过河边的涝坝，里面的水干了，坝底蒿草横斜。再看不见在坝边浆洗衣服的少妇和捉蜻蜓的儿童。

容颜已改，乡音不老。相熟的老一辈的乡亲都来热情打招呼，还像小时候一样问一句“吃了么？”心里有说不出的温暖。

不知谁家的小媳妇儿抱着一个刚满月的娃娃斜倚门框。少妇敞胸边奶娃娃边轻轻抖动肩膀，孩子的小嘴吮咂得很满足。正感慨于这自然天成、安宁和谐的景象。忽听一阵朗笑，我猛一抬头，见一把明晃晃带血的刀子近在眼前。正欲问时，一个虬髯大汉从齿间拿下带血的刀，手腕一翻，稳稳插在砧板上。再看却是来娃！

“咋？！当个城里人了，认不得杀猪的了？”

再看，才发现来娃身后木架上挂着一头开肠剖肚的肥猪。

“来娃，你怂还日能啊，还会杀猪。”

“我再日能么你日能么，你笔杆子提起定江山哩!”

我刚要回骂，只见丑蛋儿他们迎过来，扯了我的胳膊就走。

“菜都上桌了，酒也开瓶了，单等你哩!”

久别重逢，大家说着掏心窝子的话，喝了许多酒，笑骂声不绝于耳，兄弟们在一起不打不骂就总不亲热。那晚大家都醉了。

也不知睡了多久，我恍惚睁眼，只觉脑子胀疼，身上绵软无力。听见吱吖一声，门开了。来人沉默片刻，欲言又止。我想问，舌头却不听使唤。

“你醒了？……”

是七巧的声音!

我努力睁开眼，窗缝透进来的光刺得眼睛一阵疼。

“你昨天喝醉了，是三娃把你背回来的。”

我想说什么，开口又难言。

“把浆水酸拌汤喝了吧，喝了就好了。”七巧把碗放在炕头，扭头出去了。

我用尽全身力气，拉过被子蒙在头上。

“二哥，你醒了。”三娃一拐一拐地往前趄摸，满脸堆笑。

“三娃，你好着么?”

“二哥，我能成，我好着哩。”他的鼻涕不见了，羞涩还在。看着他的瘸腿，我心里说不出地难过。

午饭时，岁牛，来娃，丑蛋儿他们都来了。

来娃一见我就笑:“二哥，你昨晚那个叫唤啊，简直把人的心都哭烂了。”

我不好意思地挠挠头:“真格？……”

岁牛瞪了来娃一眼，来娃张开的嘴皮子又尴尬地合上了。七巧做了长面，我吃了五碗。吃完饭，岁牛招呼大家去他家耍。三娃对我说:“二哥，你乏了，就在家休息吧。”

“也好。”我说。

他们去了，我在院子里瞎看，七巧在厨房忙活着。望着她的背影，粗粗黑黑的辫子不见了，原本饱满浑圆的屁股因为生养变得臃肿下垂。一朵樱桃花儿样的七巧姐，此刻变得壮实有力，生活把她变成了一个名副其实的农妇。

她忙完回头看见我发呆，低头羞涩一笑。

“坐下吧。”

“啊！能成。”

“你过得好吗?”

“好着哩……你呐?”

“……我也好……”

我心里千言万语想对她说，话到嘴边却变成淡淡的一句问候。七巧几次欲言又止，大家似乎都想说同一句话，却又不知从何说起。一阵沉默……

看着因为劳作而变得憔悴，脸上失去光华的七巧，看着心里默默等了十几年的七巧，看着眼神忧郁而落寞的七巧。我突然悲从中来，肝肠寸断，差点就跑过去抱住她，吻着她，告诉她这些年想对她说的话，可理智又告诉我，她现在是三娃的老婆，是兄弟的女人。一阵绝望与沮丧几乎瞬间将我击倒，直觉得脑子嗡嗡响，一片黑暗……

剧烈的沉默。

剧烈的痛。

……

七巧把脸歪向一边，泪眼迷离，咬着嘴唇说:“我去给你倒杯水。”

我怅然点头。她回头的一瞬，我多想揽她入怀……我接过她递来的水。

“……给你的信，收到了吗?”

“信？……”七巧诧异。

“是啊！我写了好多封信给你……”

“没，我从来没有收到你的信……”

怎么会……

“我给你的信呢?”她说。

“给我的……什么时候?”

“就是那次我放在你苜蓿笼笼里的信……”

“没有，我真的不知道……”

“就是咱们和三娃他们最后一次去狗娃梁上掐苜蓿芽儿的那次……”七巧急得眼泪打转儿。

我脑子里苜蓿芽儿乱飞，继而一片空白，一时没了头绪。

“咣当”一声，大门开了，来娃他们叫嚷着大步走进来，后面跟着三娃，一瘸一拐，看看我，又看看七巧，红着脸笑，笑得有些僵硬。

七

我和七巧把刚到嘴边的话咽回去。来娃大呼小叫地走进来，推搡着要搀扶他的丑蛋儿。三娃在后面红着脸一瘸一拐地笑。来娃摸索几次从耳朵背后摸出一支香烟，打着火，吧滋吸一口，吐一个烟圈儿，指着六虎的鼻子喊："老子拳打四海脚踢三江，踏遍张龙二镇还难逢对手哩，今儿我还就不信把你六虎么治了?!"

来娃说着话，舌头重得像嘴里含着个萝卜。

"咋?！你还不服？不服了咱们对着瓶子吹，看今儿谁把谁放倒哩……"

"咹！来娃，你再不要喝上些马尿尿就认不得秤了，当年把你娃喝得屁淌哩，今儿的时节你晓不得伤脸，还二五八万地胡谝撒哩?!"六虎回敬。

来娃伸手擤一把鼻涕顺手甩在墙上，又往裤兜处来回一擦，掏出几张钞票甩给身边的丑蛋儿。

"咹！丑蛋儿，你个碎娃子去再提上二斤来，我今儿非要和六虎见个高低哩!"说完一只手抓住裤腰使劲往上一提，裤腰就挂在他圆鼓鼓的肚子上。

三娃一把拉住丑蛋儿的后襟使个眼色，丑蛋儿笑着应承："咹！咹！我晓得！我晓得!"

六虎迷着眼，抬手起一个秦腔武生亮相的范儿——

"呼喊一声……绑帐……外，不由得……豪杰……笑开怀……某单人……把唐营……踩，直杀得儿……郎……痛悲哀……"

还没唱完，禁不住一个响屁砸到脚后跟，众人忍不住哈哈大笑，七巧也一手捂住嘴一手叉了腰笑着低下头。六虎自己傻站着抓耳挠腮地嘿嘿嘿嘿。

六虎被自己一屁打懵了，被来娃一激，又来劲了，像鸡一样嗓子朝天吼道——

"小唐儿……被某……把胆吓坏……马踏五营……谁敢来?！……"

"这几年日子好过了，没有前些年那么苦焦了，手里有了闲钱，一有空就要喝酒，大人娃娃都喝，像是要把前些年苦日子里欠下的都喝回来哩。"

听了岁牛的话，我苦笑着摇摇头，想说什么，张开嘴又咽回去。岁牛朝我笑了笑，表示理解。

我对七巧和三娃说，我想去我爹娘的老屋看看。

岁牛拍了一下我的肩膀："去看看也好。"

三娃和七巧把我送到门口，我往老屋的方向走去。

老屋大门上的“双环”牌“铁将军”已不见踪影，秦琼敬德还破衣烂衫地站着，只是褪了色，没有了往日的威严。大门比小时候矮了好多，进去时我下意识弓了一下腰。院子里蓬蒿没膝，墙角蛛网交错。迈上廊沿，一推，上房门“咯吱”一声开了，一股腐潮气扑面而来。屋里家什基本还在原来的位置，只不过苍老憔悴了，那些衣柜面柜躺椅像一个个年迈衰朽的老人在墙根下瑟缩着。

抬头看见木窗扇被煤油灯盏熏燎过的黑黑一片。窗扇旁边墙上的《人民日报》上几个大黑字：“邓小平热烈欢迎西哈努克亲王访京”。

炕塌了，炕窟窿里还能看见草木灰。炕上头墙上的年画里，一个胖娃娃抱着一条大鲤鱼，十几年过去了，娃娃总没长大，只是张着嘴憨笑。中堂上的“铁肩担道义，辣手著文章”，落满了灰，手指轻轻一弹，又呛又辣。

关上房门出来，厨房墙上还残存着几行粉笔字“刀、弓、车、舟，目、禾、米、竹……”我一笑，又一颗眼泪跑进嘴里。后院的老梨树，残枝败叶在风里簌簌作响。我抬起头看了看头顶四角的天空，许久……终于再没有让一颗泪珠滚下来……

出了大门，我信步往村外的野洼上走去。有不认识的小孩儿悄悄从自家门缝探出脑袋做鬼脸，我摸出几个硬币塞到他手里，孩子转身喊：“娘——娘——哪里来了个不认识的人……”

我怕寒暄绊住脚步，就快步向田野走去。半山上枯黄的狗尾巴草点头哈腰，远处一片片梯田露出赤裸的黄。田里时有隆起的土包，那是先人的坟冢；几棵洋槐树努力向上的手臂把天空分成了一些不规则的形状；偶尔的一声鞭炮响，惊起一只野兔弹起一溜蹚土消失在田埂塄底下。冬日的西北黄土高原透着一股萧杀。

狗娃梁上的苜蓿芽儿想必还在沉睡吧？我怕惊扰了她们，便转身往回走。在村口遇见丑蛋儿牵着一个小男孩的手在走。

“丑蛋儿，干嘛去？”我问。

“噢，二哥啊！桑杏的娃娃叫我给辅导作业去哩。”

“啊——桑杏的娃娃都这么大了啊！”

小男孩瞄我一眼，往丑蛋儿跟前挤了挤，我一失笑，这孩子脸红了。

“丑蛋儿，翻过年就要高考了吧？

“就是，二哥。”丑蛋儿说。

我说：“把劲鼓上，你绝对能成！”

丑蛋儿说:“晓得了,二哥。”

丑蛋儿牵着那孩子走了,小男孩儿回头朝我一笑,我回以一笑,心头一下子亮堂起来了。村庄笼罩在炊烟下,如诗如画。

回来正吃晚饭,接到单位打来的电话,说有个突发事件需要回去采访一下,而且必须明天一早。我胡乱扒拉了一碗就没心思吃了,其实七巧做的饭我还没吃够呢!

我和三娃坐着瞎聊,七巧去厨房收拾。我说一句,三娃就应承一句“是是是”“对对对”。我说:“三娃,你娃是不是屁吃多了!”

三娃头一低,嘿嘿嘿地笑。

七巧收拾完出来已经变了一个人,散乱的头发梳理得油光明亮,换了一身合体的新衣裳,手腕上还多了一副镯子。虽然辛苦劳作使她的体型变得粗壮,皮肤粗糙了,但眼睛还是亮的。我依稀又看到了那个蹲在狗娃梁的野洼上、苜蓿芽儿都跟着她欢奔乱跳的七巧姐。我的鼻子一酸,慌忙用手遮住脸干咳几声。

三娃说:“七巧,今儿这是日头儿从炕眼门里出来了,晚上了咋还打扮开了。”

七巧回了一句:“夹住悄悄儿地,吃的不多管得多,我打扮不打扮还由了你了?!”

这是七巧头一次当着我面对三娃发火。

三娃摸摸头,笑着说:“你想啥时候打扮就啥时候打扮,只要你高兴!”

气氛有些尴尬,我正想找一句话解围呢,门外传来岁牛、六虎、来娃他们的声音,他们知道我明早就要走,都来了。

大家闹腾到后半夜,都睡了。我心里惦记着信的事情,翻来覆去睡不着,可又没机会问。越想越睡不着,我披上棉衣去后院上厕所,隐约听见三娃房里七巧和三娃似乎在争执什么,声音压得很低,听不真切。

我悄悄回屋,满脑子七巧、信、三娃、苜蓿芽儿……我忧虑自己的猜测可能就是事实,可心里另一个声音又告诉我不可能……我抽烟坐到天亮。

天明了,大家都来送我,车开出好远,还看见七巧站在土台台上张望,我知道她有话说,却始终没说出口,我又何尝不是。

我心里说着,七巧,回去吧,外头风大……泪水终于决堤,把我连同我彻骨的悲伤淹没在西北的黄土高原上……

关于信的事情,我从三娃的神情里似乎明白了一些,却又不愿相信是事实。我时而愤怒,时而悲哀,时而臆想,时而绝望……反反复复交葛纠结,我的胡子一夜之间比头发还长，一晚上把一百支香烟掐死在烟灰缸里。恨不得把自己摁进马桶里淹死。

夜里，岁牛打电话过来。

“我知道你心里的苦。”他说。

“你知道个球！你不懂！”我吼着。

“我是不懂！可我知道，既然她已经耽搁了一个美好的过去，事已至此，何不还给她一个安稳的未来！”

“……”

挂掉电话。窗外灯火辉煌，车水马龙；窗内，斗转星移，人事已非……

八

回城以后，我拼命工作。像一阵风，哪里有缝隙就往哪里钻。又像一个永不停息的陀螺，只有不停地旋转，仿佛只要停下来就会一头栽倒，摔个粉身碎骨。

那天从甘南迭部回来，在街上看见个背影像是丑蛋儿，喊一声，他回头，果然不错。

丑蛋儿看见我异常兴奋。原来他已经考到了西北师范大学。我说：“丑蛋儿，你小子行啊！”

丑蛋儿摸着头嘿嘿笑。

这是我几个月以来最畅快的一次，我请丑蛋儿下馆子。看着他狼吞虎咽，风卷残云的样子，仿佛把几个月以来的乌云一扫而光。看着这孩子纯真的笑脸我想起自己的过往——青春真是美好！

我说：“丑蛋儿，二哥为你骄傲。”

这孩子只会咧着嘴嘿嘿地笑。

我问他生活上有没有什么困难。丑蛋儿低下头双手交叉揉搓着不说话。我拍拍他的肩膀，一颗泪终于没站稳，从他眼眶滑落。

……

“二哥，本来我不打算上这个学的……”

我猛一吃惊：“为啥?!”

“二哥，你知道的，咱们庄户人家是从土里刨食哩，我爹我娘哪来的钱供我上大学哩。我爹见我考上了，又高兴又发愁，几夜没睡。把一年的旱烟都抽完了。能借的亲戚朋友都借了，把家里的粮食粜了还是不够学费……”丑蛋儿边说边用袖子揩眼泪。

“凑够了吗?”我问。

“……没奈何,我姐把自己的能卖的嫁妆首饰都卖了……”

我说:“丑蛋儿,你爹娘和你姐不容易……你要好好上学,将来要有出息,给他们争一口气。”

丑蛋儿使劲点头,一颗泪落到地上,也落到了我心里。

“二哥,其实我姐心里一直有你哩!”丑蛋儿突然抬起头对我说。

我一时无言以对,低下头:“丑蛋儿,我知道,你姐姐这些年不容易……”

丑蛋说,自从我跟着爹娘进城以后,七巧经常一个人跑到狗娃梁上,哼着我写给她的那首歌。她爹娘就数落她。她也不说话,只一个劲儿地傻笑。

从此七巧的手就没闲过,纳花鞋垫儿,绣荷包,做布鞋。边做边哼,像天天过年似的。有时候又会长长出一口气,呆呆望着远处。

“二哥,我姐的心思你是晓得哩,她……”丑蛋儿说着低下头。

我心里一阵难过:“丑蛋儿,哥晓得哩……”

“后来,我姐就打问你,可总不见你的回信。三娃天天来缠她,我姐总不理他,三娃就耍赖皮,我姐气急了,打他骂他,三娃只是死皮赖脸地笑。一有空就帮我爹娘担水挑粪,我爹娘一开始也不喜欢他,后来看他是好心也就默认了。可是我姐总不拿正眼瞧他。”

“丑蛋儿,我给你姐的信她收到了吗……”

“信?!……哥,没收到啊!”

“没收到?!咋可能?!”

“……”

我心里划过一阵悲凉。

“我明明给你姐写了好多的信……”

“哥,我晓得你哩,可不知为啥我姐真的没收到信……”

我看着丑蛋儿一张真诚的脸,一双明亮的眸子,不知道该说什么。丑蛋儿也低下头,脚尖在地下不安地揉搓着地面。一阵沉默……

我的脑子彻底凌乱了,就像丝丝缕缕的线,千头万绪,怎么都码放不整齐。

“哥,我姐她放不下你。后来三娃跟我爹娘说情,爹娘觉得三娃人勤快,心里挺满意。但我姐死活不同意。”

我低下头狠狠咬住自己的舌头,一阵咸咸的味道从舌根向口腔四处蔓延。

“后来，我爹娘就求我姐，逼迫她。她总是跑到村口张望，总是望着你家的老屋发呆。我看不过去，想要去城里找你，我姐一把拉住我，一扭头哭了……”

丑蛋儿用袖口擦了一把眼泪，使劲咽了几口唾沫：“爹娘逼得越来越紧，我姐就天天在村口张望……最后她把自己关起来三天三夜没吃饭……”

我紧紧抓住丑蛋儿的手，低头强忍着眼泪。

我说：“丑蛋儿，哥对不住你姐姐……”

我几乎把自己的舌头咬断了。

我的猜测并非空穴来风，或者说八成已经得到印证了。我一咬牙把手里一双筷子给撅折了。丑蛋儿看见吃了一惊，平静下来，默默低头不语。我给了丑蛋儿一些零花钱，他红着脸不要，我硬塞进他兜里，嘱咐他一些话。丑蛋儿走后，我像一个掐了头、掏了心的苍蝇，胡碰乱撞地回到家里。

我爹看我回来，知道我心情不好，端着棋盘笑着问：“二子，来陪爹杀一盘？”

我没有理会，从爹跟前走过去，爹笑得有些尴尬，我推开自己房门，把自己锁起来，把愣怔着的娘关在门外。

第二天，我把近来的稿费五千元汇给三娃。电话里三娃坚辞不受。

我说：“三娃，别让你女人太苦了……”

三娃沉默半晌答应了。

来年三月，我在成都出差，丑蛋儿打来电话——

“二哥！……”

“丑蛋儿，你慢慢说，咋了！?”

“我姐她……”

“你姐她咋啦?!”

说了半截，丑蛋儿哀嚎一声再也说不出话了。

我的脑袋“嗡”一下，全身的血一下都冲到了头顶，一种不好的预感强烈袭来。心里又诅咒自己的胡思乱想，不会的……怎么可能?!……我像一条被打了七寸的长虫，浑身绵软无力，恨不得插了翅膀即刻飞到七巧身边。

车上，脑子里都是那首我写给七巧的歌——

正月里穿新衣，人堆堆儿里咋不见你
手里攥了一把糖，捏地人汗淌哩

二月里雪消了，我到树林林里去等你

刀刀儿在树皮上划下你的名字哩，看了一下还在哩

三月里桃花开，你远远地走过来
你在前头我在后，咱们一搭里起掐苜蓿

四月里折柳梢，我骑在墙上来看你
你爹追过来，打了我一烟锅袋

五月里来过端午，花线线儿你脖子上戴
十里八乡的女子娃，我看就数你美
……

七巧在狗娃梁上，在她小时候掐苜蓿芽儿的地方睡着了，她在等我……

三娃跪在新拢起的坟前，面如土灰。

我瘫跪在七巧跟前，想伸手去拉她，她仿佛近在眼前，又遥不可及。我听见她咯咯地笑："二娃，看你个傻样儿！"说完低头抿嘴娇羞。我拼命呼喊七巧！七巧！她却总听不见。一会儿又听见她嘤嘤地哭："爹、娘，我就不嫁么，我要等二宝哩，我答应给他当女人哩！……"

我大声喊七巧，七巧！七巧忽然又看见了我，一努嘴，嘴里哼一声，一甩辫子又走了。我歇斯底里，姐！姐！我来了！七巧突然两只胳膊抱在胸前埋头哭起来："二娃，你个骗子！你说长大了来娶我的……"我泪雨倾盆："姐啊！我来了，我来了啊……"一个转身，七巧不见了。我张开十指，拼命刨开层层黄土……

我要我的七巧姐！

脚下，苜蓿芽儿刚刚探出脑袋，她们在寻找七巧姐，七巧姐总会在这个时节带她们在狗娃梁上欢奔乱跳，七巧姐粗粗黑黑的辫子甩到哪里，她们就跟到哪里，七巧姐把笑声留在哪里，哪里就有一片苜蓿芽儿唱着花儿。

如今，这些苜蓿芽儿都黯然神伤，探着圆乎乎的脑袋问：七巧姐，你在哪里？七巧姐，我们等你……

身后，岁牛来娃丑蛋儿他们一个个抹着眼泪。我用尽全身最后的力气，一拳把三娃打翻，三娃像一个虚弱的稻草人无力地翻滚在七巧脚下。

我怒吼："三娃，你个狗日的，你把七巧弄到哪里去了？……"

三娃爬到我脚下，抱住我的腿，涕泗飞流："二哥……我对不……住……

你……”

我一脚把三娃踢倒，他翻滚着爬起来，抱住我伏在我肩头一声声哀嚎，我无力地抱住他，我的泪干了，接着血也干了，心也干了，就像一截空心的大柳树杵在黄土里，只要一阵风就能七零八落……

三娃哭着告诉我，七巧收到了我的樱桃，欢喜得了不得，却舍不得吃，只是望着樱桃愣怔。最后樱桃都烂了。三娃让醋烧了肠子，他偷偷截住了我给七巧的信，也把七巧给我的信给偷偷拦了回来。他死缠烂打，像膏药一样贴着七巧。七巧想过跑，跑到狗娃梁上哭到星星走了来了月亮，心里又想起爹脸上比麻子沟还深的皱纹和娘像秋里的滴檐水一样的眼泪，心就软了。她咬碎了牙，把一条粗粗黑黑的辫子铰了……

上次回老家的那天晚上，我和七巧都说到了信，那些信却都石沉大海。七巧也隐隐觉得不对，于是逼问三娃。当时七巧已经有了身孕，三娃只好承认了当年从我的绊笼里偷走了七巧给我的信，以及后来又拦截我和七巧之间通信的事实。七巧咬破了自己的指头，又用铰了头发的剪子把她和三娃结婚时的一双缎面儿的新被子碎尸万段，三娃不住磕头赔罪，把新房的地面磕了一个窝窝。

由于动气伤胎，七巧半年后难产大出血，七巧知道自己不行了，弥留之际把三娃叫到跟前说：“三娃，我没有别的要求，只求我死后你要把我埋在狗娃梁的苜蓿地里……”

七巧临死昏迷时，嘴里念叨着：

“二宝，樱桃真甜！”

“二宝，姐给你纳的鞋垫好看吗？你喜欢吗？”

“二宝，以后不许拿人家的苜蓿芽儿……”

“二宝，姐等你……”

“二……”

三娃从怀里掏出一个手巾，层层打开，里面包着一封封的信。有我写给七巧的，也有七巧写给我的，最底下是一张皱皱巴巴的用红头绳绑着的纸——就是三娃从我的绊笼里偷走的那封信。

我展开来看，上面写着：“二娃，我等你，等你长大后我当你的女人。”

……

我捧着信捂在胸口，眼前一黑。

我看到七巧姐甩着粗粗黑黑的辫子，胳膊上挄着绊笼，笑盈盈地走着，她的屁股真好看，我跟在后面说：“七巧姐，你真好看！”

七巧姐脸上飞过一道彩虹，低头说：“二宝，你真坏！”

又看见七巧坐在炕上绣荷包，我看呆了：

“七巧姐，你真个能！”

七巧用花针拢了拢头发，低头一笑，面若桃花。

七巧呆站在门前，看两只蝴蝶拌嘴。

我说：七巧姐，你以后想寻个啥样的新女婿哩？

七巧红了脸，啐我一口“反正不寻你这么个二哩巴稀的！”我跑，她在后面追打……

樱桃树开满了粉红色的小花儿，我和七巧姐站在树下，樱桃花儿看见七巧姐，都羞涩地低下了头，微风里扭扭捏捏地议论：“这是谁家的女女儿，真个心疼！”

七巧姐娇嗔地低下头，双手摩挲着她那粗粗黑黑的长辫子，轻轻一笑，把一树的樱桃花儿都羞红了脸，裹住了花骨朵儿看着七巧姐。

七巧姐抬头冲我腼腆一笑，低下头说：“二宝，我等你，等你长大了来娶我，我要当你的女人……”

2017年7月

一株桃树

一次，我们去野地里玩，玩累了，坐在崖畔休息。有人就逗草。忽然叫，呀！这是什么！原来是一株孱弱的小树苗。孱弱到叫人心疼。其实也不该叫树苗的，只是头顶两瓣儿嫩叶的幼苗，还不如一棵草有劲儿。霎时寂静。那人将幼苗连根拔起，并向我们炫耀。我一把拉他到跟前，同时抢过苗儿掬起。这忽来的火气让我自己莫名，却也顾不得人家情面，端详起苗儿的样子。根部还连着未全瘪下去的桃核，与须末牵绊处的惊心，使人想到骨肉相连。而更使人惊心的，是那两瓣儿嫩叶，羊角辫儿般微颤着、羞涩着，似要诉说衷肠。大概唯有我能懂她了？大家的游戏戛然而止，我并不在意，撇了他们往园中跑去。

园，是我家的荒园，在家门对面，寻常由一把锁守着。

园中有座老房，是爷爷曾圈马的地方，后来那匹马死了，于是那房留给我一丝挥之不去的哀愁。但房背后的荫凉，却是安顿桃苗的好去处。那里原本有几簇杨柳肩挨肩，还有一株核桃树长了大大的叶子，闲汉一样，只窜个儿不结核桃。但此刻却成最好的庇护。我轻吻了一下小树苗，给她无限宠溺，感到彼此生命将要发生密切的联系；又怕手里的暖将她焐坏了，便找来碎玻璃茬儿挖开一个小土窝，就是小桃树的家了。栽好桃树，学大人模样，向树苗根部壅起一圈土，接着，跑回家装了水浇进去。许久，我凝视小桃树，心里跟她说话。说了三次再见，却舍不得丢下她。她一个，孤零零的，怎么办！直到听母亲几番唤着吃饭，才一步一步退出园门。

以后的日子，悄悄给小桃树浇水，成了我隐秘的怡悦。怡悦中带着惆怅，总怕她，怕她那么弱小，不知能不能活下来。又莫名自信，觉得既然是我生命中一部分，我能活着，她自然也能够。有一刻，我看到她长大了，跟二爸家后院那棵毛桃树一样敦实，能结出繁到压弯枝股的毛桃。可又觉得不忍，因为结了毛桃，会有鸟儿来吃虫儿来扰，或者被孩子连枝折了去。我简直不知该拿她怎么办了。于是那些日子我总闷闷不乐又莫名欢喜，还有防着给人发觉的隐忧。那种感情，使人自私又使人宽宏。树苗根部，土越壅越多，我心却越来越慌，怕万一忘记浇水，就总想给她一次喝个够。但早已听说给树浇水太多也不好，便挖开个口子，放出一些水。

呀！小桃树竟活下来了。证据是她探出新芽，旧叶更加油亮了。一旦我发现她在长，她就真是一天一个模样，要给我看、使我放心似的；再跟她说话时，就见她的骄傲。核桃跟杨柳们，也变得温柔可亲，他们在我离开时，替我照料着，小桃树简直爱上她的新家了吧？

待假期结束，不得不离开老家去往马关上学。我唯有祈求了，祈求别人不要发现她，把她像杂草一样拔掉，又望着能被发现，明白她其实是一株桃树呀！

随着开学，新的天地，新的伙伴，时间既久，我竟无情地把我的小桃树给忘了。等再次想起她时，是假期回老家的路上；那时，又要使我无限惆怅了。我想，我的小桃树一定是不在了。我心里恨某一只原本不存在的羊，或者骂一头拴着的叫驴，觉得它们都可能是凶手，连并着对爷爷也隐隐有了怨憎。万一，万一他把我的小桃树给不小心一脚踩扁了……

我的惆怅是多余的，小桃树还好好的呢，也许是杨柳们的无赖与核桃的吊儿郎当，使人不愿去亲近，因而也就使小桃树免于被发现。这秘密将守住多久呢，不知道。单秘密的存在，就给人无可比拟的感动与鼓舞。寒来暑往，不经意间几年过去，现在，我终于可以称她为一棵真正的树了。她的枝干已经可以承受我的抚摸，她的叶子摇曳而给我聆听世上最美的音乐。谋算着，我终于可以跟爷爷分享我的秘密了。这秘密存在心底给我幸福也让我受苦。

当我试探着跟爷爷说起——

是用猜谜的方式。爷爷却狡猾地笑了，那狡猾使我欲言又止。隐约觉得，爷爷内心也有一个秘密。

隔年，又回老家，是万物竞发时节。而我的个头，已快赶上爷爷。但这并不值得骄傲，使我骄傲的，是我的桃树长到比我还高，并且，枝头竟有几个花骨朵！

尽管桃树还是孱弱的，毕竟杨柳跟核桃的庇护就如温室，给她安全亦给她拘束。但毕竟有了一棵树该有的模样。我望着、望着桃树几时能够挣脱一切束缚，而伸展向真正的天空啊。那时，她将拥有独属自己的心怀，她将能看到外面的世界呢。而想到她要开花——

她的花，若唯有我和她自己看到，将多么不幸！

能预料的不幸从来不是真的不幸。那天清晨，当我从梦中蓦然惊起，是在风雨交加时分。我的桃树！想到此，我披衣靸鞋就往园里跑。

雨打湿全身时，站在桃树面前的我，彻底绝望了。树顶，花骨朵一个不见，任枝叶随风颠倒，连树身也似乎随时准备离我而去。杨柳和核桃自顾不暇，而我又是如此无能为力。我要留住她！我挽了她，向她恳求，又对上天诅咒，却只见更狂的风雨向我嘲笑。我满腔悲愤，我要长啸，却看见迷蒙中抽出一道电光，那电光随树的枝叶扑闪，割破厚的天幕——

是一朵桃花！

这娇柔而明媚的花——

若重燃生命之火，把我的心从天的尽头夺了回来，给我重重一击，使我全部的热情澎湃起来。纤弱粉嫩的花朵啊！你具备怎样的力量，竟顽强地抱定你的信念，给我勇气给我希望，使我相信世间存着一种东西，叫作奇迹。

我相信那花朵——不，那电光，是再不能凋零的了，她牢牢攀住了我的心，攫住了我的魂灵，使我的生命再不与她分离。

当我回眸一瞬，看见身后站着爷爷。看到爷爷原本混浊的眼里，溢着精彩的光。爷爷揽我入怀，我有全世界最多的委屈又有全世界最多的温柔，有许多话想说，却一句说不出。爷爷也沉默着。沉默的爷爷，顺他的白胡子望去，是一尊雕塑。

以后的日子，当我再想起桃树，就想到爷爷，想到爷爷，就想到爷爷的秘密。

然而这一切，被一场大火销蚀。回老家的路上，仍感到火予我的灼烧。

火是从园子隔壁的麦场烧过来的。谈起那夜，人们依然心有余悸。我的桃树，以及桃树身边的杨柳与核桃，都不见了，仿佛世上从未有过那样一场邂逅。爷爷摸我的头，我俩都不说话。我们不必说。惊惶与不安是人们的事，人们的事全不与我们相干。

我终于开始相信，爷爷某天也会离我而去。而之前多年，我以为“爷爷”这个称呼是永不会消失的，无论何时何地，只要我呼唤，就会有人答应，就像我想到我的桃树，桃树就笑着抖动她的身子与我说话。

爷爷给我讲了一个故事。

园子所以荒废，为园中一个往日传奇。爷爷说，园中曾住人的，却于半夜传来一种世间不曾有的声音，绵密辽远，仿若源自天籁的倾诉，又像人的无奈叹息。终于不敢住，就找阴阳先生作法，一时煞住，不久依然如故。人怕了，只得搬出，园子废弃，故事变成心事。爷爷的故事讲得扑朔迷离，说是故事又无结局。

想追问，终于没问出口。不知怎么，心里总觉得，那声音该出自一个女子，且是个娇俏玲珑、眉目清秀的年轻女子，女子身上穿着的，是一身粉色的碎花衣裳。

这想象，于脑中不断演绎而愈加清晰起来。

若干年后，爷爷真的离去。那时，我已然明了人终要远去的事实，就像当初不得不承认我的桃花，她曾那么真切，却忽然就不在了。但又觉得，桃花的不在，只是暂离这让人欢笑让人苦恼的人间，在另一个未知处，仍要存在的。存在着的桃花与爷爷做伴，当初的秘密就永不消失。

昨夜梦中，又见爷爷，又见桃花。一切都还是原来的样子，仿若从未走远。而那园中声音渺渺响起在我耳畔——

我看到，桃树苗儿就掬在我手上，她分明地颤抖着、娇羞着，一身碎花的衣服，分明就是我心中那女子的模样。她唱着一首我从未听过的歌，却又觉得那歌声那么熟悉，仿佛是什么时候早约定了，要唱给我的。

2020年2月

婧 儿

人说婧儿长大了，再不是小孩。这时婧儿总疑惑，究竟什么样儿是长大？长大是在身上心上发生着什么？是心被揪着像一只雀儿啾啾唧唧——唧唧啾啾——那样儿吗？

还是若干年前。

那时暑假，照例要去舅舅家的。舅舅家多好玩儿呀！不必说矮墙围起一圈儿阔大的麦场，不必说屋檐下一窝年年回来的燕子，不必说园中染红指甲的凤仙花，更不必说藏着种种神奇故事的磨坊，单说那棵老榆树下，便可孕育多少美丽幻想。

然而今天，舅舅妗子们要去田里干活，只留她与表哥俩人看家。他俩边应承边尖了耳听，脚步声终于不闻。他俩笑笑的，头顶是高而远的天空，几朵闲云不耐寂寞，留下顾盼的倩影。怪了，野马脱缰反不自在，表哥寻出寻进寻不着可玩的，挠着他蓬草似的头发。婧儿倚坐于门槛前，瞄表哥一眼，等着，看他将出怎样的洋相。

阳光轻柔，空气中阵阵花香；婧儿不觉蒙眬星眼，向着远空作她无谓的遐想。墙边老榆树上格外喧闹，一群麻雀啾啾唧唧，因着枝叶掩护，召开它们永不消停的会议；偶有偷懒者缩头探脑，瞅空儿悄离了树梢，踅向院中觅食。那模样儿，一点胆小一点滑稽。

婧儿几乎要笑，却抿了嘴，防着扰了那小小精灵。那小小精灵呀，竟不知疲倦，永远那么跳呀蹦呀，不似鸽子闲庭信步。婧儿正自出神呐，那雀儿却飞落电线上了。电线摇摇，雀儿兀自理它的翎毛，向天空弹拨音符。许是不使它独自得意，又有几只麻雀也来凑热闹，学样儿落在电线上，一溜儿挨近，窥觑人间到底存着多少秘密。

表哥抻长了他的影子，影子随一架木梯疾徐奔走，眯眼时，手里怀中已多了筛子和秕谷，腋下挟了半截麻绳。婧儿迷蒙听到他的召唤了，来呀！来呀！不如我们捕雀儿吧！可婧儿实在懒怠抬眼，离了那轻而柔的梦。梦中，啾唧声渐远；更远了，远到老榆树的影子也一并淡去……

啊哈！看呐！捉住啦——捉住啦——

呼喊声当空劈下，使婧儿复堕入人间，要捉寻，却为腰酸腿困一时无法起身，软软看去——

啊呀！那是什么?！雀儿呀！

咦——真格呀?！

真格——真格呀！

可不！正是那只早先落在电线上的雀儿——婧儿直觉是它！刚才它的趾爪还分明拨弦呢，怎就落网啦……

凑近瞧时，竟是一只黄口小雀。此时睁了黑豆儿样的眼，泪光点点；两只翅膀扑棱着，无力挣脱，头顶绒毛奓起来了。婧儿感到它的心惊，亦觉出自己的心跳，更不敢看那黑豆儿似的眼了。黑豆儿眼里有隐约的悲哀，若深不见底的空洞，要把整个人都吸进去。婧儿喊，哥，哥呀！放了它吧，看它——

“可怜兮兮”还未出口，墙头飞下两只麻雀，利箭一般，将要落地，又斜剪向他们。婧儿向后退，表哥把婧儿拦于身后，就要挥手扑打；两只麻雀折转腾跃，啾啾唧唧啾啾唧唧，厉声摧人胆魄。就在婧儿闭眼一瞬，它们飞返墙头。再看，分明是两只要爆炸的毛球，黑凄凄四只眼，如聚电光。眼看它们就将再次冒险了。表哥回头说，婧儿不怕，不怕！有哥哥呀！可婧儿心底的悲哀更向一个深渊去了，那里正如黑豆儿，黑得人心慌。

未料小小雀儿竟有如此勇气，那啾啾唧唧的叫声，这样骇人！因了人与雀的对峙，原本开着会议的雀群聒噪不安起来，轰啦一声，半边树上的麻雀当空冲起，给亭盖样的树顶留下惨淡的豁口。墙头两只麻雀得了鼓励，再次冲锋，一齐掠头皮而过，又双双忿然疾回。树上剩下那一队麻雀，与先前那支队伍，交替向空中盘旋。于这千军万马嘶鸣的战场，表哥手里那只小小雀儿更加瑟缩了。

婧儿不忍，婧儿喊，哥，哥，放了呀放了呀！这命令，不知是向表哥，还是向她自己的心。

表哥悠悠说，逮只雀儿多不易呀！早想送你一只的。

不！我不要！你看它——

表哥手中那雀儿，一翕一张的滢滢黄口似要说话，黑豆儿似的眼闭了又睁，睁了又闭，一下一下，攫住婧儿每根汗毛。

墙头两只毛球愈加膨胀，膨胀近于灼烧，灼烧止于冰冷，冰冷愈浸透婧儿心底的悲哀了。而远处交替盘旋的雀群，凌乱了整片天空，那些闲云们早改换了模样，向辽远处隐去，隐于一张巨大的罗网。婧儿觉得刚才的梦被网了去，雀儿拨动过的弦，成了悬索。

哥！哥呀！

婧儿近于控诉了。

轰啦——

控诉直达天听，当空那交替盘旋的雀阵，并作一处，齐向远方切去，切开天际，倏尔湮灭。

表哥不知何时已不见。

踅进屋时，见他已搜着一个盒子，知道将是那雀儿的家。表哥已向盒子里偎茅草了。婧儿背身关门，索性将内外两个世界隔绝。而那凄厉的叫却于心底愈刻愈深；她闭了眼，又蒙上耳朵，啾啾唧唧的叫愈演愈烈。

婧儿眼里带了祈求，许还带着她自己亦未觉察的愤怒。表哥终于慑服，他笑笑的，他挠挠自己蓬草似的头发，喃喃讷讷说，这雀儿气性大，确不好养，待明早若还活着，就放了它。

门外忽然安静下来，静得不真实。那棵老榆树，倔犟地把枝杈戳向天空，戳出一腔哀愁。开门一瞬，跌进来的阳光，仿若白色巨刃剁进一屋子的阴影。

那雀儿不枉了它的气性，无论以搓成细条的馒头，还是嘴噙了水喂它，总冥顽不灵。翅膀细微颤抖，作它无谓的奋争；黑豆儿似的眼，一时启处，也只任微光黯淡下去罢了；两瓣儿鹅黄的喙贴住纤弱的身子，绒毛下残存的体温恍若傍晚斑驳日影。

待日影徐徐落定，大地堕入无边黑暗。

翌晨，婧儿捧了盒子，连那敛了黑豆儿的身子，以及那身子曾拨动的音符，还有榆树梢洒下的点点细碎阳光，婧儿要将它们一并埋在老榆树下。

老榆树一如往常，灿若亭盖，那亭盖下正似一个庄严的音乐厅，只是厅中空空荡荡。就在婧儿刨开一个小土窝时，一缕阳光缓缓移向窝中央，随光线渐渐散开成道道曲谱，空中传来啾啾唧唧声，旋即头顶一曲交响乐骤然开场，宛若天籁。

当婧儿抬头时，老榆树顶上，两阵雀儿交相盘旋，乐声大振，俄而奔涌激越，俄而低徊婉转，忽又交合一处，若两匹拥吻的绸缎。

当空一条彩线，线上一只雀儿，滢滢黄口……

啾啾唧唧——啾啾唧唧——

2020年9月

知　了

记得那时候，几乎每个村子里都有一个聋子或哑巴。他们在自己的世界里缄默着，却在别人的世界里热火朝天。那时，村里有很多闲人，热衷于东家长西家短，什么谁家的儿媳妇儿调皮，谁家的炕热，谁家的猫打了一只碗；颠三倒四说腻了，他们偶尔也会拿一个聋子或哑巴打趣。孩子们最会有样儿学样儿，于是，他们也学会了偷偷往哑巴身上扔土块儿，跟在聋子身后尿尿；在众人的哄笑中得了意，成为未来一段时间炫耀的资本。

奇的是，我们村却有两个哑巴，一个跟一个不重样儿。一个又哑又瘸，脾气好；一个倒不瘸，可脾气暴躁。脾气好的叫大川，是个男哑巴，脾气不好的叫知了，是个女哑巴。大川十七八，知了十五六。一个在崖埂塄上头，一个在崖埂塄底下。

崖埂塄上头的大川浓眉大眼，国字脸，总是笑兮兮；崖埂塄底下的知了长脸大嘴，总爱发脾气。

人们私下议论，大川如果不是个哑巴，如果腿不瘸，就是方达围圆的头梢娃娃呀！村人不说帅，只说这娃娃长得攒劲。可惜了啊！老天爷世人哩，这么攒劲的娃娃又瘸又哑；人们摇摇头，觉得实在不公平。然而大川却似乎不这么认为。他不知道人们的这些议论，他对所有人都是乐呵呵的；他一笑就露出一口大白牙，咿咿呀呀说半天只有他自己能明白的话。别人听不懂，他就用手势配合，别人还不懂，他也不恼，把他那只瘸腿调整一下站稳了，加大手势的幅度，继续咿咿呀呀；人家好像听懂了，他鸡叨谷似的连着点头，眸子里闪出一道光来。他咧开嘴露着大白牙转身刚要走，又怕人还不亮清，回头咿咿呀呀来个补充，终于人们点头笑了，他才满意离去。

别看大川腿瘸，干农活可是一把好手，挑水担粪，饮驴铡草样样不差。扁担把别人的腰压成一只秋蚕，在他肩上却"咯吱咯吱"叫得欢；一只瘸腿作揖一样向另一只好腿打弯，配合着手臂有规律地摆动。大川是天生的还是后天的腿瘸，我没问过，只知每去爬树摘杏或上墙掏鸟时，奶奶就咬着牙花子大声骂：看把他死恰的（该死的）个大，防着跌下来绊跛了，跛了就成大川了，寻不下女人了！

寻不寻得下女人我暂时不关心，只知道奶奶的小脚是绝追不上我的。有一次我故伎重演，奶奶这次居然没有骂，而是满脸褶子笑呵呵地说，娃，快来，我这里有个洋糖哩。边说边用手在她大对襟的衣服底下掏着，仿佛攥着一把洋糖。奶奶的笑，空前慈祥，让人无法不信；于是我从树上溜下来踅摸到她跟前，刚伸手就被奶奶一把拧去一顿打，好不容易挣脱了，奶奶还不解恨，继续咬着牙花子咒：绊跛了就像大川一样了，寻不下女人了！

七八岁的我对女人没概念，可十七八的小伙子，在老家的确该寻女人了。大川的女人在哪里，谁也不知道。

大川会编蚂蚱笼，他编的蚂蚱笼结实又好看。到了夏天，我们就缠着他编。他笑呵呵地有求必应。当他歪着嘴编蚂蚱笼时，我们就出神望着他，他歪着的嘴皮随手上动作翕动，仿佛出劲的不是手而是嘴；他样子虔诚而细致，最后一根麦秆收尾时，咧嘴露一口大白牙笑了，像个孩子；我们也笑了，吹出个鼻涕泡。他“呃呵”一乐，在一个孩子鼻头上用指头一刮，很满意。孩子们羞着笑着跑开了，大川坐在门槛上高兴得满嘴“呃呃呵呵”地叫。大川总是没来由地乐呵，这很讨孩子们喜欢。偶尔也有调皮的孩子远远儿往他背后扔土块儿，他发现了装作一副很凶的样子，伸出一根指头指点着警告，然而脸上还是一副笑模样。这孩子也并不怕，于是大川提起他那只瘸腿作要赶的样子，孩子扔掉手里的土块跑开了，大川却挠着头“呃呃呵呵”笑上了，仿佛恶作剧的恰是他自己。

同样是哑巴，知了就没有这样的好性子。知了的长脸配上两根长辫子，有天然的厉害。说起来，知了是我本家堂姐，我得管她奶奶叫七婆；七婆跟我奶奶一样，是个小脚老太太，她总是护着知了。当我们拿土块儿打知了，或者偷偷跟在她后面向她尿尿时，知了就“啊啊呀呀”地骂着追赶，她的嗓门很大，不像知了叫，倒像是喜鹊喳喳喳。七婆循声而来，手里拿着填炕的推耙，一双小脚原地踏步，我们吓得四散奔逃；知了因此更得了势，她的“啊啊呀呀”把我们赶出几里地。

知了的脾气并不是天生就坏。据说她小时候很温顺，跟其他小女孩儿一样活泼好玩儿。那时，她们一起扔沙包，抓羊骨头，踢毽子。她生来嗓门儿就大，只是谁也不懂她在叫啥；她一急，喳喳得更响了。别的孩子就耍赖，她也说不过她们。见她红了脸喳喳叫，别人就幸灾乐祸地笑话她。知了偏偏在乎输赢，她越在乎她们就越笑话。知了终于厉害起来，她“啊啊呀呀”吼几声，那些孩子屁滚尿流地跑了。知了的脾气也许是给她的那些伙伴们笑话大的。

自从发现知了脾气大了，愿意跟她玩儿的孩子就越来越少了；她的喳喳声叫得更大了，终于吓跑了最后一个小伙伴儿；从此，知了不太爱出门了，除非挑水担粪，饮驴背麦。

知了是哑巴，她能听懂别人说啥，尤其十五六时。十五六的知了爱害羞，别人就逗她：知了，你大给你说了个下家（对象）；知了的脸一下红到耳根。别人“轰啦”一下笑开了，知了甩了两根长辫子跑得远远儿地，好几天躲着人走。

也不知哪个好事的媒婆子乱点鸳鸯谱，她说，大川和知了兴许就是老天爷世下的一对儿哩！

不知怎么，这话就传到了知了耳朵里，从此知了更加不愿出门了。她在家干啥？她在一双又一双地纳鞋垫儿、一副又一副地绣枕套；万不得已出门又躲不过人时，别人就问，知了，给你新女婿纳了几双鞋垫儿啦？知了甩着长辫子就喳喳开了，不过，一点都不吓人，她红到耳根的脸倒娇羞可爱。

大川就大方得多，当别人连说带比划地说起知了时，他还是乐呵呵地笑。如果知了恰好此时经过，大川挠头不语。知了两根长辫子在屁股上甩甩打打地红了脸顺墙根儿下跑掉，大川笑得“呃呃呀呀”，仿佛是他在看别人的笑话。大川没有心事，他的心事都被装进了知了肚子里。

那年夏天，枯焦啊！不下雨。几处泉水干了，井里吊上来的都是泥糊糊。人和驴只好到村脚下的河沟里刮水。先把人吃水的桶舀满了，再给驴饮水。那时，麦子都杀倒了，心急的人已经开始碾场。知了放下手里的针线，看着笸箩里的十双鞋垫和五副枕套，她笑了，笑容跟绣在鞋垫上的鸳鸯戏水一样灿烂。她满意地伸个懒腰，挑了担吆了驴去泉上。

天爷不下不下，说下就下一场大排雨（阵雨）。

那场排雨让人后怕。人们慌忙把麦子从地里背回来；碾场的人抬头望天，怕再一场排雨倒下来，塌场可就麻烦了。

谁家的狗对着烟囱叫几声，有气无力；老柳树在日头下垂头丧气。

一阵麻雀“轰啦”一声从柳叶间惊起；忽然，大队部的喇叭喊话了——

不得了，不得了了！广大社员群众，窑沟里崖塌了，把人埋下了！

各自忙活的人们先一愣，再支起耳朵又一听，赶紧忙忙丢下手里的活，从地里、场上，往村底下的窑沟里跑。有人穿错了鞋，有人赤着脚。不知谁大喊，都扛上镢头铁锹！人们又调转身回家，扛起镢头铁锹就跑。

窑沟里那眼泉，因排雨蓄满水；泉上头是一方土崖，每当下雨，就往人头上掉土疙瘩。

人们从四面八方赶来，像排雨前搬家的蚂蚁。

塌下来的大面积土方被镢头铁锹刨开了，老人们说，现在得用手刨，不然人挖出来就不浑全了，这话有理。全村男女老幼以他们祖祖辈辈积攒下的对黄土的敏感，用一双双手探寻生命迹象。先刨出来的是一只鞋子，再是一条驴尾巴，最后，一个年轻力壮的人抓住一只脚腕，扽出来一个人。

是知了。

所有人都不说话，这个古老的村庄陷入死寂；只有狗偶尔叫几声，像从遥远处传来几声闷雷。

人们抬了知了往回走时，谁也不知道手指刨出血的大川去了哪里。

两天后，一场奇大的排雨把焚烧知了留下的最后一丝灰烬冲得荡然无存。

天晴了，天蓝得让人害怕，没有一丝云，仿佛整个世界都空荡荡。只有屋檐下的蚂蚱没心没肺地叫几声，蚂蚱笼里的黄花蔫了，干了。

几个月后，人们看见大川又笑呵呵地出现了，仿佛刚做醒一个长长的梦。他比以前更勤快了，挑水担粪，饮驴铡草，比谁都起得早、跑得快，他从来不知道疲乏。有人说，他脸上有了皱纹，因为他老是笑呵呵的；爱笑的人脸上就会有笑纹。

此后离开村子，再没见过大川。偶尔回去，年轻的孩子不认识我，更不知道世上还曾有过一个哑巴叫知了。大川倒是还被人们津津乐道。

我问，大川好吗?

人们说，大川很好，咋不好！每天有干不完的活，他是全村最勤快的人。

2018年4月

杏　花

坡上何时有那片杏林的，老人们从无说起，孩子们也无由以问了，总之年年三月，一树一树杏花渐次漫作红云，是自然而然的事。

有了杏林，莽苍大塬兀添一份妩媚，人们在田边地埂，沟峁洼墚，扛起锄头吼起秦腔，光阴忽然变得柔软，至于溪边浣衣女子听见了，把辫子往后一甩，又一笑，高原上那点子隐秘的好处，简直不必说了。

然而实用的心思终究占了上风，春种秋收才是正经营生，杏花么，一嗓子过后，开就让她开吧。照管杏花的任务，就交由孩子们。孩子们有了这理由，便隔三差五齐往坡上跑。有时是放羊，有时是打草，有时纯属打瞌睡。少年自然也去。去的理由却更有不同。不知怎么，杏花美则美，却形容不出，形容不出就郁结于胸，就生出一段惆怅，惆怅又无处安排，便往坡下一望，又叹息一回。不知何时竟倚着树干想他的心事了。

不多时，就见坡下探出个脑袋；是盼望着的，倒让他悲愁起来。接着冒出竹笼，竹笼扤在一只葱白样的胳膊上；忽闪一下，那胳膊连带着一汪水样的身段儿摇摇摆摆向眼前来。倘若少年那时学会使用文言句子，非是凌波微步、芳尘冉冉不可。然而他却羞了。这该死的羞涩！再抬头时，看到一抹笑，正如枝头杏花一般妖娆。有句埋了好久的话，这时就将喊出来，那笑却倏忽不见了。定是被自己给唐突了，少年深恨自己。然而，那笑又来了，似要向他问点什么了。少年趋近，身体仿若弓弦，那咯吱吱响的是弦声抑或心声呢？正无法分解，忽见那水样的身段儿，化个粉团儿，跌于崖畔下，不见了。少年惊呵一声，直觉后背闷痛。原来一梦。嘴边那句话，幸而未曾出口，倘喊出，便由远方那些个闲逛的云彩听去，也够臊一顿了。

梦是假的，但那未出口的话却抵赖不过，压在少年心上许多年，许多年。

少年家在坡腰上。每约了伙伴去抬水，去往坡脚下。临坡底，照见一个门户，却是少年抢了活干的唯一理由了。运气好时，便见那个女子，在门口与人闲谈，手里捏着的，正是那双永远也纳不完的鞋垫。女子戳一针，少年心上一疼。却不敢拿正眼去瞧她。叫她女子，不过是后来的说法罢了，那时他正该叫她一声姐姐的。从旁人那里听说，她要大他好几岁呢。

这大出的几岁，就成迈不过的坎儿。那时她在一群大姑娘小媳妇儿中间。于他这一边来说，觉得自己已经是男子汉，而于她们那边来说，眼前不过一个小毛孩儿。那捏了花针的女子可曾想到，她已使那小小男子汉心头起了怎样的波澜。就在若有似无的一瞥间，她的眉毛，正如镰刀一般，将他体内孕育的一滩草莽，尽勾了去了。她自然不知，走出老远，她的一条黑辫子，仍予少年最无情又最深情的抽打。捱过许多苦，只是望着她投来一眼，哪怕无心也是好的。她不知，那将予他怎样的幸福。确有几次，她似乎看到他了，他却使自己的目光滑过去，滑过去……

一年一年，杏花开了，杏花又落。

那不知给谁纳的鞋垫，总捏在她手上；而他早已独自担水。他个头高了些，唇上有了淡淡一层胡髭。这绒毛新近又添了他的烦恼，觉得那样子实在是丑到不行，以至下回路过她时，头勾得更低了。其实大可不必，因为她总把盈盈的笑，给她的同伴们，给那根颤巍巍的辫子，给她手上细致的针脚，却独无他的份。有几次，他怀了孤注一掷的念头，隔着远处的墙峁，下死眼盯她一回的，看见她的身体，饱蘸春潮而膨胀起来，一些地方有玲珑的曲线——

倘若他知道，世上有“玲珑”或“曲线”这样儿字眼的话。而实际上，他想到的却是另外的说法。就她的无情而言，有一时，觉得说她是狗尿苔亦不为过，而又一时，就她的韵致、她的爱娇，可正是一朵杏花呢。可杏花年年开放，年年不见结子。那么，年年的相会，所为何来？

他恨她的无情，又为这恨她的想法而惭愧，进而恨上自己。他不禁因了这无穷无尽的自怜又自责，起了一种遐思。

他羡慕她的家人。他渴想自己是她家中一份子，不拘是她的父母，她的姊妹，甚或是她家一口水缸、她家门上那个铁环，也总是好的。总可以理所当然地感受和体会与她有关的一切。可以呼吸她呼出的空气，可以大方喊她的名字，可以照着她的身段儿连并她的笑容一起投向一剪梦的虹影。当那么想时，他觉得她家周围一缕一寸，寸缕都是真实而触手可及的……

他受了这遐思的魅惑，终于蠢蠢欲动。

一次，经过她家院墙下，竟鬼使神差，把不知何时从墙上抠下的一块土坷垃投向她家院子里了。她家狗叫起来，他拽住他的魂儿跑掉了。很快有了第二次，如法炮制。她家的鸡跳起来，他于鸡的扑棱声里，感到莫名的愉快，随后陷入空惘。他要的不是狗叫鸡扑棱。他要什么，他自己也不知道。他只是对那愉悦又刺激欲罢不能。接着有了第三次。这次他拣了一块较大的土坷垃。刚扔进去，还未听到土坷垃落地，她家门环先响了，同时响起的还有他爸的呵骂声。

他差点儿忘了跑。

他以为这是向她更近一步。

她爸爸——她爸爸——

想到与她生命关联密切的人过招，心跳得更凶了。

然而他懊悔起来。他怀疑自己的人品。他觉得自己是个坏人。这就使他觉得更配不上他的所想了。

他决心这是最后一次。

就到她家院外了，他觉得那院墙那么高，怀疑先前是怎么把土坷垃扔进去的。他感到绝望，心上吱呀一声，门打开了，去捉那声时，却有一双眼先捉了他去。不，是杏花！

杏花——

每瓣都是哀愁。

这次他没跑。或许是吓住了，或许带了最后的乞怜，又或许还有决绝在里头。然而门阖上了。短暂而漫长的瞬间，把人世分为两端。

他去乡别土，一恍多年。

坡上杏花仍旧如初吧？有时他想。也不过匆匆一念的事。她许了人家，就是最后奔向她家院外那年。也是那年，坡上杏花却失约了。

一场场人事更迭，一桩桩人情变故；无论停留何处，他再未见过那样一坡杏花。

人到中年，他想看看，看看那坡上，杏花是否依旧。

他经过坡底，被什么牵引着。竟见到她。她包了一方绿头巾，身材臃肿。岁月将她完全换了模样，唯一确认的，是那双镰刀样的眉毛，而那两泓清泉似的眼，黯淡了。她吃吃笑着，似乎有对过去多年的报偿。又或许不过是他的想象罢了。

他先开口，先说话的却是她。

她说，你回来了。

他说，噢，回来了。

她说，家里坐坐。

他说，噢不……不了，以后，以后……

她仍笑着。

她的笑一直送他走过家中老屋，走向杏树坡。

坡上杏花已残，杏树也疏落不成其为林了，唯脚下红泥成阵，提醒曾有一场花事。

有放羊的孩子瞅他，不认识他。远远地议论他，指点他，笑得那样腼腆羞涩，正是他小时候的样子。

当他怀了发福的身体，从树上折下残枝，只为一朵残存的杏花时，孩子们收了笑，眼里生出一份庄重，这庄重给他无边宁静，仿佛听见不久前的花瓣纷纷落下。当他伸出手，接住的却是天边一朵云彩。松开手——

云朵儿悠悠，转眼已过山头。

2021年3月

杏胡儿

在我故乡的原野上，有一个杏树坡，坡上有一片杏树林，那是我儿时的乐园。某天，忽然想起它，心里一疼，就有了下面这个故事。

——杏胡儿者，杏核儿也。

两面山像两只巨大的靴，横亘南北。靴底夹住一条干白的河滩，长虫一样曲里拐弯向远处寻不见了。两面山腰上各分布着一些人家，低矮的青瓦房如同大地生出的虮子，顺着沟沟畔畔，这里钻出一窝，那里钻出一窝。北边的人管南边叫作阳山，南边的人管北边叫作阴山。其实，他们都有一个共同的姓，祠堂里供奉着同一个祖先。据一辈辈人传下来的古今说，眼前这两面山，是远古时盘古爷开天留下的两只靴，盘古爷他老人家后来成了仙，驾着云去了，靴子却留在这里。至于那条河，是他老人家当年淌下的汗。老辈人说，因为这条河，这里也曾牛羊满圈、草木没膝。可不知何时起，当年淌汗流下的这条河渐渐就干了。时至今日，终于成了人们嘴皮子上的一点唾沫，舔一下就不见。可人们还是情愿把那条长虫蜕下的皮一样的干滩叫作河。

河两面的山，一如大部分黄土塬上的情形，荒凉得就像老天爷吼了一嗓子秦腔，余音悬在半空，怎么也落不下来，只好伴着傍晚时分，从瓦屋顶升起的炊烟游向一个渺茫的远空。如果从远处看，瓦屋就像给盘古爷点起的座座香炉。盘古爷大概自己也想不到，自己走了不知多少年，这里依然香火鼎盛。两只靴子上繁衍出一代又一代乡民。

如果恰好是春天，站在北面的那只靴上，便能看到南山顶上，有一团粉色的云兀自升起来，像老祖母的额颅上被人突然抹了一把胭脂。胭脂让老祖母害羞起来，羞笑了。一笑就满脖颈皴起皱纹来，落实到山上，就成了雨水累年冲刷出的道道沟渠。说是胭脂，纯属浪漫的想象。乡民不知胭脂为何物，他们管那片升起粉云团的地方叫作杏树坡。那里有一片不知何年何月被何人栽下的一片杏树林。这林子,倒为这一望无际的荒凉添了许多生机。

几只黄蜂嗡嗡嘤嘤从一朵花飞到另一朵花上去了,那嗡嘤声就像树荫里躺着的放羊娃的瞌睡一样,无序且绵长。几只羊咩咩叫着,嗅嗅埂塄边的一簇狗娃花,终于还是把嘴啃向一簇冰草。千万年的进化使牲口也有了灵性,它们知道那狗娃花看着好看,可有毒,不能吃。

日子撵着人似的,经不起放羊娃的几声哈欠。转眼已是四月,杏树坡上的粉云被几场雨水打了去,又是一阵大日头。如今,每棵树的梢顶还挂着一些半青不黄的杏子,至于低处的,还未等到完全成形,就已经被村里的孩子拿棍子打下来,咂干了酸水,抠出里面的杏胡儿,拿棉花包了,塞进耳窝里"抱了鸡娃"。脚窝里和地埂塄上,到处都散落着孩子们随手丢弃的杏胡儿。不过,这些杏胡儿也不必感到寂寞,很快,就有人来寻它们了,而且,是专意而来。

金锁蹴在廊沿上吃饭,照例是一头扎进一个黑瓦盆里,露出一头蓬乱的黑发,只听见扑腾扑腾往嘴里刨,听不见下咽声。鼻头上已经洇出一层密密的汗珠。瓦盆见底,他两步跨进厨房,接着是马勺刮着锅底的声响,听得人心里一拧。他左手托着瓦盆底,右手擤一把鼻涕揩在门框上,又扑腾起来。

"哥,你拾下杏胡儿着干啥哩?"

金锁舍不得刨向嘴边的那口面,脸在盆里略顿一下,又扑腾开了。

"咹! 哥,我问你哩!"

金锁才把一张大方脸从瓦盆里拔出来,转头向廊沿另一头踅一眼。廊沿上蹴着妹妹毛蛋儿,她正低头耍一堆杏胡儿哩。毛蛋儿在两颗杏胡儿中间画一条线,拇指和食指屈成一张弓,把一颗杏胡儿弹向另一颗杏胡儿,弹到了,又抓回来,撒出去,继续划线。

线划到金锁的嘴角,划出两弯翘起的月牙。

"蛋娃,哥拾杏胡儿着……"

话到半路上又给噎回去了,他抻抻脖子,把嘴里的面使劲咽下去,脖子上青筋暴突,喉咙像鸡嗉子一样翻腾几下。

"拾下杏胡儿着为卖钱哩么。"

"卖钱着干啥哩?"毛蛋儿紧追着她哥的话把儿问着,又弹出一个杏胡儿。

"卖钱着上学哩!"

"哥,我也要上学哩么!"毛蛋儿说着,就抬起头,就瞪起两只毛茸茸的大眼睛,就从膝盖间奓出两条羊角辫儿。她拿眼盯住金锁。金锁扑嗨嗨一笑。

“蛋娃儿,你还是个碎女女儿哩么,等蛋娃儿大咔了,哥就带你上学,咋样?”

“哥,那我啥时候才就不碎了哩么?”

“要长个子,就先好好儿吃饭!”

“嗯!”毛蛋儿认真答应一声,一颠儿一颠儿地跑向厨房,两根奓着的羊角辫儿一闪一闪。

爹和娘去地里了,等着金锁送晌午哩。金锁不敢耽搁,看妹妹吃下半碗饭。就提起一只瓦罐往门外走。走到大门口又停下,转身往里喊——

“毛蛋儿,你一个,不害怕噢,哥给爹娘送了晌午就回来了。”

“哥,我不怕,你把你的去!”

金锁转身要出门,又站住了:“蛋娃儿,廊沿上的杏胡儿可不敢吃,吃了就把人给闹死了!”

“咹,哥,我晓得了。”

“记着!”

“咹!”

金锁反身拉了门,门有些走扇。他想想,把门环扽紧,拿锁子虚挂了,才转身忙忙去了。

日头大得睁不开眼。金锁怕爹娘又要骂,走得急了,瓦罐里的饭汤淹出来,他一手摁住瓦罐上苫着的草帽,高一脚低一脚地走在山路上。到了地头,招呼爹娘过来吃饭。他走过去,捉了镰刀准备割麦,爹把他喊住了。爹说,捉镰把的手终究没处用,捉得再好也是个修地球,你还是把你的笔砚给我捉好,像对过儿的三祥一样,考上个师范,脱了这身农民的皮,才算你娃的能哩!

娘不说话,就出劲揩汗,就眯着眼对金锁笑。饭吃完了,爹卷个纸烟吸着歇缓,娘把瓦罐儿收拾起,对金锁说,锁锁,赶紧回吧,看把蛋娃儿一个放到屋里,着人操心着!

“咹,娘。”

金锁答应着拔腿就走。走出地头了,爹突然喝喊:“藏给我好好儿地把书念!”

“大,我晓得——!”

金锁回喊一声,就顺着坡坡跑开了,脚下踏出一阵蹚土。他不放心毛蛋儿。到大门口,锁子还好好挂着。他放心了,匀匀呼吸,揩把脖颈上的汗,就喊一声——

“蛋娃儿——哥回来了!”

屋里没人言传。他拨开虚挂着的锁,膝盖一顶,门咯吱一声开了。

“蛋——”就见毛蛋儿蜷着身子躺在廊沿下不动弹。

瓦罐豁朗一声在地上磕碎了。

金锁冲过去,把毛蛋儿的身子扳正。一看,毛蛋儿一张脸成了白纸,双眼紧闭,嘴角黏了一串白沫,像睡死过去一样,没一点声气。金锁腿一软,跪倒在廊沿下,两只手扳着毛蛋儿喊——

“蛋娃,蛋娃!你给咋了?你给哥哥咋了!”

毛蛋的一只小手攥着,给金锁一摇,指头张开了,滚出几颗杏仁。金锁明白了。他赶紧一手捉住毛蛋儿的下巴,一手拿指头往毛蛋儿嘴里掏,毛蛋儿牙关紧咬,根本掏不进去。

“蛋娃啊,哥的蛋娃!你给哥哥咋了!”这时,背后一个人,大声喝喊:“锁锁!锁锁!咋了!咋了!”

金锁顾不上答应,只是喊着:“蛋娃啊!蛋娃,你给哥哥咋了嘛!”

金锁被揪住肩膀一把扽起来。他这才看清,是对过儿三祥的娘。三祥娘一把搡开金锁,翻看一下毛蛋儿的眼皮,又掐人中。金锁站着,早丢了魂。三祥娘喝喊一声:“我看着!快去叫你大你娘来!”

金锁嘴里答应着,腿却迈不开,半天才如梦初醒地往门外跑去。

大和娘在前头跑,金锁在后面追。躖(duàn,飞速追撵)出一只一只的野兔满洼上蹿,蹬出一团一团蹚土。有那么一瞬间,金锁害怕起来,万一毛蛋儿有个三长两短,怎么给大和娘交代。可顾不了那么多了,他只是跟着跑,希望赶紧到家,又希望脚下的路没有尽头。

娘一到门口,就天爷呀!大大呀!我的娃!就哭开了。爹抱住毛蛋儿,揣揣毛蛋儿的额颅,向娘喝喊一声:“快!舀稀粪来!”

娘愣怔一下,口里答应着连爬带滚往茅茨跑,三祥娘早拿起粪勺去了,她舀了一勺粪水,金锁跑进厨房提来一只碗。爹扳开毛蛋儿的嘴皮就往她嘴里罐粪水。罐了几气,毛蛋儿的牙齿咬得咯吱吱响,再罐不下去了。一会儿毛蛋儿触电一样,腰一躬,哇一声吐出一口绿水。院子里不知啥时候围起了一圈儿人。不知谁喝喊一声:“赶紧往乡里的卫生院背!”

众人把毛蛋儿搊在金锁背上,爹娘扶住毛蛋儿的胳膊和腿,就往十里外的乡上奔去。金锁的汗从头顶顺着脖颈淌到裤腿,打湿了一路的蹚土,淌进嘴里的,腥腥咸咸，分不清是汗还是泪。他后悔临出门前的多嘴，也许他不说那句话，倒不会提醒蛋娃，蛋娃也不会吃杏胡儿。可现在有什么用。他一边悔恨一边想，如果蛋娃有个啥麻达，他也活不成了。

经过卫生院半天抢救，命是保住了，可院长也说了，活了八成也是个哑巴。

金锁乜一眼爹。爹狠狠剜一眼金锁。

“把你个十辈子的个混怂！”一句话把金锁打入冰窖，脸上身上的汗，冻成了冰疙瘩。

此后，毛蛋儿只会含含糊糊地叫哥啊哥，倒不会叫大和娘了。爹咂一口纸烟，唉一声长叹，娘背过身悄悄揩眼泪。

夜里，金锁第一次想到了命。原先，他时常从在墙根儿下晒阳㘭暖暖的老汉们嘴里听到命啊命的，可从来不曾细想，如今，他知道了，啥是命，这就是个命！是蛋娃儿的命，也是他金锁的命。

成了哑巴的毛蛋儿倒比以前更爱说话了，一着急就拿手脚比划，比划半天，红了脖子红了脸，说出来的就是一句——

“哥啊哥，哥，哥啊哥……”

金锁不敢答应，也不敢看毛蛋儿的眼睛，他怕答应了，看了，自己的心会烂。

捱到七岁，毛蛋儿扽住金锁的袖子，嘴里哥啊哥地叫唤，边叫唤边指着金锁学里的方向。毛蛋儿是想上学了。金锁心里明白，可只能装糊涂，只能每次拿颗糖来敷衍。最后，毛蛋儿也不喝水，也不吃饭了，扽住金锁，哥啊哥的，就是不让金锁走。金锁瞅瞅爹娘，爹向娘歪歪头，娘从镜框背后摸出一个纸包来，掏出几元钱。毛蛋儿背起娘缝的碎花书包，蹦蹦跳跳跟着哥去学里，又蹦蹦跳跳回家。

她一开心就哥啊哥地叫唤，她越开心，金锁就越心酸。

学校里的孩子跟在毛蛋儿背后叫她哑子，毛蛋儿嘿嘿傻笑，他们把她往水沟里搡，毛蛋儿爬起来嘴里哥啊哥地叫，脸上还是傻愣愣地笑。金锁捉起根葵花秆，把搡毛蛋儿的孩子蹓跑了。可下回他们还是骂，还是搡。找老师，老师管不了，找校长，校长管了几次，就管不下了，就躲。爹把毛蛋儿锁到家里，不让上学了。毛蛋儿哥啊哥地满院子叫唤，又一个劲扽住金锁，对着金锁的眼睛笑，金锁急了，一把甩开毛蛋儿的手，喝喊——

哑巴，你是个哑巴，哑巴上了学还是个哑巴……

毛蛋儿像是听懂了哥的话，再不扽着哥了，不瞅着哥笑了，背过身拾起娘的麦秆，掐一会儿嘴里哥啊哥地叫唤几声，掐一会儿，哥啊哥地唱几声，像是跟墙说话，又像是对她自己说话。

长到九岁上，毛蛋儿已经学会了端饭，洗锅，给驴添草，给爹娘和哥填炕。有时，还偷偷捉起娘的针线，在褙子上攮几针，学着娘的样子纳鞋垫儿。

那天，爹去地里了，哥去了学里，娘在厨房擀长面。毛蛋儿和对过儿三祥的侄女儿玲玲耍。玲玲是三祥他哥二祥的女孩儿。他们家一忙就把玲玲送过来，一来是帮着照看，二来两个娃也是个伴儿。

娘正擀面呢，就听见上房里砰一声，接着是碎娃娃尖起嗓子喊一声，接着就没气了。娘慌忙丢下面跑进上房，毛蛋儿站在地上愣怔，暖壶横在地上，壶嘴喷出碎玻璃。玲玲抱住腿有一气没一气地尖着嗓子叫唤。娘抱起玲玲跑到厨房，舀水浇在玲玲的腿上，玲玲一口气抽进去，哭不出声了。

二祥的女人赶来了，三祥娘也赶来了，大家七手八脚把玲玲抬到诊所，敷了药。娘的脸黄透了。毛蛋儿把住门框瞅着，不敢进来，不住揩脸上的泪蛋蛋。三祥娘反过来劝："都是娃娃伙儿家么，么防住么……"

隔了一夜，三祥娘变卦了，说是毛蛋儿踢翻了壶，伤了玲玲，要赔两千块钱。一分都不能少！夜里，娘问毛蛋儿，是不是你踢翻了壶，烫了玲玲的腿，毛蛋儿哥啊哥地分辩着，娘气了，拿笤帚疙瘩打毛蛋儿的屁股，毛蛋儿哥啊哥地喊，越喊娘打得越重。金锁扑过去护住毛蛋儿，他对娘说，娘，毛蛋儿冤枉，冤枉呀！娘的笤帚疙瘩还是雨点般落下来，金锁死命护住毛蛋儿，毛蛋儿又来护哥哥。娘打乏了，打不动了，娘脸上滚下两行泪蛋蛋。

为了这断不清的官司，爹和娘粜了粮食，卖了驴，烂账借了一河滩，终于凑够了两千块钱。从此，两家人老死不相往来。

金锁考上了中专。爹半夜里起来和月亮说话。娘说，他大，娃考上了，要高兴哩么。爹半天回头对娘说，我高兴哇，可钱不高兴哇……

毛蛋儿已经跟着几个半大的娃娃伙儿，在村里办起的亚麻厂打小工了。说好一个月五块钱。她现在已经成了家里的不可或缺的劳力。

金锁对爹和娘说，中专不上了，要跟着人去宁夏下苦去。爹一鞋底扔过来，说，看把个么出息的混怂！你不上！你不上我就么你这么个儿！

夜里，娘抹着泪对爹说，他大，藏就坑人着咋办恰……

爹一咬牙豁子说——

"上！拆房卖院都要上！"

临走，毛蛋儿硬把三十块钱塞给金锁，金锁不要，毛蛋儿生气了，嘟着嘴，金锁收下了，她才哥啊哥地，喜得满地打转转。

金锁选了省城的煤炭学校，学制三年。他从嘴里抠，从身上扽，恨不能把一分钱掰成两分花。睡梦里，每一分钱都是爹和娘的汗，是泪，是他心上一把刀。

捱到毕业，要分配了。恰好赶上那些年煤炭行业不景气，煤矿要不了那么多人。于是，毕业的学生被以实习的名义安排在下面的二级企业，每天的工作是从煤堆里拣煤矸石。没有工资，生活费自理。

一腔热血被兜头一盆冷水，很多同学三个月后坚持不住，自谋职业去了。金锁一边给私人打小工一边坚持，他不能打退堂鼓。爹和娘在背后看着哩，毛蛋儿的一双毛眼睛盼着哩。每当心里动摇时，他就听见毛蛋儿哥啊哥地叫他。他就梦见自己背着毛蛋儿跑啊跑，跑到醒来还腿酸。

爹和娘来信，金锁就说好着哩，工资都存着哩，领导和同事们都好着哩……

每天都有各地的拉煤车，一车连一车装走实习生们拣过的煤，又一车撵一车地来；明明满满一车煤，可司机们个个说，屎！拉了一车白菜！在学校时，金锁曾为黑黢黢的煤炭做过几首抒情诗，在诗里，他把煤炭比作金子，比作母亲。他被自己的诗感动到热泪盈眶。可此时，面对车来车往，他却没有半点豪情，因为煤炭的贱，连带着自己也贱起来。盘山路被煤车压得坑坑洼洼，一到拐弯处，总有煤块掉下来，就有附近的村民拉着架子车沿路拾煤，因此引起的伤亡几乎天天发生。金锁看着眼热，也想拾煤，可矿上三令五申强调，职工拾煤等于盗窃。金锁跟着架子车转了三个晚上，还是忍住了。

熬了三年，终于熬出头。煤价开始回暖，据说上头请来了一位著名的改革家。用改革家的话说，要把这大山里的黑蛋蛋变成金蛋蛋、银蛋蛋。金锁那天经过一辆煤车时，从车子观后镜里照照自己，他发现自己的方脸啥时候成了吊脸，可他还是笑了，笑向远处，远处全是金蛋蛋银蛋蛋。留下的实习生只有当初的三分之一，此时成了香饽饽，他们被分配到各个部门。

金锁被分到了财务科。一来他在学校时数学学得好，二来是据有人长期暗中观察，说是这娃娃，老实！

金锁凭着自己的老实，一路从打杂的干到核算员又干成会计。领导有了饭局，也习惯带上他。领导时常拍着金锁的肩膀说，这娃娃嘴巴紧。金锁一开始不明白，后来明白了。他以后跟着领导去吃饭，从来不带自己的嘴。

家里来信说，提亲的人踏断了门槛儿，可都被爹和娘笑着拒绝了。金锁的信上也说了，先好好干几年事业，婚事嘛，现在倒也不急。其实就金锁的心思来说，一来是确实不急，二来，他还有自己的打算。听说西安有一家医院，兴许能治好毛蛋儿的病，费用要十万元。

老家的亚麻厂倒闭以后，毛蛋儿就跟着村里的姐妹去乡里学缝纫。当了两年学徒，爹娘就商量着用金锁寄来的钱给她开了个缝纫铺。别看毛蛋儿是哑巴，可心里亮清着哩，顾客无不称赞。也有人来跟毛蛋儿提亲，毛蛋儿总摇头。边摇头边哥啊哥地喊，别人听不明白。爹就对娘说，毛蛋儿是在等他哥哩，他哥还没媳妇儿，她就不嫁人。娘偷偷问毛蛋儿，是不是这么个意思。毛蛋儿光笑，光抠墙皮。

金锁的脸又变方了。领导现在越来越重视他，重视的证明之一就是让他签字。原来是要会计跟出纳一起签的字，现在他一个人签就行，签了比两个人还算数。出纳现在是名不副实，挂了个虚名。金锁渐渐摸出了门道，在帮领导把一笔笔没来头的账抹平时，自己也多了个心眼儿，往账目里零刀碎剐地加几笔。这点钱，就像领导腿上褪下的几根汗毛，有时是一笔招待费，有时是一笔办公款，有时甚至是几包烟几瓶墨水。苍蝇蚊子也是肉。一开始金锁害怕过，犹豫过，睡梦里把自己吓醒过，可回数多了，也就不在意了，仿佛成了应该。

一天，有人请他喝茶。这一请，就请了个有去无回。一开始金锁问死不吭声。有人就说，听说你嘴巴紧啊，我倒要看看到底有多紧。接着，就是不让吃饭不让睡觉，不吃饭还能忍住，三天三夜不睡觉，金锁终于怂了，把一切都认了。一摞一摞材料，上面都签着他的大名，这下，就不是几包烟几瓶墨水的事，凡是有他签名的他都得背。

金锁哭着说，要找领导，人家说，领导忙着哩，还轮不到你见。再说，以你现在的身份，有啥资格！好在领导还没有完全忘了金锁。在领导的关怀问候下，法外开恩，说可以不向金锁家里通知，对家里人就说金锁是去外地挂职锻炼。

判决书下来了，服刑三年，金锁思来想去还是不放心家里，他让人带话给在省城教书的三祥，让三祥时不时给爹娘圆个谎，别一去三年把谎给圆扁了。

刑期三年，因表现好，减刑半年，金锁被提前释放。两年半时间，恍若隔世，再次看到行色匆匆的人群，仿佛隔了三个世纪。金锁在监狱里把前前后后的事捋了个展展呱呱，最后得出的结论是：都是人的命！一开始想计较的，也没心计较了，想追究的也没心追究了，到这个份上，计较和追究有啥用？他觉得仿佛是花了这么多年梦了一个睡梦，一觉醒来，一切又回到原点。

不不！还不是原点，原点处是那个叫作金锁的人，可现在的他，究竟是谁？

他经过一个玻璃框镶起的报箱时，被上面的照片吸引，不由停下来，报上的字陌生起来，仿佛不是他打量字，而是字打量他，他感到一阵被逼视的窘迫。一行加粗的字从眼睛直接跳到嗓子眼儿里，上面写着XX莅临视察，并作出重要指示。照片上是当年的领导，他现在是改革的功臣。原来的国企成了XX集团公司。领导现在有个新头衔，叫作董事长，金锁想骂一句，可话临到嘴边骂出来的却是一口浓痰，向着报栏喷射出去，然后一头撞进他熟悉又陌生的人间。

在回家的班车上，他谋划着没有未来的未来，他想起爹娘，想起毛蛋儿，他的胃一阵痉挛。好在他们不知道，或许，或许还有重来的希望，尽管希望里分明写着大大的渺茫。可终归还会有人接纳他的，他想，毕竟，那是他的爹娘，毕竟那里有他儿时的杏树坡。这么想时，他仿佛听到毛蛋儿又一声一声哥啊哥的叫唤，那声音使他感到亲切，又撕扯着他的肉体，他的筋骨。

到村口，人们客气着跟他打招呼，仿佛突遇久未谋面的亲戚；走过去了，又站住指指点点，他疲惫不堪的身子，被人们戳到了家门口。

家还是原来的家，只是墙矮了，房低了，院却更大了。毛蛋儿从屋里探出头，愣怔一下就跳出来拉住他，哥啊哥地叫，像笑，又像哭。他喊一声：大啊，娘啊——

大和娘变成两声空气，在远处飘荡。

大坟头的草已经被羊啃了两茬了，娘在大走的第二年就疯了，见个男人就往屋里拉，就喊着锁锁啊锁锁，我的锁娃，后来，就失踪了。这是邻居告诉他的。当然不是对过儿的那家邻居，那家人已经搬到了城里，现在锁子锁着的，是一院子的荒草。

也有人可怜毛蛋儿，要给她说个阿公家，毛蛋儿见来人就哥啊哥地叫唤，直到叫得来人连滚带爬地逃出门槛。毛蛋儿带哥给大上了坟，就拽住金锁往山上跑，人们见了，都说他俩也疯了。

金锁要挣脱，他说毛蛋儿啊毛蛋儿，你这是干啥哩……

毛蛋儿拽着金锁说哥啊哥……

金锁说，蛋娃，你放开哥哇，哥要绊倒哩！

毛蛋儿就说哥啊哥……

他们跑到那片杏树坡上，杏树已被砍得只剩一排排秃茬茬了，零散着几棵，也是被当作拴驴橛才得以幸存。可脚下的杏胡儿却密密匝匝铺了一层，有的陷入泥土衰朽了，有的安静躺着，仿佛在等人来拣。一簇一簇的狗娃花儿倒还是那么繁那么好看。毛蛋儿摘下一捧戴在头上，金锁说蛋娃啊蛋娃，狗娃花儿可有毒哩！毛蛋儿不管，毛蛋儿戴着狗娃花儿就欢喜得满山跳啊跑啊，嘴里喊着哥啊哥——哥啊哥……

喊着喊着，毛蛋儿不喊了，她蹴下了，她用手指着地上；哥啊哥，她又是一声喝喊，仿佛是要把天地劈为两半。

金锁赶过去，往毛蛋儿指着的地方看去，那里竟长出一棵杏树苗。他也蹴下来，瞅着，瞅着，那树苗竟伸展起来，一窜一窜地，顺着金锁和毛蛋儿的目光，就长成了一棵大杏树，一阵风过，树上开满了粉色的花。黄蜂嗡嗡嘤嘤从这朵花飞到那朵花，嗡嘤得人脖颈痒痒，原来是几滴雨落了下来，落在脖颈里了，落在毛蛋儿脸上了，流成两行。又掉在地上，摔出个亮汪汪的太阳。太阳一照，杏子就黄了，就甜到人心里了。

毛蛋儿攥住个什么，说，哥啊哥，看看！看看这是什么！

金锁要看，毛蛋儿却把手背过去了，金锁作出要生气的样子，毛蛋儿把手一伸，展在金锁眼前——

金锁一看："杏胡儿！是杏胡儿！"

"哥啊哥！"

金锁就问："蛋娃啊蛋娃，要杏胡儿着干啥哩？"

毛蛋儿说："哥啊哥，要杏胡儿着上学哩！"

"上学路可远哩！"

"远了就远起！哥啊哥，有哥哩！"

2018年12月

狗

我跟狗这东西无缘。被狗咬过的人还能说狗的好话，那才怪了。

那年，七八岁的样子，母亲叫我去给地里送晌午饭。路上要经过一户人家，他家巷口有条大黑狗把着，使我头皮发麻。还好，大中午的，黑狗可能睡觉了，巷口空荡荡，可我还是觉得连自己的影子都可疑，走过老远还回头几次。

地里干活的大人吃了饭，要我把饭包拿回去。有了来时的经验，我觉得黑狗大概并非传说的那般没有狗情味儿，兴许，它觉出我的心疼，会放我一马亦未可知。再说，我也有绝招，听人说，见了狗你就蹲下，狗以为你捡了石头，自然会跑掉。这给我勇气，几乎恨不得那巷子就在眼前了。可脚步愈快却愈心虚起来，下蹲的经验到底没实践过，万一不灵咋办？

正踌躇着，抬眼时，一道黑影已经向着我了，使我的心一下堵住嗓子眼，不能呼吸了。多希望这时有个大人经过啊，可是没有，满世界只剩黑狗那双凶狠的眼仁了。鬼知道为什么，我竟讨好似的向那狗笑起来，它并不领情，吐舌头的表情使我觉得自己是个贼。我听见自己呵呵呵呵向黑狗谄笑着，从它视线里移开，与黑狗擦身而过一瞬竟感觉那狗也诡异地笑了。我心想，我这么心疼的娃娃，你咋舍得咬呀！可就在这时，不知脑子里哪根筋乱了，我竟撒丫子跑起来了，只觉得背后一阵风，大腿根被撞一下，屁股蛋子上一热，就扑倒了。

后来的动作不是我做的，我被一阵风卷回了家。整个世界都是静止的。进家门，母亲叫我，我以为是幻觉，耳朵和脑子都不是自己的，直到母亲断喝一声：饭包呐!？我才觉出天大的委屈，哇一声哭出来。母亲以为是我丢了饭包，怕挨打吓哭了，她缓缓向我走来，这次我竟没有跑。母亲大概觉出我的失魂落魄，厉声问，到底怎么了！我哽咽着说不出话，趔趄着向前走了两步，母亲大概发现我浑身是土，才改换了声气。听到母亲担忧地问，我的委屈一下上了头，瘪着嘴指向自己的屁股。母亲一把拉过我，褪下我的裤子，我没敢回头看，我心想，腿上一定有血流下来，那狗的嘴多大呀！母亲边察看边问，是不是被狗咬了？母亲问得多余，却使我觉得极大的安慰。终于有人知道我被狗咬了。

母亲嘴里咒骂着，却并不见她为我腿上的血惊讶。我回头看时，腿上并没有血，只见屁股蛋蛋上有四个坑，坑周围发着青。怎么会没血呢，我都委屈成这样了！而且，那狗明明有那么大的嘴！

怕母亲知道我的心思，我反而哭得更大声了，母亲在我屁股上拍两巴掌，说，好了好了，也不严重。我心里怨母亲的轻描淡写，也怨那狗，为啥不咬出血?!

晚上，我从梦中惊醒，腮边挂泪，抽泣不止。我不知道我为啥哭了，梦里明明报了仇。我梦见自己打死那狗子，卸下它的狗头，猪尿脬一样踢来踢去。可当我终于明白那狗并没有死，就连带那条巷子那家人都觉得可恨起来。

那年暑假并不愉快，一条黑狗毁了一切。

那条大黑狗终究被爷爷打死了。那是第二年暑假回老家时，我听堂弟悄悄告诉我的。堂弟说，自从我开学去马关后，爷爷就扛着铁锹在那条巷口转悠，过了几天，人们就看到那条狗睡在路边的沟渠里了。

从此我就怕了狗，骂人时，非要带着狗字才觉得解气。

谁知道老天爷就是这么公平，转眼就有了亲自处决一条狗的机会。

那是大概两年后的寒假，大清早，一场大雪使天地干净无比。我准备出门溜冰时，忽然看到路边柴草里卧着一条小狗，看样子生下不久，应该是被主人遗弃了的。这不是送上门来的吗，我过去瞅它，它不跑，可当我的手临触到它瑟缩的身体时，却变了走向。我双手掬住它，它水汪汪的眼望着我，发出微弱的吱吱声，那声音一下划过我的心脏，使我觉出刚才恶念的可鄙。这是多娇小柔弱的一条小生命啊，黑白夹杂的绒毛触着人的手臂，使我有作为母亲的哀伤。它定定望我，似乎在祈求我的可怜，又似乎是呼唤着妈妈妈妈!

我想我跟它是多么幸运，这是多么温情的母子重逢。我盯住它的眼，想要看到它的笑，它的眼愈加水汪汪的，它的眼泪并未滴下来，我的手臂却感到冰凉。我把它揣进怀里，向它呼热气，几乎要挨上它的嘴巴。它大概是认识我的，它在我怀里那么丑，那么乖，它的绒毛使我觉得痒痒的舒服。

可是母亲自来不许家里养狗啊猫啊一类。我想到家里的园子，园子里有个麦草垛。对呀！那就是它的窝。我揣着它进了园子，在草垛底下挖一个窝，把它放进去，它还瑟瑟抖着，似乎不愿离开我的胸怀。不行呀，我不能随身揣着你，被母亲知道难免一顿打。这使我悲哀，不敢看它水汪汪的眼睛了。对了，它要吃饭，要喝水，怎么办？只好冒险了。我分几次从家里偷出一只旧搪瓷碗，揣来半个馒头，临出门又拾起一个生锈的罐头瓶盖盖。到了它跟前，它竟等着似的，向我摇起尾巴——可那实在算不得摇尾巴，不过是屁股后头一簇尖尖的脏毛在抖动而已。可我觉得我们之间懂得彼此的话，它吱吱叫，我就跟它说话，它叫一声，我说一声。我把馒头碎在搪瓷碗里，端给它，它见了，闻闻，并不吃。我想可能是太硬了，它咬不动。于是，我找来一些水，把馒头泡软了，它还是茫然地看着，没有见到食物的兴奋。我心里有点生气，它实在不知好歹。我揪了它的耳朵过来，把它的头摁在搪瓷碗上，它舔了几口水，却对软的馒头无动于衷。

我放开它，它抬头，无辜地看我，眼里更加水汪汪了。这使我无措又生气。你到底要怎么样！难道馒头还不好吃吗！它一副委屈的样子，我开始觉得我并不懂得它，它也不懂我。

那么，你为什么要让我看见！

丢狗的人，你把它丢远一点不好么！如果丢它在沟里，它死掉了，此刻与我有什么关系！我越想越生气，几乎要举起手打它了。它吱吱叫着，又瑟缩在草窝里了。我想它是怕人，是害羞，也许我离开，它才会吃喝。我用罐头瓶盖盖盛了一些水，放在它嘴边，它依然水汪汪地望我。

我要走了，听见没有？啊！不然被母亲发现了要挨打……我对它说，它听不见，只望着我；我说，你到底是个畜生，你真不懂我！我狠心扭头走了。

让它吱吱叫唤去吧，理它干嘛！临出园门，不知被什么力量支配着，回头的瞬间，见它跑出来望我，一副哀怨的样子。我赌气说，你不吃饭，你也别认我了！

吃过晚饭，母亲见我坐立不安，起了怀疑。我躲开她的目光，我说我要出门，母亲要问，我已经跳出门槛了。我在外面瞎转了一圈儿，才进到园子里，跨进园门时，才听见自己的心跳。我仿佛听见它在吱吱地叫唤。坏了！它被大狗或大猫什么的捉住了！我拾起一根木棍奔过去，草窝空空的，搪瓷碗和罐头瓶盖盖还安然放着，罩了一层浮冰。

完了，它定是死了，我要报仇！

我将要向某处奔过去了。回头的一刻，它竟在脚下定定望我，水汪汪地。我生气极了，你为什么要吓我，你这该死的！你不是被大狗和大猫叼走了么，你还站在这里干什么！我手里的棍子已经举起来了，它，这个可怜巴巴的丑八怪居然钻进我的裤腿口了，毛茸茸的，我觉得我的心被硌了一下。看它顾头不顾腚的样子，屁股上一条脏兮兮的小尾巴，我失笑这个可怜虫，你实在挨不住我一下子啊！不知什么时候，手里的棍子已然滑落。

北风划过树梢的呼啸里，它吱吱地说着什么呢。我搁住它，有种相依为命的疼。我把它放进草窝里，眼前就是泡馒头和水，它根本不理，它似乎根本不知道饿是什么滋味。我想，这狗一定是傻了，哪有不吃东西还能活下去的道理。

想到“活”这个字，我心里怕起来。我把它搁进我怀里，捏起一点馒头往它嘴里塞，它却吮住我的指头，痒！我迅即把指头抽出来。它水汪汪的眼更加无辜了，使我彻底愤怒起来。

你到底要怎样嘛！你不吃，你干嘛不吃！难道馒头还不好吃！我可是冒着挨打的风险偷出来的！你这不知好歹的丑八怪！

我几乎要打它的屁股了，这次肯定不会轻。你不是爱吱吱叫吗？那就叫个够呀！

它的水汪汪的眼里，似乎有泪要落下来了。它定是听懂了我的话，我想，我骂它太重了，它能听懂我说话，我还要对它这么凶。

我拿气呼它，觉得我的力量通过我的热气传给它了，兴许我吃下去的两碗饭也可以传给它，它竟蜷缩在我怀里要睡觉的样子，这使我安慰，我相信，它一定是已经饱了，它要好好睡一觉了。

隐隐听见母亲呼唤，我说，我要走了，我不能陪你了，如果我把你搂回去，跟我一起睡在热炕上当然好，你也一定会欢喜，可我怎么办？我要挨打。好了，你下来吧，乖乖去你的草窝里吧，我会来看你，喂你，跟你说话。这么说时，我并不敢看它的眼睛，那水汪汪的眼睛那么冰凉，那么冰凉。我把它放进草窝里，把搪瓷碗跟水放得离它更近一些。它进了草窝，抖得更厉害了，我搂过一些麦草围住它，几乎要将它掩埋了。它吱吱的叫声也被麦草盖住，渐渐地仿佛它的命也已经远去了，只隐隐透出一丝微弱的吱吱，预示着它的气息尚存。我要走了，它顶开身上的麦草，要跟了我去的样子。它顶开，我摁它回去，它又顶开，还被我摁回去。它也许耗尽了气力，要努力的样子，终于没再顶开。我知道它的眼神的，可我不敢看。转身就冷漠决然地出去了。

在园门口，一枚叶子摇摇地落在我肩上，捻起看时，是干枯黄瘦的叶子。这叶子太落伍，怎么这时候才想起要落下来。

第二天一早，我去园子里。

我脑子里，它吱吱的叫声响了一夜，这时分明更响了，使我觉得它一定是吃饱喝足了，不然怎会叫得这么响亮。并且，已经不是吱吱的声音，而是大狗子那种浑厚的汪汪了。这家伙！终究是吃了。可不是，你饿了还能不吃，不吃饭，谁也活不下来，还能这么汪汪地叫唤！你这个丑八怪！我心里笑骂着，恨不得奔过去踢它两脚！

到草窝跟前，叫声却远远地去了，仿佛一场刚醒的梦。草窝里空空的，搪瓷碗和罐头瓶盖盖里的水结成了冰，好像放在那里很久很久的样子。

我要大声喊它，又不知道喊它什么名字的好。我向四处叫——咹，你跑哪儿去了！咹，你出来呀！咹，你这个丑八怪！咹，看我不踢你！

它像捉迷藏躲到睡着的孩子，任人怎么呼唤都无济于事。我找遍每一处角落，喊它，叫它，它就是不答应。它脾气怎么这么倔！我捉住一棵树使劲摇，不知为什么，我觉得它是会飞的，它是一条狗吗？它不像，它水汪汪的眼睛更像一只会飞的精灵。摇了半天，树上没有一片叶子落下，抬头看时，戳向晦暗天空的，只有几支光秃秃的树杈……

它走了，一点痕迹都没有留，只有那个草窝窝还揭示着它曾经的存在，仿佛还有微弱的吱吱声传来。而旁边的搪瓷碗和罐头瓶盖儿，就像连环画里，古老巫师的法器。对，是它们害死了它！我一脚把搪瓷碗和盖子踢飞了，踢飞的瞬间又听到吱吱的叫声，这叫带着疼，像极我昨夜的梦。

我把踢飞的东西捡回来，又抓来一把麦草，在有着光秃秃枝杈的树下挖一个坑，把它们埋了，重重地埋了，同时觉得自己胸口的压迫。

这压迫的感觉，使我沉重了若干年。

时至今日，我还是怕狗的。除了蛇，没有哪种动物让我如此敬畏。却每禁不住要养一条狗的冲动，我总觉得狗是会说话的，会说话的不是它们的吱吱或汪汪，而是它们水汪汪的眼睛。

可是家里人一直反对养狗，他们有一万条不能养狗的理由，我嘴里却发不出一个反驳的声音。我知道，我其实是怕养狗的，尤其怕那双水汪汪的眼睛。

2018年8月

浅碧

柳月儿

是很久以前的故事。以为这样的故事，就如曾散漫于黄土高原上的山丹丹一样，寥落风尘。就在那个傍晚，当山丹丹的歌声再次响起，才知道原来一直珍存心底。今天我把她们编成一个花环，献给你，献给那些回不去的时光。

一

烂眼子的女人跑啦——

跑就跑了嘛，在土门村跑个女人算个啥？

但这个女人……

勤生他爹早说过：烂眼子咋能养住那么个心疼的女人嘛，不是癞蛤蟆吃天鹅肉！茂云老汉揩着涎水附和：就是个骚狐狸，走起路一勾子(方言：屁股)甩到东门，一勾子浪到西街。茅生连忙点头道：庄农人么，还是寻个实受的好过日子。众人正比划，不知谁喊：悄悄！烂眼子来了！

来的正是烂眼子。

烂眼子其实不叫烂眼子，官名叫连生。叫连生也不是乱叫，他前头还有两个哥哥。连生他娘刚把连生养在炕上，炕下连生他爹就跳开了，啊呀！我家三代单传，没想到我这一辈，连着生男娃，干脆就叫连生吧！连生他娘耷拉着眼皮子，努出一个笑。连生一两岁时白白胖胖，可到三岁上，眼周就莫名其妙生烂疮。一开始起小红疹子，一坨儿一坨儿起，他爹娘把村头儿赤脚医生家的门槛都踏断了，就是不见好。疹子连成片就开始溃烂，淌脓水。秋冬还好，一到春夏，烂了结痂，结痂又烂。小孩子家忍不住就用小手挠，越挠越烂。他爹娘实在没奈何，只好由它，反正也不是啥要命的病，熬到娃大点儿兴许就会好。

长到十三上，眼睛烂得不那么厉害了，脚倒烂上了。夏天，跟一帮孩子去上学，别人都穿鞋，只有连生光着个烂脚片子跑来跑去；一会儿抠眼睛，抠完眼睛又抠脚丫子。时间久了同学们就拿他耍笑，背地里叫他烂眼子。连生倒是个好脾气，偶尔听见倒也不恼。那些孩子胆子就大起来，渐渐不叫他连生了，见他直接喊烂眼子！烂眼子！连生就挠头，就嘿嘿笑，就把连生他爹气得背着手吹胡子瞪眼。

烂眼子因为这病，一连留了三级。别人都升到十里外镇子上的中学了，他还在五年级游转。他比别的孩子个头高，自然就成了娃娃头儿。别人喊他烂眼子他不恼，可他都记在小本本上。黑将星期一喊了三声，双从星期三喊了五声……一笔一画记得明白，他爹看见就夸，啊呀！我娃字写得真格好！烂眼子鼻孔哼嗯个笑。

他爹哪里晓得他的秘密。星期天一到，本本上那些被记下名字的孩子就乖乖地去侍候他们的皇上。烂眼子做皇上很有一套，他拣一个向阳的草垛靠着坐下。那些本本上的孩子过来，蹴下给他抠脚丫子。这时的烂眼子是幸福的。他甚至为自己这个烂病感到骄傲。抠脚的孩子们最后会得到皇上一份赏赐，一人分一颗水果糖。孩子们得了赏迫不及待把糖块儿往嘴里塞，边嘣边瞅着烂眼子笑，烂眼子跟孩子们一起笑，他喜欢这感觉。

上到初二，十七岁的烂眼子开始用英文给女生写情书了。他撕下英语作业本里一张纸，认认真真地写下“×××我love你”。他把字母用艺术体连成一个优美的一箭穿心。烂眼子正儿八经的学搞不好，但搞这类创作却得心应手。一开始给小菊写，小菊不理他就给小梅写，小梅放学狠狠瞪他一眼，就又给小红写，被小红他爸在校门口堵了三次以后，他终于把一本英语作业本给糟蹋完了。最后一次交作业，他在本子上画了一个大大的W，这次也是艺术体，只是两个连着的V没有下面的尖儿，而是两条优美的弧线，弧线上又多了两个鲜艳的红点点。年轻的英语女老师哭得像个丢了洋娃娃的孩子，当即报告校长。这次，烂眼子是一路坐着他爹的放羊鞭子回去的。

烂眼子上学爱留级，爱写情书，但脑瓜挺灵活。擅长搞艺术的烂眼子被开除后跟着他哥哥去新疆当泥瓦匠，不上二年就学了一门好手艺，回到老家四处给人盖房砌院，只是眼睛和脚丫子还时常烂，人们喊他烂眼子他也笑呵呵答应。村里人都议论，这娃娃心眼儿不坏脑子也灵活，可惜得了这么个病，寻女人怕是个麻烦哩，谁家的女子要跟了他，晚上睡一起，半夜一开灯看见个满眼烂疮的毛鬼神，还不得吓死。

十九岁的烂眼子算是个适婚青年了，可媒人迟迟不肯登他家的门，他爹愁得半夜蹴在场院里吸烟锅;烂眼子却不急,只嘿嘿价笑。人都说他这辈子寻个女人怕是没指望了。可秋去冬来,他竟白白捡了一个土门村方达围圆三十里最美的女人。

烂眼子趿一双没了后跟的女式凉鞋,溜着肩,双手统在袖筒里没精打采地走过来。众人突然的安静倒惊了烂眼子一下,他猛抬头,用眼睛在众人脸上画几个大大的问号,随即又从每人脸上看到几个大大的感叹号和省略号。别人问话他也不言传。

吧嗒——吧嗒——

咹!烂眼子,你女人哩?

吧嗒——吧嗒——

咹,问你话哩!

嗒嗒嗒嗒……

待让过人,他小跑几步,在街拐角,把一口浓痰狠狠唾在电线杆上,连着“日了那些人三回娘”。

刚进家门,连生把鞋踢出去,一只甩在院中间,一只咣当打翻廊檐下的脸盆架子。盆架倒下的同时,从架子上方的窗框里传来一阵啜泣,接着就见女儿蓬着头,从窗格上纸缝间往外探。连生一进屋女儿就光着脚丫从炕上跑过来,女儿喊一声大,连生的心就一拧。女儿趴在他肩头哭,大,我饿了。连生给女儿揩一把泪说,丹丹不哭,大给你做饭去。女儿还哭:大,我要我娘哩!连生就说,丹丹,你娘转你舅舅家去了。女儿说,你哄我,我爷明明说我娘跑了!连生无言以对,丢开女儿扭头出屋,进爹娘屋里。娘气倒了,在炕上挺着;爹呢,一个人河湾里踢石头去了;两个哥哥留在新疆搞副业。连生忽然感到一阵孤独。

他出屋向院子,捉来两只鞋穿上;一进厨房就瞅见挂在墙上的围裙。那是他女人柳月儿的。旧了毛了,却干干净净。灶台下的柴禾乱蓬蓬像鸡窝,他一屁股坐进去,泪蛋蛋从眼角跌落。他忽然疲乏,想睡一觉,却恍惚看见墙上的围裙已系在柳月儿腰上了,柳月儿屁股娇娇的,还是那么好看。柳月儿在擀面,随两只手来回拿捏,两瓣屁股左左右右右右左左,像两只兔子黏在一起对嘴亲热。他喊一声柳月儿,却没喊出声。一转眼,柳月儿不见了,围裙好端端挂着。连生心里咯噔一下,追出门看时,发现柳月儿垂头贴在门廊下抠墙皮,跟四年前一模一样。

四年前的夏天,这个叫柳月儿的女人被人带到连生跟前,像天女下凡。她站在门廊下,手里揉搓着一根黑辫子,不时瞄一眼连生。连生像个杵在地里的高粱杆杆，心说，天爷！这怕是画儿上的女人；又心想，这就是我要寻的女人！又问自己，我烂眼子能有这样的女人……

二

来说媒的是个货郎担子，一个外县人；连生见过几次。这人在周围几个县走街串巷。货郎担子每回来都摇拨浪鼓，很快一帮孩子嚷着抢着围上去，拿手里的猪鬃、塑料鞋底子、玉米棒棒，换货郎担子匣匣里好吃好玩儿的。货郎担子四十来岁，正方脸，窄眉毛，下巴光溜溜没胡子，笑起来慈眉善目，像西游记里摇蒲扇的那个大肚子佛爷。他不慌不忙把担子从肩膀上卸到两只臂弯，然后稳稳地把扁担两头的大木匣子放在地上，打开木匣盖子。整套动作一气呵成，像跳舞。

孩子们被这表演给迷住了。见匣子打开，里面的小手镯啊，花线线啊，红头绳啊，小糖丸儿啊，小镜子啊，海蚌油啊什么的一下子跳出来，孩子们欢呼雀跃起来。货郎担子不疾不徐，满脸堆笑。嘴里柔柔说着，娃娃们，不急，不急，都有，都有。一会儿工夫，孩子们比划着谁的头绳好看，谁的糖丸儿更甜，货郎担子已经收获了满满两匣宝贝，心满意足抹一下下巴，颠儿颠儿地走了。

可货郎担子今儿带来的不是孩子们喜欢的小玩意儿，是这么一个心疼死人的女人。货郎担子被连生的爹根顺老汉请到堂屋坐下，根顺老汉认真地给货郎担子卷了一锅旱烟双手奉上。货郎担子笑笑地接过来，拿火柴划着火，点上烟吸一口，动作柔柔妙妙、斯斯文文。根顺老汉却是个急性子，随着货郎担子的慢动作，努了两片嘴皮配合着。货郎担子又深吸一口，烟头一亮，两股烟像两条青龙从鼻孔里游出，又长长出一口气，瞅一眼根顺老汉，才巴巴儿说了话。

那女人立在门廊下，低头捻辫子，一抬头，就瞥见从厨房探出半个身子的连生，这一瞥倒让连生面红耳赤。他闪开女人的目光，觉得嗓子有点干，喉头打结。再探出身子时，那女人已背过身子，一下一下抠着墙皮。连生忽然觉得眼睛痒痒，使劲抠了抠，还是痒痒。

连生隐隐听见他爹和货郎担子说话。他的心跳盖住了部分声音，听得有一句没一句。轮到货郎担子开口时，总是慢条斯理；轮到他爹声音就飙起来，随即又压下去。

长长一阵沉默，接着是他爹几声干咳。然后货郎担子仿佛又说了些什么，听不真切了。连生瞄见那女人肩头耸动，扽袖子在脸上揩着什么。连生的烂眼睛更加痒痒了，使劲抠还是痒痒。

连生上学时曾喜欢过几个女孩子，可那些女孩子都干巴巴的。那个英语老师倒是长得受看，两个奶子晃得人心乱，可就是太严肃，让人无法亲近。眼前这个女人不一样，像是从画儿上走下来的，又像是在哪里见过。哪里见过呢？影影糊糊又说不清。也许是梦里吧。连生正发呆呢，他爹喊了第三声才把他叫言传。他爹说，瓜兮兮瞅啥哩，还不快送客人。货郎担子扽着根顺老汉的袖口，向根顺的耳朵跟前凑近说，老哥，事情就是这么个事情，你考虑一下，三天后我还来，你给个回话。根顺老汉默默点了几下头。

货郎担子拿眼角刮了一下连生，连生像个犯了错的孩子一样羞怯起来。货郎担子嘴角露出个意味深长的笑，向女人说：走！女人就低头跟着货郎担子。连生一直目送着他们的背影消失。这次他的烂眼倒出奇地争气，不但不痒了，而且还似乎比以前亮了，简直能照亮女人回家的路。

货郎担子和那女人走后，连生就蔫头耷脑打不起精神。他爹让他去担水，他嘴上应承着却往地里担粪；他爹让他把驴喂了，他跑去喂鸡。连生一整天都等着他爹开口。他爹把个旱烟锅咂得吧嗞吧嗞响就是不说。好几次他想开口问问他爹，嘴巴张开说出来的却是另一句话。一直熬到第二天晚上，他娘笑盈盈地进屋，一把掀开连生头上蒙着的被子说，娃，快起来！你爹跟你说事哩！连生一个鲤鱼打挺，翻身下炕，和他娘面对面，看见他娘神秘地笑，有些不好意思，挠着他的烂眼睛，嘿嘿，嘿嘿。

根顺老汉拿烟锅在炕沿上磕几下，干咳几声——

你看连生，你现在也不小了，在咱们这庄里，像你这么大的娃娃都寻下女人了，你再这么吊吊嗒嗒地下去也不行。听他爹说着，连生低头揉捏着自己的大腿。

他爹说，那天货郎担子带来的那个女人你也见了，是咱们隔壁县里人，人长得齐整……

模样子真个俊滴很！连生他娘突然插话。

他爹白了他娘一眼，他娘只是笑。连生心想附和他娘一句，可一张口说出的却是，大，我觉得还早哩！

早个啥！和你一搭哩长大的黑将和长林都抱上娃娃咧！

连生低头再不言语了。

根顺老汉又装起一锅旱烟，划了火柴，点了烟，连着咂上几口，吐出长长一溜烟。

但是有一点，这个女人是个寡妇，才结婚半年，窑塌了，男人压死了……根顺嘬着烟嘴看了连生一眼，连生低头搓手。

根顺老汉接着说，虽说是寡妇，人心眼儿实诚，何况呢也是个苦命人，这活人啊，哪有个样样儿哩，咋个不是个活，只要人心眼儿实诚就成，我和你娘合计了，觉得这门亲事能成，咱们瞒着众人不说，他谁晓得个啥哩，反正隔着一百里路，就是谁想说闲话也传不过来，就看你……

爹，能成！我不嫌弹！连生自己也没想到这话怎么就一下出了口，说完又有些后悔，不好意思起来。他爹和他娘对了个眼，笑了。事情就这么定了。连生悬了两天的心终于放下。

腊月里，土门村吹吹打打，喜庆热闹。人人晓得烂眼子连生要引女人哩。可稀奇的是别人家都是用毛驴儿把新娘子驮过来。连生的女人却是自己走上门来的，而且是被个货郎担子趁着天麻麻亮送来的，这简直是土门村历史上前所未见的。不过根顺老汉早放出话来，以前的老规程也得改一改了，现在是新年景，谁说新媳妇不能自己上门，你看，我家连生媳妇儿不是！

酒席既毕已是月悬中天，听说连生这个烂眼子娶了个画儿上的女人，村里的小伙子小媳妇儿壅满一院子，都盼着耍新媳妇儿哩。

长林说，烂眼子，没想到你娃命这么好，寻了个这么心疼的女人，你娃要防着哩，你女人跟上人跑了。

黑将说，咹，连生，都晓得你娃烂眼睛，晓不得你毬烂着没有。

众人哗啦笑开了，几个小媳妇儿连踢带骂把黑将从院子里搡出去。人群中谁家一个小男孩儿大喊一声，烂了也有他媳妇儿给抠哩！说完扒开人墙跑了，人群里又是轰啦一声。

人们被这调笑激得亢奋起来，一窝蜂拥向连生和他女人。新媳妇儿也不小气也不恼。点烟、答问，各种花样儿应付得落落大方、不卑不亢。对一些戏谑还能恰到好处地怼过去，绵里藏针的同时还带着几分幽默，倒把调戏她的人闹个红脸。连生满心欢喜，他对这个曾站在廊檐下扣墙皮的女人刮目相看了。

人群散去，忽然停电了。连生他娘端来煤油灯盏，告诉连生，早点睡吧，闹了一天，你媳妇儿乏了。连生应承一声，他娘退身出门。

女人侧坐在炕沿上，看一眼连生，说，叫我柳月儿吧！

连生挠挠眼睛说，哎！

连生手扶住炕沿，在距离女人三拃的地方并排坐下。女人低头。连生双手撑住炕沿，屁股蠕动着往空当处凑，凑一点瞄一眼旁边的女人，女人还是低头不说话。连生的屁股像肉虫蠕动，蠕动一下嘴里嘿嘿一声。

女人突然开口，声音脆得像一口咬下的梨——

你嫌弹我不？

连生的蠕动被这忽来的问定格了——

不——不！我不嫌弹！我——我还害怕你嫌弹我哩！

不！我也不嫌弹你，媒人和我说了，你那眼睛又不是啥大毛病。

连生心里一暖，觉得眼前不再是老虎，而是猫。

再说，我听媒人说你心眼实诚，还有个手艺。既然谁也不嫌弹谁，咱们往后就谁也甭提这个。

说完，女人一屁股挪到连生跟前，抬眼望着连生。连生心头一颤，只听见心脏怦怦捶打着胸口。他抬头看女人，这么近，简直不敢想象。

煤油灯下，一张农村女人里罕见的白净的脸，眼睛像一汪秋水，透着淡淡一丝忧郁，挺拔的鼻子带着几分倔犟，红润的唇间呼出一阵温热的香气。连生头上的汗蛇一样游到脸上，痒痒的。他想抬手擦，女人的手却先上来了，像一股凉凉的风抚到他脸上。他脑子嗡嘤一下，两只手捂住女人的小手。天底下还有这么绵这么滑的手！他双手掬起女人的一只小手放在自己唇间，贪婪地嗅着，温温柔柔摩挲着，香香的，痒痒的。女人嘴里呼出的香气打在他脸上，像春风吹化了干涸的土地，地里的春芽被召唤了，蓬勃而出，一下子顶开地皮，坚挺有力。

他喊一声，柳月儿！女人还没来及答应就被连生一把抱住压倒在炕上。她顺从地软软横下。他像一匹饿急了的草原狼，在每一块隆起或低洼的原野上试探、吮咂，恨不得把她吸干。他从没闻过这么让人迷醉的味道。他曾觉得那些他喜欢的女生身上有好闻的青草味儿，英语老师身上的雪花膏味儿也让他欢喜，可柳月儿身上的味道就像有一种魔力，一下勾走了他的魂。他的舌尖如蛇信四处突击游走，咂她的血，要她的命。他血脉偾张，像蛇蜕皮一样把自己从衣服里挣脱出来，又粗暴地褪净她的皮。

面对这画儿里的仙女，赤条条白嫩嫩，如梦似幻。他跪在她面前，他俯身吐着信子，却寻不到入口；她轻轻抬起一只手按住他的屁股，往下一压，他的腰身带着屁股塌下来，像一堵墙忽然塌在一片软烂丰泽的芳草地；他浑身战栗，随即感觉堕入一片泥淖。她捉住他的屁股往上微微一推，他得救一样，一挺腰身，却陷入不能自拔，刚挣扎几下，忽被闪电劈着，腰骶酸麻，抽搐不已……

她开眼看时，他已瘫死过去。他像一匹战败的骡子，喘着粗气，羞怯不敢看她。她的胳膊环勾住他，双手温柔地在他脊背上画画，像安慰一个受伤的孩子。这似有若无、酥酥麻麻的摩挲给了他苏醒的能量，他觉得一股强大的气流从腹部一直升到发梢，旋即斗志昂扬。这次他已轻车熟路。一袭风雨，几番沉浮，他勇猛突击，她尽情嘶吼——

哥——你是我男人——

哥——我给你养娃——

嗯哼——嗯哼——

他什么也听不见，他如入亘古洪荒……

云开雨霁，隐隐回忆起她刚才的嘶吼，他想了想，却想不明白。身边熟睡的她，红云中两行清泪……

三

爹——爹——我饿！

女儿的哭喊把连生从迷梦中拽出来。看着披头散发，满脸泪痕的女儿，连生眼眶一热。他忍着泪说，丹丹，爹这就给你做饭，啊，乖乖听话。女儿抹着鼻涕去了奶奶身边。连生胡乱做了一顿面糊糊，他娘和女儿丹丹吃过，把女儿哄睡着。他自己啥也吃不下。

连生已经没有勇气迈进他和柳月儿住的那间房子了。他害怕，害怕看见一切有关他和柳月儿的回忆，这个臭娘们儿，她怎么就这么跑了！

可他的腿不听使唤，晃晃悠悠迈进了他和柳月儿的那个曾无比幸福甜蜜的爱巢。一进门就看见墙上挂着的柳月儿的一张黑白照片。他把照片取下来，揩了揩上面的浮尘，看着柳月儿那双俏皮会说话的眼睛，他一阵儿爱，一阵儿恨。连生双手把照片上的柳月儿搂在怀里，无力地跌倒在炕上，一幕幕往事涌上心头。

那天下午，货郎担子又来了。给丹丹带来了一个坠满小铃铛的项圈儿。丹丹开心地满院子奔来奔去，欢喜得不行。自从货郎给根顺老汉寻来这么个温柔贤惠的儿媳妇儿，给连生寻来个心疼又体贴的女人之后，货郎就成了根顺老汉家的贵客，货郎每次来就是好烟好茶好饭地招待。根顺老汉喜欢货郎的谦和实在。处久了俩人见面就哥长弟短得格外亲热。连生对货郎敬重有加，跟着柳月儿叫干大（义父）。一会儿让柳月儿给干大倒水，一会儿又自己给干大端饭、给干大点烟。

吃过晚饭，连生去镇子上一户人家商量砌院墙的事情，估计还得住上几天才能回来。根顺老汉嘱咐柳月儿去送送她干大。柳月儿送她干大回家后似乎心神不宁的样子，背过人偷偷抹眼泪。连生他娘觉得不对劲，偷偷对根顺老汉说了这事，老汉咂摸一下对老伴儿说，许是儿媳妇儿过门久了，想她娘家了吧。连生他娘一想也对，虽说这孩子爹娘走得早，毕竟心里总牵念着，这也是人之常情嘛。今儿见了她干大，想起她死去的爹娘，心里不畅快，这也没啥。

晚上，根顺老汉去邻居家浪门（串门）。连生他娘把丹丹哄睡着了就踅摸到儿媳妇儿房里。见柳月儿坐着发呆，就拉着月儿的手到自己屋里的炕上坐下。柳月儿不知道婆婆今天这是咋了。看着儿媳妇儿满腹心事的样子，老太太心里一阵难过。握着她的手说，月儿啊，自从进了我们这个家门，你整天忙前忙后的，咱们婆媳间还没有正儿八经地说说话呢，今儿连生不在，屋里就咱婆媳两个，我也挺闷的，叫你来咱们说说体己话。柳月儿明白了婆婆的用意，心头一热，连忙点头。

婆婆看着柳月儿的眼睛说，娃，我晓得你的心思哩，别人家的媳妇儿还有个娘家走走，有自己的亲爹娘关顾，你说你，咋就这么苦命哩！想回个门都没得回。说着就抹眼泪。柳月儿被婆婆这么一说，正说到了痛处，眼泪吧嗒吧嗒往下掉。婆婆不忍心了，说，月儿啊，是娘的不是，不该给你提这个，快，不哭，啊！柳月儿忍住伤情，拉着婆婆的手说，娘，您和爹还有连生对我这么好，这就是我的家。婆婆看儿媳妇儿这么乖巧又会说话，心里又高兴又难过，搂住月儿的肩膀说，娃，对对地，这就是你的家！我养了三个儿子没有闺女，娘心里啊，早就把你当成亲闺女咧！柳月儿扑在婆婆怀里眼泪连成线。婆婆一下忙着揩月儿的眼泪，一下又抹自己的眼泪。柳月儿渐渐忍住了啜泣。对婆婆说，娘，相亲时我干大给你们大概说过我的身世，你们都不嫌弹我，过门以后还对我这么好，疼我爱我，我今儿也想给您说说我心窝子里的话。

我本家姓张，我爹是农业社的会计；我娘身子不好，养我之前小产了好几个娃，一直到四十几上才有了我。那时候生活困难，可我爹我娘特别惯我。他们省着口粮，自己吃不饱，留给我吃。生产队的粮食管得严，我爹每次给田里担粪时趁着看粮食的人不注意，从麦地里揪些麦穗从脖领子里灌下，带回来。晚上关门上锁，偷偷搓下麦粒——其实，那麦子也就刚挂浆，还没熟浑全哩。我娘就半夜偷偷炒了给我吃，那个香啊，想起来就流口水。我吃着，我爹娘就看着我乐呵呵地笑。我说爹、娘，你俩咋不吃？他俩互相看一眼说，妞妞，爹和娘吃过咧，吃饱咧！吃不下咧！

农业社的地是公家的，抓住了可了不得……

婆婆说，娃，我晓得，我晓得哩，我也是从那个年程上经过来的，那时候可真是苦哇……

晚上睡觉脱了衣服，我爹身上全是麦芒扎的血道子。我娘就心疼得哭，可有啥办法哩。后来有一次我爹正在揪麦穗，被看粮人发现了，就撵他，我爹慌忙跑，把眼镜跑丢了，不留神脚下一滑，失足从沟里跌下去了，人抬回来当夜就死了。因为我爹还是党员，人家不依不饶，我娘又伤心又羞愧，把我爹抬埋以后过了几天也过世了。我爹娘死后，我成了没人管的孩子了。我干大可怜我，他收留了我。

再后来农业社解散了，我干大就去挑货郎担子。他要出远门又不能带着我，只好把我送往邻村的柳家养。我舍不得我干大，我整天哭，不吃饭。柳家爹娘都可怜我，心疼我。他们家有个比我大两岁的小哥哥，叫盼儿，就哄着我一起玩儿。过了几年，这伤心事也慢慢淡了些，我就成了柳家的女儿。他们把我的名字改成月儿，以后我就叫柳月儿，哥哥叫柳盼儿。要说，也算我命好，柳家的爹妈待我跟亲闺女一样。一直到了十六岁上我嫁了人，可是不到一年，男人就被窑压死了……

婆婆一把搂住柳月儿，两个人命儿肉儿地哭了半夜。直到根顺老汉回来才劝住，回房睡觉。

第二天一早，婆婆做了早饭在门外叫柳月儿来吃，喊了几遍不见应声。婆婆想，许是儿媳妇儿昨晚伤心劳神太过，睡得太迟了，让她睡个懒觉也好。可等到上午十点媳妇儿屋里还是不见动静。敲门半天不开，推门进去一看，炕上被窝叠放得整整齐齐，哪里还有儿媳妇儿的影子。老太太赶紧跑去找根顺老汉，根顺老汉也觉得蹊跷。可转念一想，这儿媳妇儿向来是个本分不跳弹的人，应该不会有啥事。有可能心情不好一个人出去散心了。两口子琢磨着也是，就再等等吧，又不好大张旗鼓地在村子里找。

一直等到太阳西落还没儿媳妇儿的音信，老两口儿才慌了，赶紧托人给儿子捎话说家里有事，让他赶紧回来。等连生赶到村口，村里一些人已开始指指点点说上闲话了。连生隐约听见有人说是他媳妇儿跑了，心上一拧，又觉得不可能。他匆匆赶回家去，爹娘赶紧拉着连生去屋里看，一切如常，没有任何异样。三个人面面相觑想不出个所以然来。柳月儿在这里没有任何亲戚，浪门子也不可能去这么长时间，再说了，昨晚还跟婆婆说得那么亲热，掏心掏肺，人心不可能说变就变。回想起柳月儿嫁过来这几年，待人和善，孝敬公婆，两口子恩爱，也没见她有什么二心……一个大活人咋说不见就不见了呢？

眼看天黑了，三个人心里越来越慌，由不得别人嚼舌根子了，把丹丹安排到邻居家，三个人分头去村里四处打听。一直乱到凌晨，人人都说没见柳月儿的影子。只听村头的独居老汉二梁说昨晚后半夜，村里的狗叫唤了几声。这一下村里头炸开了锅，满村人议论纷纷，有的说连生的媳妇儿被人贩子拐走了，有的说是跟人跑了，有的说是毛鬼神上身被捉到阴间去了……

无奈，三个人只好回家，留着门，也都睡不着。连生躺在炕上左思右想想不明白。他翻身下炕打开梨木柜子下面的抽屉，抽屉里是柳月儿纳的鞋垫。翻开鞋垫一看，明明压着的三千块钱，咋不见了？！他把抽屉全拉出来，把里面的七七八八全倒出来，扒拉半天就是不见。他脑子嗡愣一下，坏了！这婆娘真的跟人跑了！

四

柳月儿跟人跑了。一个月了。丹丹天天哭喊着要娘。一开始连生想各种办法哄，后来实在哄得不耐烦了，就对女儿吼，你娘让狼叼走了！再哭，再哭你也被狼叼去吃了！女儿吓得往奶奶怀里钻，连生他娘就抹着眼泪骂，你么眉么眼地吓唬个孩子干啥哩！噢噢，丹丹乖噢，你爹哄你耍哩，你娘跟人搞副业（打工）去了，你娘挣了钱钱就回来，给你买好吃的。

连生他爹也不爱出门了，窝在家里把个旱烟锅咂得巴嗞巴嗞，一会儿又在鞋底子上磕得梆梆梆。他怕那些在墙根儿下晒暖暖的懒汉和刁婆娘们的嘴。到了晚上，老两口睡在炕上长吁短叹。根顺老汉自言自语，你说现在这个人心啊就摸不透，儿媳妇儿还在的时候吧，谁不夸她贤惠，她会说话，模样儿又俊，咱连走起路腰杆儿都是硬的，可自打这儿媳妇儿不见了以后，那些嚼舌根子的人啥话都说。旁边的老伴儿听了，半天没言语。根顺一直等着老伴儿说个啥呢，可老婆子除了一个劲儿地抹眼泪，啥也不说，根顺老汉有些生气，拿被子里的脚蹬了老伴儿一脚，再不淌你那马尿尿了，淌了有啥用？！老伴儿长长出一口气：他爹呀！我就想不明白呀，那娃是个好娃娃呀，你说说，她咋会跟人跑了嘛！说着又抹一把眼泪。根顺把被子往上使劲一拉蒙在头上，被子里闷嘡一声，睡！

这一个月以来，货郎担子也失踪了，再没见过人影子。丹丹问连生，爹，干爷爷咋还不来呀，他还答应给我一个花手巾哩！连生听了心里来气，在丹丹屁股上打了一巴掌，死女子，睡！再说话看狼把你就叼走了！丹丹哇一声哭了。连生又后悔了，他把丹丹搂在怀里：丹丹不哭，丹丹不哭，等爹闲了去镇上给你买多多的花手巾！女儿抽泣着在他怀里睡着了。他把丹丹放好，趿着鞋坐在院子里抽闷烟。连生把自己和柳月儿自相亲到结婚再到生娃娃以来的日子整整齐齐捋了一遍，一件件一桩桩码放得光光溜溜，就没发现半点毛刺儿。到底是哪里不对呢？要说骚吧，柳月儿确实还挺骚的，但那是和自己在床上骚，和别人不。

自从洞房那夜以后的日子，柳月儿像驾骡子一样把他这个生瓜蛋子捋得展展刮刮，把他调教得像个爷们儿，再不是那个毛毛糙糙的傻小子了。后来，他不但懂了自己怎么舒服，还要柳月儿舒服。如果柳月儿舒服了他就开心，柳月儿不舒服他就咒自己。柳月儿看着他那傻样儿就咯咯咯地笑个不住，用指头点一下他的鼻子说你呀！连生就抠着烂眼睛嘿嘿笑了。连生每次完事儿都要问柳月儿，你受活了没有？柳月儿咬着被角吃吃地笑，连生急了，就去挠柳月儿的胳肢窝，柳月儿就满床打滚儿求饶，嘴里喊着，哥，哥，我错了，我说还不行吗？连生就放开柳月儿，眼珠子瞪得大大的等着。柳月儿把连生的手拉过来，在他指头上咬一口，连生疼得直呲牙，柳月儿笑着嗔怪他，傻瓜，难道你是死人呀，人家都那样儿了……

那样儿了？究竟咋样儿了嘛？连生急得直跳弹。柳月儿就在连生的光屁股上拍一巴掌，你个死人，人家都快受活死了！说完就拉过被子蒙在头上。连生掀开被子钻进去，两个人又光身子蒙着头在被窝里互相挠一会儿胳肢窝，耍乏了才满足睡去。

有时候，连生掀柳月儿的被子，柳月儿就把被子抱得紧紧的，说，不给！连生急了，求着柳月儿，哎呀！人家饿，人家想吃嘛！柳月儿就拧一下连生的鼻子，说，饿了到猪圈吃去！连生就光着身子要下炕，柳月儿一把把他拉回来，死人！防着感冒了！连生笑笑地钻回被窝。柳月儿看着他眼睛说，咱们骑大马吧，好不好？连生一听就乐了，那你不早说，骑大马才受活哩，我又不出力，光是个享受。柳月儿扳身骑跨上来，向连生眨一下眼，看把你给美的！连生说，我美不美不要紧，反正要你美了我才美！

……

俩人汗津津地搂在一处，柳月儿嘴里呼出的热气呵在连生的耳垂上，连生一阵痒痒，他挤眉弄眼的样子逗得柳月儿咯咯咯地笑。连生在柳月儿的勾蛋子上拧一下，说，你个小骚狐狸精，迟早要了我的命哩！柳月儿说，我才不要呢，要了你的命我跟谁骑大马去哩。连生心里漾起一阵阵的得意和甜蜜。他嘴巴凑近柳月儿的耳朵悄悄问，你说你为啥每次受活了就喊哥哥？柳月儿脸一下红到耳根，好像生气的样子，对连生说，哼！就不告诉你！说完一个转身屁股对着连生。连生笑笑，无奈摇摇头，一张大手捂在柳月儿那丰满浑圆的屁股蛋子上。

柳月儿确实是个美人儿，这是十里八乡公认的。多少男人巴巴儿瞅着她默默吞口水。她从街上走过去能卷起一阵旋风，能把男人们的脖子刮歪了，都朝着她看；男人们的婆娘掰半天也掰不过来，就朝地上吐唾沫，就骂，看把你娃给馋死了！防着口水砸了脚面！

柳月儿走路就像她的名字，屁股和腰身配合着摇摇摆摆，无风自婀娜。但她从不回头看那些男人，有时不得已对上眼了，笑笑地绵里藏针，倒把那些死死盯着她的男人弄得狼狈不堪。时间长了，大家都知道柳月儿是个带刺的玫瑰，只能远远儿看，在被窝里想，用手比划，却近不得。

一开始，村里人都说连生养不住这个婆娘。尤其是几个吃了柳月儿冷亏的男人，见了连生就说，你那婆娘不好伺候啊！侍候不好，就钻到别人被窝里去了。连生一笑，冷冷地说，那你得有那个本事！大家都晓得连生虽然平时脾气好，总是乐呵呵的，可他那五大三粗的身板，一旦真的顶上牛了，一般人两三个也不是他的对手；再说人家有手艺，虽说不是挣大钱的人，但在土门村方达围圆几十里，提起连生，许多人得跷大拇指。以前，人们都叫他烂眼子，自打这个媳妇儿进门，人们就慢慢改口了，不再叫他烂眼子，而是叫官名连生了。

眼看人们的预言没有实现，柳月儿不但稳稳当当踏踏实实地当了连生的女人，一年后还给连生养了个娃。这一下再也没有人说连生的女人迟早要跟人跑的话了。柳月儿生了娃以后，比以前更受看了，腰身更加浑圆饱满，屁股翘翘的，娇娇的，肉而不肥，可腰却那么细，远看着一把能攥住的样子。她说话带着一股俏皮，又有几分说不出来的霸蛮，那些想轻薄她的人，也慑于她这种气势，不敢再随意在她跟前说怪话了。

两个月过去了，柳月儿还是没有消息。人们的议论也就越来越大胆，终于肆无忌惮起来。又有人开始不叫连生，叫他烂眼子了。一开始是背后叫，后来当面叫，一开始几个人叫，后来大家都叫，连小孩子都叫他烂眼子。以连生的体格，顺手放倒他几个不成问题，可总不能天天跟人干仗吧，再说媳妇儿跑了总归是个丢人的事，再天天跟人干仗，日子还怎么过。他忍着，由他们说去。手头的活也懒得干了，一天把两只手统在袖筒筒里，溜着肩走来走去。

他娘一见连生就抹眼泪，他爹梆梆磕烟锅。那货郎担子也像是约好了一样再不见影子。人们就开始议论，十有八九那货郎担子就是个人贩子。丹丹出去跟小朋友们玩儿，哭着跑回来。奶奶问，丹丹，你咋啦？谁惹你了？丹丹抱住奶奶的腿哭着说，小朋友们都说，我娘被人贩子拐跑了，奶奶，我要娘哩！我要娘哩！奶奶听了气得跺着脚骂，谁家的死娃娃胡说，我去找他去！根顺老汉一把拉住老伴儿，算了算了，都是些娃娃家，计较个啥哩嘛！

眼看儿媳妇儿跑了两个多月了，根顺老汉觉着没指望了。他跟儿子说，连生啊，要不成咱去方达围圆再寻一下你女人吧，这么下去也不是个事情。连生说，爹，我觉得柳月儿她不是那种人，她肯定会回来的，如果万一她是成心不想回来，找也肯定找不来！他爹还想说啥，听见儿子这么说，嘴张了半天又把话咽了下去。

晚上，连生他娘又踅来说，连娃啊！要不成咱再给你说一个女人吧，以你的手艺，愿意跟的女人多着哩，女人就像地里的荒草，哪里寻不下女人！连生听了，幽怨地看一眼说，娘，我不找，我就要等柳月儿哩。他娘长叹一声就不说话了。睡着的丹丹突然哇一声哭了，原来她在装睡，刚才的话她都听见了。丹丹蹬着腿哭喊，我不，我就要我娘哩，就要我娘哩，我不嘛！连生突然觉得心如刀割，他握紧拳头狠狠砸在墙上，把他娘和丹丹唬了一跳，丹丹也不哭闹了，惊恐地盯着她爹看。

连生肚子里升起一股无名火，一头撞在墙上，血立刻像红色的蚯蚓从额颅蜿蜒而下，把他娘惊呆了，愣一阵儿才回过神，扑过去抱住儿子，用手捂住伤口，血又从指缝儿里渗出来，他娘嘴张了半天才发出一声嚎哭。丹丹抱住连生的脚喊爹！爹！根顺老汉听见响动跑过来，赶紧把自己的白棉布褂子撕开了，给连生包扎。好在是硬伤，血一会儿就止住了。一家人悲悲切切过了一夜。

半月后，连生头上的伤好利索了。中午他把丹丹安顿睡好，就去找他爹娘商量。说，爹，娘，三个月了，怕是真没指望了，我想去新疆，跟您二老商量一下。他爹使劲咂几口烟锅，他娘瞅了瞅老伴儿，不知道说啥好。根顺老汉长出一口气说，娃，也好，出去散散心也好，忙忙乱乱地也就慢慢淡了，等你想好了就回来，咱们再好好过日子，啊。连生他娘抹着眼泪默默点头。连生看着爹娘的样子，心里难过极了。这三个月就像三年，爹和娘的头发白了许多，皱纹更深了，他觉得自己罪孽深重，爹，娘，儿不孝，丹丹就交给你们了。娘高高举起巴掌又轻轻打在肩膀上，瓜娃子，胡说个啥哩！我们是你的爹娘哇！

三个人正说话，门外突然跳进一个人，大声喊：连生！连生！你女人回来了！

连生腾一下站起身，冲出屋门，在哪在哪？！他爹和娘张着嘴半天说不出一句话。

五

连生听黑将说柳月儿回来了，一个蹦子跳起来就往门外跑，把两只拖鞋甩出去老远。黑将在后面大喊，鞋！鞋！连生头也不回，一锅烟的工夫就光着两只大脚片子跑到了村口。远远看见一个女人蹒跚着脚步往这边过来。连生喘着粗气，弓着腰扶住身旁的大柳树，眼神迷离恍惚。女人越来越近了，发如蒿草，衣衫破旧，踢踏着两只鞋，步履沉重。连生有些不敢相信，这怎么可能是他的柳月儿……不会，绝不会！他内心涌起无尽绝望。他的柳月儿走起路来从来都是一匹骄傲的母马，他的柳月儿白嫩的皮肤，俊俏的眉眼，一把能攥住的细柳腰，两个会跳舞的勾蛋子；他的柳月儿是一阵旋风，是一阵春雨，而眼前这个离自己越来越近的女人，蓬头垢面，目光呆滞，没有一点神采。这怎么会是他的柳月儿！连生扶着柳树的胳膊无力地垂下来。就在他打算回头之际，听见那个女人用虚弱嘶哑的声音喊了一声，连——连生。连生猛然抬头，那声音虽然虚弱嘶哑，可分明就是柳月儿的声音啊！连生急忙跑过去站在那女人面前，女人抬头看着连生。

没错，是柳月儿！女人看见连生勉强笑笑，说，连生，是我，月儿。说完嘴角抽搐着，眼泪吧嗒吧嗒地掉。连生心里一疼，接着脑子里旋起一团怒火。他对着女人像一只野兽一样怒吼一声，你到底死哪儿去了？！女人低下头不说话。连生的爹和娘赶过来了，他娘一把搀住柳月儿。他爹说，先回，回去再说！柳月儿扶着婆婆的胳膊拖着虚弱的脚步。连生失魂落魄地跟在后面，一切恍若梦中……

也不知走了多久，终于进了家门。婆婆把柳月儿搊在炕上躺下就去厨房忙着烧饭。连生看着像个乞丐一样躺在炕上，已经说不出话来的柳月儿，心里又怜又恨。好几次想抱抱这个像梦一样飘走又飘回来的女人，又觉得胸口堵得慌。连生他爹在门口轻轻喊一声，连生回头，他爹努努嘴，连生出门。他爹说，有啥话等明天再说。连生他娘烧好了汤，给柳月儿喂了半碗，又给她轻轻擦洗了脸和身子，盖好被子让她睡。丹丹从邻居家回来哭闹着缠着要看她娘，被连生他爹哄住了，一夜无话。

连生坐了一夜，抽一会儿烟就趴在窗户上看看柳月儿，好几次想抱抱她，都忍住了。

天亮了，柳月儿推开房门。连生听见开门声，跳起来，出门看时，柳月儿低头不语，只是掉眼泪。连生抓起她的手，她的手那么冰凉。连生捂住柳月儿的手，眼泪在眼眶里打转儿。柳月儿突然抽出手一把抱住连生，眼泪连着线淌，却哭不出声。过一会儿柳月儿哽咽着说，连生，我对不住你，我对不住你……连生心里泛起一阵不祥。他托起柳月儿那张熟悉又陌生的脸，看着她的眼睛。她不停地哽咽着说，连生，我对不住你，我对不住你……连生突然推开柳月儿的身子，背对着柳月儿怒吼一声，啥对不起?！咋对不起?！一句对不起就完了?！你知道这三个月我是怎么过来的吗！还有，还有丹丹。连生说着眼泪掉下来，他用袖子揩干，颤抖着说，还有爹和娘……你到底跑到哪儿去了?！你说啊!

柳月儿听着连生一声声的怒吼，除了哽咽，除了流泪，只是不停地重复着对不起，对不起。连生被这不断重复的对不起激怒了，他猛地回头，向柳月儿抡起巴掌，在空中划了一个弧线，犹豫了一下，又调转方向狠狠抽在自己脸上。柳月儿扑过去拉住连生的手，把连生紧紧抱住。连生的眼泪一滴滴打在柳月儿的背上。柳月儿伸手来给连生擦眼泪，连生轻轻推开她，自己用袖子揩了。柳月儿拉起连生的手跟自己一起坐在炕沿上，对着连生说，连生，对不起，我给你说，我都告诉你……

那晚，我和娘说了我的身世。我干大把我送给柳家以后，我渐渐和柳家熟悉了，有了感情了，柳家爹娘又特别疼我，我也就把他们当成我的亲爹娘。还有他们的儿子盼儿，自然就是我的哥哥，我俩从小一起玩儿，一起上学。他总是照顾我，保护我。一起长到十几岁，我特别依赖哥哥，我对他有一种说不出来的感情，既有亲情也有一种奇怪的，说不出来的好感。在家里他是哥哥，总让着我宠着我。在外面他就像一个英雄一样，不让任何人欺负我。哥哥为了我和其他男孩子打架，打得过要打，打不过也要打。再后来我开始害怕看他的眼睛，一看他的眼睛我就心跳。可是看不见他心里又很难过。看见他和别的女孩儿说话我心里就不高兴，和他闹别扭，不说话，不理他，他就死皮赖脸地来哄我。爹娘觉得我们是孩子，也就不管。上了初中以后，我才明白，其实我是喜欢他。

你说你喜欢上了你哥哥？男女之间的喜欢？连生问。

柳月儿红着脸点点头。

嗯，其实我也恨我自己，为什么会喜欢上自己的哥哥。我把自己的心事写在日记里，把恨自己的话和喜欢哥哥的话都写下来，我很矛盾很痛苦。爹娘以为我病了，我就说没事，休息一下就好。我的心事给谁说呢，也不知道哥哥明白不明白。

十六岁时，不停地有人来家里提亲，我哭着说，爹，娘，我不想嫁人。我不要嫁人嘛！哥哥就把来提亲的人臭骂一顿赶出去。

那天，爹娘把我叫到上房。娘拉着我的手对我说，月儿，娘晓得你舍不得爹和娘，爹和娘也舍不得你啊！说着娘就哭了，我也哭了。娘说，我和你爹年纪都不小了，想着早点给你找个好人家也好有个依靠，我们也就放心了。我哭着央求爹和娘，爹和娘跟着一起掉眼泪。这时候，哥哥突然推门进来，原来他都听见了。他说，爹，娘，月儿不能嫁人！我要娶她！

爹和娘愣住了，半天说不出话。我听见哥哥的话，又羞愧又高兴。想不到他心里其实一直有我，而且敢当着爹和娘的面说出来。看着他忧伤又决绝的眼神，我又心疼又激动。可爹娘会怎么想，会答应吗？我们毕竟是兄妹。虽说没有血缘关系，但在爹娘心里，我们就像真正的亲兄妹一样。我心里期待又害怕，爹一定会责骂哥哥的，这对任何人都是一件不可理喻的事情。可意外的是，爹并没有想象中那样发怒，他只是摇头叹息，不说话。娘劝我们早点休息，这事以后再说。接下来一阵儿，大家都沉默着，就算一起吃饭也不说话，只有娘前前后后地打圆场，缓和着尴尬的气氛。

那天周末，我干大突然来到家里。他和爹娘一起商量事情，一直到很晚。第二天我干大把我和哥哥叫到一起，告诉我俩，我俩的事，爹娘同意了。我俩激动得哭了。两个月之后我和哥哥成了亲。爹和娘也从心里接受了事实，一家人又跟以前一样幸福快乐。

结婚半年以后，哥哥说他要担起一个男人的责任，要跟着村里人一起去陕西打工。爹娘和我都舍不得他出去。可以后家里还得靠着他呢，他是男人。哥哥去陕西给别人挖砖窑。可是……刚干了二十天，就在一次挖窑时，被塌方的窑土压在下面……

连生把月儿搂在怀里，轻轻拍打着她的肩膀。

哥哥被挖出来，送到医院，抢救了整三天三夜，人活下来了，可是腰以下瘫痪了……

爹娘急得病倒了。为了给哥哥看病，把家里能卖的都卖了。三个月以后，爹因为承受不了打击，精神错乱，时常离家出走。我和娘又要照顾哥哥，又要时时操心着爹，好不容易把他找回来，他又偷偷跑了……最后一次，他半夜翻墙走了。爹到了哪里谁也不知道。我和娘找遍所有他能去的地方，都没有找到。一个大活人,无缘无故就消失了……

哥哥从那以后就不愿配合治疗,他是害怕自己拖累我们。他哭着求我离开他,我不同意,他就不吃饭。我和娘哭着求他,他就是不答应。为此娘的一只眼睛哭瞎了,她也跟着求我,让我再去找一个好人家,我死活不同意。哥哥说,我不同意他就死不瞑目,他好几次用剪刀戳自己的脖子,以死相逼……

娘没奈何,就跪下来求我,说家里总得有一个人好好地活哇。娘托人找来干大,干大说,月儿,你哥哥疼你,所以希望你好好地活人。我说,干大,离开哥哥我一辈子都活不好。干大说,有一天你会理解你哥哥的,为了让他心安,你还是同意他吧,我会想办法时常来照看你哥和你娘。没奈何,我只得忍痛听了干大的话,答应哥哥。我干大四处打听,就把我说给了你。当初为了打消你家的顾虑,就说我男人死了。

嫁到你家以后,我干大每次来都会悄悄告诉我哥和娘的消息。我怕你知道不高兴,每次都装在心里,夜里等你睡了,我就在被窝里偷偷哭。我想回去看我哥和我娘,总没有合适的理由。我干大就劝我,如果被你和咱爹娘知道我隐瞒的事情,肯定不会原谅,我哥知道了也会没法安心。我只好把这些都藏在心里。我恨我自己为什么对哥哥这么残忍,无法原谅自己……这些年你和爹娘都对我好,疼我,我也慢慢理解了哥哥的一片苦心,就踏踏实实和你过日子,和你养娃娃。

连生紧紧抱着柳月儿,在她耳边说,月儿,这些年,你真不容易……柳月儿看着连生的眼睛,泣不成声,说,连生,我对不起你!

离家前一天,我干大告诉我,我哥快不行了,让我想个周全的办法告诉你和咱爹咱娘,他先赶回去了。晚上我和咱娘说起了我的心事,想起我哥哥快不行了,没奈何,解释又来不及,我只好半夜拿了家里的钱偷偷跑回去看我哥哥。到家以后,哥哥见我来,他笑了,笑得很开心,就像小时候他的笑容一样。然后就陷入了昏迷,我抱着他,叫他喊他,他再也没有醒来。他就在我怀里永远地睡了……哥哥走后,娘也走了。

我用家里带来的钱和我干大一起把我娘和我哥抬埋了。一切打理好以后,我让我干大给你带话过去,让他告诉你我突然离家的原因。我决定去打工,因为我带来的钱只剩一千多了,我知道那是你的血汗钱,不挣回来怎么向你交代。我就跟着人去砖厂干活,每天制砖坯,搬砖,跟男人们一起干活。

干了两个多月,一直等不来我干大的消息,一次大家吃饭闲聊时,听一个砖厂里同村来的说,万全河里淹死了个人,长得像那个货郎担子,但是一直没人认领。我一听就慌了，赶紧连夜赶过去看。掀开破席，人已经早看不成了，但我认得他的衣服和担子……据人分析他是为了赶夜路，踩空了失足落水……

干大一辈子无儿无女，好好一个人一句话都没留下就走了。我找人帮忙收拾了他的遗物，把他安葬了，身上的钱也花光了，我又怕你着急，所以，所以就一路走着回来了……

连生听得泪如雨下，抱住柳月儿说，回来就好……回来就好！这时，丹丹跑过来喊着，娘！娘！柳月儿赶紧揩干眼泪，跑到院子里，一把把女儿搂在怀里。女儿哇一声哭开了，娘——我以为你不要我了呢，他们都说你被大灰狼叼走了，娘！你不要丢下我……

柳月儿亲着女儿，女儿的眼泪和自己的眼泪混合一起，咸咸的，甜甜的……

丹丹，娘的丹丹，娘再也不会离开你了，再也不会了……

连生抱住母女两个，看着月儿和女儿说，我们一家再也不分开了，永远都不分开了。然后，凑近月儿的耳朵悄悄说，月儿，我喜欢听你叫我哥哥哩，以后，你就叫我哥哥吧！柳月儿羞涩地笑了，使劲点点头。丹丹噘起小嘴不高兴了，哼！爹娘说悄悄话，还以为我不知道！连生和柳月儿相视一笑。丹丹说，爹，我也给你说个悄悄话吧，说着凑近连生的耳朵说，我以后也把你叫哥哥吧！连生和柳月儿听了破涕为笑……

娘——娘——你哭了吗？

娘没哭哇——

那是谁的眼泪呢？

三个人抬头，原来天空飘起了雨。

那雨，下了整整一天，把整个黄土高原荡涤得干干净净、清清白白。雨后的微风吹过田野，小麦葱绿，大地如新。入夜，一轮圆月挂在柳梢上。有人在树下说着悄悄话——

哥哥——

哎——

月儿——

哎！哥哥……

2017年7月

千纸鹤

那是男孩儿转到这学校的第一天上午，他觉得耳畔的风并未舍了他去，似乎还未从来时的拖拉机上跳下来。抵住桌腿的脚有些麻木，要尽力放松下来，却使整个身体更紧张了。

下课铃骤响，竟有些心惊。他抢出教室，向操场一隅的厕所奔去。那是一骑绝尘的落寞。厕所是一溜偏厦，远远飘来的味道却是熟悉的，没想过，秽亵也能给人安慰。白粉墙上，经年的涂鸦交叠住，洇出一种时空交错的不真实。房背后有一棵大榆树，一只喜鹊要从树梢跌下来，却抖翅飞走了。出厕所回望的一瞬，他觉得这棵榆树是见过的。竟有一丝眩晕，一切更加不真实起来。

以后要在这里了么？不及回答，有人从身边经过，指指点点，有意无意。远处一个女同学似乎是向这边抿嘴笑了一下的，他竟莫名愤怒，太用力走出的步伐，有要叫所有人好看的意思。通往教室的路上，他甩一下四六分，榆树的影像又在眼前了。以后要在这里了么？他的悲哀里竟也有期待的刺激，他觉出自己的怪异。上课铃响起来，他听见自己的脚步声被一片目光收敛了。脸颊有些微微发烫。

大概是第三节课，他要使自己记起前两节课的内容，以缓解健忘带来的尴尬，却想起离开老家学校时，朋友们的送别，鼻子有点酸。然而不过一刹就过去了，仿佛那已是太久远的事，再多想也是不值。

有人喊起立时，讲台那边飘过一团白影，不及看清，一阵板凳和桌子的歘啦声，把半句“坐下”掩去了。没赶上节拍，落座多少有些不踏实。望向讲台的目光有些虚幻。原来是一顶帽子，帽子下两只耳朵随着脖颈移动着，那么精致。随着黑板上粉笔末簌簌而下，出现一行英语字母，他觉得陌生。当两只粉兔子似的耳朵转过来时，他看到一张熟悉的脸，不，其实不是脸，那是一轮圆圆的月亮。男孩儿觉得这是他认识的月亮，当他意识到这一点时，思维跑到几分钟前的那棵大榆树上，那种不真实又来了。他觉得那棵树，以及眼前这张月亮一样的脸，以前就见过的，可要努力回忆，又模糊起来。

这恍惚间的熟识，使他完全忘记眼前是新的英语老师。他机械地跟着周围的声音喊出某个音节，这是老师在教音标。当然这是他后来回忆才想起的。当时，他只觉得眼前的人，是他曾见过的一个女子而已。后来他一再地想起她的每个口型每个动作，那时，她为了让学生记住发音要领，要尽量张开双唇或是嘟起嘴巴，同时配合着手势。她的手指跟她的嘴唇，以及尖尖露出的舌头，一样的柔软，使空气甜腻而潮湿。

忽然的一瞬，他夹紧的双腿抖动，有尿颤似的异样。他觉得自己在努力地跟大家一起喊出每个音节，可这时，所有人都停下来，望向他，他不知道发生了什么，她已经在他面前了。他本能地站起来，低下头。她拿起他面前的英语书，在他头上打了几下，随着她手臂的挥动，他闻到一阵奇异的香，是他之前从未有过的嗅觉体验，当他抬头看着眼前的双眸时，他几乎要喊出她的名字了。

他要喊出的，梦一样飘走了。他不知道自己竟如此大胆，他的眼睛盯住她的瞳仁，同时看那瞳仁里的自己，一瞬间，心里许多话，早就准备好似的，却一句也说不出。

她手里的书落下来，落在他头上，周围发出一阵哄笑。他才发现她脸红了，才意识到自己竟盯住她的眼，使她丢下书逃回讲台了。

那节课，他一直站着，他为自己感到丢脸。一开始就出这么大洋相，老师同学会怎么看他。他不相信自己是有意那么做，但事实是他做了。

知道她的一些事，是几个礼拜后了。知道她有孩子，才几个月。对了，他似乎觉得，当时她用课本打他时，风里确乎带着奶香。她的丈夫在外地上班，孩子由婆婆带，她周末赶回去看看。

这当然是听来的，一句一句拼出一个轮廓，进而是一个完整的想象。自从上次以后，他决心努力弥补自己的错误，上课认真听讲。可一放学，那些认真听进去的单词和音节，不见了。眼里心里是那两片柔软的唇，以及从唇间冒出来的尖尖的舌头，还有配合着的那双手。他从未觉得自己如此可耻，他用目前所掌握的最恶毒的词诅咒自己，要把心里那些邪念赶出去。这使他极度疲惫，回家躺在床上的一刻，他觉得前所未有的累，可是很快，这累又被一阵自责和懊悔淹没了。他拉过被子蒙在头上，仿佛自己不配领受窗外投进的光。

他的学习不好，这使他感到更深一层的罪孽。

她是严谨而认真的。每次都要把作业完成不好的同学留在自己的住室辅导，或是让上课捣乱的同学在住室门口罚站。对他却是例外。他的作业时常最后一个交，但她就是不把他喊进她的住室辅导，甚至他在上课时故意往前边同学身上扔纸团时，也没赢得一个惩罚的机会。他幻想着被她惩罚，那是值得的，他心甘情愿。当然，他也想过其他可能，比如提高成绩，成为课代表，那将使他有可能靠近她的味道。他不是没努力过，可总是失败。他觉得自己没救了。他背单词时，对着镜子练发音时，眼前总是她的影子。他前一秒还在自己的想象里，看到她严厉的样子，下一秒她却在镜子里对着他笑了，她的笑使他更觉出跟她的熟识。

到底哪里见过呢？

他放弃了。他知道自己不是学习的料，其实，这结论早由父亲的咒骂得出，早由同学们的嘲讽听出。可他们越如此他越满不在乎。英语课时，她的目光总是从他这里飘过去，他跟着她的目光游走。偶尔，她的目光飘累了，在他这里轻轻落那么一瞬，立刻被烫到一样逃过去，他心里有点得意，有种挑衅的快感。然而夜来，便是无边的懊悔和自责，他从没想过自己是这样一个不要脸的人。

父母的疑惑有一阵儿了，这次非谈不可。

他长吁短叹、魂不守舍的样子，使他们担心。他们说着，他愤怒否认。他没有撒谎，他真的不知道自己是这个样子。夜里，他问自己，在镜子前照看，确实没有，他很正常，只是觉得最近有点累。不是打完篮球一身汗的那种累，那种累，吃顿饭喝口水的工夫就过去了，而现在，仿佛有一个鬼魅藏在体内。有时候，上课时，他会惊醒，而睡觉时，又格外清醒。父亲借着给奶奶看病的机会，让一个老中医给他把脉，尽管心里对那大夫满是不信任，但还是配合着，究竟有些心虚。

大夫说他有轻度神经衰弱。父母很是诧异，大夫的描述使他们如何也不能跟这个没心没肺又不听话的孩子联系起来。父母没说话，这是他从他们的眼神里读出来的。大夫笑笑地背起药箱走了，留下一服药，是朱砂。妖冶而刺眼的红。他把它想成毒药，不如一死了之。

是夜，他做了一个梦。梦见开运动会，很多人拥在操场上。突然下起雨，大家跑到教室屋檐下避雨，人越挤越多，忽然闻见一阵奇异的香，是站在他前面的女人身上的味道。他要躲开时，却被人流推得更近，就要和她贴在一起了。他感到自己体内某个地方钻出一个猛兽，他耻辱极了，随后在一片羞感和兴奋中触电坠落。

醒来，窗外月光惨淡，跟脸上的泪一样冰凉。

翌日上学时，他感到周围的眼睛都在审视他，一种不能遏制的罪恶感，使他起了轻生的念头，他觉得自己的脏，他觉得自己的没希望。

放暑假了，他逃回老家。

没有哪个假期如此短促又漫长。

假期结束，他隐约听到一些风言风语，说她要调走了，为跟丈夫的团聚。

尽管只是小道消息，却使他莫名愤怒，仿佛传言已成她的背叛。上英语课时，他盯住她的眼神里，多了层意思，那意思里有轻蔑和挑衅在里头。他对她的窘迫有报复的快感。然而很快又悲哀起来。

那是她的最后一节课。

那节课，他肆无忌惮地逗前后排的同学说话，他要她看到他的放肆，他的满不在乎。他觉得他的目的就要达到了。讲台上的她，目光闪烁，声音局促，嘴唇发白，整张脸，哀愁般的、薄薄笼在头顶的白色帽子里了。在他的逼视下，她越发黯淡下去，仿佛一轮从没升起过的月亮。

他拿起课本当扇子挥动着，她视而不见。要下课时，她过来，一把夺过他的课本，短暂对视的一秒，在他的意念里，仿佛彼此成了雕塑。那是一场亘古的定格。醒来时，她夹着那本书走出教室了。她没收了他的书，这是她给他最后的羞辱。

那天那么漫长，乃至后来用几十年的光阴也没走出她最后那一瞥。时至今日想起来，仿佛一生其实早在那时耗尽了，而现在，不过是一个梦的倒影。

那棵老榆树如今还在那里的吧？好几次他想回去看看，终于还是笑笑地说，回不去了，真的回不去了。

现在，他亲切呼唤妻子的名字，妻子不知道那也曾是另一个人的名字。对这巧合，他不知该如何解释，偶尔摇头笑了，笑容那头是妻子一脸茫然和疑惑。

这是他一个人的事。

偶尔，他会翻开那本英语课本，铺在腿上，端详着，又回到几十年前的那个下午。

当他来到学校，人们说她已经走了，临走前让人转交他被没收的课本。他挟起课本，来到操场那棵老榆树下，树上有一只喜鹊，似要嘲笑他，他拿课本向上扔出去，喜鹊不见了，书页里一只粉色的鸟儿飞出来，落在他的肩头。

是一只折叠的千纸鹤，挥动着翅膀，风里有他曾熟识的味道。

2019年8月

死　狗

时至今日，他也不知道自己当初是怎么想的。他对家人说，要在学校复习。

的确，这是个很好的理由。初三了，中专预选近在眼前，所有人都盯着那仅有的五个名额呢。可，这时，他要努力上进的念头却被一个奇怪的念头所覆盖。书是打开的，上面的字，模糊一片，像从未相识。

教室，炉子里炭火将要熄灭，一阵风过，窗上铁钉松动的玻璃打个冷战，这突然使他心惊，这才感到脸上一阵灼烧，可手脚分明是冰凉的。他听见自己的心跳，一瞬间觉得自己是个贼；他要偷什么呢，竟心虚到不敢去想，脚步分明却又往前挪了几步。

又是一阵玻璃的打战，他感到窗外站着个人，回头，见一张草纸被风卷到教室对面的墙上立着，又落下来，贴着地面飞远了。他发现，他已站在她座位前了。不知怎么就坐在了她的板凳上。屁股触到板凳那一刻，觉得是她坐了下来。从她桌框里泛出的香，使他更加确信了这一点。于是，他更加觉得此刻坐着的是她，而不是他。仿佛那幽幽的香气，正不断地从她身上弥漫开。他突然累极了，趴在她的桌上，长长舒一口气，又饱饱吸一口气，仿佛不吸那一口，整个人都要垮掉了。这一口气，却有催眠的功效。等他醒来时，她站在他眼前。而站在他眼前的她，使他不敢再抬头。

他向来怕她那双淡漠的眼睛。那眼里有骄傲，又有倔强，仿佛被她的目光一刮，便使他整个人都矮下去了，直入尘埃。

确实，从看她第一眼时，他便有这样的感觉。他分明是骄傲的，也有着跟她一样淡漠的眼神，可面对她时，他突然觉得自己之前的淡漠，都是装出来的。他平生第一次觉得自己的骄傲聊胜于无。

那时，他刚转来这学校。已是他的第三次转学。但在新同学眼里，他依然新鲜，他们有意无意地看他。他从他们眼里分辨哪些是友好，哪些带着挑衅，然后以对等的态度予以接纳或迎击。他已习惯了这个过程，就像习惯他的名字，终于被叫到顺耳，终于不至于那么别扭，乃至于一听就是叫他，而不是叫一个陌生人。直到某天，他可以不再对别人的友好或挑衅作出回应时，却迟迟等不来她的目光。她仿佛从未看见他。他很不适应这种被忽略的感觉；为自尊起见，只好以其之道，还诸其身。

她总穿一件水粉色上衣，让她在其他女生或红或绿的背影里跃出，又使他的漠视变得苍白。他觉出她的故意，就像她淡漠的眼神一样。这让他的自尊更进一步；他对自己说，谁稀罕呢！谁稀罕你那粉不啦叽……可随即觉出言不由衷。这刺激了他要挑衅的欲望，仿佛手持长矛面对风车的堂吉诃德，可风车就是不接招。上课时，她水粉的背影漠视他，下课了，她跟她的伙伴以擦身而过漠视他。忽然，他感到身上某处破碎的声音，簌簌落下。

他改换策略。他故意说怪话，故意放声大笑，故意放肆唱歌，故意从她身边浩浩荡荡打马而过，显出一种巨大而无由的力量，仿佛要用身体刮起一阵旋风，给她一个趔趄，给她一个下马威。可她好好地站着；她站着，他只好塌下去。

转眼初二，他没跟班里任何一个女同学说过一句话。当然，这并不奇怪，那时的风气，男生跟女生是不说话的，即便是一个村一起长大的同学，回到村里是相熟的邻居，可到了班里突然就不认识了。一认识，就可能被人偷偷叫作“死狗”。死狗到底是一种什么狗，谁也没有认真追究过。可一旦被人叫作死狗，那可就真的一辈子成了死狗了。他也想过，虽说跟所有女生都没说过话，万一哪天不小心说了也就说了，他从不认为自己是死狗这块料。可……他多么盼望能被她骂一声死狗啊！

她就不给他当死狗的机会。

他的成绩不好，初二特意留了一级。他想，他当死狗的念想也就到头了。可一开学，发现她也选择了留级。留级的她，还是常穿那件水粉色上衣。他又觉得她是故意的。这次，他对她的故意窃喜起来，夜里甚至做了一个水粉的梦。梦里的她依然一脸淡漠，配上两片噘起的嘴唇，和微微向下的嘴角，仿佛是谁欠了她一世的馍馍。终于，连梦里的死狗也没做成。

他多想做一个死狗啊！

那天，一群男生围着煤炉烤火。火苗唤醒了男生们体内萌动的生命力，大家你推我搡彼此嬉闹起来。她的座位就在煤炉前，煤炉里的火没有烤热她的淡漠。可她水粉的上衣，在他眼里分明剧烈燃烧着。推搡之间，他把一张草纸在煤炉里点着，抛向半空，大家要去抢那团火，那火仿佛受了她身上火焰的感召，悠悠而去。他去扑，其实想英雄救美，却加速了两团火的会师。善解人意的火，不解风情的火。来不及深想这矛盾，听人群一阵惊呼；她尖叫一声站起，慌忙扑打一回，骤然抬头，冲口而出一句——

死狗！

他在同学们的哄笑里，仿佛梦了一个梦。他恍惚看见她趴在课桌上哭了，旁边的女同学摩挲她水粉色上衣领上的洞，附耳安慰；又听见她一句一句的死狗向自己袭来。他觉得他此刻应该张皇失措才对，应该满怀愧疚才对，应该懊悔不迭才对，可他的失措愧疚与懊悔里却分明夹杂了恬不知耻的快意。

以后，她居然就有几次在瞄他了。她的眼里有怨怼。他以为她要他赔衣服。他又从她眼里看到一种难名的意思，仿佛那意思里含着一丝笑。他不知道这是表示和解还是对他不敢担当的嘲笑。总之，他在她眼里成功地成了死狗。他是个幸福的死狗——他有时一个人时偷偷这么想。他觉得应该以一种方式表达自己的意思，他要好好写一封信。这是他第一次有了给一个女生写信的念头，或者说是预谋。这念头竟使他有了第一次的失眠。他写了三次又揉了三次。最后，一口气写完，折叠时，却发现那纸是湿的，他突然觉得那不是道歉信，更像是一封情书。

情书？

这么想时，又成为天下最幸福的死狗。等放学后，所有同学都回家了，他留下。他忘了是怎样一步步挪到她座位前，也忘了是怎么把那份湿了又干了的信夹进她课本里的。等出教室一吹风，感到一阵寒意。

第二天，他迟到了。

他到时，大家都在跑操；他偷偷溜到队伍最后，觉得自己是小偷。

她竟一如往常。这让他怀疑。他想起庄周，不知梦或非梦。

不知何时起，他习惯了放学后在她座位上坐坐，有时也翻翻她的书。同一个课程内容，在他眼里却是陌生又新鲜。他已把成绩赶上来了，成了班里前两名。翻动书页时，又是一阵熟悉的香风。他不确切那是一种怎样的味道，只知道那味道会使他心跳，使他莫名有想哭的冲动。他一封一封地写信，往往是夜里湿着叠起来，白天干着夹进她课本。

一年以来，他把最火热的话，变成湿的、又干的文字给她，却仍感到她的淡漠相对。而他已熟悉她的脚步声，她的哈欠声，以及围绕她的一切声响。

有消息渐渐蔓延，他喜欢着她。而他，是他的好朋友。他终于明白一封封湿了又干了的信，为何没有回头。他笑着跟他的好朋友一起玩闹，一起打球，心里把寄出去的信一封封收回来了。

初三毕业，他要走了。

他觉得当了一回死狗，该有个落到实处的理由，他觉得起码该说声再见。他骑自行车，走了十几里的山路，到她家所在村子的墚顶，仅望一眼，便折回。然后骑车一路狂奔在过去与未来许多光阴里。

他去了外地，他已彻底告别曾经的自己。对未来无所谓希望，对过去无所谓失望。过去未来之间，有个梦，也已是很久远的梦了。

再见已是二十年后，她，他，和他，各为人妻人母、人夫人父。

她并未跟他在一起，原本出乎意料的事，现在却并不觉得奇怪；人到中年，感到奇怪的事确乎越来越少了。

他们偶尔联系，偶尔谈谈过去。

因为当初没在一起，所以今天在一起了。他们不知道是该感谢当初的没在一起，还是该感谢今天的在一起。他们在一起说着各自的孩子，以各自的老公或老婆开着轻松的玩笑。仿佛一切都没有发生过，仿佛有一种相约的默契。他们偶尔联系，偶尔谈谈过去。一天，他说，那时写了两年信，连一指头都没碰过，想想就觉得可笑。他还没说完，她就呵呵笑了。他说，倘若还有机会，能否摸一次她的手。她回信儿说，你个死狗！同时，他听见有信息来，一看，是他发来的新年问候。

2019年1月

姑娘姓赵，叫赵文静

中国有个天水，天水有个张家川，张家川有个龙山镇，龙山镇有个二中，二中有个姑娘姓赵，叫赵文静。

赵文静是个梦。

时至今日，仍这么觉得。

这么觉得时，思绪又回到二中。

要回到二中，得先回梁中。梁中，是梁山中学。梁中毕业，两眼一抹黑，就到了二中。

二中可真大！

二中不单操场大，柳树大，教室大，女老师屁股大，连校长派头也很大。

二中啥都大，我就小了。除了头大。

在梁中是尖子，到了二中重点班，尖子顿成锤子。学习好的人满把攥，个个儿不可一世、顾盼自雄。每出入教学楼，楼墙上裂缝代表我的心。楼裂缝因楼建成就被定为危楼，我伤心因再也不是众人眼中的明星。漫说物理化学难度忽然上了一个台阶，就连向来拿手的语文，在写第一篇作文时，也被批了个柳绿花红。语文老师是后来一位大诗人。诗人擅写场院周围，而我作文写的是爱情。爱情当然是捏造出来的，不符合事实。但意念里奔腾的爱情更具神力。犹记得落笔时就将自己深深打动，以为有真情实感，再不会错的。谁知诗人老师不解风情，一纸圣谕将我与我爱打入冷宫。此后当讲到《陌上桑》，我以为他抑扬顿挫是演戏。不懂初恋的人，又如何懂得美呢？

老师不懂美，一如无人懂我落寞。我落寞如东南隅的日出，照着秦氏楼。秦氏尚得农人发呆、使君觊觎，而我唯有荷把锄头在肩上，跟暮归的老牛作同伴。

每天上课下课，吃饭睡觉，状似木偶，心如死灰。理想的天空塌了个大窟窿，更兼黄花满地憔悴损，秋风秋雨愁煞人。自怜自伤却难自弃，阳光少年变成易安居士。兀自凄凄惨惨戚戚。呀！这次第……

少年仿佛站在台上，青衣水袖，正打算来一曲“红藕香残玉簟秋”。

咦——

竟然遇见赵文静！

遇见赵文静，在人群中。但开始并不知道她叫赵文静。只觉她很漂亮。其实也不是漂亮，而是好看。其实也不是好看，而是美。漂亮有标准，好看可以列举一疙瘩形容词。但美不同。美是让人欲语还羞欲罢不能的东西。

美是一个梦。

梦里一场遇见，整个世界都美好起来，一切无意义开始变得有意义。脚下原本没路的，也便踏出一条路。

是怎样一条路？

路两边开满皮毛货栈。货栈围住的，是一个号称全国第三大的皮毛市场。市场标志是几个鎏金闪耀的大字，由当时一位省级主政领导题写，成了镇子的脸面。但这张脸确实洗得不够干净，一条街两侧林立货栈，迎面一条水沟，沟里常年污水横流，若要仔细辨认，或许还有烂菜叶大大咧咧置身其间，或许还能发现半颗于上个逢集日被打落的牙齿，诉说着此地风物粗粝、民风彪悍。空气中各种化学药剂味道浓郁，仿佛倾情描述一个逾古至今的传奇。也许这里更适合作为一处硝烟弥漫的战场。确乎有三国古战场的，在大街另一头，不过已是明日黄花。就在这样一场历史与现实迎头相撞的时空，放学铃响了。身着各色服装的学子，将给这街涂抹几许亮色，使冷峻粗犷的脸面陡添温柔妩媚。二中大铁门犹如一个硕大的颜料瓶，将一些色彩一一挤出，次第绽放，随即向皮毛织就的毡毯洇将开去。

终于洇满街面时，某处却有些凝滞，仿佛浓墨重彩中的特写。而为这局部点睛的一笔迟迟还未落下。于是等待。等待一个千年的邂逅。等待一个人将笔一挥，让一幅巨作豁然开朗。

为巨作得以更佳呈现的缘故，所有人一致决定化身诗人，采取第三人称视角，使用更有利于抒情的第二人称。

当你翘首以盼，当你心心念念，你将首先听到一串悦耳的铃声，不似张骞出塞那般苍凉，却有昭君出塞的妩媚风流。你心如湖水被惊鸿掠过，不禁为之一颤，你身似等待落子的棋盘，触到指尖犹凉，你莫名欢喜又凭空惆怅，你感到天地不存，你以为鸿蒙未辟，你是柳梢上的小泥人，等待女娲娘娘来点化，你是月宫里的桂树，期盼吴刚来采伐。你是你的一切，你又是你的无名。当你眼含热泪暗自神伤，忽然你眼前一亮，你将看到，一抹剪影翩若惊鸿，宛若游龙。她来了。她不是人，分明是小小的一片云。

当你高蹈，当你踏浪，小小云儿呀！就落在你心尖尖。你心尖尖为之一疼。

你甘愿将自己归于虚无。天地间唯存一个实有。为此连你自己都不知道，何时已换了第三人称。

彼时，她正骑在一辆自行车上。说骑自然是不准确的。惯常骑自行车的人，哪个不是弯腰驼背，吭哧吭哧。她不，自行车是她的翅膀。乃至于那时并不知道维纳斯的人，便也于心中有了维纳斯的形象。她在车上坐得那样笔直，就算一个阅历极致丰富的人，亦平生未见有人可以把自行车骑得那样风光旖旎。因腰身的直，反将玲珑曲线尽情勾勒。虽只是及笄之年华，还未至成熟时将有的丰姿，亦已不难料想，未来风华绝代之可期。

从今往后，自行车变成一个好名词，不再仅是一个工具。

当她经过，一阵铃声如环佩叮当，空气亦为之屏气凝息。人被定格其中。唯目视这精灵，这玉人，看她驶过处，将留下怎样一个春天。又遥想从春天到秋天，金风玉露一相逢，便胜却人间无数……

那时，街边垂柳要掩面了，连织女也怅然慨叹，不忍顾鹊桥归路。可惜塞上不是江南。若是江南，该有一场细雨的。但所有人的心田仍被浸润了。是潮湿的雨巷，是水润的青石板路。可惜不在银河，若在银河，便能纤云弄巧，飞星传恨，银汉迢迢暗度。但胜似银河，为着梦呓而呢喃的人们，齐吟道：两情若是久长时，又岂在朝朝暮暮……

她，便是赵文静了。

当我知道她是赵文静时，仿佛她除了叫赵文静，再不可以有别的名字。然而当我头脑里出现这样的想法时，唯惶愧罢了。觉得自己不配提她姓名。我是丑小鸭，却非野百合。野百合尚有春天，丑小鸭无缘从春天飞过。春天是天鹅的。天鹅呀！丑小鸭在无人角落，唯怅望着，怅望着，望着你在春天舞蹈，春天歌唱……

那时，在无人角落，想到我那篇作文。诗人老师是对的。我哪里懂得爱情。要懂得爱情，得首先懂得一只天鹅。

当想到作文，进而想到爱情时，梦已倏忽不见，唯有蒙太奇回放帧帧画面，想要补缀一个自欺欺人的情节，却玉碎不能瓦全，却步步惊心而寸寸皆殇。终于知道世间有一种美，美到让人绝望，世间有一种事，叫作不可说不可说，一说即是错。

唯可说的是，因一个人，让一个姓氏具备非凡意义，觉得其他冠以此姓的人，都把它糟蹋了。赵后面，就该跟着文静，而不是别的。

有一种赵，叫文静之赵。

有一种美，叫文静之美。

从此，我开始鄙视班上其他一切姓赵的同学了，这让我获得巨大优越感。因为我姓韩，并未玷污另一个姓氏。

可有人不这么想。不这么想的人，倒不姓赵而姓马。姓马的叫马建华。是个回族帅小伙。他是天生的歌唱家。

歌唱家每于课间唱他的情歌。情歌唱得动听又感人。到动情处，仿佛仅对着他自己唱。但人人知道他要唱给的，是一个姓赵的姑娘。但为嫉妒驱使，大家又都不愿想到，姓赵的姑娘就是赵文静。

赵文静是大家的。大家的赵文静现在却只在他一个人的歌里，你说气人不！

但我不气——

我把自己的情感放进马建华的歌里。如此马建华唱就是我唱，马建华表白就是我表白，马建华一腔情意就是我一腔情意……

“让我爱上你，其实没什么道理，明明知道不可以，让我痛苦为了你，让我快乐为了你，没有你还有什么意义……”

是啊，有什么意义呢？

相比马建华，我没有那样的歌喉，也没有那样的勇气。对于赵文静，人群里她也不会看我一眼。置身街市，我所拥有的，唯有提住的两个拳头，攥得汗津津。我唯有一梦。梦见造物主恩典，使我来生也姓赵也叫文静，也有一辆那样的自行车，也把自行车骑得那样笔直那样风姿绰约。

但正如鲁迅所说，所谓悲剧便是将美好的东西打破给人看。但这次，鲁迅先生打破的非但美好，连我的梦一并打破。

却连看的人都无有一个。

我离开二中了。离开二中大大的操场，大大的柳树，大大的教室……

我离开一个美丽的背影，留下一个苍凉的手势。

二十几年，手握了笔，一字未着。

直到年过四十，天将过午。

忽然某天听到一个名字：赵文娟。莫名觉得异样。打听之下，竟是赵文静的姐姐。于是二十几年前的记忆复活了，于是手势终于改为致敬，致敬那回不去的青春，便握了拙笔，有了以上文字。

2021年10月

那一夜，我把青春献给你

一

从苏兰家出来时，阳光已经很刺眼了。

他觉得嗓子有点干，走在这个有名的工业区灰蒙蒙的街上，上班的、上学的人群一拨接一拨地经过，人们脸上的表情就像掉光了叶子的洋槐树枝，干瘪、了无意趣。旁边店铺的音响里，一个柔美幽怨的声音飘过来——

真的好想你，我在夜里呼唤黎明……

他此刻的脚步完全不在鼓点上，像踩着一朵云彩。他跟着哼唱几句，仿佛是要试验一下自己的嗓子还能不能发出声音。声音有些黏稠。虚空感再次袭来，他觉得跌进了一个荒凉的枯井，想喊，喊不出来。与两个中学生模样的小姑娘擦肩而过的一瞬，一个对另一个低声说：看！这个人好酷啊！他全不在意。若在平时，这声音会像一根绳子一样把他扽住使他看两眼，而此时，就算这绳子扔进这枯井，他也爬不上来，只有眼睁睁看着头顶，被井口包围着的那一圈虚无缥缈的天空。

他是一个有着很强仪式感的人。就像小时候跟着大队长宣誓加入少先队时的仪式感；或者，当校长把他的作文作为范文在全校诵读时的情形，都充满这种仪式感。作文里，他对共产主义深信不疑，那些铿锵有力的句子让他热泪盈眶，浑身充满力量。人生每一个重大时刻，都需要这种仪式感，否则，来自生命深处的力量将无法安放。可当他走在这条灰蒙蒙的街上时，这原本应该昂扬的仪式感却塌方了。

有一种仪式，开始即落幕。

倒在集体宿舍架子床的下铺，床架发出一声如释重负的吱扭，腰挨上床以后，他觉得踏实了一些。

苏兰到底是怎样一个女人呢？

二十七岁的苏兰是个老女人。至少在一群十八九岁的少男少女眼里、他们背后的议论里是这样。

苏兰长得不算很好看，圆圆的眼睛像警惕着老鼠的猫，泛着精光。鼻头也是圆圆的，像放在手掌里搓巴搓巴随便粘上去一样。最好看的是嘴唇，上下两片肉肉贴合在一起，若有似无地噘起来卖个萌。苏兰笑起来不需要酝酿，两片肉肉的嘴唇突然拉长，嘴角向脸的斜上方挑动，把别的五官都召唤过来，在盆凉粉儿一样的脸上紧急集合，线条混乱却柔软。

苏兰说她是学过模特步的，那是曾经在上海徐家汇时，一个叫力平的弱电工程师教给她的。苏兰经常以此为傲，说起力平，她仿佛又回到了十八岁。可在他看来，苏兰走模特步的样子很滑稽，就像一只自恋的企鹅，摇摇摆摆。她娇小的南方身子配着一个豪爽的北方屁股，有点儿不大协调。还好，他每次都能强憋着不笑，嘴上说，像！像！真像个模特！

苏兰是江苏镇江人，这是他吃了她好几瓶镇江香醋以后才知道的。

他从小爱吃醋，无醋不欢。就着一碗面能喝掉半瓶的镇江香醋。苏兰直摇头，说，咱俩应该换换，你不该生在甘肃。他边吃边心里笑着感激主管李雯，要不是李雯安排他和苏兰一起搭班，上哪儿去吃这么多这么香的醋呢？

不知从什么时候开始，苏兰不时从家里带给他一样儿吃的，有时是一个苹果，有时是一包饼干，有时是几颗大白兔奶糖。从兜里掏出来，从背包里拎出来。

给！她笑着说话，语气却不容拒绝。他每次不好意思地挠挠头说，不要不要，这怎么好意思呢……可手却不由脑。他不好意思当着她的面吃，她看着他接过去装进口袋，投来一个狡黠的笑。

他不喜欢那些同龄的女孩儿，总嫌她们太闹，为一个不明所以的笑话就能叽叽喳喳说笑半天。他不爱说话，以沉默和安静的笑容鄙视着她们的肤浅。另外，他的家乡口音让他觉得沉默比解释来得更安然一些，毕竟，这是在不同于老家的省城。而最重要的一点，跟他们说什么呢？他觉得自己跟那些人来自两个星球。

苏兰一有空就给他讲她和力平的故事。在她的讲述里，力平这个瘦高的、有着艺术家苍白面皮的弱电工程师，是世界上最完美的男子。他每次安静地听着，听他们在上海的徐家汇发生的一幕幕琐碎而幸福的事情，听他们怎样把一个苹果你一口我一口地吃掉，听那个叫力平的男人骑着自行车带她去郊游，听她穿上力平的衬衫在房间里走来走去，力平眼里投来的欣赏……

对他来说，上海就像她的故事一样神秘而遥远。而他到过最大的城市是这个省会。他陶醉于她的讲述，却从来不问。

渐渐地，他发现对于面前的苏兰，真正让他陶醉的，并非这个听了无数遍的故事，而是她讲述时的神情。讲到开心处，二十七岁的苏兰眼角和鼻翼漾起一层细细密密的皱纹。他从没想过一个人脸上的皱纹居然可以这么好看。讲到伤心处，她圆圆的鼻头红得像雪人脸上胡萝卜做的鼻子。他觉得这个叫力平的男人就像蹲在她胸口的雪人一样，他几次想问又不敢问，怕把她眼里打转的热泪惹下来，把她胸口的雪人给融化了。他知道力平是她曾经的男朋友，可她每次讲述的时候总是说“我男朋友”，仿佛这么说时，她依然像一只猫一样乖巧地卧在他怀里打盹儿。他不想多问，怕一不小心打碎她的梦，以后再也听不到她和那个叫作力平的男人的故事。可他又很好奇，有时听到她讲到动情处甚至有点生气，他不明白这气从何来。

食堂的饭除了长的面条就是短的面条，要么就是方的。就连美味的镇江香醋也已不太勾起他的食欲。而她不必纠结，她每次从家里带饭。她说，来跟我一起吃吧！他说，那怎么好意思。她斜瞥他一眼，笑着说，不尝尝我老爸的手艺？他扭扭捏捏挪过去，她用指头轻轻点一下他的鼻头，嗨嗨，还跟你老姐不好意思起来了还！他幽幽地埋下头，跟她在一个饭盒里、头碰头吃起来，他俩的筷子有时会打架，她噗嗤一笑，夹一块肉送进他嘴里。他嚼了半天，舍不得咽下去。她头上的洗发水味道很好闻。那顿饭，吃了他一头汗。

她的亲近与毫不隐瞒让他感到羞愧，他觉得他不该再把自己的心关得严严实实。的确，他的心事从未向任何人说起过，他不知道这是为什么，只是觉得有些事，就该深埋在心底，和自己一起苍老、死去；任何的分享都有一种被亵渎的感觉。而面对她时，却起了变化，他觉得她不一样；究竟怎么不一样呢，说不上来。

晚上下班，她说，要不你送我回家吧！他有被窥破心事的惶恐，他原本就想找机会跟她好好说说自己的。

他们一路走着，路灯格外地亮，像是有意捉弄。她破天荒地没有讲她的力平。他装作很随意地把手插在裤兜里，风吹乱他的“四六分”，他很帅气地一甩，把“四六分”安放妥帖。他觉得自己是个绅士。

电车拖着长长的辫子，拐弯处，辫子和电线擦出了星星点点的火花。下班的人群像爆米花一样拥挤在公交车的每个角落，又像缺氧的鱼一样，呼吸和呼吸紧挨着，密不透风。瘦的、胖的屁股，随着电车的颠簸错了位、又回落。城里人为什么相处时，恨不得一个离一个八竿子远，挤在电车上时却又可以彼此镶嵌得这么严丝合缝？即便因为踩了脚挥一顿老拳，完事以后还得拥挤在同一个空间，这是他这个在广阔的黄土高原上长大的男孩儿想不明白的。

是的，虽然已经两年了，可他从未觉得这是他的城市。一个“三奔子”冒着黑烟，突突突，过去了。她扽住他的衣襟把他拉回现实。

我们坐会儿吧，她笑笑地说，语气不容置疑。他跟着她坐在一个啤酒摊位上，要了两瓶啤酒。他一口气灌下去两大杯，她被他这突如其来的豪迈震撼了，双手托腮笑笑地看着他，仿佛早知道他要说些什么。而他，觉得自己确实该说些什么了。

他说，他谈过一个女朋友叫梁丽。他停顿一下以为她会诧异，可她没有，还是双手托腮，安静地看他，他突然觉得这画面很舒服很安全。他又灌下去一杯啤酒，躲开她的眼睛，对着自己的交叉揉搓的双手说下去，我和梁丽谈了半年，可是从没拉过她的手。

对面的苏兰抛来一个认真的眼神。

偶然的闲谈，梁丽知道我爱看书，就把她的一套《平凡的世界》借给我看。这书我一直想看，可钱还没有攒够。这让我很感激。我每次小心翼翼把手洗干净才翻开书，书里有一股淡淡的油墨混合着雪花膏的香味。我生怕留下一个折痕，用衬衣包装盒里的标签做书签，花了一个礼拜时间如痴如醉地徜徉在书上感人的故事里。还书时，我胆战心惊地双手奉上，她噗嗤一笑，我以为她在笑我的呆，脸烫到转身跑开，都忘了说谢谢。

以后每次约会，都是她主动。我不敢确定她对我是怎么个意思。每次散步都是她说我听，说她的家庭，她的爱好，她的老师，她的同学，都是平平常常的事情。可她好像在说一些极有意思的事情，边说边笑，很开心。我只是把手插在裤兜里，专注地听，点头应承，她也不在意。有一次，她突然提出要去我宿舍坐坐，这让我很窘迫，早上起来被窝都没有叠，还不被她笑死，可一时又找不到理由拒绝。她进来扫了一眼，捂嘴一笑，一屁股坐在我床上，倒有种反客为主的感觉。我突然发现这个和我一样来自农村的女孩儿其实挺美。

几天后，下班回到宿舍，发现我的床铺干净整洁，床单被套都是洗过的。一摸，我那床从老家带来的薄薄的旧褥子上，居然多了一床厚实绵软的新褥子。看着舍友们诡异的笑，我红了脸，瞬间明白了。

下班后无事，她就约我出去。

梁丽说话没有标点符号，我还在琢磨上一句的意思，她下一句已经出来了。

说起她的家事，她身体不好的父亲，笑着笑着就突然哭了，这让我手足无措。只好说一大堆话安慰她，可那安慰似乎不大管用，这让我紧张又不安。以后出去散步，说着说着，她还会默默流泪，问她，她又不说。这让我很苦恼，以为她是担心她爸爸，或者是想家了。我心里很难过，可又不知怎么办。

和女孩子相处，我一点经验都没有。上学时，老家很封建。在学校，男女同学之间不说话，就算同桌，中间也有一道泾渭分明的“三八”线。

她总在我面前哭，我安慰的话又总是不管用。心里似乎有一团火，想去温暖她，却总感觉有一堵高耸入云的墙横亘在我俩之间。想把这团火抛过去，又不能够。

我不知道什么叫作恋爱，直觉应该需要一个神圣的仪式来确定，就像入洞房。一个男人和一个女人把彼此完全交给对方时，需要拜天地揭盖头。可我和她之间还没有某种相似的庄重仪式来确定，甚至彼此都没有说过一句喜欢对方的话。

一个月后，她离职走了。给我写了一封长长的信，她说，那床褥子是她妈妈缝给她的，她舍不得用，要我留着，并叮嘱我照顾好自己，又替我考虑和叮嘱了一大堆的事情，都是关于我日常生活的事。回到宿舍，几个舍友说，你失恋了？我问他们，这就是恋爱吗？他们突然像看着一个疯子一样诧异，不说话了。我在心里问自己，难道，我这是谈了一场恋爱？恋爱的味道就是眼泪的苦涩吗？一如我现在的心情……

他抢起一瓶啤酒灌下去大半瓶，低下头，像个犯了错等待审判的孩子。苏兰没有回答，只是笑着刮了一下他的鼻头说，嗨，你这个天下最傻的大傻瓜！他不好意思地低下头：

可我真的不知道那样就是谈恋爱……

那……她为什么总是哭呢?

苏兰带着一丝无可奈何的笑说，走吧，送我回家。

到苏兰家门口，他要转身告离时，苏兰突然一把把他的一只手从裤兜里拽出来，紧紧握住，他还没弄明白这瞬间的变化，呆呆的，就被苏兰一把揽进怀里，给了个结结实实的拥抱。她的肉唇含住他的嘴巴，他触电一样浑身颤抖一下，如一只受了惊吓的兔子，被一头凶猛的狮子咬住了脖子，瞬间放弃一切抵抗。就在他将要窒息时，狮子松了口。

苏兰说，傻子，回去吧，路上注意安全。

他的心脏捶打着前胸后背，差点从嗓子眼里跳出来。伸出依然插在裤兜里的另一只手，放在嘴唇上，一抹，举到鼻子跟前，闻闻，还残留着她的温度和湿度。

苏兰，是一个怎样的女子……

二

苏兰的一吻，让他瞬间觉得体内有一股液体在恣肆燃烧。他舔着嘴唇，心想，这就是女人的味道？他被这股火热的汹涌牵引向前，他不知道怎么回的宿舍。那温热的唇又像毒蛇缠绕，啃噬着他午夜孤独的灵魂。他把被子蒙在头上，手放进被子的一刻，触碰到了大腿间一个坚硬的物体，像一支昂扬的箭，倔强而又跃跃欲试。突然，他对它有一种遥远的惺惺相惜，那一刻，触发了他和它共同的记忆。

那是初中时，他偶然翻开亲戚的一本医学书籍，目光被一个奇怪的人体解剖图攫住。那是他第一次看到女人体。一张印刷的黑白图片。图片周围是一圈儿奇怪的各部位名称标识。他狠狠盯着那个毛茸茸的东西，一阵莫名的兴奋袭来，又突然觉得羞耻。他合上书，又忍不住翻开……直到听见院子里的脚步声才匆匆扔下，转身的一刻，脑子嗡的一声，他以为自己要死掉。接下来，他极力想忘掉那个毛茸茸的怪兽，可这个东西却像鬼魅一样尾随了他一整天，出现在语文课本上、数学方程式里、年轻的女老师身上……一直尾随到他的梦里。

夜里，他梦见老师叫他去办公室，给了他一个出人意料的奖赏，这奖赏突然变成一个毛茸茸的怪兽把他和女老师捆绑在床上……惊醒后，他发现自己可耻地尿床了，肚皮一片冰凉，连空气里都是湿漉漉的味道。从此，这鬼魅不时造访，伴随他度过了一个又一个夹杂着莫名兴奋与羞耻感的夜晚。

今晚，这鬼魅又来了。他和它都招架不住。他攥住它拼命奔跑，大口喘粗气，还好，宿舍外铁道上一列火车经过，掩盖了这粗重的脚步声，否则，一定会把同室的人吵醒。他带着它一路狂奔，终于一个趔趄，双双倒在火车远去的嘶鸣里……

苏兰在休息时还会走一段模特步，只是样子没有原来那么滑稽，他甚至觉得挺受看。

她回头问，咋样？

他说，好看，真好看！

她歪着头，眼睛斜挑上来：我才不信呢！

他挠挠头：嘿嘿，真的，真的好看！

午饭多了一个鸡腿，她特意给他带的。他说，这怎么好意思呢？她白他一眼：你奶奶个腿儿，不好意思，不好意思就别吃！他抄起鸡腿使劲咬一口说，不吃？那怎么好意思呢……

她说，知道吗？你吃饭的样子和力平很像。还有，你羞涩的样子几乎跟他一模一样，说着，她抬手抚摸着他的脸；他看到她的表情，鼻翼处皱皱的，像只楚楚可怜的小猫。

下午下班后，苏兰约他去散步。

家里催着让我结婚，使劲给我介绍对象呢。她说。

好啊，他说，那就去见见呗！

可我不想去，要不，你陪我去好不好？

那不好吧？我不成了电灯泡了！

才不是呢，你是我弟弟。她对他狡黠地一笑。

好吧，那我就给你参谋参谋。

晚上，那人如约而至。苏兰介绍，这是杨伟。他点点头，咬住嘴唇强忍着没有笑出来。他觉得这个名字似曾相识。

这是我弟弟苏轼。苏兰介绍说。

他又想笑，突然又觉得自己的风度该配得上这个名字才行。

那人伸出手，哦，幸会幸会！

他伸手使劲握住那人的手，像一只充满力量的公牛。那人被握疼了，表情有些尴尬，他放开，有些意犹未尽。杨伟建议去一家酒吧坐坐。

杨伟是一家国企职工，肚子里却装着整个天下。从海湾战争的幕后黑手一直说到战争结果对将来世界格局的影响，滔滔不绝。

杨伟每说完一句话，都用伟人般的、环顾宇宙的气概，问一句——

对吧？

苏兰轻轻回头与苏轼对视，苏兰眨一下眼，苏轼心领神会；他们在旁边这个伟人一样的男人滔滔不绝的口水里，不知不觉间交换了彼此的默契。苏轼的回应很热情，眼神却愈来愈涣散无光。

啊，对对！啊……

苏轼觉得这热烈而精彩的演讲和温柔的夜色，似乎不太匹配。终于，苏兰低头摆弄她的手表去了。

杨伟并不介意，依旧谈兴盎然。苏轼在这位演说家每句结尾处的“对吧”将要出现时，以一杯酒回应。

来，干！干！

那人说完一句，问，对……

苏轼举起酒杯，来，干！

没说出来的一连串“对吧”憋红了杨伟的脸，这次，他把“对吧”排到了前面。

对吧？你说是不是这么个道理？

来，干！

一连干了十几杯。那个叫杨伟的人真的有些痿了。他拼命咬住站立不稳的舌头说，兄……弟，你……豪……豪爽！哥啊……哥就喜欢你……啊你这性格。边说边揩一把鼻涕。

来，干！

苏兰捂嘴笑着偷眼看苏轼，苏轼回头挤一下眼，回一个诡异的笑。苏兰的脚从桌子下展过来轻轻踢在苏轼的小腿上，苏轼装作若无其事，抡起最后一瓶啤酒，站起来对着那人的脑袋说——

来，哥哥，干！

酒瓶和杨伟泛着油光的大背头近在咫尺，仿佛随时都要与这脑袋来一个永久的告别。杨伟想站起来，一个趔趄又溜进藤椅里。苏轼一仰脖，一口气把那瓶酒吹干了。喊一嗓子，老板，埋单！他觉得这是他有生以来花钱花得最爽的一次。

他拉着她走了，杨伟上半身趴在酒桌上，一只手臂举起，做了一个伟人的姿态，划了一个弧线又无力垂下。

他问苏兰，你觉得这伟人咋样？我看不错，挺有气质。

苏兰捶他胳膊一下：切！去你的吧！从开始看见他牙缝里的菜叶子就瞧不上这人，还好大的口气！你还使劲跟他喝。

我这不是为了让你对象高兴吗？

去！谁对象，再胡说我捶你！

哈哈哈！

她追打着他，他回头做鬼脸，她笑得花枝乱颤。

伟人是不是比力平差远了？他问。

她脚步停了一下，没有回答，继续往前走。他有些后悔，也许不该这么问。

上次我的问题你还没回答我呢。他说。

啥问题？她故意装糊涂。

我……我跟梁丽，那叫谈对象吗？你说。

她没有回答。

可我到分手都没拉过一次她的手啊！

她侧眼看他的眼睛，继续低头向前。他看到她眼里满含温柔。她的沉默让他有些着急，从她侧身迂回过去，把她截住。她站定。

你说她为啥总是哭呢?

她说，你今晚喝多了，我先送你回去，等明儿我再告诉你。

那，明天啥时候啊?

明儿早上你来我家。

你家?！我……我不敢去。

明儿家里我爸妈不在，你来吧！她边说边笑着瞪他一眼。

嘿嘿！那……那好吧！

回到宿舍，他感觉头才刚放在枕头上，天怎么就麻麻亮了。他坐起来揩去眼屎，抽出一根烟点着，猛吸一口，长舒一口气，烟呛进肺里，咳嗽几下。他想起昨晚，一个人笑了起来。上铺幽幽探出脑袋喊一句，这人，一大早，头不合适了，一个人坐那儿傻笑！他回敬，你的头才不合适哩！

天还早，他索性一路走去她家。

苏兰家在一家企业的家属院。楼房是清一色的砖混结构，像一沓一沓的火柴盒整齐码放在灰色水泥的院子里。有的墙上还残留着斑驳的标语“毛泽东思想万岁”。他很快找到她家的楼号和单元口，他送过她好几次了，很熟悉。

到门口，他有些犹豫，觉得太早，不知道她起床没有。正徘徊呢，门开了，她穿着一身睡衣，半个身子探出来笑笑地说，快进来吧！窗户里早看见你了。这身睡衣让她的线条格外柔和妩媚起来，一瞬间让他有点眩晕，抬腿有点使不上力。他脚下踩着棉花软软乎乎就进去了。一阵熟悉的味道扑面而来，是她头发上洗发水的味道。他这才注意到她的头发湿漉漉的，像是刚刚洗完澡。

她说，坐吧。他眼睛看着沙发，屁股却鬼使神差地落在了她的床上。他觉得不合适，刚要起身挪到沙发上，她已经一屁股坐在他旁边，笑着按住他的肩膀。他有些尴尬，双手找不到摆放的位置，交叉揉搓着。她的手指点了一下他的鼻

尖:傻子!他想开口说什么,又不知道说什么好。一开口,又冒出了那个没有找到答案的问题:

你……你昨晚不是说要告诉我,梁丽为什么见了我总是哭吗?现在……该说了吧?

她咯咯笑出声,看着他不说话,笑话着从他这个傻瓜嘴里问出的傻问题。

他红着脸看她一眼,觉得她的五官更加柔媚起来。显然,她抹了比平时更浓的口红,两片嘴唇更加饱满,有一种魅惑的力量,仿佛一张口就能把他活吞下去。她盯着他羞红的脸,圆圆的眼里泛着盈盈光彩。他听见自己的心脏在这光彩不停的逼视下夺路而逃的脚步声;这声音震得他脑袋嗡嗡响,耳膜生疼,他低下头。

她又咯咯地笑了:傻子!啥时候都忘不了你的梁丽!他嘿嘿一笑,摸一把自己的头发。

好吧,告诉你吧!

她说,这是个秘密。所以,你要把眼睛闭上我再告诉你。

他顺从地、使劲地闭眼,虔诚地等待。

突然,一阵温热的力量迅即将他包围并顺势按倒。他脑子里的问号还来不及划出尾巴,就和他的身体一道被制服在床上。他不敢睁开眼,仿佛一场梦,怕一睁眼这梦就会夺路而逃。紧接着一阵熟悉的香气伴着急促的呼吸扑面而来,吹着他的脖子,痒痒的,又有说不出来的好受。突然,他的耳垂被一个湿热的东西包围,他禁不住一个激灵,像打了一个尿战。她呼出的热气,让他浑身战栗。他能感觉到她作为胜利者眼里得意的笑,他身上突起的每一个鸡皮疙瘩都像触角一样,专注感受着来自她身体的每个讯息。

她含住他耳垂的嘴用气息喃喃耳语——

傻瓜……你是个——大……傻……瓜……

他觉得她是一条吐着信子的蛇,往他骨缝儿里钻。

她突然丢开他的耳垂,嘴唇轻轻点一下他的鼻头:

傻瓜,她哭,是想让你抱抱……就像这样……嗯哼……

此刻,他已分不清这是不是他想要的答案。也许,一切已经不那么重要了,他的身体已经塌陷,而某一个地方却高高隆起,就像一座沉睡已久的、雄伟的火山,聚集了万万年的岩浆,即将迎着一场剧烈的震动而喷薄。

他不知自己何时已经赤身裸体,丢盔弃甲。胜利者显然久经沙场,熟练地缴获他这件战利品。他能感觉到胜利者以怎样一种欣赏与满足的表情审视着属于她的战利品;而他,对此无能为力。随即,她丢开刚刚到手的宝贝,显然,她要扩大战果,她要全面占领。

她缠绕住他,一寸一寸地,唇舌过处,他每个细胞都被一种湿湿的,尖尖的,麻麻的感觉侵略一遍。他禁不住哼哼起来。这让他感到羞耻又抑制不住的好受,想抵抗,却绵软无力。他有陷入重围的绝望,又有被尽情杀戮的期待。他已彻底沦陷,只剩那杆依然昂扬在无名高地上的旗帜。她终于还是没能放过,她要他最后的荣耀与骄傲。他羞耻中带着如回光返照般欢愉的哼哼愈加刺激了她,她开始了最后的总攻。当他感觉一股滚烫紧握他整个身体时,知道命运之神已经掐住了他的脖子,整个人淹没在一片汪洋之中……伴随着他的淹没,她发出一声如释重负的呃——

他随着这滚烫的汪洋漂泊了好几个世纪,随上下起伏的波涛流转,他感觉自己在迅速上升,当快要抓住太阳时,突然失控,疾速下坠,跌落在千军万马横扫过的战场……

三

当他从沉睡千年的卧榻醒来时,一缕阳光透过窗缝进来,有些刺眼。苏兰已经穿戴整齐,一只手端着一杯水,另一只手轻轻拍一下他的屁股说,醒啦!

他看到自己暴露在她面前,害羞起来。他拉过被子盖上,她带着一丝俏皮和怜爱笑了。

她眼角和鼻翼上的皱纹细细密密,欢快地挤挨在一起。他想回应,喉咙里发出一个含混不清的音调。他接过水一气喝干,复又躺下。

她说,你躺一会,我去做饭。

他没有说话。他感觉一股莫名的失落涌上心头,忽然又陷入一种前所未有的孤独之中,就像被命运突然抛却的弃儿。他想起她给他的答案,如果当初他把哭泣的梁丽揽入怀中,就能留住她吗?但是他和梁丽之间到底算一种什么关系。她喜欢自己吗?也许。

可自己喜欢梁丽吗?说不清楚。他觉得自己并非完全没有想过给梁丽一个温暖的怀抱。只是觉得他们之间缺乏某种仪式,起码也应该有某种暗示。可他们终究没有对彼此说过一句喜欢或者爱。而这种模糊不清的情愫在他看来是对彼此的不负责任。他需要某种仪式来确信这种情愫的准确定位。然后，一路走下去，才踏实而安稳。就像他小时候幻想的那样，在一个美好的花烛之夜，他温柔地掀开她的盖头，引领她走向幸福之地，然后，把一个完整的彼此交给对方，也把生命里一切美好托付于对方。

而现在，这一切突然坍塌了。他已经不是一个完整的自己了。那么，期待中的这个仪式也将毫无意义。就像他的作文被当作范文诵读时，却被发现是抄袭的。他觉得自己再也不配拥有这样一个仪式了。

目睹空空荡荡的自己，感觉堕入无底深渊。他起身穿衣服，四肢酸困。

苏兰端来饭菜，他没胃口，随便扒拉几口就放下。苏兰满脸戏谑地说，嘿呦！怎么了我的小处男，为昨晚的失身惆怅吗？他站起来，转身过去，拉开门就走。苏兰赶上来，笑着说，嗨！还来真的啊！他不说话，径直走了。

他让同事代请了假，下午没去上班，把自己关起来。

晚上，苏兰和她的朋友李雯来宿舍，拿来几罐酸奶。

他揉着迷蒙的双眼问，你怎么来了？没等苏兰说话，李雯抢先说，给你补补身子呀，回头望着苏兰诡异一笑。苏兰红着脸捶了李雯一拳。苏兰过来替他掖一下被角说，好好睡一觉吧，我们走了。他默默点头。苏兰她们走后，他捉起枕边的酸奶，猛吸了一口，突然觉得一阵反胃，反手就把酸奶朝门口扔过去。

苏兰在家里的安排下，又相了几次亲，因为都不如她的力平，因此搁浅。他想问问苏兰，既然这么爱着力平，为何当初要分开，话到嘴边又忍住了。对于苏兰的相亲失败，他有些幸灾乐祸。而可恨的是，苏兰依然每次都要拉着他去，都被他拒绝了。

苏兰还是时常提起他的前男友力平，只是依然没有提起“前”字。

那次，他终于火了：请再不要在我跟前提起你的力平好吗？既然他那么好，你去找他好了！苏兰一脸错愕，以为他吃错了药。

三个月后，李雯要结婚了，新郎是那个叫杨伟的伟人。据说伟人家的院子要拆迁，将会得到一笔数目可观的拆迁款。苏兰倒不是后悔或者吃醋，她打心里瞧不起那个杨伟。但她还是和李雯绝交了。苏兰说，看来我这辈子注定要单只子甩喽。

他说，你不是还有我吗？

苏兰一愣，笑着点一下他的鼻头：你呀！吃你老姐的豆腐！

他说，我又不是没吃过你的豆腐！

苏兰笑着捶他，他跑，苏兰追。

他俩还是时常头碰头地吃一个盒饭，吃一碗面。他说，下次去相亲，记得给我带一碗面回来，不要忘了带醋，你知道我爱吃醋的。她说，别忘了我是哪儿的人，有你吃不完的醋。他说，醋吃多了也醉人啊！

那晚，苏兰叫他去喝酒，俩人要了二十瓶啤酒。一杯接一杯地干。苏兰一会儿笑一会儿哭，引得旁人指指点点。他们毫不在乎。他扶着她回家，她说，今晚住我家吧，我家今晚没人。

他说，成！

他俩相拥而眠，看着彼此傻笑。

她说，睡吧，不许胡来噢。

他说，只许州官干柴，不许百姓烈火。

她拿手指点一下他的鼻子，傻小子！你还越来越坏了！

迷蒙的月色下，响起了微微的、一唱一和的鼾声。半夜，他醒来，看见她正目不转睛地看着自己。她脸上的红晕像桃花盛开，笑起来，眼角和鼻翼上的皱纹细细密密，像微风吹皱一池春水。

他翻身上来盖住她说，我想要你！她说，我也想！

他粗鲁笨拙的动作惹得她咯咯笑，他有些恼。她捂着嘴戏弄：心急吃不了热豆腐！

有了前面的铺垫，他越来越有了给她快乐的自豪感，甚至带着献身般的豪迈。她给他鼓励与期许，他愈战愈勇，享受着征服的快感和给予的幸福。一阵一阵波涛翻卷的酝酿，一次次把她送上了巅峰。她把生命化作一股热情奔涌的液体喷薄而出、肆意蔓延。那一瞬间，她呼喊着——

力平，力平，哥哥，我要为你生孩子，为你生一窝一窝的孩子……

力平，哥哥，你是我的男人……

他像正在枪林弹雨里冲锋的战士，突然，一枚炮弹直冲过来，正中心口，眼看着要粉身碎骨，却不肯停下来，继续奋勇向前。他要在这烈火里把自己的身体和灵魂燃烧殆尽。最后一个奋力推进，他把一腔热情带着怒火倾泻在焦灼的土地上，永远地倒下去……

苏兰醒来时，他已不在。到单位，同事说，他走了，留下一封信。

她揣起信封，走出单位，来到那条熙熙攘攘的马路上，天空灰蒙蒙一片。远处，工厂里高耸的烟囱吐着白的、黑的浓烟，盘旋在空中久久不散。突然，天空飘起了雨，激起一阵泥土的腥味，有些呛。

她想揉揉眼睛，却触碰到了几行冰冷的液体。

街边铺子的音响里悠悠传来一个柔美幽怨的声音——

真的好想你，我在夜里呼唤黎明，天上的星星呦，也了解我的心，我心中只有你……

2017年11月

思念是一种很玄的东西

十五年的光阴，似乎很近，又似乎很远。就在眼前，又隔着一指的距离。当要握紧，却悄悄溜走了。于是，一些思念便开始蔓延。

思念是一种很玄的东西。

2002年的春天，有着难以伸展的淡淡的忧伤。尽管那是春暖花开的季节。当别人难以自抑地兴奋着、炫耀自己谈过几次恋爱，我总是发出一声莫名而亘古悠长的叹息，这突如其来的叹息总在结尾处让我自己猝不及防。我不知道它来自何处，又去向何方。似乎咽喉直达胸口有一个神秘又深邃的时光通道，里面藏着数千年以来那些无人认领、没有来由的忧伤，不经意间就会溜出来。

那是一个中午，我倚在前台的大理石上。我的忧郁与叹息深深感染了一位坐在休息厅的中年妇女，似乎瞬间激起了她体内母性的光辉，她向我投来带着些微探究又有一丝怜惜的目光。我有些慌张于突然的目光相触，有被人窥探内心的惶恐。而那时，我把自己关在一个硬硬的壳里，没有人能够走进我的世界。就在我想要给自己无地自容的目光寻找一个去处时，耳边传来一阵轻轻柔柔的歌声——

"思念是一种很玄的东西，如影……随形……我无力抗拒……特别是夜里……"

唱歌的是一个女孩儿。其实我并未光明正大地看她，只是听声音作出的判断。因为我的目光还在张皇失措。

她轻轻哼唱着，就在离我不远处。那轻轻飘来的、如烟似雾的声音似乎对着窗外的人流，又仿佛说给头顶的天空，又像唱给她自己。虚空缥缈，若远又近。又或许是唱给我的？居然让我害羞，更不敢看她。她淡淡地唱着，不知何时，我的目光已由不知所措变得沉静。我默默聆听，多少有些拘谨。她似乎用她纤细的双手托起下巴，斜斜地半趴在大理石台板上，有些慵懒。正当我发呆时，她转身冲我微微一笑，回看的瞬间，我发现她的眼睛那么清澈，还带着一丝不易觉察的俏皮。她是在笑话我的傻样子吗？我瞬间窘得脸发烫。

她叫谢冰莹，一个新入职的兰州女孩儿。上司交代，让我带她。可是说实在的，我真不是个好师傅，尤其面对城里女娃。她们的目光总是很锐利，似乎一眼就能看到你口袋里孤零零依偎在一起的几张可怜的钞票。我甚至一度怀疑她们一眼就能洞穿我的身体，看到我乡里娃卑微又强烈的自尊。没错，大家都是人。可他们是城里人，而我，是一个来自农村的乡里娃。

每当我要开口和她们说话，最后呈现出来的却是一个不明所以的微笑。因为曾有人说过，我的老家口音说起话来像嘴里含着个水萝卜。这让我更加自卑于自己的口音，却因此练就了一副自以为优雅得体的笑容。还好，总算这笑基本每次都能掩饰我要开口又不能的尴尬。

所以，当谢冰莹冲我笑的时候，我没有开口，只是回她以窘迫的微笑。

其实谢冰莹不需要我带，她是内敛又聪慧的女孩儿，她笑起来纯真又娇羞，还带着俏皮。她一笑我就不知所措，我的指导意见就变得磕巴起来，仿佛她才是老练的师傅，而我是一个笨嘴拙舌的徒弟。很快，当她的手指像弹钢琴一样在电脑键盘上舞蹈时，我的“一指禅”显得笨拙与不伦不类。当我面对她去双手盲打，就像闭眼去摸一个陌生女孩儿的手，总怕被烫伤似的缩回手去。她就笑了，却又不是城里女孩儿那种瞧不起人的嘲笑，不让人气恼。

中午去食堂吃饭，她过来坐在我对面，我的身体突然僵硬起来。那天我平生又一次努力学着抓筷子，却总不得要领。她吃着一碗炸酱面，那是与以往所见不同的吃法。她的手指纤细而灵巧。她碗里的面总是很听话，纠结缠绕的面条就像音符听到了指挥棒的导引，一条条快活而亲昵地跳到她的筷子上，然后优雅从容地滑进她嘴里。她的牙齿咬合时，脸颊的肌肉跟着柔柔地收放，就像慢镜头里的花开，安静舒展。她不像有些人吃饭，嘴里呱唧呱唧，也不像有些人，边咀嚼边嘬牙花子，或者是冷不丁打出一个洞穿千年、意犹未尽的饱嗝儿。

她根本没看我，却又似乎看到我的呆。她低着头，小巧多肉的嘴巴离开碗边，黑眼仁扑闪一下跑到眼球的最上面，这么往上眺我一眼，盈盈一笑。我立刻意识到自己的失态，瞬间觉得应该有一种合适的姿态才能配得上她好看优雅的吃相。于是，我挺起僵直的脊背，伸手五指向下，像将军豪饮一样抓起眼前的面汤，毅然决然地喝了几口。然后像敬礼礼毕一样放下碗，心里油然地豪迈起来。她笑得眼睛亮亮的，却让我挺直坚硬的身体里一阵阵发虚。那天的面，吃了我一头汗。

于是，我那不经意的亘古悠长的叹息就多了一个听众。她总在我叹息以后报以一个微笑，她似乎总能被我的叹息感染，这是前所未有的。她似乎不讨厌我这样没来由的叹息，甚至眼神里似乎还有几分理解的意思。于是，我觉得自己的叹息有点像一个哲学家。我喜欢上了和她对班。不仅因为她不讨厌我的叹息，更因为我渐渐不能适应没有她那不经意的哼唱。不知何时，我也早已成为她的忠实听众。其实，她的哼唱多少也有些没来由——

“思念是一种很玄的东西……”她一唱我就发呆，她到底在思念谁？男朋友？天边的白云？远处的杨树？窗外湛蓝的天空？似乎都是又似乎都不是。但我知道，绝不可能是我。她是个漂亮优雅的城里女孩儿，即便在城里也不多见，而像我这样的乡里来的穷小子，则一抓一大把。人贵在有自知之明，所以，无论她虚空若幻的哼唱如何挠得人心里痒痒，如何拿她亮闪闪毛茸茸的眼睛来对我笑，我总是挺起身子，保有一份矜持。对，乡里娃的矜持。

如果某天没有和她对上班，总觉得心是空的。尤其听不到她的歌声，我会在心里像她一样地默默哼唱起来——“思念是一种很玄的东西……”

一唱，仿佛她就在我身边听我叹息，对我笑。她笑起来真好看，纯真娇羞又俏皮。她总是文文弱弱的样子，身材略微有些单薄，是那种很容易让人生出怜爱与保护欲的体型。她总爱穿着中性色彩的正装，气质宛若民国时期的淑女，娴静而不死板，温婉而又活泼。她的头发不多不少，黑亮亮地从头顶倾泻而下，然后聚拢起来，扎成一个辫子，时而稍稍偏左，时而稍稍偏右。她的声音，纤弱而精致有力。她的脸色白净，五官纤巧匀称，文弱中带有活泼明媚的张力。她的美，是一种越看越受看的含蓄美，而不是明晃晃大刺刺那种美。

我唱着唱着又为自己的莫名其妙而有一丝淡淡的忧伤。我在思念谁？我能思念谁？天空？草地？她？拉倒吧！你是个睡炕长大的乡里娃。

那天下班，刚换了工作服，她就问我要不要跟她一起出去走走？我冲口而出说，好啊！但随即觉得嘴巴跑在了脑子前面，答应完又有些不敢相信自己的唐突。她亮闪闪的眸子诚恳地接应着。我的手心突然就出汗了，摩得大腿两侧发热，却总也揩不干。看着她落落大方的样子，我为自己的窘态感到一阵羞耻。

一路上，我们漫无目的地走着，那时街上的车还不似如今这般拥挤吵闹，因此步伐可以从容一些。她哼唱着那首我已经很熟悉的歌——“思念是一种很玄的东西……如影随形……我无力抗拒……特别是夜里……”

我不知道她到底无力抗拒什么，但我知道她的歌声已让我无力抗拒了。我把一双汗手以一个自以为潇洒的动作插进裤兜，右手摸到了裤兜里蔫头耷脑的五十元人民币，左手触碰到了肌肉发紧的大腿。她唱了一会儿静静回头看我一眼。我想我是该说点儿什么了。说什么好呢？问她多大？家里几口人？几个兄弟姊妹？这些问题实在透着肤浅。问她上的什么学校？学的什么专业？爱看什么书？这些问题问出来多么严肃死板……

到底说点儿什么呢？……今儿天气不错？这不是废话吗！……可总得说点儿什么吧……

谢冰莹，你为啥叫谢冰莹？……

也不知道我脑子里哪根弦搭错了，居然问出这么一句没头脑的话。又一回味嘴里含着个水萝卜的方言口音，我突然恨透了自己：这该死的口音！该死的水萝卜！我猜想她一定会笑话我的口音和这没头脑的问题。我的脑子飞速旋转，迅即由恨自己变成一阵沮丧，就像一个犯错的孩子垂下头……

她仿佛看出了我的窘迫与小心思。

好吧，我已经认命了，大不了她觉得提出跟我一起走走实在是个非常糟糕的提议，我只是个无趣又无脑的傻子而已。但那又如何？大家不过是萍水相逢的同事而已，反正她那句翻来覆去的“思念是一种很玄的东西……”我已经听腻了！

意外的是，她没有笑话我，也没有回答我的问题。她还是那么带着纯真又娇羞还有几分俏皮的笑看着我。她说，你老家在天水吧？

……

呵呵，终究还是给她听出来了，也许她的纯真又娇羞又俏皮只是给我台阶而已，而我乡里娃的身份和嘴里含着萝卜却是确切无误的事实。好在我已经有了心理准备了，该来的迟早会来，大不了提前结束这无聊的“走走”而已。来吧！你还想说啥，我等着呢！

你说话咋这么好听啊！她说。

我盯住她的眼睛三秒，确认她并不是故意奚落我，因为她的眼里没有那样的光。这使我突然振作起来。

她说：你说天水话一定很好听！你教教我，好吗？

这突如其来的转折让我有点受宠若惊的感觉。好在这会儿我觉得我的嘴皮子利索了许多。然而我嘴巴比脑子跑得快的毛病总会在关键时刻发作。我冲口而出一句天水话——

你咋里！咋里！打捶(打架)哩嘛?!

随着脱口而出，两只手臂下意识地向空气挥了几拳。还没等我意识到自己的笨拙，她已经笑弯了腰，摸着心口了。她上气不接下气地说，你说得真好玩儿啊，真可爱！同时，她也学我的样子朝我挥拳，一比划一笑。我意识到她的笑没有恶意，是真正开心的笑，第一次没有为自己的笨拙感到过分的自卑，我一会儿挠头，一会儿抓大腿外侧，一时怀疑我的手长错了地方，以至于放到哪里都不合适。

不得不说，这是一次奇妙的“走走”。因为我发现我嘴里的水萝卜自此以后变得越来越小了，我的舌头也因此不用打着卷儿、躲避那个讨厌的水萝卜了。似乎我的方言口音已经不是那么浓重，别人听我说话的表情似乎也愉悦了不少。又突然觉得城里人也跟我一样，不过也是长着一双眼睛，一个鼻子，一张嘴巴，而且我的某些五官比他们还要好看一些，组合在一起似乎还挺英俊的。

谢冰莹还是喜欢在空闲时，用两只白净纤秀的手托起下巴，似空似幻，若有而无地哼唱着——

“思念是一种很玄的东西……”

只是，我觉得她的思念似乎具体了一些，不再那么抽象了。但她到底在思念谁，我还是不能肯定。会是我吗？……也许吧……但也许，只是我一厢情愿而已，唉！怎么可能！

后来，我发现她除了吃饭好看，唱歌好听，其实她走路也很美，她有些瘦弱纤巧的身材自带雅致与婀娜，但又不是晃眼的摇摆，有不疾不缓的古典美。我想，她非常适合演古装戏，她的动作与步伐带着天然的戏剧味儿。

后来，她又邀请我走走，我给她教我的老家话。每听我说一句，她总像意外惊喜并受了很大的愉悦，似乎我说的是她从未听过的最优美动听的话。这令我觉得自己的舌头简直是个优雅的绅士，可以轻松应对各种局面。至于那个含了二十年的水萝卜，不知啥时候悄悄融化了！

她学会了几句我的老家话，也学会了我的几个小魔术。每当她汇报演出一样表演给我时竟然兴奋得像个孩子。但她最爱说的还是那句：你咋里？咋里？打捶哩嘛?！她说这句话时，夹杂了一点她自己的兰州口音，用她清脆的嗓音说出来，又添了几分难以言说的可爱与动人。她总是一边说，一边比划出挥拳的动作，拳头若有似无地打在我身上——

那时我不是一个不知趣，不解风情的傻子的话，接下来……一定以同样的动作作出温柔贴心的还击，然后，轻快的气氛很快变成亲切甚至亲昵，然后，引发一连串的物理化学反应，然后，一切都不寻常起来……

然而，那时的我，终究还是个傻子。我总是后知后觉。等我终于明白了，却永远回不去了。我曾为自己的笨拙与迟钝后悔了很多很多次，但我想如果时光倒流，我还是会作出傻子的选择。有些傻是注定的。

也有几次，她看看我插在裤兜的手，然后，伸出自己的手，配合着说话做着大幅度的手势，动作越来越靠近我的身体。我似乎觉得，她是想让我牵着她的手的，又不敢确定。

然而，即便确定又如何？我只是个乡里娃。每当这时，我觉得她是一只优雅美丽而不骄傲张扬的孔雀，我只是个更适合待在角落里的丑小鸭。是啊，当孔雀开心地伸展她美丽的翅膀又能证明什么呢？说明她可以视一个丑小鸭为同类，从而从容地牵手一起舞蹈吗？或许，那只是她一时的即兴动作而已。或者说即便人家主动与你牵手又能如何？当你终于发现人家的手可以牵放自如，而你却牵得起，放不下时，你将如何承受？你可以承受来自任何人的轻视乃至奚落嘲讽，却唯独不愿意在爱的世界里让自己卑微。因为那是最后的坚守、最后的底线，不可突破的一点可怜的自尊。

所以，我只能装作什么都看不见，看不见她伸过来的手，也看不到她期待的眼神。只看见自己那颗沧桑无比的心，有一丝悲凉划过，我收拾起柔软包裹进更坚硬的躯壳，以一种无比昂扬的姿态告诉世界我很好，告诉自己我很坚强。

有一天，我赶到单位，看到她在和一个中年妇女亲热地聊天。看我过来，她似乎漫不经心地介绍，说是她的母亲。我一笑，问一声阿姨好。她的母亲有着和她一样的优雅从容的气质，加上岁月的沉淀，她的母亲更有一份成熟女人特有的魅力，她的目光像早晨的牛奶一样温暖顺滑。她的笑仿佛春日的阳光，明媚而不刺眼。

随着我的问候，她的母亲点头微笑回应，目光在我脸上停留了几秒，然后又整体端详我——那眼神似乎是看一幅油画作品——不是在跟前仔细睁大眼睛揣摩，而是不经意地路过，然后从不同侧面，从局部到整体品鉴与欣赏——而这一切似乎都发生在不经意的瞬间。从她的眼神能看出，她对这件作品很满意，甚至有些意料之外的惊喜。但她淡定从容，而非浓烈直观的表达方式，让人觉得舒服自然，平滑如丝，一点不突兀。

后来，我才知道，她是特意让她的母亲来品鉴我这个半生不熟、晦涩稚嫩的艺术品的。或许她的母亲看出我的生涩，却觉得胎子还是不错，于是露出了优雅得体的欣赏与肯定。无疑，她因为她母亲的肯定而喜悦着，因为她的目光与往日又有了些许不同，我从中看到了一种温柔的光彩。

她再次哼唱起那些歌词时，眼神就更加具体起来。

“思念是一种很玄的东西……如影随形……无声又无息，触摸在心底……我无力抗拒……特别是夜里……哦哦……想你到无法呼吸……”

我似乎可以肯定这个具体的东西是什么了，因为歌唱渐渐变成了一种深情而真切的倾诉。这种变化会释放一些看不见的因子在空气里，飞往思念来的方向。同样，思念也会生发挥洒出类似的讯息，然后交融重合，缠绕纠葛，产生更强烈的化学反应回馈给彼此。

的确，思念真的是一种很玄的东西，爱又何尝不是。当爱来临，当思念漫溢，草木亦脉脉含情，何况一个人，哪怕他是一个叫作傻子的人。

当我感受到这种化学反应，我的幸福感无与伦比。但我的沉醉只能在躯壳之下，对外只能呈现一种愈加坚硬冰冷的姿态。我知道，有些事是注定无法更改的，比如命运。从你降生的一刻起，许多事情早已被安排，起码在你还不具备反抗的能力与实力时，反抗与呐喊是徒劳的。

对于谢冰莹越来越热情主动伸过来的手，我只能一次次熟视无睹，对于她的邀请，也开始敷衍躲避。我知道这对她是深深的伤害，对我又何尝不是。人最大的痛苦就是眼看着爱的人就在眼前，却无能为力。因为你知道，你给不了她任何可以想见的未来，尤其当一个冰清玉洁又炽烈纯真的城里的女孩子对你抛来一支美到摄魂蚀骨的玫瑰时，你居然发现你根本无力承接。你的瘦弱单薄的肩膀扛不起未来的那份沉甸甸的责任。像她这样的女子，必定要尽享世间所有美好才不负这一世芳华。可我又能给她什么？既然给不了，一旦牵手，就是辜负，一旦有了肌肤相亲的缠绵，就是刻骨铭心的亵渎，即便她情愿付出，我却无法赦免自己。

于是，我只好以一具冰冷的外壳把自己隔绝在温柔之外，也把她的一腔柔情隔绝在阳春时节的凄风冷雨中。我给不了她未来，只能还她一个纯洁无瑕的完整的她自己，以期在未来的日子里，那个更值得她拥有与思念的人，开启她的心门，亲吻她的朱唇，给她一个温暖一世的怀抱，和一个繁花似锦的归宿。

最后一次相约，还是她主动提出。

那是她最后一次唱起——

"思念是一种很玄的东西……"

她的眼里满含泪水，却没有掉下来。我知道这个有着文弱外表的女孩儿其实有着一颗坚强的心，而再坚强的心灵，又如何禁得起如此几次三番的冷漠与伤害。她看似坚强的心灵或许早已血流成河，因为她的歌声一遍遍唱起，却总也无法弥补从歌声里流出的决堤的哀愁。而我，只能选择决裂。

伤她一次，伤自己一生；留一个伤痕累累却完整的她，剩一个千疮百孔、粉身碎骨的自己。

那一天，我到单位，她已不在。

人们说，她辞职走了，她哭了。

人们问她为什么哭得那么伤心。

她说，她有一个从来没有如此珍爱的布娃娃，这个娃娃的名字叫作傻子。可是这个傻子却再也不愿理她了，她要离开这个伤心的地方。

他们还说，看到她伏在她妈妈的怀里，似乎流干了一生的眼泪。

后来，每当听到王菲的那首歌，我就想起那个叫谢冰莹的兰州女孩儿。

青春正是因为有缺憾才显得弥足珍贵。有些爱正因为懂得节制与保全才是最好的成全。如果，放到现在，我一定会义无反顾地接受那个女孩儿的爱，我知道爱可以创造无限可能，即便有一个卑微的标签又如何。如果她能够从十五年前回来，我想我可以搬走喜马拉雅的阻挡去拥抱她。可是，我们终究回不去了。有些缺憾是注定的，就像有些人，此生注定是一个傻子。

2017年7月

嫣红

爆米花儿

那时，我家住在马关乡的石板川。一条常年尘土飞扬的街道，连接窦家与杨马家。姓杨的姓马的姓窦的，回民与汉民，并无特别不同，说起来大家都是叔侄或姑舅，彼此见面一声招呼一个笑脸就呵呵地过去了。清水河的滋养，大家有相似脾性。清真寺与龙王庙并存，卖麻籽的和钉鞋掌的和平共处。

倘无亲身体会，便无法知晓那自然而然的好处。马关只是个乡，石板川是乡政府驻地。但邮电所、供销社、敬老院、派出所、中学、粮站，乃至法庭、兽医站却个个不少。这些基层组织依附于古老亲缘关系下的乡俗乡约而存在，组成最单纯原始的人情社会。人们谈起法庭与派出所这样的机构，跟说到东台的一垧地，或西沟的一片林，没什么分别。山水相连的人们，自然是乡里乡亲。从杨马家巷子里窜来的一股风，窦家人是认识的；从窦银堆家门槛儿里躲向马社穆家草垛里的一条狗，眉眼也是亲切的。

时光在人们淡淡的注视下平静流淌。柴米油盐的日子，向来无需感天动地的理由；一个老汉噙一杆烟锅，蹴在阳屲里的墙根儿下，丢个盹儿，就把一天打发过去了。

平凡又琐碎的日子，构成人们嘴里的“光阴”。一个人的一生，也不过是“光阴”里的一个片段。这简直接近了生命的真相，因而使人容易满足。一些人终其一生没有走出那条街道，也没走出卖麻籽的、钉鞋掌的人的视线，但他们都曾真实存在过，被人需要也被人谈论过，便有了不朽的味道，便有了一个共同的名字：马关人。

马关如今成了镇，我能回忆起面容的人也越来越少，使人不得不慨叹那时老人们的说法，活人过日子是个啥？我看，就是个过“光阴哩！”

但其实光阴从来都没有过去。一些人不在了，人情世故历历在目；一些人远走他乡，名声却还流传；一些事物远去了，痕迹永不消逝；一些回忆模糊了，只是被珍藏着。光阴里的人事，你以为远了，不见了，其实只是存在人的念想里罢了。比如窦家街头的爆米花。

窦家的爆米花之所以闻名，不单因其香，还在于爆米花的，是一个绰号叫作“歪嘴”的人。哎呀！说起来简直大不敬，他还是我同学的父亲哩。(这里并非任何侮慢，只为着对回忆的诚实，所以写出这个绰号，还请同学和父老乡亲们见谅）当我说起“歪嘴”，即刻有一个形象真切地蹴在我的面前了。在褪色的黄军帽下，一张黄脸，瘦而长，因着长，五官怀着歉疚，各自拉开距离，像不常走动的亲戚。鼻梁是清晰的，直耸入额，仿佛要使左右眼起了相思。然而嘴巴却怀了另外的心思，偏向一边去，仿佛那边有使他永远倾诉不完的衷肠。

然而歪嘴却是沉默的，他不说，恰似已经把一切都说尽了。他又那么专注，汗水在脸上冲出一道泥沟也不妨碍他手上的动作。摇米花炉时，像摇动古老的纺车。要不是炉子下炭火正旺，他将要永远地摇下去了。就在你几乎陷入冥想里时，他突然站起来，拎起将要爆开的米花炉，使你浑身一震——

豁！好大个子！

一个威风凛凛的歪嘴，就立在你眼前了。

人和人就是不一样，有些人蹴着，你看不出他的高，正如有的人站着，你却看得出他的矮。

我家在离窦家不远的街上，两扇绿漆铁门嵌在四方的砖墙里，围住一个叫作“派出所”的院落。头顶是四角的天空，一只鹁鸽鸣着尾哨飞过去了，牵动人的悠悠心事。通向窦家那头，空气里爆米花的砰砰声已让人坐立不安。知道歪嘴已然蹴在那里了。

由于是随干家属，我家没有地，自然没有玉米的。煤倒是不缺——按此间一贯的习俗，爆米花的煤是要自备的。终于央及母亲去隔壁邻居家要了一笸箩玉米来，心尖儿颤脚尖儿颠，面上却不作出十分兴奋的样子，仿佛过于得意忘形，母亲要改了主意似的。

当昂首走在通往窦家的路上时，一手端一笸箩玉米，一手高高掌起一块煤——与玉米不同，煤是乡民们缺少的。于是高高在上的煤，便在心理上扳回一局，必定要高高掌起，让旁人都看得到才行。

到爆米花摊摊前了。风匣不知拉了多久，米花炉外有厚厚一层煤灰，盆里炭火一跳一跳，瞬间，周遭一切有了种世俗的美好。其时，早有许多人围着。有的掐麦辫，有的嗑瓜子，有的纳鞋垫，有的袖了手跟旁边人窃窃说笑。看我掌着煤过来，他们一齐笑了，这是让人羞涩又骄傲的注目礼，羞涩之际心里到底存着被人微微嫉妒的得意。

歪嘴专注地摇转着爆米花炉子，炭火映着他亮晶晶的额头，一滴汗舍不得似的，在额角逗留，使人觉出宁谧安详。

照例要排队的。面前是一溜簸箕或笸箩，间或是一只露豁口的粗瓷大碗，又或是锈迹斑斑的搪瓷碗，碗里都盛着或圆或秕的玉米粒。我把笸箩和煤排进队伍，然而歪嘴并未如期望中瞅一眼，使我的自豪很有些落寞。人们恢复了之前秩序，继续着手里的活计。纳鞋垫的，嗑瓜子的，掐麦辫的，各有各的认真，连袖了手倒是非的人，神情都是一副所言重大的样子。这平凡生活中的一场热闹，勾画出一种使人安稳的人间情味，不觉陷入其中。

歪嘴一手摇着炉子，一手拉起风匣，风匣的啪嗒声和玉米在炉子里的唰啦声，使人莫名舒心，心思不由要跟上节奏。如果说有一幅油画，可以描述这场景的端庄，若要表现气氛，则需要古曲《十面埋伏》。画面和音乐的结合，是一场有声有色的密谋。

炉子里，声音渐沉下去，歪嘴摇动的手起了不易觉察的微妙变化。空气里有一丝紧张，所有人知道，火候差不多了，仿佛为迎接不久就要到来的那“砰”地一声做着准备，人人都铆了劲儿，又有无处发作的寂寥。

歪嘴瞄一眼炉子一头儿的气压表——那一眼实在轻描淡写，倒让悬心而待、心怀忐忑实无必要。已经有些香气飘过来了，人们盯住歪嘴，看他接下来的手段。其实都是心知肚明的程序，但由于歪嘴的虔诚，倒使人期待接下来的一声“砰”里，有什么不同。

歪嘴停下与站起的动作，一气呵成，不使人相信他之前的久坐；仿佛戏台上，关公捉住大刀杀将出来，幕布却纹丝不动。人心陡然悬起，一些孩子捂住耳朵往后退，也有稍大些的孩子提着拳头，脸上一副坚毅的神情，大概是前不久才看了电影《地雷战》。大人们并不耽搁手里的动作，只是眼睛都朝着歪嘴那里去了。瞬间的安静里，一种兹事体大的气氛油然而生。未曾看个分明，歪嘴已踩住炉子的一头，并把麻包口袋向炉口严严实实地罩住了。

每当此刻，心里想好不眨眼的，但当“砰”的一声响起时，到底没忍住。等再睁开眼时，歪嘴已然被困在一团白汽里了，使人懊悔总不能看清那响声到底是如何发出的。然而很快这心思就被一阵香气盖过去了。盛住的麻包，缝隙里都是关不住的香气，那家人已经笑嘻嘻迎上去了，配合着张住麻包口。歪嘴提起炉子，拿一根铁钎往炉膛里掏几下，一些没完全爆开的玉米粒黑眉赤眼、极不情愿地被倒出来。孩子们早围过去，笑兮兮地，等待那家主人的分享——别人家的食物总是比自家的好吃，这是打小得来的经验。

一家的爆米花成了，却使所有人欢喜起来，刚才的紧张，像骤然松开的发条。掐麦辫的，纳鞋底的，嗑瓜子的，更有了卖力的理由，欢快从脸上移到手上。

一家一家的爆米花，带着欢喜，冒着白汽，捧在手心，吃进嘴里，仿佛快乐就叠加一层，仿佛全不是爆米花，而是一个小型的庙会。每当这时，平日不对付的两家人也有了十足的和解的理由；在炭火和炉子里冒出的热汽氤氲下，仿佛不一团和气，就要被这快乐开除出去，连吃一颗别人家爆米花的资格也没有了。

从没有一种集体活动能把男的女的，老的少的，如此全乎，又如此热烈地安排在一起。就算是逛庙会，也总有一些年轻人离群索居，在土埂楞下酝酿惊心动魄又各怀心事的勾当。在娱乐手段匮乏的时代，一个简单的爆米花炉子营造出的气氛，竟有比拟某个节庆的快乐，那时的幸福如此简单，只是人们并不把幸福挂在嘴上。

终于轮到我了。平日在背后喊着“歪嘴”把同学气哭，当同学的父亲近在咫尺，却使人心里有无限敬仰。我笑向他，指指自己带来的玉米和煤，笑里多少有些讨好的意思，一来是愧疚，二来仿佛这样可以使爆出的玉米花更大更香。歪嘴平静地瞅我一眼，使人心虚。他的平和慈善，使人觉得气哭他女儿正成了不可饶恕的罪恶。正胡思乱想着，歪嘴已经把玉米倒进炉膛里了，又往火盆里填些煤，啪嗒啪嗒拉起风匣了。玉米粒在炉膛的唰啦声，使我觉得安慰，竟有了平生第一个梦想：长大以后做个快乐的爆米花的人。

等端起我的爆米花时，日头已经向柳梢里斜进去了，歪嘴额头亮晶晶的，有一绺汗淌下来，把积在脸上的煤灰冲出一道沟，露出里面的白。他继续专注着最后一拨生意，围住的人并未消退了热情，仿佛舍不得炭火里那点子暖。

那个绰号叫作“歪嘴”的男人，我同学的父亲，他并不知道自己一个小小生意，竟营造出这样一个有情天地。在一盆炭火围成的圈儿里，在一声声响和一团团汽里，一天的光阴被打发了，一些人的人生瞬间有了感悟，一些快乐永远地留存在人的记忆里了，乃至于让一个人已中年的、当初崇拜他的孩子，至今念念不忘。

那时，当我端起笸箩往回走时，耳畔响起一声悠远的“爆米花喽——”

便要不住地回头望，看到人们围住的歪嘴，我同学的父亲，铜塑样地踞坐在那里，脸上有心无旁骛的专注与虔诚。周围每个人脸上都映出一片炉火的光，红彤彤，甜丝丝，那正是光阴的颜色，日子的味道。

2019年8月

老牛和老马，老杨和老张

老牛和老马

老牛其实不姓牛，他姓马。

老牛其实不像牛，他是一匹骆驼。长长的睫毛下是一双永远也睡不醒的眼睛，慢慢悠悠走在四月的风里，吃饭和放屁都是一个节奏，就连偶尔发脾气，也是蔫楚楚、懒洋洋的样子。

也有例外的时候，就是他说起他爷他奶的时候，这娃就勺(二)了。

这不，他爷他奶又给他买了一本“葫芦娃”的漫画书，这让我羡慕又嫉妒。我借来看了三天，真美啊！比那些被口水蘸指头翻烂了的“画本”好看多了。其实，借来以后，我半个小时就看完了，其余两天零二十三小时半都在想。为什么我就没有这么好的爷和奶。我爷和我奶没钱……我爷每次去龙山镇，带回来的只有一颗一分钱的洋糖。

老牛家园子里有两种树，一种是毛桃树，一种是毛竹。有着毛茸茸眼睫毛的老牛每次吃着毛茸茸的毛桃子，就让人可恨。他吃得那么慢，远不如我咽口水的速度。慢吞吞的老牛看懂了我的心事，他请我去他家吃毛桃。那天，我把一辈子的毛桃都吃进肚子里，老牛不像我，他能把一颗毛桃子从早上吃到日头落西。

然而，那天真正让我开始思考人生的，不是毛桃子，而是毛竹子。我说，老牛老牛！快来看呀！你家的竹子开花儿啦！老牛投来哲学家淡淡的一瞥：竹子开了花儿，就要死了。

什么?！竹子也会死?！

从此以后，我的生命里多了一份惆怅，原来竹子会死；原来，我们也会死。

老马，其实是小马。小马有个有意思的名字，叫马义麻。对了，他和老牛都是回民。

老马家没有毛桃子。

可他家有苹果，你说可恨不可恨！

老马吃苹果就是耍流氓，他吃得太骚情。

可恨的是，他吃苹果不但嘴里发出脚丫子踩在烂泥里的日囔声，脖子还不时来个270度的托马斯全旋，全然不顾别人的感受。

转眼，老马就把一个灯笼一样的大红苹果啃成屁股，满足地嘬着牙花子。我巴巴儿望着，脸上的肌肉因谄笑太久而发酸，他连打三个饱嗝儿，终于悠悠地说，给——

我接过来，边啃边恨，这狗日的！咋每次吃苹果都牙龈出血，把好好个苹果染到柳绿花红……

二十年后，我又见到了老牛。这下，他真的成了老牛。不过，还是慢悠悠的样子，他这是二十年还没睡醒啊。大家都知道老牛那时候学习好，他语文考第一，我就只能考第二。可大家不知道的是，老牛其实也闷骚，其实，四年级时，他也喜欢马小燕。这让我很欣慰，好你个老牛！这才是看不出的匠人会修楼！

三十年后，又联系到了老马，其实，他还是当年的小马，还是那么顽皮。还像小时候偷偷抽他爸五分钱一盒，不带把儿的“友谊”牌香烟时，二兮兮的样子。他现在叫马懿，马云的马，司马懿的懿。据说他现在比马云还帅，和宗庆后是邻居。

我一直好奇的是，他的牙花子还出血吗？

老张和老杨

老张爱放屁，这不是什么秘密。

可老张能把屁抓在手里，这就有点不可思议。

趁着带“自然”课的老窦把勾子（屁股）撅起来，拿了半截儿粉腚儿，哼哧哼哧往黑板上画字时，老张伸出拳头到小窦面前，小窦幽幽地瞪着老张，老张一本正经地说，我手里有仙气，不信你闻！小窦小眼睛有点疑惑，可还是凑过鼻子去闻，老张突然伸开手，拿手掌捂住小窦的口鼻，小窦被一阵悠悠仙气熏得有些迷糊。这时，拿着半截儿粉腚儿的老窦突然站起来转身，拿眼神抽打着全班同学的头顶，又涨红了脸问候了全班的先人。小窦一脸紫胀，低头斜眼剜着老张，老张浓眉大眼的国字脸，一脸的正义凛然。

浓眉大眼的老张用一身正气成功骗过了贼眉鼠眼的民办老师老窦，可骗不了我。老张的裤兜破了个洞，特意没让他娘缝起来，那是他抓仙气的通道。当然，我作为另一个受害者，并没有把这秘密说给小窦的义务。

老张长得膀大腰圆，关键还有一套高深的理论。

他说，屁就是气，气就是屁，这是屁的段落大意；响屁不臭，臭屁不响，这是屁的中心思想。

他还说，没屁就挤，锻炼身体；有屁不放，熏坏心脏。

怪不得这家伙面色红润，身板儿结实，看来是有原因的。

老杨那时是个瘦猴儿，奇怪的是，他那时早上上学，书包里装的是全班最白的馒头，可白馒头就是没变成他屁股上的肉肉，他还是精瘦精瘦的。

那时冬天课间，大家都围着火炉烤馍馍。馍馍跟人一样，有的黑有的白，有的大有的小，有的软有的硬。架在火炉盖盖上烤了，外皮脆脆的焦黄，掰开里头冒热气，一股清甜的小麦香。这时，老杨掏出他的白馒头，架在炉子盖盖上——

他总是一副超然于外的仙风道骨模样，有种冷冷的酷。这时，旁边的小杨痴了，他的眼神被老杨的白馒头拽住了，他说，老杨啊，你家馍可真白啊！老杨不说话，他总有一种强大而神秘莫测的气场。感慨一番的小杨把目光收回来，再盯着自己面前的黑蛋蛋，低头悄悄使劲咽了口水。上课铃响了，大家“轰啦”一声散开，各就各位。这时，数学老师关选成进来了，他细长的脖子上喉结翻滚不停，像个鸡嗉子。

老杨不光家里馒头白，关键他懂得多。他那时就给我们讲射雕，讲杨过和小龙女。于是，我便在他的启蒙下，三年级就朦胧知道了爱情。他甚至知道先秦传奇、诸子百家。他平时沉默寡言，可讲起故事来滔滔不绝；关键他讲故事不会喷唾沫星子，不像数学老师关选成；关老师讲课时，前排的同学总以为教室顶棚漏雨，抬头一看，原来是关老师。这也难怪，他是在浇灌祖国的花朵嘛。

我们那时在课间喜欢玩儿打仗。《乌龙山剿匪记》里的“榜爷”“二爷”“四丫头”“独眼龙”等已经玩儿腻了，于是便玩儿“射雕”。玩儿“射雕”，老杨必然是“梅超风”。我不怕老张的“降龙十八掌”，就怕老杨的“九阴白骨爪”。看着他一个“白鹤亮翅”，冷不丁就飞过来，我还没喊出声，就成可怜的小兵甲，腮帮子上火辣辣。

到初一时，我转学上了梁山，从此和“武松”“潘金莲”他们混在一起了。从此二十几年未见老张和老杨。

后来，听说老张去了俄罗斯。他这是要给俄罗斯人民普及“段落大意”和“中心思想”去了吧？反正都是有关气体的工作，他若能把俄罗斯远东西伯利亚的天然气通过“西气东输”的管道送往全国、送达兰州，也算是我俩的一种久别重逢吧。

老杨在天水，他现在不玩儿“九阴白骨爪”了，开始潜心佛学了，又跟鱼儿学打坐入定了。于是，整个人更加低调内敛。但是偶尔微信里聊一聊，我还是能感觉到他强大而独特的气场。

2018年2月

苏　鹏

四年级有一阵儿的学校生活是：

上学，放学，打苏鹏。

放学，上学，打苏鹏。

为啥打苏鹏？

狗日的苏鹏长得比我们白！

狗日的苏鹏穿得比我们新！

狗日的苏鹏说话“变言子”！

这就可气了，只好打他。

课间对苏鹏说，苏鹏，你铅笔借用一下。

——给。

上课了，老师让默写。

——我铅笔还我。

——谁拿你铅笔了？！

——老师，他拿我铅笔不给。

——你拿他铅笔了？

站起来：没有啊！

老师指旁边：你！见苏鹏的铅笔了？

——也站起来：没有……

——苏鹏！下次再不拿铅笔还狡赖，你娃小心着！三个人站着听讲！

前面，苏鹏憋出一脸通红。

后面，悄悄耳语：苏鹏这狗日的告老师，还不服。

——等下课再收拾这狗日的！

老师停下板书，脑袋想要挣脱身子的束缚一样转过来，结果把脖子拉长了，斜睨着说:谁交头接耳说闲话?

——老师,是苏鹏!

苏鹏:老师,我,我……

苏鹏的凳子被从后面桌框底下伸过来的脚蹬一下,苏鹏瞪圆眼回头刚要质问……

苏鹏!我就晓得调皮捣蛋的就是个你!说着教鞭就到了跟前。啪、啪……竹子做的教鞭像抽打在一片破羊毛毡上。

苏鹏双手抱住头呲牙咧嘴,眼里噙着泪花儿。后面的人憋着不笑。

苏鹏晓得老师不信他,告了也白告。于是在课间我们教训他时,没怎么反抗。我们操着老家的土话,学大街上咬人的泼妇嘴里的粗话,骂一脸懵懂的苏鹏。苏鹏两只大眼仁似乎在探寻什么,看着他一脸无辜的表情,让人更来气!

努力骂了半天,他居然听不懂!

有人一把打下苏鹏的帽子,到了另一个人脚下,那人像踢尿脬一样把帽子踢飞,接着三四个人追上去把苏鹏的帽子当球踢。

苏鹏手摩挲着自己的头发,脸上一副谄媚相。他这种讨好的笑里似乎还带点轻蔑。有人被激怒了,抽手一个耳光,震得旁观的人耳膜嗡嗡响。苏鹏猛然一惊,下意识作出反击姿态,可动作到半路上又收回去了,转成整理衣襟的慢动作。可他眼里的光,愤怒的尽头依然带着一丝淡淡的轻蔑。马义麻说,看我的连环脚!

上课铃响了,苏鹏一身脚印回到教室;我们在等着他向老师说些什么,他终于没有说。

放学后,我们唱着“峥嵘岁月何惧风流”,一路拿书包和红领巾当武器,追打嬉闹着。没人知道苏鹏是怎么回去的。

苏鹏是从兰州转来的同学,在这边投奔他在四中当体育老师的表哥。至于他为什么从城市转学到我们这小山村,没人给过权威的解释,只有小道消息说,他父母好像离婚了,他在学校表现不好,被劝退,只好投奔表哥。

老师在教室前面介绍苏鹏时,他穿一身我们从未见过的样式的运动服,脸比我们见过的最白的女娃娃的脸还白,他腼腆地笑了,他居然有两个小酒窝,他一开口问好,我们都笑了,他是个“变言子”!

变言子的苏鹏穿的跟我们不一样,说话跟我们不一样,连笑起来都跟我们不一样。他很快引起了男生们的仇恨。

那阵子，大家都找茬打苏鹏。

连平时老实巴交的小个子也跳起来打苏鹏。

至于谁带的头，大家都不记得了。

大家只是在课间，在上学和放学的路上，在吃饭时，在睡梦里，事无巨细地描述打苏鹏给自己带来的愉悦体验。

有人说，他一巴掌打在苏鹏白白的脸蛋上时，居然感到他脸蛋一瞬间的颤动；有人接着说，他看见那一瞬间苏鹏眼里有一颗泪蛋蛋斜着飞出去了；另一个人马上兴奋接茬：对对！我觉得苏鹏的泪蛋蛋飞到我脚腕子上了！有人抢着说，他的拳头打在苏鹏脑门儿上，奇怪的是苏鹏没喊疼，他自己的拳头倒疼；有人连忙说，他飞踹在苏鹏侧腰的一脚，跟电影里的无敌八卦连环腿并无二致。

渐渐地，苏鹏的衣服没那么新了，头发也变得跟我们一样乱蓬蓬了，笑起来再也不是明信片上的人的那种笑了，我们觉得他离我们终于近了些。

还是有人打苏鹏。可毕竟不如开始那么热情高涨了。没人对一个总不反抗的对手感兴趣。再说，手感脚感太熟悉，没意思。

于是，打苏鹏的间隙，我们也会逗他跟我们一起玩儿。奇怪的是苏鹏从不记仇，当我们邀请他一起玩儿的时候，他立刻换成另一副神态，脸上现出刚来时的那种亮亮的笑。忘了挨打，完全沉浸在游戏中的苏鹏其实蛮可爱，他的头发有点微卷，大眼睛，红嘴皮，像年画上的娃娃。

苏鹏也有顽皮的时候。一次，他极神秘地拉住我跟小文小东。他说，给你们看一个从没见过的新鲜的东西，我们问是啥，他向食指嘘一口气说，不敢吭声！

他招手让我们跟他进男厕所。那个厕所没灯，白天也很黑。我们一脸迷茫跟进去。他从兜里掏出火柴和一张作业本上撕下来的纸，我以为他要学着抽烟。

我和小文小东相视会意，对他这个小把戏表示轻蔑。我们要走，他把一只手从脖领口伸下去，幽幽地说，看好了，戏法就要成了！我们盯着他，他的手握成了拳头，从脖颈伸到我们面前，对着拳头吹一口气，噗——

我们的目光跟着他，他拳心向下，向另一只手里托着的纸慢慢伸开，我们急切等待着，他的拳头却放慢了伸开的速度，他得意的目光在我们脸上画了个半圆——开！

随着喊声，他完全伸开了攥住的拳头。我们忙看纸上，啥都没有！

狗日的苏鹏！

我们有些气恼他的捉弄，刚要发作，苏鹏说，小文，你把我兜里的火柴擦着。

小文如说而做，火柴头移到白纸上方，我们几个“哎嘿”一声散开。

纸上是一只抱头鼠窜的虱子！肚子黑鼓鼓，显然是刚刚猛吃一顿，跑不动了。

我们轻蔑地望着苏鹏。

他却喜悦而专注。

接着，他又从脖颈里接二连三捉出了四五个虱子，放在那纸上。他跟小文要火柴，他说他要烧“勺勺”，我们问，啥是“勺勺”？苏鹏向那些虱子努努嘴，我们说，苏鹏，那不是“勺勺”，那是虱子！

这狗日的苏鹏！

苏鹏跟着表哥生活，几个月没洗澡换衣服，给虱子提供了绝好的温床。他平生第一次见到这让他身上痒痒的东西，他把它们叫“勺勺”。

从此，正上课呢，我们会看见他从脖颈或者哪里捉住一个“勺勺”，他看着那些“勺勺”笑，仿佛跟“勺勺”们说话，可他听不懂老师讲课的土话。他学习不好，老师提问，他慢吞吞站起，缩缩脖子，吐吐舌头，一头卷毛，一脸无辜。老师提起教鞭又慢慢放下，无奈笑笑摇摇头。

再打苏鹏，感觉下不去手，太熟悉了。

苏鹏的脸变得跟我们一样黄，他的“变言子”的话里夹杂了我们的土话，他也跟我们一样把鼻涕往袖口上揩。他给我们教他的顺口溜——

xxx的头
像皮球
一脚踢到百货大楼
百货大楼
卖皮球
一看就是xxx的头！

我们问啥是百货大楼，他就给我们讲百货大楼里的商品，讲城市的车，城市的灯火。还没讲完就放学了，我们等着他明天讲。

第二天一早，苏鹏的座位空着。老师说，苏鹏又转学了。

没人说话。

后来，他的位子被人占了，渐渐地，也没有人再提起苏鹏。仿佛他从没来过。

自从来了兰州，我一直期望能碰到苏鹏，每次遇到名字里有这两个字的人时都格外留意，可每次都不是。这些年来，“苏鹏”两个字时不时就从我记忆深处冒出来，随之而来的是他的腼腆的笑，他的白白的皮肤，他下巴上的小酒窝，还有，还有打在他脸上的巴掌，踢在他身上的脚印；想起巴掌和脚印，总觉得自己脸上烧，身上疼。

真想叫一声“苏鹏”！

有个羞涩的声音答应——

哎！

2018年9月

喜　喜

幼年时，最喜欢听到的一句话是：喜喜来了！喜喜来了！

喜喜的来，便要使这山村活过来了。

喜喜从哪里来，倒是无人过问。四方的人群赶到麦场时，喜喜已扎了架势，脸上是一副事关重大的神情，让围过来的人觉得自己的聒噪是不相宜的。掐麦辫的停了手里的动作，抽旱烟的忘了“叭嗞”，抱小孩儿的不觉那孩子已睡了还半张着嘴若有所思地拍着，便是那拐棍上拄着的老奶奶，仿佛经年的世故都不管用了，显出孩子样的好奇。

在众人的敬慕里，时间定住了。喜喜不知扎了多久的马步，于臂间绾住一个九节鞭时，是胜券在握的样子，使人觉出他的厉害。对于九节鞭的用场，人们心里自然清楚不过，然而当那九节鞭真的带风扫过时，人群还是一片惊呼，并把脚步向外拔去，像疾风吹过玉米地。外圈儿的人后悔自己脖子不够长，踮起脚尖也未见得看分明，依然要跟着惊呼一声，怕受了冷落似的。

喜喜对这一扫颇满意，也不过是一瞬。他收住嘴角的一点得意，抖一下膀子，蛇吐信子一样将那九节鞭吐过来，吐向哪边，哪边的人墙自动退开去。转眼，一个场子已然打开。

喜喜把九节鞭缠在腰间，一个抱拳，一切不出他的意料。

人们抻着脖子，倘从场边树杈上的孩子看来，活像一群待宰的鸡。此时，喜喜指间已经钳住一个铁蛋，举向四围，告诉人们，这是一个真的铁蛋呵！脸上仿佛有将告别人世的凄凉。待那铁蛋吞进他嘴里时，凄凉成了痛楚，使人觉得于这最后的时刻，他该留下一句什么。然而迟了，铁蛋已经到了嗓子眼儿，使人们手心捏出一把汗，心里把自己当成喜喜的爹娘，分明听到他未出口的那最后一句。

终于，那铁蛋到了喜喜肚里了，并用手掌从胸腹一路捋下去。喜喜打一个饱嗝儿，似乎刚才吞进的是一顿美味，并把唇舌四处向人看，使人们刚才的同情受了很大的愚弄，要使他真的死去一回才能补回来。

喜喜果然不使人失望，他又捋着胸腹，要把吞进去的铁蛋吐出来。这一捋，刚才的凄凉与痛楚又回来了。生死悬于一线，嘲弄与同情切换太快，终于使人茫然起来。待看时，铁蛋已稳稳在喜喜的掌心了，人群里“啊呀”一声，接着又是一声：“咦——”

仿佛一个该死的人又活过来，同情终于还是浪费。

喜喜用前襟揩拭了铁蛋上的口涎，却从腰间抽出一把短剑来。了不得！这回，他要把这短剑吞下去。

他把剑刃亮给一个人，要那人检验剑锋的成色，那人向旁闪去。那人的意念里，口涎显然有超过剑锋的威力。有了前边吞铁蛋的一节，人们确乎知道喜喜不会真的杀死自己，却依然忍不住，一片惊呼又起——

“啊呀！啊呀！”

这回是喝彩多一些，还是嘲弄多一些，谁也不知道，但并不妨碍喜喜的认真，他还是专注地凄凉与痛楚一回。然而也就轻轻过去了。

这使人担心，喜喜身上的神秘光环似要退却，使他的重大轻飘起来。

然而喜喜不慌不忙，人的担心落了空。

这时，人们终于看清，喜喜是一身精干的短打，脚蹬一双千层底的方口布鞋，鞋口上两拃处是卷起的青布裤腿，然而上方裤裆里有一块靛蓝的补子，针脚藏在明晃晃的脏污里，腰绑一条褪出白的蓝布带，紧紧束了，仿佛不如此，那单薄的身子便要远离了腿脚而去。汗褡儿上的纽襻开了两颗，隐约露出几棱排骨。细脖颈顶住一个大脑袋，脑袋上一蓬长发油乎乎垂在肩上，使原本模糊的眉眼更加看不清，只有上唇两撇胡子突兀出来，照应着细长的眼里露出的精光。

人们对喜喜两次死而不成意犹未尽，待要看个分明，他却嘿嘿笑了，把刚才努力赚来的敬慕一扫而光。男人们终于觉得眼前这一出不值当，收煞了廉价的同情与欢笑转身而去。一些孩子已经远远地向喜喜背后扔土坷垃了，又你推我搡地嬉笑，终究还残存些畏惧。女人们绾起麦辫，手指续着飞快地动作，眼睛仍望着喜喜，似乎对于眼前景象有些不舍。终日面对老实巴交的男人，死水般的日子被投下一粒石子，心底似乎漾出一汪涟漪，暧昧中，有隐隐的惊喜。

场中央的喜喜不知道，他已经让死寂的山村活起来了。

有个女人端来一只粗瓷大碗，里面是两个玉米面粑粑。喜喜仍旧无由嘿嘿着，却并不主动去接，待女人上前把两个粑粑放在喜喜的破包袱上，他眼里的精光溢出来，着实使女人害怕，她扭头跑开了，甩起的辫梢几乎要将喜喜打倒，喜喜的眼睛愈加不正经起来。这使女人受了孩子们的嘲笑，她飞红了脸，扭扭捏捏跟一旁掐麦辫的女人扑打起来，那女人指着笑骂：

“看把个死恰的！”

表演者与观众瞬间互换了角色，在喜喜溢出精光的眼里，每个人都羞涩起来。

空气里都是草木灰的清香，人们循着自家屋顶的烟回到屋里。刚才的一出，不过是久远的一场幻梦。多少孩子把一碗饭刨出一片“扑腾”声，隔道相闻。喜喜在场里，双手捧住还剩半个的玉米面粑粑嘿嘿着，头顶是一片湛蓝阔大的天空。等人们摸着肚子出来闲游时，喜喜不知哪里去了。

在山村，人们把喜喜这样的人叫作“耍把戏的”，那是枯寂生活的调味儿。耍把戏的不止喜喜一个，记忆中还有耍猴的，耍大刀的。他们啥时候来，谁也说不准，于是便没有期待。没有期待，便每次都惊喜。于孩子们，喜喜无疑最令人欢乐。

隐约听说，喜喜是隔壁村八杜沟里人，姓王，本名叫王喜中，不知怎么就成了现在的喜喜。兴许是他爱穿时兴衣服，又常年留长头发，于是人们自然把他跟“死狗”联系起来，于是喜中成了喜喜。据说他死去的爹娘因此很受牵连，常要被说辱没了先人，为着有个喜喜。然而喜喜并未因此有半点悔改的意思。

现在，就在人们将要遗忘了时，喜喜又来了。

这次，他穿着一件西装，西装里面是一件大红的衬衣，衬衣束进牛仔裤里，把村里女人们的花花绿绿都比了下去，更别说喜喜脚上蹋踏着一双尖头的皮鞋，人们管这鞋叫做“踢死驴”。

“喜喜来了！喜喜来了！”

人们心里的，还是那个欢乐的喜喜，临到跟前却又有初见的新奇，新奇这一身打扮。对这离经叛道的装束，所有人都嗤之以鼻，却也隐隐觉出自己见识浅薄，男人们骂起来咬牙切齿，仿佛是对女人们闪烁的惊羡生出醋意。然而人人还是大度的样子，仿佛觉得跟喜喜计较，简直是对自己的正经进行损害。

喜喜又吞铁蛋了，又把一把短剑从嘴里插进肚子里。人们的记忆实在不可靠。现在，这精彩暂时覆盖了人们的轻蔑，重新敬慕起来，仿佛这表演确乎头一次看到，否则不单喜喜的凄凉与痛楚，连自己的同情与嘲弄也无法落到实处。于是，又把许久以前曾有的情感抒发一回。

这次，在有人端来玉米面粑粑之前，喜喜跳起了“迪斯科”。迪斯科这说法，还是从见过世面的人嘴里说出来的。很快，孩子们已经喊起来了——

“快看呐！喜喜跳迪斯科啦！”

喜喜的迪斯科，跟耍拳不太一样。耍拳是腿脚上的把式，迪斯科是扭屁股的把式。他这一扭，又把女人们的心扭乱了，她们无法想象，一个男人竟可以把屁股扭到如此妖娆。捉锹把和握锄把的手，竟无处安放了，禁不住就要拍掌，却瞄见旁边男人的愤恨；老人们终于看不下去，骂骂咧咧散了，嘴里说着一代不如一代；孩子们却跃跃欲试，要跟着扭起来，才发现自己身上不单没有西装，更没有牛仔裤和“踢死驴”。

喜喜的屁股扭向谁，谁要脸红，但是如果半天不扭过来，又要生出责备，似乎那屁股不给面子。

终于有消息灵通的人站出来说道：喜喜这个死狗，因为耍流氓，被人赶了出来，又跑来咱村伤风败俗，有人甚至指出他脸上几道血印子，说是被某个地方的女人挖下的。于是，土坷垃又朝他飞过去了。

场子散了，一只鹁鸽从头顶飞过去，终于只剩喜喜和他的破包袱。他嘿嘿、嘿嘿着，露出一口黄板牙——

作为一个死狗的明证。

这次，端着粗瓷大碗的女人被男人呵止了，说是敢送给他吃的，就打断她的腿！

喜喜不见了，迪斯科却在人们心里扭了好几年。

喜喜哪儿去了？

据说他被人给废了。

这是若干年后的传说。

废了他的据说是石板川的窦大魁。

窦大魁是谁？

窦大魁是退役的特种兵！

据说有一天，窦大魁正和美艳的妻子吃饭，喜喜打上门来了。据说这是一场“石板川论剑”。窦大魁作为退役特种兵，自然声名在外，他能容忍喜喜的四处招摇？他放出话来，不出三招就能把喜喜给解决了。

喜喜自不量力，他竟来了！

据说喜喜抱了拳，通了姓名，说了承让，还没摆开架势，就被窦大魁一掌劈倒在地。据说当时窦大魁另一只手端着的碗里，饭汤一滴都没洒下……

喜喜就这么败了。

这段并不精彩的对决，成了方达围圆的美谈。人们听窦大魁把它说得津津有味，再配上他美艳的妻子无声的笑，仿佛听来人人觉得不是窦大魁一掌劈倒喜喜，而是喜喜自己。

关于喜喜的传奇，在马关一带的江湖上绝迹了。

再次看到喜喜，是在庙湾村的一场庙会里。

有人要去玉米秆秆搭成的茅厕里解手，在戏台后的一角看到晒阳㘭暖暖的喜喜。他已然没有往日神采，牛仔裤和“踢死驴”不知去向，西装上的纽子也弃了他而去，只有一蓬衰草样的长发还固守着，眼里的精光黯淡了去，映不出半点夕阳的余晖。

有人大声喊：

“喜喜！喜喜！那是喜喜！”

一些孩子茫然着，心里说：谁是喜喜？

不单年轻一代的孩子，就是那些老一代的人们大概也记不起喜喜。

山村做了个梦似的，醒来就老了。

耍把式的，卖老鼠药的，货郎担担……这些司空见惯的人一夜之间消失了。

前两年，一个叫作“微信”的软件把许多天各一方的人联系在一起，有人突然问到喜喜。终于有人还记得，他说：“喜喜呀！唉……”

喜喜死了。

对于死了的喜喜，他们说，喜喜是个好人呐，是个善良人呐！喜喜看着二里巴稀的，看着头里面不整齐，可从不害人呐！

有人追问：那喜喜到底是咋二里巴稀的，到底是怎么头里面不整齐的？

有人使劲挠头，然后恍然大悟，说，喜喜自从成了孤儿，又喜欢上邻村一个女娃，那女娃爹妈嫌喜喜给不起彩礼，把女娃远远地嫁了，喜喜受了刺激了。

所有人不说话。大概想起同一个画面——

麦场上围着抻出鸡脖子的人群，一个叫喜喜的人被困在中央，他舞起九节鞭来呼呼生风，他吞起铁蛋来眼也不眨，他插下短剑时像个英雄，他扭起迪斯科摇曳多姿。当所有人正经着时，他却扭着屁股不正经起来，男人们呸呸吐着涎水；老人们摇头说着一代不如一代；一个孩子把土坷垃丢过去了……

一个女人端起两个玉米面粑粑，终于没敢走上前去，喜喜眼里溢出的精光，把所有人羞跑了。

2019年7月

供销社

供销社在邮电局对面。一扇大铁门像一张大嘴把来来往往的人吞吞吐吐。铁门两边各有一排房子。左边那排是职工宿舍，右边就是门市部了。门市部不一般。高高的房檐像一顶大盖帽，帽檐中间是一颗褪了色的红五角星，五角星庄严肃穆，光芒四射，一边照着“发展经济”，一边照着“保障供给”。墙面是水磨石的，饰有几组并肩叠股的菱形块。门窗格外阔气。关着时还没怎么，一开开，就把街上的人往里头吸。柜台像城墙一样围着，柜面上坐着公平秤，摞着写字画画的白纸、缠在木板上的碎花布，旁边一把剪刀。货架是一溜到顶的木头槅子，每个槅子明明白白，上面码着毛毯毛巾，铁锁铁钉，白糖白矾，纸烟水烟，煤油灯，手电筒，搪瓷盆，搪瓷碗，缝纫线，缝衣线，黄的是胶鞋，黑的是千层底，也少不了各种暖瓶，瓶胆。

买瓶胆的人，都要往瓶口吹吹气，然后堵住耳朵听听，觉得保险了，就咧嘴一笑，从怀里掏钱；不保险，还得央及换一个；等换上三五个，售货员不耐烦了，跟旁的同事翻白眼去了。倒把买货的晾在一边，又不好大声叫，就抠头皮，就赔笑脸，终于对方甩了个脸子，就听说，开票去！就往开票处开了票，交了钱，开票的将票和钱一起夹了，顺头顶的铁丝“日——”一下滑到另一边的收款处；交割明白，算是各自了了各自的破烦。但跟在后边的孩子却扭扭捏捏不肯出去。

因为这里的味道说不出的好闻——等孩子长到几十岁，也形容不出那到底是一种什么味道，大约是幸福的味道吧？可孩子哪儿晓得什么是幸福！他盼着大人手里的分分钱呢，也不是钱的事情，是柜台里的洋糖花花绿绿，简直喜死个人。大人被扽住后襟，走走不开，骂又磨不开面子，于是摸出二分钢元儿，气狠狠丢给。孩子得了洋糖，舍不得噙，先舔舔糖纸，再捋展了，装进兜里压实，才将手心的糖块塞进嘴里，笑出个鼻涕泡。

门市部按时开，按时关。开关的都是吃公家饭的人，穿的是四个兜的衣服，骑的是凤凰或者飞鸽，走路不东张西望，要转身时不转脖子，连身转过，像唱戏。

遇见人打招呼只是点点头。一个供销社，一个粮管站，牛着呢，比派出所和法庭的人有派头多了。

摆摊摊的不把摊摊摆在门市部前，单摆在对面的邮电局门口。比如卖麻子葵瓜子大豌豆的马世生他爷，比如修鞋的老王，比如卖葱卖蒜也卖包包菜的老马。但生意都不如供销社的门市部好。供销社门口的麻雀都比野洼上的肥。

有时门口会卸下一车缸，大缸套中缸，中缸套二瓮子，二瓮子里是蓝边敞口厚底的粗瓷大碗，都由草绳五花八绑。就一一摆在廊檐底下，等人来挑。一会儿就形成一个集市；老远的人还以为有啥故事，赶着往跟前凑。一车坛坛罐罐，到了地方，难免有几个破了。破了的茬口像折断的骨头一样触目，可怜又可惜。

破缸终究被立在供销社的后院儿里，承受日月拷打，雕塑一般。等茬口渐渐暗淡下去，敢靠近了——如果那时天上正好下着小雨，有种凄凉的美。

相比雨天，天晴也有天晴的好处。六月里是女人们掐麦辫的日子。常有货郎担担沿街吆喝——

收麦辫喽——

这吆喝的往往是秦安人。他们的鼻音与儿化音像刚醒的一个睡梦，迷迷糊糊将四面八方的女人吆了来。一盘麦辫，看成色或两毛或三毛，收了，舔着嘴皮开了钱，捆在自行车后座上。等捆成一座小山，就交到供销社，盘成大盘。这时候，就等一个日头大的天气，进行初加工。供销社就有这样一个加工设备。炕一样，炕眼里面是燃烧的硫磺，麦辫架在炕栊上熏。烧硫磺的味儿老远就惹人，引了人去看，弓腰往炕眼里一瞅，呀！橘黄的火苗之间，染着丝丝蓝，绸子似的摇摇摆摆。可眼睛鼻子猛然就涕泗滂沱，一起身，一阵眩晕。哎呀这个硫磺真是害人。回家还恶心吃不下饭呢。

从此就不敢看那个炕。就跳进一个四四方方的池子里躲猫猫。那池子是干嘛的，不知道。四壁有牛毛毡倒是知道可以拿来拢火生炉子。我们就撕，塞满了口袋，做值日生时能将炉子几下子烧旺。供销社里真是啥宝贝都有。有时做梦，长大了也当售货员，当不了售货员，就当个贼，哪天偷偷潜进门市部，哎呀，吃不完的白糖黑糖洋糖，啧啧……

贼没当成呀！供销社里有狗。倒也不是有狗，而是有狐狸。倒也不是有狐狸，而是有一部叫《雪山飞狐》的电视剧。电视剧在一个很好看的售货员家里演。是个卷了一头大波浪的女人。皮肤白白的，屁股翘翘的，腰身妙妙的，看见真叫人害怕。可再怕也抵不住那一声“寒风萧萧，飞雪飘零”的诱惑。都开始了，怎么办！就守在她家门口，就扽她家的门帘——就当是风吹得门帘那么轻浮。就紧张得想一头扎进去又想撒丫子跑掉。门一响，一推，盈盈一笑从门缝里溢出来，一股香气顺着瀑布一样的大波浪汹涌。来——

她说。

以为她说谁呢。回头看看，没人。来——

她又说。

就进去了。就站着。她又一笑，一阵眼风拂向地上的小板凳。就挨过去坐下。就双腿并拢，十指交叉。就目不斜视，就见电视上刀光剑影，耳朵里却万籁俱寂。男人们疯疯傻傻似癫如狂，这都是为啥呀！还不是为女人。女人好可怜。

可怜的女人倚着床沿。一头大波浪，从墙上的穿衣镜中倾泻而下。我触电一般，腰骶一麻，坐成感叹号。满脑子她在门市部柜台后面的样子——

她身后的柜台上，有牡丹牌的雪花膏，粉底霜，还有蜂花牌的洗发水，棒棒油。她到底抹了什么怎么那么香？她怎么那么爱笑。又那样哀愁着她的哀愁……

就在不久前，她的男人去了。她男人是个浓眉大眼的大胡子，一身牛仔服。骑个大摩托。时常见他在廊檐下，一遍一遍擦洗他的摩托。她就在旁边嗑瓜子儿。瓜子皮儿花瓣儿一样漫天飞舞。嗑累了就拢一拢头发，捎一眼门口的洗衣机——他们家那时就有洗衣机！

对了，他们家还有个白白胖胖的儿子。他们各忙各时，儿子就吃零食。他们家有吃不完的零食。好神奇的一家人。日子仿佛在他们这里慢下来了，慢到让人羡慕令人惆怅。

可是，男人因为车祸去了。女人再没有用过她的洗衣机，也没有嗑过瓜子。就在家里待着。儿子倒是不时在院子里骑他的小小自行车。她有时喊一声，还不回来！声音好凄厉。从前她不是这个样子。

她枯萎了。但每当入夜，她仍在一寸一寸地绽放着。一寸有一寸的挣扎。我在她那里看《雪山飞狐》，仿佛看到一个后来才知道的叫作“命运”的东西。当然还有她的大波浪，她的笑，她的香，她埋伏在镜子里的一声叹息。

她在哪里？她怎样了？

噢，差点忘了窦建国。他爸也在供销社上班呢。他就从上窦家转到马关上学。我跟他不同班，但常睡一张床。我去找他，他说，今晚不回了吧。我说，噢。那是他爸的住室，支着一张干板凉床，冬天要插电褥子。夜里我俩说各家的心事，说各自村里的姑娘。说着说着，他竟说他已说定了我们村的董芳英。董芳英家是在我们村开商店的。供销社，商店，这个……

这是个秘密。

到我转学时，供销社还在。窦建国也仍然住在里面。可供销社确乎已经破败到不成样子了。院子里荒草萋萋，烧硫磺的炕早已冷透了，而那个四四方方的池子，被雨水浸透。后来我从梁山中学回四中参加考试时，在供销社门前踅摸几个来回，始终没敢进去。考完试就匆匆走了。

与那年离开马关时一样慌张。

许多人都没来得及好好告别。可也收到了离别的赠物。

窦建国送我一个笔记本，红色的。

2023年8月

王全恒

我们在马世斌老师眼窝下，在二年级教室门前的空地上“画字”时，我哥和另一个捣蛋鬼从五年级教室那边摇过来了。看着他头垂在胸前，书包吊在屁股后，我既丢脸又窃喜。王老师这是给我报仇呀！谁让他这个当哥的实在不像一个哥。在家半夜偷偷捶我后背，在学校我被别人打了他也不替我出气，反而再接再厉又打我一顿。这下好了，怎么也霜打的茄子被赶回家，被说：与其在学校偷偷佴馍馍，不如回去光明正大地佴人。正念念叨叨呢，我哥剜我一眼，又虎了嘴，咬了咬牙花子，踢踏踢踏出了校门。过后好一阵子，王老师脖子上的筋才不跳了，才把脸上的红还给天边早霞。听见没了班匪的五年级教室里响起琅琅书声，他笑了。

王老师叫王全恒。

王全恒是五年级的班主任兼语文老师。也是我们二年级的音乐老师。在学校，我有三怕，一怕大校长二校长，二怕专干，三怕体育老师杨柱生，可对王老师，怕不起来。非但不怕，还对他有莫名好感。大约其他同学也不怕，所以私下都叫他王全恒。

你想，一个音乐老师，叫人怕，那算怎么一回事情。

就拿放学整队来说，我们边踏步边哼着的是《小草》——“没有花香，没有树高，我是一棵无人知道的小草……”——不知为何，每当我唱起这首歌，心中就升起淡淡伤感与丝丝温柔，接着就可怜起来。这些感情都是王全恒传染的。他教我们唱时，必定摇头晃脑，必定声情并茂，在我看来他就是一窝小草们的妈。可这妈又有些说不出的奇怪。弯弯的下巴黑油油，卷卷的头发软趴趴——大括号一样围住中括号一般的眉眼与小括号一般的嘴巴，鼻子却像个休止符，将一张容长脸儿果断截为两半。于是，当他努着腮帮将要给人一点颜色瞧瞧时，眉角眼梢里流出的妩媚却出卖了他。这正是严父慈母的合体，一个发作时另一个必定拉扯。那他教我们《小草》就再合适不过，挨了父亲的打，像小草一样没有花香没有树高，正抹眼泪呢，母亲过来摸摸头，刮刮鼻子，又感觉我的伙伴遍及天涯海角了。

这还不算什么，当王全恒教我们唱《十五的月亮》或《每当我经过老师窗前》时，就断然是一个母亲了。只见他一手按了琴键一手高高飘起，一阵眼风宛若流云，一声高音疾入云端——俄而手落云舒，拐个弯儿，一阵小雨就哗啦啦润了心田啦。每当那时，歌声如潮，全班三十人，就有三十个董文华。

但王老师也有他少女的一面，那是他教我们唱《原野牧歌》时。

辽阔草原美丽山冈群群牛羊——

白云悠悠彩虹灿烂挂在蓝天上——

有个少年手拿皮鞭站在草原上——

这对想不出草原为何物的我来说，简直如梦似幻。草原上有牛有羊，有白云有彩虹有少年，还有皮鞭。这歌是欢快的，我却每每听出哀愁。愁的不是少年轻轻哼着原野牧歌，又拿着鞭子看护着牛和羊，而是有个人跑来说——

年轻人啊我想问一问——

可否让我可否让我述说衷肠——

年轻人啊希望我能够——

和你一起和你一起看护着牛和羊——

这是谁？干嘛要诉说衷肠，又干嘛要跟少年一起看护牛和羊？

就想，答不答应呢。答应呢，怕被人看见说三道四，不答应吧，那人水汪汪的大眼睛瞅着呢；仿佛还看见她一双白馒头似的小手，和油花卷似的笑脸，以及一袭蓝裙子在风中摇摇摆摆，一头秀发散发着悠悠草香，一只鸽子在头顶盘旋……

哎呀，可愁死个人！这时，我就心突突跳着，衣襟死劲儿绞着，不敢抬头望王老师一眼，仿佛她就是那问的人——她已将皮鞭轻轻抢过去了。

可另一时，王老师却变成少年。只是手里的鞭子换成钢枪。那时节，他正教我们《接过雷锋的枪》呢。这歌最适合二重唱。前一组正在接过雷锋的枪，还没接到手，下一组跟着来接——终于接到手，又扯着嗓子喊，雷锋是我们的好榜样——这时节往往后一组踩了前一组的脚后跟——因为哪一组都不想眼睁睁看着雷峰被人抢去做了人家的榜样。而王老师，此刻正两只手在空中抓着；一只手抓住，放下，另一只手接着抓住，放下；要一直到把两边都抓牢了，最后一并揽入怀中，大家一起做一颗永不生锈的螺丝钉。可刚到“榜样”呢，就接乱了，让王老师扑了空。顷刻王老师像丢了鞭子跑了牛羊的少年，红了脸粗了脖子，用眼风诉说哀怨。两边都不好意思起来，暗下决心，下一遍一定不急不躁稳稳接住。

可到了《社会主义好》时，王老师就成了一个真正的老师了。照例是二重唱。前面都没有问题。反动派被顺利打倒，帝国主义也夹着尾巴逃跑了，可正当所有人一起憋着劲儿掀起“高潮”时，有人心急，提前高潮了，有人迟钝，差了一点儿意思，把一个高潮弄成两个高潮。王老师不高兴。王老师要努嘴巴。王老师一不高兴一努嘴巴我们就得重吃二茬儿苦，重受二遍罪。端端在日头底下立着，好好儿想，想好何时大家一起高潮，才能解散。这时，王老师又不是王老师，而是王全恒了。王全恒是王家沟里人。我们就心下暗暗说，王家沟里的王全恒，我们就互相挤眼，王家沟里的王全恒，就爱日弄人。

音乐是副科。可正因为是副科，却也每到音乐课就得了我们的美梦。语文数学要背要计算，音乐课只是个摇头晃脑，只是个嘻嘻哈哈。开课前，照例由值日生去抬风琴。风琴是脚风琴——此后许多年我再未在任何地方见过脚风琴。样子大约像后来认识的钢琴，也有个盖板，也有黑白相间的琴键，可是又有缝纫机一样的踏板，不过不是一块，而是两块，由两根皮带连接起来，一踩就有风，这点又像是烧饭用的风匣。脚风琴由几个人手抬怀抱地弄在讲台上。王老师已到了教室门口，先是咳嗽一声，想要作出一个老师的样子来，却忽然想起昨晚一个什么似的，自己笑了，接着脸红了。教室里轰啦一声，接着一阵叮铃哐啷。那时，我们不把音乐叫yinyue，而叫yinle。大概因为音乐意味着欢乐吧。就在王老师一步跨过教室门槛儿时，还有人偷偷说，yinle，嘻嘻嘻，yinle——

王老师早瞅见那是马黎明。就用秦腔的调子朗声说，哎！马黎明呀，我把你个马家的黎明！你，你看就亏你爷。马黎明学习好，但是蔫坏，我们私下叫他“老牛”。老牛唱歌却有一副鸡嗓子。那时正教电视剧《便衣警察》的主题曲《少年壮志不言愁》呢，唱到“峥嵘岁月何惧风流”，他就扯着嗓子喊，并故意把“风流”二字飙得邪乎，故意把1265飙成12565，仿佛他真懂风流是什么意思似的。马黎明只管风流，王老师却感到风寒。他瞅了半天，想说什么，又终于没有说，渐渐笑了。于是大家一起乱七八糟笑了，屋顶几乎飞出去。不知怎么音乐课总是很快过去。当我们跟着马黎明还在风流不尽时，王老师背着手出去了。顺便用小拇指指指身后的脚风琴——知道是让抬回他住室去。可哪儿能够呢。大家抢着蹦上讲台，呜里哇啦乱摁一通，推推搡搡中谁把一个脚踏板上的带子踩断了，瞬间鸦雀无声。半晌，有人呵道——

这下好了，王全恒就把你打死了！

可是王全恒除了打他手下的学生，比如我哥那样的捣蛋分子，对于作为副科而带的我们，却从来不打。但不打人的王全恒也有令人生畏之处，比如监考时。

监考老师就爱忽然出现在人身后。但王全恒不，王全恒用声音将人软禁。

那时试卷用油印机印刷。出题老师先将试题刻在一张蜡纸上，再将蜡纸摊在油印机的木框内，盖住裁成四开或八开的白纸，刷上油墨，捉住木辊一推，发出雨天车轮碾在泥路上的一声，一张试卷就成了。可是常常由于蜡纸上的字刻得不深，或者油没有涂抹均匀，试题上的汉字或数字就缺胳膊少腿；发下来，有人欢喜有人愁，必得老师捉了样题念着核对一遍。我印象最深的就是王全恒的念题。他念起来抑扬顿挫声情并茂，连数学题也能唱出花儿来。数学题中常有( )，正常念作"括号"，不知为何他总将括号念为kehao。我每被他的前半句勾引着爬上巅峰，俄而揪心盼着，后半句里这个kehao何时游游荡荡跌下来，再荡开去，荡开去，荡开去。往往别人边对题边欻欻欻补写着，我却兀自出神。仿佛他就是原野牧歌中那个问话人的附体，而我是手拿皮鞭的小小少年。考完发完卷子，数学自然又不及格，回家挨了打，就对王全恒咬牙切齿。谁让他监考来着。可刚骂完又怕他下次再不监考。

他不监考时，就当少先队的大队长。脖子上系了一条鲜红夺目的红领巾，右拳抵住右耳根，神情庄重肃穆，挺在国旗的旗杆下面跟我们训话。其实他的训话，也就是起头慷慨激昂，让我们这些社会主义接班人摩拳擦掌，意欲立刻将自己的满腔热情投入共产主义事业当中。可随即，他又温情脉脉顾盼生辉，眼里噙着泪花，打疼人的肝肠，洇湿人的心肺。尤其最后一次过六一儿童节时，他对我们这些老少先队员凝望许久，恋恋不舍。可临了仍不免坚定地说，"现在，请脱队！"直到这个声音落下三分半钟，我们才确信自己从此再也没资格当少先队员了。随着他解下自己脖子上的红领巾，我们也慢慢解着，慢慢地，慢慢地——慢到要用一生去回味那个瞬间。那时我眼含热泪，心流滚滚，好想大叫一声——王老师！

可我听见自己喊出的却是——

王全恒。

从此，我再也没有见过王全恒。

2023年8月

老师们呀

关选成

我总把“关选成”认成“关造成”。大约与关老师的板书有关。

关老师是龙山镇人。每周末周初，蹬一辆破自行车，奔波二十里，在龙山与马关之间的山岭上穿梭，加上他的清瘦和一身蓝工装，使我总把他与“敌后武工队”联系起来。也难怪，“王二小”的故事，就是经他讲述，刻入我骨髓的。至今还能想起他当时的神情，像个被顺走鸡蛋的老母鸡。其实，他是连说带唱的。他是继王全恒老师之后的第二个音乐老师。

三年级的一节图画课上，葛宝生老师忽然兴致勃勃地说，从龙山学区调来了一个新老师，能文能武，才艺双全，板胡拉得风摆柳。我们翘首以盼，想，这个关老师长得应该不俗。至少能在看烦了的面孔中发觉一点新意。

他来了。

他代数学课。腋下挟了一本书，尿急一样佝偻着背进来了。一抬头，一龇牙，满面乌黑鹞子嘴，笑起来跟哭似的，令人大失所望。我们仍满是善意地笑起来。他却皱起眉头，仿佛酝酿了一个巨大的苦楚，说又说不出，憋又太难捱，直到两颗白牙探头探脑，才消解点点愁。简单自我介绍以后，就上课了。他的板书却像钱串子爬来爬去，与马老师形成鲜明对比。马老师板书时，两膀如钳，咬牙切齿，每个字都有“缴枪不杀”的架势。关老师却飘忽而大有仙风道骨。有时写错了，来不及找到秃毛的板擦，直接上袖子。我心想，他媳妇儿不骂？他仿佛听见了，“咩呲”一下，倒笑上了。

见识他板胡的好处，要等“六一”节。他在台下蹴着，屁股下却是一个罐头瓶子，那是他日常喝水的杯子。葛宝生老师看见笑笑不说话。我们也觉得这个关老师是个怪人。可等他脚尖点地上了台，就把一板秦腔过门儿拉得肝肠寸断五内俱焚，六月天使人不禁抬头，看看是否下起了雪。便觉得他应姓窦，窦娥的窦。拉完，“咩呲”一笑就下来了，倒真成了姑娘。

怪人自然有怪话。至今我记得他在课堂上说过的一些没头没脑的事情。不明白他当时说的用意。但至今不忘，一定有什么必然的缘故，就照搬下来。

一次课堂上，他说，龙山镇有一些黑心商人，粉了瓦渣子当化肥，卖给农民。说时脸上彤云如潮，额上的皱纹似要一条一条掉下来。一个数学老师，在课堂上忽然说起这个，究竟为啥呢？

还有一次，他说自己上学时，跟一个同学在茅坑边拉屎，俩人面对面。那个同学说自己要死了。结果，过了一阵子，就真的死了。说完沉默良久，又说，你看，这就是人。我们不知所以。却感到空气里塞满悲伤。或许那是同学们第一次触碰到死亡的味道。按说，这样的事情，该忘掉，但一记就是几十年。

跟王全恒老师一样，关老师也是会弹脚风琴的，也给我们代过音乐。除了《歌唱二小放牛郎》，他还教我们《让我们荡起双桨》和《斑鸠调》。《让我们荡起双桨》其中两句歌词之间有休止符，他就讲休止符的作用。每唱到那个休止符时，他就抿嘴皱眉，仿佛蓄势待发——接着唱出下一句时，整个人忽然欢快起来，笑着露出满脸大白牙。这个细节太有感染力，我每每想起，就忍不住模仿，就哼起来。但最生动还是他教《斑鸠调》时——

春天马格儿叫（呀哈咳）——
春天斑鸠叫（呀哈咳）——
斑鸠（里格）叫（咧）起——
实在（里格）叫得好（咿呀咿子哟）——

一唱起，他就摇头晃脑，全然是孩子的天真活泼。我实在不知“马格儿”究竟是个什么东西，只觉得好玩儿。跟唱时就把这三个字唱得格外炸耳，可他并不见怪。既然他不见怪，我索性放肆起来，一边唱一边学指挥家的样子，双手带动双臂往空中又抓又放，一会儿疾烈一会儿舒缓。他猛将琴声摁住，瞅定我不放。完了完了，他要下来踢我了。谁知他“咩呲”一笑，一手软软勾住我，一手作出请的姿势，说来来来，上来，上来指挥。我以为这是他的软刀子，更怕了。他却勾得越来越妩媚，大白牙愈加亮晃晃，活像个小媳妇儿。我也笑了。就挪到讲台上，一顿乱挖乱埋，完全不在拍子上。可他仿佛更加快活——我平生第一次也是最后一次当了指挥。

我数学成绩不好，这点又让他失望。一次又该换座位了。我后面是马小燕。光听见“马小燕”三个字我就心跳。她辫子那么粗那么长，脸又白又嫩，像新麦子碾了十八遍蒸出的馒头，恨不能吃一口。她又那么香，隔着老远吸一口，叫人头晕。她那双穿在青花白底鞋里的尖尖脚，走在哪里哪里就是春天。

我想跟马小燕同桌。我望着关老师——望一眼低一回头，脸烧得像烙铁。有那么一瞬间我以为旁边的杨军吾就是马小燕，把脚一寸一寸伸向他的脚，快挨上了，我想我要死了。就听关老师说——

韩乾昌还是跟杨军吾坐吧，主要把学习往上搞一搞。关选成——

我把你个关选成！

我恨死你了。

关老师还记得这事儿吧？好想哪天去龙山镇亲口问问他。

大校长二校长

大校长高而瘦，二校长不高却敦实。相似的是，俩人都爱穿一身蓝制服，四个兜上都能别钢笔的那种。这种衣服是干部的标志，自带威严。穿这种衣服的人，一般不笑，笑起来却格外有力。他们往往有一双宽而厚的大手，边说话边挥一挥，就能带走满天云彩，而当这双手握住你时，你恨不能将一切交代了。我那时有三怕，其中一怕，就是这样的两个人。两个校长都姓窦，西台上人。仿佛西台上人天生都爱当老师，且一当就是校长。校长室在花园边花木掩映之下，我却从未进去过，那里是一片禁地，偶尔路过也胆战心惊。可没想到的是，某天大校长二校长二人会亲自登门来拜访我。

那是三年级时，班里转来白国珍。白国珍是学校隔壁卫生院白院长的儿子。是个傻大个儿，脸却白得不像话。姓白又脸白的白国珍，不是白脸媳妇儿又是什么？我们就嘲笑他奚落他，他就揪我们的耳朵。我们就骂，骂完就跑。我们跑了，他就嘤嘤嘤地哭上了，就说要告老师呢。他揪他哭我们不恼，恼就恼在他要告状，这就让人瞧不起。我们就说，咹，白脸媳妇儿你给我等着。

放学后，我说别等了，你们回吧，看我怎么收拾他。我在卫生院门口埋伏着。终于四下无人，就掏出半截粉腚，在卫生院的大铁门上，顶门画出几个大字——

白国珍。

第二天是星期日，我正跟母亲在廊檐下洗洋芋，就见大校长二校长，唱戏似的迈着方步进来了。母亲知我这次必定又闯下大祸而来者一定不善，就把我手里的洋芋一把打落在盆里，水溅了我满头满脸；站起的瞬间，我心生一计，莫不如将脸上的水当眼泪来擦，边擦边绞着衣襟。母亲这才想起请二位校长进屋。校长们摆摆手，说不必了，有两句话，就在院里说。在母亲看来，那是从未有过的尴尬时刻。校长们说了什么，我全然不闻，只见母亲捉了洗洋芋的毛刷，浑身发抖。送走校长，大门哐啷一声，我感到天地昏黑一片。那天晚上我一边吃着碗里的软洋芋，一边抚摸自己头上的硬洋芋，眼眶盛开漫山遍野的洋芋花儿。

星期一一大早，升完国旗唱完国歌，大校长伟人一般摊开手，将喧哗压下去，二校长顺势而出，他要讲话。二校长讲话时眼皮总是那么沉重，讲两句，眼皮阖上，似下个句子要用千百斤的力，待睁眼时那句子像迫击炮的炮弹，“日——”一声划个弧线落在人脚下。他说，那么大个铁门，画了那么大个“白国珍”，门要小一点，能把门憋破了！听到这话我倒想笑，结果鼻涕眼泪，吹出一个硕大无比的泡泡。

窦永红

窦永红从五年级开始，做了我们的班主任兼语文老师。他是我记忆中唯一上课讲普通话的老师。想起他，我就想起周瑜。水杏眼银盆脸，威风凛凛，气度潇洒。现在我还记得他说话的声音，有虎味儿。一开口头发丝跟着颤动，一转身像一座山移到人面前，可笑起来却甜丝丝的。他是那个年代唯一穿西装的老师。白衬衣的领子永远支棱着，只是不打领带。

他教语文也代历史。语文讲着讲着就跑到了历史上，历史讲着讲着又去语文家串亲戚。我记得一些字、词，都与他脱不了干系。比如“合纵连横”。他在黑板上画了两条线，一条是六国的合纵，一条是秦的连横，顺便将苏秦张仪的故事说书般娓娓道来，使人满心憧憬。然而有一个字他却讲错了。学到课文《粜米》，他说对应的还有一个词叫liang米，这个音是我们老家的叫法，我恍然大悟，噢原来我们老家话居然也有对应的汉字。直到后来许多年，我才知道那是tiao米，可总觉得是发明读音的人错了，而不是窦老师。liang米多顺当啊!窦老师怎么会错!

我普通话的底子，就是那时候打下的。与窦老师爱朗诵有关。他总念念不忘一位叫马凤莲的同学——那时她已小学毕业了。他一再跟我说，那年马凤莲在大会上朗诵时，所有人都哭了。朗诵的文章是郑振铎的《别了，我爱的中国》。

他有心培养我，让我也跟马凤莲一样。可我总是紧张，声音像蚊子。

有一次他终于急了，说，你总这样子，像压住的一个屁，要放就痛快点！

他跟我讲文章写作的背景，分解文章所表达的感情，可我总是无法全情投入。他摇摇头，一遍一遍诱导，不知何时，他眼里噙满泪花。我对自己失望极了。想把澎湃的爱国之情倾泻出来，可就是无法理解文中“船栏”，那些我没见过的事物，实在无法灌注感情。我感觉他要放弃我了——可我多希望给他也给自己争口气啊。他垂着头陷入长久的沉默，整个屋子空了，只剩我俩的呼吸此起彼伏。忽然我想，不如假装我爷死了——这念头使我此后许久都无法原谅自己，每想起我爷就觉得亲手将他杀死一次。

可效果却出奇的好。为了增加身临其境的感受，趁他不注意，我还把唾沫抹在自己的脸上。然而读着读着，对爷爷的感情转移到祖国身上，那一刻，我的心肠飞到空中飞向祖国的大好河山，仿佛离家的孩子就要远走他乡，我的声音颤抖，我的眼泪禁不住奔涌。后来虽然并未达到马凤莲那样的效果，但也说得过去。底下的人虽没有个个啜泣，却也有人暗暗吸鼻子。如今还记得那篇文章的开头：

——别了，我爱的中国，我全心爱着的中国！我倚在高高的船栏上，看着船渐渐地离岸了，船和岸之间的水面渐渐地宽了。我看着许多亲友挥着帽子，挥着手，说着“再见，再见！”……

许多年过去，我问西台上的同学。说窦永红老师还好着呢。我说，好着呢，好着呢就再好不过。

葛宝生

葛宝生是美术老师。只不过，我们那时不叫“美术”而叫“图画”。画画的本子就叫“图画本”。画画用蜡笔，也用水彩。除了画画也做手工。那时每星期五下午，都有手工劳动课，遇见“六一”这样的节日，还会全校评比展览。一次为评比，我将我爸的水秀石敲下一块，立成一座山，上面插了旗子，捏个四不像的孙猴子，手持金箍棒手搭凉棚，葛老师看了觉得稀奇，就摆在他的窗台上，令从来笨手笨脚的我骄傲了好一阵子。葛老师手巧，会捏泥人。为了学他，我跟杨旺旺还有杨晓东，去河湾里挖红胶泥，捏嫦娥，捏猪八戒。但捏得最多的却是火炉。

葛老师近视得厉害。戴一副眼镜，镜片一圈儿一圈儿，厚如酒瓶底，将他本已如竹签挑出的眯缝眼儿晕成一双蝌蚪，看起来特滑稽。尤其他笑的时候——葛老师总是笑眯兮兮。

这样一位和蔼可亲的葛老师，却被我给误伤了。一次，数学老师关选成，因为成绩不理想批评了我，为出气，我那晚潜回学校，往他住室烟筒里扔沙子，结果鬼迷日眼扔进了葛老师的烟筒。

葛老师两颗黑蝌蚪寻摸了好几个星期都不知所以。哎呀，惭愧！让葛老师背黑锅算怎么回事！

窦茂盛

窦茂盛是窦亚楠她爷。哎呀我这么直呼其名真是不应该。窦老师当时五十几岁了，确乎就是一个爷爷。高高大大的身子花花白白的头发，动如大象声若洪钟，由他给我们代《思想品德》，再恰当不过。可她孙女儿窦亚楠，却小小巧巧，圆头圆脸像个小麻雀。她那时就会抹雪花膏，经过人身边一股奇香，令人欢喜又使人莫名嫉妒起来。我那时真该死。见了美好的人事总想惹一下，乃至打人。我那时打过杨玉洁，打过余喜燕——这都是再心疼不过的女孩子。当要打最心疼的窦亚楠时，却被她镇住了。她见我死皮赖脸气势汹汹，当即淌下两行珠圆玉润的泪蛋蛋，一双无辜的大眼星星一样眨我，仿佛说，打吧打吧你打吧，把你个韩家的乾昌！我忽然觉得自己是个混蛋，并感到自己的可怜。又想起亚楠的爷爷，那个慈祥的老人，简直无地自容。几十年后，我问亚楠，她似乎忘了我打她的事情，这就更令我觉得自己犯下不可饶恕的罪孽。我犯的罪可不止这一件呀！

一次思想品德课上。窦老师叫窦调珠站起来发言。窦老师爱拖长音，念到窦调珠的“珠”字时，就成了“猪——”

我跟张国安笑死了。边笑边学——

窦调猪——猪——

那是窦老师唯一一次发火。他从讲台一步一步下来，移近我跟张国安，每人头上给了几个锄儿，又提了提我俩的耳朵。他怎么不当即踢我两脚呢。

好想给他好好揍一顿啊。为这个慈祥的老爷爷，也为他的孙女儿窦亚楠。

自然老师

自然老师叫啥我忘了。反正是一个红脸小胡子的毛头小伙儿。他是临时替班才代了我们一阵子自然课。

他是打过我的。打得真狠。

那是一节课上，他正在板书。我因为感冒呼吸时发出哨音，他以为有人居然胆敢调戏他。即刻转身叫全班起立,问,是谁是谁是谁是谁?!

犹疑半天,左右看看——大家都盯住我看呢。我站起来,说,我。

他不由分说把我提上讲台。五分钱一个的巴掌在我脖颈上可劲儿数。我垂头,越垂他越数得兴起。一时我的脑门儿磕在黑板上砰砰作响——可就在那时,我那该死的哨音又呼啸起来,和着我的泪。他的头发都竖起来了,大约从未想到有这么可恶的学生。哈哈哈!可我怎么解释呢?老师您容我说句话儿呀!

这顿打后来我一直记得。可奇怪的是,那时挨了许多打,从不记仇,当然也更不记教训。因为父母见了老师总说,不听话就往死里打!可能我们觉得挨打也是学习任务之一吧。

杨柱生

打人最狠的是杨柱生。这又是我的一怕。杨老师是体育老师,教我们扔铅球扔铁饼跳高跳远打篮球。

但我们最爱的是打篮球。篮球在杨老师住室门背后,每次体育课前,都由值日生去取来。这次该我和杨晓东。

我俩不知犯了啥神经。在杨老师住室门口相互推搡,谁也不肯先进。推搡之间我怎么一头撞开了门。抬头时,是杨老师一双灯泡似的眼睛,目光如炬。没说的,我被杨老师提住,后面杨晓东自动跟进来,恨不能头埋进裤裆里。不知何时煤炉上的铁钩已捏在杨老师手里。我双腿抖得像十月风中的树叶。可他就那么盯着,盯着盯着盯着——杨老师你动手吧,我想。打了比盯着好受点儿。果然,铁钩磕在干腿上火辣辣的,倒也暖和,不像杨老师的目光让人冷到僵硬。

杨晓东也没躲过,竟比我多挨了几下。出门后我即刻与他交流经验,并不吝将心得体会全然交付给他。我说,看见杨老师要动手,你就打颤,边打颤边抹眼泪,他就心软了。——这时我才发现,原来自己双腿如风中树叶,是装出来的。这倒让杨晓东始料未及,俄而破涕为笑。说,还是你娃贼!

杨老师字写得好。一次"六一"节,展览的书画作品中,就有他一幅钢笔字,其中一句是"无限风光在险峰"。

他儿子就叫杨险峰,我们同班同学。

杨险峰因为他爸爱打人,一度被同学们背后议论,有孤立之势。大家一起玩儿时显得落落寡合。

可有一次令我刮目相看。那是一次放学路上,我在前面疾奔,他赶着呼喊,我停住却并未转身，他拍拍我肩膀，拉住我的手，将一张钞票塞进我手心。我攥住又慢慢展开，偷眼一瞧，两块！绿油油的票子真惹人——

那时，最好的朋友之间，时兴"搭伙"，就是将各自最心爱的东西伙在一块儿，表明大家一条心。有时是零花钱，几分几分凑在一起，买冰棍儿，买瓜子，买糖。可一次两块，真让人开眼。我说，不行，不行不行不行，这不行——

一来这不合适。二来他若出两块，我也起码得出两块，可我那时两毛都没。可他眼圈儿分明已经红了，且说得斩钉截铁，认定我俩是一生一世的好兄弟。当我还要还他时，他已经走远了。背影就是一个孤胆英雄。

要不怎么说我是一个混蛋呢。后来我竟把他的两块钱给花了。跟我真正的朋友们买了好吃的了。原来我还是排斥他——大家也有同感。可那是他的两块钱，是他一颗热突突的心呀！

我要还他。竟忘了。一忘几十年。几十年后还令我耿耿于怀。可是不知怎么，其他许多老同学都联系上了，就是没有杨险峰的消息。

他爸，就是杨老师，他的消息倒是曲里拐弯儿闻知一二。

说是杨老师（他当年是民办老师），当了几十年老师，还无法转正，眼看微薄的收入无法养家糊口，就跑到青海西宁的工地上打工去了。

可他年纪不小了呀！

还听说，杨老师辞职一二年后，他那批民办教师都转正了。

每当想起杨老师，眼前就是一个穿一身洗得发白的蓝制服的身材笔挺的男子。表情冷峻。他仿佛只有那一套衣服。

2023年8月

深蓝

新　麦

在八杜山这地方，人们爱说“受”。比如“受罪”“受苦”“受活”“受瘾”等等。某种情绪或感觉达到一种无法言传的境地，就要“受”。比方说生活的悲苦艰辛无法排解，就是老天爷世（生）下他，为让他“受苦”或“受罪”来了；两口子亲热美了，形容不出，就“受活死了”，某种享受不为人道时，那就简直“受瘾死了！”

一

于八杜山的人来说，受瘾和受活的事总难得，偶尔一次，也是老天爷格外恩宠。可受苦受罪，这是本分。可不是，农民人么，天爷世下你，就是让你来人间受来的，你不受咋办？叫驴啊骡子啊，有时也不受，尥起蹶子来，尻子上遛它几鞭子，还不是又乖乖爽爽地受着？牲口有牲口的受法，人有人的受法。活下去，就得受着。

说起来，也是老辈人的信条了，如今年月，八杜山这样的山村，虽然离外头的世界远得没边儿，可新社会的风到底也刮进来一些，于是有些旧年传下来的风气，也就松泛一些，但毕竟还不成气候，老传统到底还是主流。你比如三队里的八斤，就对老年人传下来的口歌子（格言）深信不疑，他常说，农民人，到世上就是受罪咧。但他说这话时，绝没有半点埋怨或不甘的意思，脸上带着听天由命的乐观，倒把听说的人感染了，觉得这“受”到了他那里，倒成了一种享受。

闲时，八斤也顺到墙根儿下跟一帮老汉们抽纸烟，下棋，掐方（一种自创棋类游戏）。但他旁观的时候居多，袖着手蹴在人伙伙儿里，眉飞色舞、吆五喝六，倒比参与其中的人更热闹，可谁也不会在意他。他也不恼。属于他的消闲时光本来就少，哪还有时间计较。等人伙伙儿散了，谁也不知道八斤刚才蹴在这儿自己跟自己热火了一回。而这时，八斤早又把一担粪压到地里了。回来路上，唱的还是秦腔《铡美案》里王朝马汉那一句——

王朝马汉，喂一声！——

就这一声出来，县剧团的王调生都得甘拜下风，焦雷般当空劈下，吊足了人的胃口，人巴巴儿等着哩，没了。

[illegible]三顺四，就这么一句，个狗日的八斤！

时间一长，人们习惯了。这一句王朝马汉也不再引人驻足。他唱由他唱去。八斤也不在乎，他唱得更带劲了。他说，唱得好不好，先要把势奓好哩。这是老年人的口歌子。老年人说，吃饭要奓个饿势哩，走路要奓个跑势哩，睡觉要奓个死势哩。八斤都记下了。可无论他势奓得多好，人们看他无论春夏秋冬，都是一个烂裹托儿（烂棉袄）披在身上，一根麻绳捆住腰，背地里都说他奓了个“毬势”。

其实说他奓个毬势，人人心里明白，不是他的势不好看，是他家里穷。八斤住的还是他大当年留下的破房烂院，盖的还是他娘嫁过来时的被窝，裤腰上系的是他女人的一条绿头巾。人说穷也传哩，这话倒也是老年人传下的。八斤家自从他太爷起，就是穷人，一传一代下来，就扎下了穷根。按八斤自己的话说，这都是日他娘的命。骂虽是这么骂，骂完却自己笑上了，仿佛这命被日了一回娘，倒受活了——

农民人么，就是个受罪的么，你还咋哩！

他笑着骂完，命仿佛成了一种荣誉似的，恐人抢了去，他袖手把裹托儿夹紧，嘿嘿地去了。

八斤身体好，这人是知道的，他能吃，人也是知道的。他背麦，一绳子能捆三十剪；他给人家打胡基，一顿能吃十八碗长面，半夜还叫唤肠子里有个缝缝没填实惬。这些，人都是知道的。但能吃能干的八斤为啥几辈子都是穷命，这人们就说不上了。就是八斤自己也不明白，老年人的口歌子不是说哩嘛，勤俭富家，他是够勤快，村里打鸣的鸡都认识他，他是够俭省，自家顿顿吃黑面，舍不得吃白面，就是一泡尿，也要挟到自家茅茨里。可还是穷，他倒不追究老年人的口歌了，倒说是受着，反正农民人，世下就是来受罪的，这就是个命！

八斤还有个人人都知道的好处，从来不麻烦人。他家的粮食，都是自己和女人往回收；粪罐里粪满了，都是他一担一担压到地里。灰粪是灰粪，稀粪是稀粪；粪堆堆儿，圆是圆，方是方。可轮到旁人家要搭帮（帮忙），他二话不说，撂下粪担担粪笼笼就去了，去了也不惜力，干得汗泼流水。人说，八斤儿哇，藏缓咔儿些。他嘿嘿一笑说，要对得起主家的蒸馍馍哩。把蹴着吃纸烟的人惹笑了，他干得更起劲。到了吃饭时，蒸馍馍十个八个，长面十碗八碗，他咥得惊天动地，人们知道他这是给自己缸里省一把粮食哩，也就紧着他吃。

有时人们打趣，八斤，黑日（èr）了到你家吃顿长面么？八斤答应得痛快，人要去，他又把袖住的手从袖筒筒里拔出来，拦住人的去路，说，麻烦很，我女人又不会做饭，去了还要你做哩。人说，不麻烦，我会做。他说，麻烦很，还要挐麦磨面哩。人说，我挐。他说，还要碾场扬场哩。人说，我碾我扬。他说，我的麦还没种到地里哩……人说，八斤儿哇，看你个毬势！八斤呲嘿嘿一笑，袖手箍紧裹托儿去了，临走把一把鼻涕抹在一棵样槐树上。

眼看麦黄六月，麦能搭住镰了，人人急着跟老天爷赛跑哩，从来不麻烦人的八斤却闯下大麻烦了，他死了。

二

八斤是怎么死的，一时人们来不及追究，只说是从来不麻烦人的八斤，偏偏这时给人找麻烦，个狗日的八斤儿！人嘴里这么骂着，可脸上再不是以前的神情。人以前骂八斤狗日的，带着赞赏，仿佛是说，谁都受不下的苦，他八斤儿就能受下，谁都遭不下的罪，他八斤儿就能遭下；人们眼里，八斤的命，像他的裹托儿一样的，想夺都夺不下来。龙王爷在庙里蹴着，天不下雨，也受不住人的骂，他八斤儿就算天塌下来，也像担个粪担担，他八斤儿把啥受不住！天下所有的苦，都是他八斤儿受的。

谁知道，能遭能受的八斤就这么日急忙慌地走了。

唉！狗日的八斤儿！

村里死了人，亲人哭得死去活来，关系好的庄众要去行人情。八斤一死，村里静悄悄，人不言传，狗也不咬了，鸡也不打鸣了，全村男女老少都去行人情。八斤女人慌了，一辈子没给旁人做过饭，眼看庄众黑压压一层，一拨一拨地来，一拨一拨地进，八斤女人吓得连咋哭都忘了。可行人情的人，都是吃了饭来的，有的来时还带着蒸馍馍，一笸箩一案板的，把厨房堆了个满满当当。人们请来阴阳，念了经，起了幡，发了丧，把八斤抬埋了。眼看狗日的八斤长长大大的个子，蜷成个坟尖尖。仿佛所有的苦，一下都压到了村里人的身上。以前所有的苦都是八斤一个人受着，现在他一走，人人都受不住。于是，黑日里，人们就揩着眼角说起了八斤，也说起了八斤他大，六斤。

六斤那时给农业社里放羊。一来是六斤他大，也就是八斤的爷爷五斤过去放羊出身，二来么，他祖辈都是贫农，是红五类。

六斤也记着他大传下来的话，总说老年人的口歌子如何如何。村主任见他忠厚，就让他连放羊带看粮食。村里人饿死好几个了，这任务不可谓不重大。六斤自然也清楚组织交给他任务的重要性，每日里，除了吆喝羊，老年人的口歌子不离身。他说，天下最重的罪是偷人遛（偷盗）人，遛娃子（贼）到了下一世，阎王爷要把他放在磨眼里推成渣渣，永世不得为人，还要当牛做马赎罪哩。可话虽这么说，人的肚子到底没有嘴硬，眼看他大五斤快饿断气了，他女人叶叶儿还怀着娃，六斤恨不得变成天狗吃月亮。六斤没奈何，叫天天不灵，叫地地不应。其实他知道有人饿急了，会偷偷从地里揪一把麦穗，或者剜几个洋芋蛋蛋，他睁只眼闭只眼，当没看见。可他自己不能这么做，老年人的口歌子是他大五斤从先人那里传下来的，能不听？

后半夜，女人叶叶儿叫唤肚子疼，眼看娃就要养下了，大人饿得没奶水，娃咋活哩。六斤看着天上的月亮，坐了一夜，骂一句——

老天爷，我把你个冷怂！

这天放羊回来时，六斤偷偷把门关了，从鞋壳朗里抖出一把麦，他女人见了，上牙磕着下牙问，他大，这是哪来的麦？六斤眼一瞪——

给我夹紧！

以后每天，六斤回来时，就从鞋壳朗里抖出一把麦，叶叶儿把攒起来的麦倒进石窝窝里，捣了，一家人当生炒面，就凉水吃，嚼着带了六斤脚臭味儿的麦子，一家人说不上地受活。

那天，六斤照例偷偷装了一鞋壳朗麦，吼着秦腔赶羊，一回头，主任领着几个村干部骂骂咧咧追来了，边骂边往六斤脚下指点。六斤低头一看，原来一只鞋破了个窟窿。再看时，追的人就要跳过田埂了，六斤慌了，撂下羊鞭子往沟那边跑，刚到沟边，慌慌张张一脚踩空，跌进沟里了。人抬回来，掰开嘴灌了半碗浆水，都从嘴边淌了，赤脚医生说救不活了。这时，八斤她娘肚子疼得杀猪似的，满炕打滚儿，人们慌忙撂下死人，跑去救活人。

七手八脚到后半夜，八斤出世了。

三

八斤出世不久，六斤蹬腿儿走了，人们也就把六斤的罪给忘了。各家顾各家活命，谁能顾得上寡妇拉娃娃的艰辛。一把麦麸一把菜叶子，八斤他娘自己口里碗里往外抠，拉扯八斤。打记事起，八斤家就没吃过白面馍馍，从来玉米面蜀黍面馍馍，过年才能吃几顿黑面白面掺的“混装面”。出门耍，看人家娃娃手里拿着白面馍馍，八斤就像狗看星星。有几次，他哄比他小的娃，拿自己的大半个黑馍馍换人家的一小疙瘩白面馍馍，被人家大人知道，告到娘跟前，娘把八斤美美打了一顿，并拿八斤他大留下的老年人的口歌子，把八斤一顿数落。好在八斤从小皮实，打过就忘，可娘的教诲记清了。八斤再出门，见人家娃手里的白馍馍，也不哄，直咂嘴嘬舌地，把自己的黑馍馍吃得震天响，好像吃肉一样香。那些娃娃们就编顺口溜笑他——

傻八斤儿，傻八斤儿，傻傻的大个儿没脑筋儿，揣着个黑坨坨哄自个儿——

八斤也不恼。娘说了，等过年，就有白馍馍吃。可到过年，娘又说了，今年麦成的少，明年过年横竖吃白面馍馍。一年又一年，八斤都脱换了开裆裤了，娘说的白面馍馍始终没吃上，可他知道娘再不会哄人。

八斤像野地里的高粱，吃风喝雨，却猛长。

有时从地里回来，八斤也去墙根儿下晒阳㔾暖暖儿，老汉们问，八斤儿，晓不晓得白面馍馍啥味道，八斤说，不晓得，老汉说，你把我叫声干大我就说给你听。八斤说，能成，你先猜我个谜：

说媳妇子做饭，公公烧灶，叫个啥？

老汉说不晓得。

八斤说：看就叫个老烧火（方言俚语，“扒灰”的意思）！

说完八斤扭头就跑，头顶一只鞋帮子飞过来。

八斤她娘的眼睛，在八斤他大死的那一夜，哭成半瞎了，后来终于全瞎了。一天夜里，娘往炕头上揣灯盏，跌下炕，三天后咽气。咽气前，娘想喝一口白面糊糊，家里面缸面柜扫尽了，扫不下一口白面，等邻居端来一碗白面，娘已经下场（去世）了。

抬埋了娘，过二年，村里帮八斤说下邻村一个小寡妇。包产到户以后，家家日子越来越好过，粮食产量逐年增高，白面馍馍不再是娃娃们的奢望。八斤有一把子力气，务庄农是一把好手。麦子也种了几亩，就是从不见他家吃白面馍馍，只有过年时，他女人才掂一口白面，做两碗白面疙瘩。八斤每次吃完白面疙瘩，都没尝出白面饭的味道，他女人一筷子头儿一筷子头儿地捞哩，他头埋进碗里，几口刨下肚。八斤刨完就后悔，说这是猪八戒吃人参果哩。可来年过年还是一样。

农闲时，八斤最爱去给人家搭帮，无论谁家打胡基还是打土墙，不管垒猪圈还是上房梁，都少不得他。他能吃能喝能干不惜力，倒人人喜欢。到饭点，人都等着看八斤的洋相，他三口就能吃下一个蒸馍馍，一个人就能吃掉半锅长面，有时还跟人打赌。一次，他一顿吃下十八碗长面，从此，有人不叫他八斤，叫他十八斤。

到了20世纪90年代，家家有了余粮，很多人家里垒起“土圆仓”，不单今年的粮食吃不完，去年甚至前年的粮食都喂肥了老鼠。八斤家也吃上了白面馍馍，可他家从不吃当年的新麦面，只拿去年的麦磨面。看人拿着新麦面馒头，暄腾腾的，他也不热眼，说吃到肚子里都一样。

眼看今年的粮食又要大丰收，八斤思谋着，今年高低贵贱要吃他几顿新麦面，还要请些人来家里坐坐。这不是要盖新上房了吗，一来请人搭帮，二来也顺便还还往年欠下的人情。八斤觉得日子从没这么受活过，夜里揣他女人的奶，像捉住个白白胖胖的大馒头。

这天他早早出门，要去地里看看，阳坡上的麦子已经韶（成熟饱满）开了。回来路上，他感到肚子疼，坐在田埂上边摸肚子边想，你娃等着！过几天，就给你个不争气的好好喂一顿新面馍馍，到时看你还叫唤不叫唤！这么一想，他一个人乐上了，他扯开嗓子吼一声王朝马汉，刚吼到王朝那里，肚子疼得不行，像里面有一窝长虫在咬。他弓腰忍痛挪到家，晚饭喝了一口拌汤，女人伺候他早早捂了被窝睡下，说发一身汗，明儿就好了。

这一夜，八斤影影乎乎没怎么睡，一早起来，果然像好些了，八斤让女人磨镰刃，他要去地里看看。

女人磨了刃子，做好浆水疙瘩，左等右等不来，就站在门口土台台上张望，忽然听见架在村主任家门前洋槐树上的喇叭响，她以为是晌午要放的秦腔，听了一会儿才反应过来，说是阳坡地里躺了一个人，让大家赶紧去抬。

八斤被人抬回来时，浑身虚脱，已经昏过去了，村里的医生建议赶紧往乡卫生院送。拖拉机一路突突着黑烟到了乡卫生院，连着送进手术室里开刀，肚子拉开，人已经不行了，医生说，这是急性阑尾炎导致肠穿孔化脓，如果当初及时送来还有救，这会儿，就是神仙也无能为力。

拉八斤回去的路上，漫山遍野的麦子熟了，风吹来阵阵麦香，远处传来一嗓子秦腔，唱的是——

王朝马汉喂一声

莫呼威，往后退

相爷把话说明白……

人们觉得奇怪，低头看八斤时，见他紧紧攥住双手，恰似爹着吼秦腔的势。

人们使劲掰开八斤的手，发现他手心是搓下来的新麦，在阳光下粒粒饱满，闪闪发亮。

2019年6月

一棵树

一棵树有了人的思想会怎样?

说到底,树不过是树。树被人栽下,又被人放倒,便是它的命运。人便可以继续度着他或忙碌或悠闲的时光。那时,日子长得可以,要想着法儿来打发。半截木头顺在墙根儿下,一只鸡跳过去,一头牛跨过去,一泡娃娃撵过去,几个青年人手挽手溜过去,谁也不搭理。可老汉们却宝贝似的蹴在木头前,把日头从东山顶守到西墚洼,拍拍屁股走了。又剩木头一个。谁也不管木头有过怎样辉煌的前世,亦无论日后将会有怎样的归宿。人们把白天的光阴打发掉了,现在,夜里的光阴就交给半截木头。如果那木头会开口说话,必是陈年的智慧。它有资格向仍然站着的、眼下还叫作树,而日后要成为木头的家伙们训一番话。但树们懒得搭言。那些树为人们遮了一天荫凉,又替人们盘算盘算椽子檩条的数目,觉得这才是正经树该干的事。树们可不想活成二杆子那样。二杆子是村里有名的光棍儿,人们说他是个锤子。

木头张开的嘴巴闭上了。闭嘴后的木头心里反倒清净,现在,它觉得满世界就剩它自己。正好把一些事情捋一捋。

那时候,木头还是一棵树,在房背后长了多少年,它也不记得了。操心岁数那是老汉们掐指头的事情。就比如顺顺他爹。每次抹着胡子从树前经过时,说等自己老了以后的棺材板,就指望这棵树了。树觉得那是个笑话,顺顺的爹硬实着呐,一顿能咥四老碗,见了村里的小媳妇儿,还能跟在后头说两句死皮不要脸的流氓话。媳妇子们被惹恼,惹失笑了,就骂。骂你这老不死的棺材瓤瓤!顺顺爹就笑,顺顺爹就抹胡子,顺顺爹边笑边抹胡子边望一眼房背后的树,觉得今天很满足。

谁知转眼时世变了,家里头一切要归给公家。不但锅碗瓢盆门环门锁要归公,就连人也是公家的人。公家人自然要端公家的饭碗。食堂打饭的师傅是二杆子他爷。二杆子他爷过去给地主家放羊,如今又红又专,掌起勺眉开眼笑。他的口歌子是敞开了吃，管够，管够！顺顺他爹觉得那棵树怕是指望不上了。可他打心眼儿里高兴。他一高兴，树也高兴。大炼钢铁的人们把满山满洼的树都剁了，当硬柴烧，烧出一坨铁疙瘩，铁疙瘩上绑了红花。却没顺顺他爹房背后那棵树啥事。人说那是顶没用的树，烧起死冒烟，死熏人，柴都不是好柴哇！

可二杆子他爷管够不上半年，勺把儿颠不起来了。非但勺把儿颠不起来，人们碗里也越来越稀的多，稠的少。有人就背后跳脚骂娘。骂二杆子他爷的娘，也骂自家先人的娘。可骂顶个球。有人就打了公家的主意，就黑夜里偷偷捋公田的麦穗，就把青麦穗揉了，把麦衣吹尽，把秕麦瓤瓤藏在鞋壳里带回家。结果半路上被手电筒照住，被麻绳捆住，与绑着大红花的铁疙瘩站在一处当了典型。大喇叭说了，这是个啥?！这是挖社会主义墙脚！你说说你说说，挖坟挖城墙，挖了一辈子土，谁知临了挖出这么个罪孽来。从公社批斗会回来，顺顺他爹觉得自己老了。老了的顺顺爹没脸见人，就去跟树说话。可树眼下是公家的树，浑身都是眼睛都是耳朵，他瞅瞅，算球了。

顺顺爹用最后一把子力气，把自己挂在树棵杈上。摇摇晃晃，像一面旗。

树又归到顺顺手里时，顺顺爹已连骨殖都收拾不囫全了。顺顺眼看爹连瓤瓤都不是个好瓤瓤，他瞅瞅那棵树。树不知啥时候跟他爹过去一样老，他心疼了。不知是心疼爹还是心疼树。

包产到户以后，顺顺打下了粮食。不但打下粮食，还用粮食换回个婆娘，婆娘也帮顺顺打粮食，也使劲给顺顺养娃。

娃们一个比一个高一头，一个撵一个踩着树影子跑。一家人在树下吃饭，在树下纳凉，在树下把日头从红望到黄，又从黄望到红，把月亮给招引来了。月亮挂在树梢上。老大就说，那里头是嫦娥，老二就说不对不对，那里头是猪八戒，老三就说不对不对，那里头是天狗！老四老五跳着蹦蹦说，娘来了，让娘说！

顺顺女人操了刷锅的秃笤帚过来，说指了月亮娘娘肿指头咧！娃娃们吓得赶紧藏在树背后。

树有一人抱了，顺顺想。

过二年上个好房梁，顺顺想。

二年老大上学，又二年老二上学，再二年老三上学，等把老四老五也送进学里，再过二年，顺顺忽然发现自己把日子给过成糨糊了。二十年，被他二年二年给翻搅掉了。眼看上大学的上大学，出门搞副业的搞副业，最小的女女儿，也有人上门说下家了。顺顺望着满院子树影儿，说不出的惆怅。

顺顺也想心事。一想就想到爹的脸。也不是想到爹的脸，是想到爹的话。也不是想到爹的话，是想到爹说话时的眼神。爹说话时眼里亮亮的。爹说种了一辈子粮，最后吃亏还在粮上头。说时爹眼里的星宿跟天上星宿一样繁。说完这话第二天，爹就把自己挂树上了。但那是别人的说法，顺顺的说法是，爹跟星宿们在一起。从此顺顺就盼，盼娃娃们一个个顶门高，一个个麦棵子一样，一个个抡斧头把树放倒。盼得顺顺头像背篼。

娃娃们一个个儿地，说回来回来，留在外地了，说回来回来，留在外地了。最小的女女儿也跟了女婿新疆摘棉花去了。顺顺心慌。顺顺心慌不是娃娃们不回，是地都撂荒了。以前顺顺看女人，咋看咋觉得女人心疼。现在，咋看咋觉得女人硌眼。过去女人泼淹淹的勾蛋子，现在塌方一样撮合不到一处，以前两个奶猪尿脬一样甩甩打打，现在枯叶子一样贴着。女人的脸以前林檎一样俊，现在像核桃。顺顺从清早骂到黑夜。顺顺骂，女人倒龇嘿嘿笑。女人一笑，顺顺倒想哭。养上一窝猪娃也听个叫声，焐一炕石头也为个暖和，养了一巴掌儿子女子，个个儿白眼狼。顺顺一哭就瞅见爹，瞅见爹就想起爹说过棺材瓤瓤的话。房背后树叶唰啦唰啦。

那还是春打头。到立秋，树死了。树死了就成了木头。也不是树成了木头，而是顺顺成了木头。顺顺张嘴，涎水吊老长，说不出一句话。说不出一句话不要紧，越说不出越想骂女人。越想骂女人女人越惯着顺顺。像那时惯娃娃们那样。可等娃娃们从火车汽车上下来，翻过三个山头，又跳过一条河沟，爬到顺顺跟前，顺顺已经在树下晾了半个时辰。还多亏二杆子那天从崖背后路过看见。顺顺女人在厨房，忙着蒸过年的馒头，愣是没发现。

抬埋了顺顺。老大老二老三一商量，把老四老五叫到跟前，也把娘按在板凳上，说要吃回团圆饭。这顿饭其实早该吃的。娘揩着干眼说。娘说着说着，说到死去的顺顺。说着说着，把地下的事说到天上。娃娃们抬头瞅星宿。星宿一个都不见。却瞅见从前的光阴：一家人在树下吃饭，在树下纳凉，在树下把日头从红望到黄，又从黄望到红，把月亮给逗出来了。月亮挂在树梢上，老大就说，那里头是嫦娥，老二就说不对不对，那里头是猪八戒，老三就说不对不对，那里头是天狗！老四老五跳着蹦蹦说，娘来了，让娘说！

娘说，你们爹就盼着。盼着娃们一个比一个高，一个赛一个踩着树影儿跑……一个一个抡斧头，架椽子，上房梁。

咦——树呢？

树死了。

树死在顺顺前头。没架成梁。顺顺也跟爹一样没做成瓤瓤。树被二杆子放倒了。放倒的树原来顺墙根儿立着，后来不知怎么躺得平展展。一只鸡跳过去，一头牛跨过去，一泡娃娃撵过去，几个青年人手挽手溜过去，谁也不搭理它。可老汉们却宝贝似的蹴在木头前，把日头从东山顶守到西墚洼，拍拍屁股走了，又剩木头一个。

后来老汉们也走了。倒是半老不老的二杆子留下了。仍抱着他爷的放羊鞭。常常从顺顺他娘家塌了半边的房背后走过。常常蹴在木头跟前。二杆子还是爱说话。跟木头说，跟自己说。二杆子也有一盼，盼着做木头瓤瓤。但做木头瓤瓤前，还得跟木头一起把余下的光阴打发掉。从前的辉煌与如今的落寞，其实一个样儿，这是木头最新的发现。木头其实有一肚子智慧，有资格对那些眼下是树迟早成为木头的家伙们训话。这话现在唯有二杆子知道。但树们懒得搭言。树们还是正经树。树们不理解木头，更不想活成二杆子。

2022年1月

叶　子

一

回想前半生，叶子觉得是个梦。

瞅一眼怀里的小孙子，粉嘟嘟的，跟炕桌上的小本本一样安静。

本本里头是她的回忆录。记下梦一般的前半生有啥用处，叶子自己也说不亮清，直觉得人的名儿，树的影儿，人活一世，连个影影儿都没留下，就去见胡大（真主），可不是白活了么。这么一想，叶子自己也笑了。

男人啥时候进来的，没留神，就听他说："又做你的文学梦哩？"叶子白了男人一眼，男人龇牙嘿嘿一笑。从那笑里，叶子依稀看到男人年轻时的样子。那时的男人，还是个叫曼合的瓜娃子，一转眼的工夫，胡子都爬上耳根了。唉，人啊，一茬一茬地种粮食哩，最后把自己给种到土里了，还没粮食高哩。

叶子想起要问男人，最近店里人多不多，忙不忙得过来，话到嘴边，却咽回去了。男人不知啥时节已出门了。叶子把咽回的话变了口声，再吐出来，就成了一句："看个死恰滴老怂，出门也不言传一声！"想到这样自言自语，叶子就觉出自己的可笑。她这一笑，笑容被斜对面的穿衣镜敛了去。镜子里，是一个中年妇人，一刹那，她竟觉得陌生，她想叫一声叶叶儿，看那人答应不答应，结果却看到自己的母亲。

母亲坐在炕桌前，怀里抱着个娃娃。叶子觉得那被抱住的，分明就是她自己。她睡得那么香，把整个世界都睡安稳了，只剩下丝丝缕缕的鼾声。这鼾声把时光推远了，又推远了。远到几十年前。她看到远去的时光里，有她熟悉的老房子，有吃草的老黄牛，有一堆一堆砂子、一垧一垧地，有捧起书本的孩子，有悠悠传来的清真寺的诵经声，还有她坐了一个又一个下午的四崖坪……

看到四崖坪，就看到了自己的学生时代。

那时，她还是同学们嘴里的叶子，而不是母亲眼里的素夫叶。可很快，她又将变回去，变成素夫叶。这是她的命。她原本不想与命过招的，只要能每天背上书包去学里，叶子就很知足。可命还是打上门来了。

那天放学，叶子照常放下书包去给牛添草。直愣愣地，背后猛呵一声，使她一个激灵，半天才回过神来——是母亲。

“打明儿起，做饭洗锅喂牛都是你的活！”

叶子一愣，不明白母亲话里的意思，平常不都这样么？上学，放学；做饭，洗锅；给牛添草，给牛饮水……

耳畔母亲余音犹在，眼里却只剩背影。叶子不敢多问，问多了难免要挨打。这是“规程”。打记事起，与母亲最亲密的交流，就是挨打。这倒没什么，哪个娃娃不是在打骂里长大的，用老辈人的话说，不打不骂，不会听话。可母亲今儿的口声不对。哪里不对，叶子一时懵懂。牛按时喂，学按时上，成绩一直名列前茅……

想到学里的事，叶子心上一沉。前天半夜，她出屋上茅房，经过上房，隐隐乎乎听见大和娘在说什么。听得不全，似乎与她上学有关。她没敢多想，可仍有一种不好的预感。不防着，脚步出了牛圈，刚到厦房门口，见母亲倒拎着书包，书和本子漾了一地。再看时，母亲抬脚将一本书踢飞了。

这一脚，顺顺儿窝在叶子心上：“娘——！”

喊完叶子害怕了。

娘瞪着眼，不相信这近乎呵斥的声音，是从叶子嘴里发出的。而在叶子看来，面前的母亲从疑惧到震惊，再从震惊到愤怒，一刹模糊一刹清晰。就在那一声叫唤里，一滴泪甩在她紧握的拳头上。那点子凉，才让她意识到自己双手爹起来的样子，像是要打人。当然，这细节是她后来在脑子里补出来的，那时节，未及把一切归置明白，母亲已捉住一根棍，向她扑过来了。

叶子没有跑。她向来不跑。她知道一旦母亲要打，这顿打定然逃不过的，早打晚打都是个打，还不如马上兑现。

……现在，母亲打乏了，打不动了，叶子埋在被窝里的意识开始复活，才感到身上火烧火燎，但她无暇顾及，磨人的，是心上的疼。

她试着把母亲当时的话捋一捋。

捋展了的话，像一支支箭，扎在心上。她宁愿被扎，扎疼了，才使自己保持一份清醒，才有力气问出几个为什么——“娘，女子娃咋着不能上学？！”

“咋着？就因为你是女子家，还要问咋着？！”

“你还问我哩，我问谁去！”

“胡大世人哩，哪来的哈数(规矩)，把你世成个女子家，就是你的命！”

叶子想驳回去。母亲的话处处漏洞，却句句针插不进。母亲的道理就是蛮不讲理。叶子自小就知道，“胡大”是穆斯林的天，现在连“胡大”都无可奈何的事情，显然也不是她能够说明白的。叶子只觉得背上书包去上学是天经地义的事情，知识又不分男女。她只能用自己能够想到的道理给自己打气，可这道理要说出来，话到嘴皮却泄了气。因为母亲的话更加没有反驳的余地。

“把你务裔(wū yi:养活)这么大，让你上了四年学，顶对得住你了，你还要咋哩?”

“多的女娃娃连一天学里都没去过，我就是到哪里说，也说得过人！”

“念书咋哩？功劳大得很吗？你就算念成，还不是念给阿公(公公)家了，你给这屋里能念来个啥！”

……

按叶子的愿想，上了学，就能走进书里描绘的那个世界。以前叶子觉得自己的世界，就是马关，就是石板川头顶的一片天，现在，从书上学到:自己的世界之外还有个世界。可那是个怎样的世界?

可命运的意思，那个世界是男娃娃的世界，而不是女娃娃的世界，尤其不是她叶子这样的回民女娃娃的世界。

而娘的意思，把上学的事收搁(辍学)了，就学裁剪。学会了裁剪，给了人(出嫁)，到阿公家，不让嫌弹，安安然然做饭，伺候男人，养一窝娃娃，才是你叶子的世界。

叶子知道没指望了。尽管之前就已隐隐觉得不妙，可到底心存一丝幻想。但现在，连幻想也破灭了。叶子不敢大声叫唤，邻居听见了辱人(羞愧)不说，娘的棍子可是随时都要甩过来的。

棍子倒不怕，她怕的是娘嘴里说出的那个叫命运的东西。叶子终于觉得，女子娃，尤其是回民家的女子娃，一出生就被命运这东西给缠上了。娘说命运对谁都一样。既然对谁都一样，你叶子凭啥就比别人特殊?

夜里，叶子在“命运”的缠绕下，把十四年来的日子攥在手里，窝在心上，趄三顺四地观战(guān dian:权衡)了一番。叶子把自己劈成了两半儿，一半儿是她自己，一半儿是娘。

二

正如现在坐在炕头，怀里抱着孙子的这个女人一样，一会儿是几十年前的叶子，一会儿是如今的素夫叶。渐渐地，她自己也糊涂了。

叶子对着穿衣镜笑了。她一笑，对面的母亲不见了，就只剩她自己。也好，剩她自己的时候，她才是叶子，而不是旁人眼里的素夫叶。

她现在更愿意时常回到过去看看，回到她还是叶子的那个年代。再回去时，娘的棍子落在身上已不是疼，而是挂在嘴角的一个笑。她恨娘吗？她从来不恨娘。就算娘打她最厉害的时候，她都不恨，她只恨那个叫“命运”的东西。

虽然她还是不知道啥叫命运。她觉得既然几十年都想不明白的事，如今也没必要再去计较，她只想把过去的事记下来，不为申讨，只为对自己有个交代。她捉起了笔。

十四岁被母亲逼着辍学，又鞭杆棍杖的，打着让学裁剪。尽管爱念书不爱裁剪，又能咋啊！每个娃娃都害怕挨打哩，何况是自家的娘打哩。只要娘的鞭杆一抬起来，一切都是水到渠成，只好乖乖顺着娘的意愿在未成年的路上奔跑。

天天天天，娘的口头禅听得耳朵都起茧了。

“一个女子家，能让你念四年书就不错了，能写信能念信，我就对得住你，十四岁的人了，好好把饭学着做好，把针线学好，要不然到时节给人家给给(嫁人)，天不黑就让人家羞着回来，我咋见人哩……”

那时节，汉民不管儿女，只要适龄，都送去上学。我们回民，多数不让女子家上学，只要屋里有儿子，就只供儿子。儿子是天下的“金柱子”，女子是屋里的“茶木椰”(朽木)。儿子念多念少都在自家屋里，女子家念书，迟早还不是给阿公家念下了。

我是幸运的。还有多少我的回族姐妹都没进过一天校门。我的童年时期只有星期日，没有现在的双休。每到星期日，我就把学校里有趣的事及课文内容，分享给没上过学的姐妹们，在她们面前当个小老师。我总是滔滔不绝，沾沾自喜，从不吝啬自己的亲和力。

可现在，都是过去的事了，很遥远的事了。

挨了娘的打，退学进了裁剪班。我千方百计借来语文书和数学书，偷学五年级的课程。

一次，从裁剪班回来路上碰见我以前的同学，我还给同学卖派（炫耀）哩。我说，我把五年级的数学题都解开了，还给同学看了我的分析图，我当时还给自豪得不行。结果天快黑时，同学到我屋里耍来，她把我在裁剪班偷学的秘密告诉了娘，娘当着同学的面臭骂我一顿，等同学走后又是一顿暴打。

毕竟十四岁的人了，我怕我的哭声让邻居听见笑话哩，就乖乖地把借来的书交给了娘。不交没办法，娘手里还捉着棍哩。娘一把抢过书，两步并作一步，到炕眼门前，嗖一声，佴进去，不一会儿，我梦想的世界，成了烟，成了灰……

娘呵道："你就爱叫唤得很！我也晓不得，两个眼睛不大么，哪来那么多眼泪!"

娘叨叨叨个没完，我的眼泪淌个不住。眼泪跌下鼻梁杆子是热的，流进嘴里是涩的，经过下巴时，那么凉，那么凉。

突然，娘又提高嗓门："你还枉亏（委屈）啥哩！书让你念了四年，又让你学裁剪，你和别的女娃娃比，别的女娃娃屋里让念一天书了么？把你还不知足着咋哩！偷偷借书！国家缺主席了吗，你还想当国家主席吗？……"

……

娘骂完甩门出去了。我心想，谁让我不是个儿子哩，要是个儿子家，屋里的人绝对挣死老牛不回头地供我念书哩……

唉！打挨了，骂也挨了，认命！回民女子家还能奢求个啥哩！

我试着知足。别人有的我不热眼（羡慕），我有的我倍加珍惜。以后的日子，不说我缺啥，只说我有啥，知足才能常乐。要是都把书念成了，谁当农民哩！除了多学本事以外，我还得踏踏实实地把地务好哩……

三

想到自己当年的志愿，叶子觉得失笑。娃还睡着，她抽出一只手揉揉另一侧的手腕，又交替着捶捶腰。"这一务地，哎呀！就把自己给务到了千里之外了……"叶子这么想着，长出一口气，手里的笔跌在了炕上。

"娘，你可咋了?"一个声音从半掀的门帘外窜进来。

怀里孙子一惊，"哇——"一声哭上了，小胳膊小腿乱奓乱踹。叶子一边噢噢安抚孙子，一边骂道："看你个超眉日眼的，把娃娃吓咧!"

"娘，我没防住么——"说着，门帘整个掀开了，探进个脑袋。

"哼！没防住——"叶子一揣前襟，孙子一泡热尿已经浇得透透的。再看孙子，已止住了哭，直愣愣地瞅着自己，倒把叶子逗笑了。

“明子，你咋一个人来了？”

明子刚吐出的舌头还没缩回去，被娘一问，一猛子不知怎么回答，呲嘿嘿摸住后脑勺。叶子笑着嗔白儿子：“热闹还没看够吗？还不把娃抱上，我换个衣裳！”

明子接过小侄子，刚“噢噢”哄上，小侄子又奓胳膊蹬腿哭上了。叶子下炕，经过明子身边，一肘子把明子顶开，嘀咕着：“你看能做个啥！”明子闪向一边，呲嘿嘿看着娘揭门帘出去了。

明子知道娘的意思。娘是想看他女朋友哩。他几次答应娘要把未来的儿媳妇儿带到家里，让娘相端相端，可眼下……

正想着，小侄子哭得更凶了。明子烦了：“叫唤啥哩！连你大一样害人！”

“他大害人，你不害人？！”

明子回头，看见娘握着奶瓶进来了。

叶子衣裳下摆敞着，到明子跟前，一把掬过孩子。明子觉得身上卸下个包袱。他坐下，看娘拍着侄子吃奶。小家伙腮帮子特有劲儿，咂得奶嘴一鼓一瘪。叶子觉得欢喜，就把刚才存在心里的一点烦恼压下去了。明子清楚娘为啥烦，可没办法，老大两口子还在远地里拼死拼活哩。明子就觉得心上乱得很，把来时的目的也忘了，就想拔腿走人。一时俩人都不说话，空气里，只有小孩子咕叽咕叽的吞咽声。

“娘，我大说……说是你写回忆录着哩，我看一下下——”说着，明子挨过来，就要抢炕桌上的小本本。叶子胳膊肘把小本本压住：“死过！把你的正事干去！”明子被娘说得没意思，垂头看着小侄子，讨好似的笑笑，侄子懒得理他，正吃得带劲呢。小侄子吃完奶，满足了，摇头晃脑嘣指头，戏弄明子似的。明子想把侄子接过去，娘又甩他一肘子。

“娘，我大说你最近老呻唤腰疼哩？”

“明子，你哥来电话没有？”

“我哥——我哥前儿个还挂电话了，说是都好着哩……都好着哩。”

“呵——”叶子不知怎么，一笑笑出半个，另一半儿收回去了。“好着哩……好着哩就好……”“你哥再没说啥？”

“再没……噢！我哥问你身体好着没……”

“呵——”叶子把刚刚咽回去的半个笑，又笑了出来。

“你哥你嫂子好着哩，我就好着哩，有啥不好的哩……”

叶子低头看见怀里孙子正冲自己笑呢，小孙子的笑与叶子脸上的笑一起曳成一道彩虹。明子也被感染了，去搂侄子。娘的肘子没再甩过来。明子抱稳侄子，挤眉弄眼地逗着。叶子一手系着纽襻，一手捶着腰，嘴里念叨说：“把娃给我，你忙去！”等把目光从身旁收回来，才发现明子已经抱着娃出门了。她知道明子是不放心自己，今儿是特意回来看她，但她知道店里忙，男人曼合掌勺，明子配菜又跑堂，俩人忙忙乱乱的；一直想找个打下手的人哩，可如今这人工太贵，再说，一时碰不上合适的。又想，老大海子两口子在就好了，一家人全乎，可海子一时半会儿回不来。海子回不来，她嘴上说不想，心里知道那是自己身上的肉呀……

转眼二十五年了，这疙瘩肉，当初是怎么跌下来的？

那是婚后第二年的冬月里，天真格冷啊，冷到现在一想起，腰身还凉嗖嗖的。

过去的一年太快，没防住就从个女娃成了个女人了，又没防住就怀上娃娃了，而且，一怀上，这就快十个月了。

再到门口晒暖暖儿时，叶子已没了刚显怀时的羞涩。那时，人家盯住自己的肚子她就脸红，现在她听见谁说自己的肚子尖，又说自己的肚子圆，还能附和着说上几句。她明白他们话里的意思：肚子尖了养儿哩，肚子圆了养女哩。每当那时，叶子也想胡乱敷衍几声：养啥都是自家的娃娃，儿子娃咋哩，女子娃又咋哩！她心里是这么想，可明着说出来到底没底气。倒不是怕旁人，是怕阿公阿家听见哩。她清楚，按阿公阿家的意思，一定要养个儿子娃哩。为啥？这还用问！儿子娃能顶门立户，女子娃终究还不是人家的人。这还是文雅的说法，如果按照阿公阿家心里的话说，那可是：女子娃就是个赔钱货！其实阿公阿家这话倒也不稀奇，因为嫁过来前，叶子她娘就没少说这个话，只不过现在这话从叶子身上转移到叶子肚子里的孩子身上了。以前娘说自己，叶子觉得还可以辩几句，现在轮到说肚子里的孩子，叶子嘴上笑笑的无所谓，心其实一直揪着。为啥揪着，原因她不敢想，也不敢认，可又不得不想，不得不认。如果那会子晒暖暖儿的叶子身边，刮过去的一阵小风能明白人的心思的话，风一定会听见叶子说：胡大，万世（千万）要养个儿子哩，要不然，赔钱货再养个赔钱货……

还好风不懂人言。不懂人言的风刮过去了，叶子觉得一阵落寞。肚子里，娃娃爹胳膊蹬腿，一下爹到肝上，一下蹬到心上。

“都是个命！由他去！”

这几天阿家的脸色明显好了很多，倒让叶子不习惯，倒不如阿公的样子，一直严肃正板，高兴不高兴一个样。仿佛这样，无论结果如何，叶子心里倒更容易接受些。阿家高兴的理由叶子很清楚，无非听见妯娌们对她说，叶子的肚子尖尖的，十有八九是个儿子。

这天夜里，肚子隐痛，叶子当是吃坏了，觉得装着睡着就好了，也没告诉她男人曼合。她不想让曼合担心，她知道男人心里装着事哩。

装着装着，真睡着了。

窗纸透进麻亮时，叶子醒了，一睁眼，看见男人瞪着自己，心想“这是咋了？”

“咹！你咋蛮呻唤哩？”

叶子才意识到自己这是给呻唤醒了。叶子这才觉出肚子疼啊！死命地疼哩。这一疼，叶子的眼泪就出来了：

“曼合曼合，我——我怕是要生了——”

男人一蹦子下了炕，“欻啦！”一道亮往叶子脸上一苫，又被门夹断了，叶子眼前又变黑。就听男人在院里喊：

“娘——娘——素夫叶——素夫叶要生——” 叶子听见猛一失笑，这一笑，肚子里猛抽了一下。

“娘哇——”

喊完这一声，叶子就什么都不知道了。

四

再醒来时，一屋子人忙乱着。当叶子终于明白人们目光所及，却怎么也抬不起胳膊，无力感使她像待宰的羔羊。

还是平生头一次袒露在众人面前，虽然都是女人们，叶子觉得羞耻，只能闭上眼睛，又旋即睁大眼睛，因为一阵从未有过的痛楚从下身直抵头皮，她感觉要被撕裂了。她本能地想得到一点安慰：此刻哪怕娘的擀面杖打在身上，也是绵软的……可接连而来的训斥就断了这念想。

“你鼓劲啊！把叫唤的力气省下，娃娃就养下了，你就眼泪多得很！好像天底下就你一个养娃娃哩！”

叶子不分明这话出自何人之口，只觉得周遭乱纷纷，天旋地转。她想鼓劲来着，可不会鼓劲了，她浑身的蛮劲不见了。阵阵袭来的痛却毫不顾惜。这是从未有过的痛，跟挨打和被刀子割都不一样。混沌中想到曼合，她的男人。尽管曼合不是个会体贴人的人，甚至像个瓜娃子，可此刻要是曼合在身边，就算去死，自己也能勇敢些。“曼合啊曼合，你在哪里啊！”

“鼓劲啊！鼓劲啊！死眉瞪眼的！”

临近中午时，叶子终于生下一个男孩儿。关于时间的记忆，当然是后来曼合告诉她的。那时曼合正在院子里转磨磨哩。曼合说，他也急啊，好几次差点闯进去……

后来每次听到曼合这么说，叶子到底觉得安慰些，但脱口而出的却是骂人话。她觉得咒了骂了才能偿付一点曾有的痛楚与恐惧。

尽管已是过去的事，但一经想起，叶子就觉得痛楚与恐惧还远远地打量着她思谋着她，像一条恶狗随时准备扑过来。但这还不是最让人心寒的。最心寒的事叶子现在不愿想。可越不想，却越往那方面靠。那时，她正赤裸着下身躺在炕上。准确来说不是躺，而是被人佴在炕上，听从裁决一般。

孩子一生出来，痛楚即刻缓和，同时有如被掏空。屋子里没人，人们抱着初生的孩子离开了。人们沉浸在巨大的喜悦中。不用想也知道，他们一直盼着这个儿子娃哩，现在儿子娃出世了，抱在怀里了，他们看还看不够，爱还爱不及，哪里顾及到她叶子！她躺在炕上，与世界全不相干。她就是这家里的一件农具，人们使着时关心是否顺手，现在使完了，随手一丢，农具咋会有自己的想法和感受哩！

叶子以为自己会流泪，结果没有。或许她流泪了，只是与汗水混合一处，感觉不到。泪原本是热的，可现在，她完全跌入冰窖，唯有一颗心还不甘地跳着。

下身的痛又来了。

这时的痛是委屈激发的。

然而对于现在的叶子，隐痛一点不亚于之前撕裂的痛。剧痛时她还有希望，望着身上这疙瘩肉赶紧跌下来，可现在这一疙瘩跌下来了，她却陷入巨大的虚空。虚空将她埋得干净，埋得彻底。

曼合没有撒谎。曼合当时的确为叶子的难产心急如焚，尽管这里头是担心叶子多一些还是担心儿子多一些，他自己也不清楚。可当人们把一个胖儿子递到他手上，他确乎高兴到不知所措。曼合抱住儿子，嘿嘿笑着，在他自己看来，是抱住一个金疙瘩，可在别人看来，是抱住个烫手的洋芋。他不会抱孩子，更不会表达自己的喜悦。抱着的正是一直盼着的结果，可巨大的希冀一俟落实，倒让他不明所以。就在曼合嘿嘿笑着时，儿子被母亲膀手抢过去了，曼合的胳膊还保持着环抱的姿势。有人笑说:“如今,你也成了娃他大了。”

“嘿嘿……嘿嘿……”

曼合竟有些羞涩。在这喜悦与羞涩里,他把叶子给忘了。

叶子睁开眼,门缝里投进一缕仿佛源自天堂的光线。

这纤而亮的光线,尽管虚弱,却也是温暖的原点,使人暂避世间孤寒。叶子想喝口水。人有了吃喝的念头,是苏醒的开始,是希望的明证。

屋子里空无一人。叶子想喊一声曼合的,不知怎么,刚喊到心里,还没到嗓子,又放弃了。叶子想翻个身,没有一丝力气。准确说,她已经忘了什么是力气,那个浑身蛮劲,挑起一担水在山路上疾奔如飞的叶子已经不见了,永远不见了。虽然她还叫叶子,但那片叶子飘远了,飘远了,连回忆都追不上。叶子知道,从今往后她将不再是叶子,她将是素夫叶。她不明确两个名字之间的差别。她唯一知道的是,曾经的叶子是站在树梢上的,在阳光里的,现在是黄了的,摇摇欲坠的。

就在叶子胡思乱想时,门豁朗一声开了。

“你还不起来么,睡下着咋哩?”

是阿家的声音。

“我想翻个身哩,实在没力气……”

“你就金贵得很!”叶子还没说完,就给阿家怼回去了:“我那时养娃娃,哪有这么费劲,还不是一泡尿的事情……”

阿家后面的话,叶子没听见,也不必听见。原想要阿家给她一口水的,现在想想,算了。

见叶子不吭气,阿家转身准备出门。就在转身的一瞬,忽然回头向叶子头顶的空气说:

“你养了儿子,功劳大,可功劳再大,也不是养了个皇上!”

门关上了。关上的门,门缝里,那点子希望又来了。还是那道光。现在从叶子脸上照向胸口,照进心上。“迟早我要活回叶子!”她想。

不久,门再次被人掀开,叶子没从其间找到曼合。

来人七手八脚把叶子搊起来,像搊起一把面条。叶子瞥一眼躺过的地方,湿哒哒的一个人形,血迹洇透的地方,像一堆枯叶捣在烂泥里……

以后每当跟曼合说起这段儿,叶子就像是说别人的故事。说时口吻轻松,使曼合不敢相信。曼合宁肯觉得那只是叶子从电视上看来的剧情。

即使是剧情好歹也使人瘆得慌，可叶子竟笑笑的，曼合感到害怕，进而无地自容。害怕和无地自容还不足以形容曼合的心情，尤其是当曼合想起自己对待叶子的态度时。

那时，叶子仍然不能自己翻身。曼合终于说了一句连他自己至今都觉得不可思议的话。他说：

“你养了个儿子，又不是养了个皇上！”

他不知道，正是这话，这句母亲说过的话，又从自己嘴里说出，反而使叶子以后再提起时，笑笑的，笑成别人的故事……

“娘——娘——你看！这碎娃做了个啥！”

明子的喊声掐断了叶子的回忆。陷入沉思的叶子自己不知道，她回忆着时，双手交替捶着她腰，那正是当年养娃时留下的病根。她手伸向明子，见明子衣襟上湿湿一坨，那是孙子的杰作。叶子多少有点儿幸灾乐祸。

明子看懂了娘的心思，他是聪明人。他当然还从娘眼里看到另一层意思：那就是，娘要看未来儿媳妇儿的心思。想到这一层，原本要借着侄子打趣儿的话，现在却说不出口了。

明子这点转变，叶子当然看在眼里，当娘的还不知道儿子心里那点小九九。可看懂了又怎样，儿子的心事何尝不是自己的心事。

心里这么想着，可叶子到底不动声色。现在的叶子已不复当年，她现在心里能装住事了；只有心里装不住事的人才把心事写在脸上。至于她叶子，心里的事再大，到了脸上，还不是化成个笑。

明子见娘笑了，自己也跟着笑笑。不防娘来了一句：“笑啥哩！嘴像个鞋(hái)口子！还不赶紧到店里去，这阵儿客人怕多了，你大一个人忙不过来！”

明子来不及换衣裳就忙忙跑了。叶子给孙子换了裤子，喂了奶，看见炕桌上的本本，骂：“这死娃子，搅了这半天！”

叶子写回忆录上瘾了。在曼合父子看来，他们一致赞成叶子，那不过是他们哄她的话，不过是想着给吃了半辈子苦的叶子一点寄托。可叶子不这么想，这回忆录除了记述一段往事，也算是对当下的安慰。叶子不是那种逃避困难的人，只要捉起笔，身心沉浸其中，困难也成了莫大的幸福。

孙子吃了奶，睡踏实了。叶子拾起笔，摊开小本本。

写到哪里了？写到自己当年辍学去裁剪班了。叶子把中断的思绪重又捋捋，开始一笔一画落实在纸上。

自从辍学后，我的生活就变成了家和裁剪班之间的两点一线……

五

……学裁剪期间，娘教我各种面食和炒菜的做法，学的过程中挨了不少打。面和软了硬了、盐放多了少了、火候猛了欠了、馍馍碱大了小了，都要挨打。就连听见厨房里响声大一点，都少不了娘的一顿擀面杖。

最让我害怕的是开斋节前几天，每家每户都要做油馃、馓子、麻糖、油香等。开斋是回民闭斋一个月后的盛宴。当闭一天斋饿到肠子拧绳、肝花摇铃的时候，就晓得每一颗粮食和每一滴汗水的珍贵。开斋时大家彼此走亲访友，互相祈祷祝福，顺便展示和品尝各家的手艺。

正因这个缘故，娘对我的要求就格外严。做开斋节美食时，娘用擀面杖打过我的手，铁勺敲过我的头，硬柴抽过我的腿，炭铲拍过我的脚，我的两只耳朵都差点给拧掉了。

偶尔做一顿无可挑剔的饭，别想得到娘的夸奖，娘总是一脸严肃。我也习惯了，只要饭食不出差错，娘就不会拿出家法问候我了。

从裁剪班出来，就进了缝纫铺。缝纫这一行我一点都不爱，只是娘的意愿。每当我坐在四崖坪梁上，看见远处学校操场上的孩子们欢快地打沙包、踢毽子，仿佛我自己也置身其中，可是突然上课铃响了，操场上瞬间空无一人，我没出息地哭了……原本我也是其中一员，可谁让我是女娃娃，而且还是回民家的女娃娃。一二年过去，我还时常从梦中惊醒，以为上学迟到了。

那时，我不知道，娘做的一切，不过是为别人家打造一个合格的儿媳妇儿。

那天家里来了从没见过的客人，娘千叮咛万嘱咐，一定把饭做好。从娘眼里我知道，她这是要把我给人了。

就这样，十六岁的我糊里糊涂成了人妻。结婚当晚闹洞房，屋里挤满了人，我不敢抬头，只见许许多多长长短短的腿和颜色各异的鞋。我像涝坝里的树叶，游来荡去，想抓住什么，却天旋地转，好不容易扽住一个人的衣襟，慌忙躲在他身后，以为他是我男人呢，结果屋里人轰地笑开了，我才觉得不对，才发现另一个人胸前别着一朵小红花，我赶紧撒开手，朝那朵花儿连滚带爬……

第二天一早，太阳从窗缝照进来时，我才看清我男人啥模样。我悄悄开门，看着昨晚盛满欢笑又使我出尽洋相的院子，北面两间偏房，一间上房，一间厨房，西面这间，就是我的新房。偌大的院子，矮小的房子，院墙上长满蒿草，想到娘家的砖瓦房和水泥院，还有中间的小花园……从没有过的荒凉涌上我的心头。从今往后，我要在这个陌生清贫的家和我的新女婿过日子了。

忽然听说：这么早不睡，乱转啥哩！我吓了一跳，不知道声音来自哪里，踅摸半天才看见上房窗户开了条缝，瞬间又阖上了。我蓦然心惊，赶紧跑回新房炕上。我男人曼合还睡着。在娘家时，我每天天不亮就起床，先去泉上担水，把两个头号缸担满了，再担上一担放在厨房里备用。要是起晚了，担水的人太多，所以在别人家起床之前我们家的水缸必定都是满的。而那些迟起的担水人，满泉围着，眼看水龙头流出的水越来越细，半天一桶水都淌不满，只好悻悻回家，免不了家里人一顿骂。上学的时候老师说过，早起的鸟儿有虫吃。我是早起的瓜娃子有水担。每天早早去，不用排队，几个来回就把一整天用的水都担满了。可现在……

我怕这是阿公阿家试探我，又觉得不像，只好跟着装睡。直到日上三竿，看他们一个个起来，我才跟着起。

洗漱完，我去做饭，却被阿家挡住了。我心想，她是不放心我做饭还是觉得我是新媳妇儿体谅我？也不敢问。

吃完饭，跟着男人去压粪，我试着问他，他愣一下然后神秘一笑说，以后就晓得了，总之没经过娘同意，你就别下厨房。我还想问，他却头也不回往前走了。这家人咋这么怪！

在新家里，没有牛，也没有小鸡小鸭。每天我早起想做点什么，可每次阿公阿家的门窗紧闭。我扫完院子又回到我屋里，每过一小会儿就看一下阿公阿家起来了没有，一直到日头照满院子的时候，阿家才起来。我又不敢擅自下厨房。阿家安顿我：必须等她来才能做饭！原来她是怕我做饭费油！

在娘家时为学本事没少挨打，厨艺在阿公家却施展不出来，连一顿饭我都做不了主……

娘家油汤油菜惯了，阿公家清汤寡水。这还是其次，阿公一家每天无所事事，推日头下山，生活没一点激情。实在不适应这样的生活节奏，但是没办法，阿公阿家说了算，我说了不算。每天吃早饭都在十一点以后，时间长了我也随着他们变懒了，别人家大清早忙着干农活，我们一家子都在睡懒觉，别人家中午晒到不行回家歇缓着了，我们一家才往地里走……

就这么，吃了上顿愁下顿，没面吃时才把面来找地一天天过日子。年少的我把这懒散的习惯慢慢当成一种消遣。反正前头有阿公阿家哩，他们老两口活了大半辈子，我这个新进门的儿媳妇只能顺着推日子。

好在男人的脾气不犟，我也开始慢慢适应叫他曼合了。我叫一声，他答应一声，我再叫一声，他又答应一声。后来我说：傻子——

咹——曼合没反应过来。

等他明白，要追我，我已经跑远了。现在想起来，我俩那时不过是两个大孩子。

我没上过中学，一点人体常识都没有。曼合就耐心给我讲解生理卫生，讲到男女人体图时，把我给羞死了！我就骂他说，咋能出这种书哩！还用它给娃娃们当课本，把娃娃家都教完（坏）了！你看你上的啥学校！娃娃们看了这样的书，羞着咋见同学和老师哩……

曼合眼睛本来就小，一下笑得跌绊哩，双眼笑成一条缝。我红着脸低着头再不敢出声。曼合好像晓得我想啥似的，一猛子不笑了，坐端严肃地对我说：念书念到中学，有这门课，包括男女生殖系统就是其中之一，学生处于发育期，需要了解自身的发育过程……把我听了个耳红面赤……

我和曼合摇摇晃晃去山上洼里压粪，到半山上歇缓时，曼合拿弹弓打麻雀，压完粪，回时我俩边唱边走——

我一个出门怪心慌——
走开了想把你肉肉领上——

旱田里移苗苗会黄——
你不该给我把豆儿种上——
……

下雨天，阿公阿家在屋里睡觉，我和曼合在廊沿上挖泥泥绊炮仗。天晴了，我俩也不消停，端上饭碗，上院跑下院地踢洋乌子。每天都能耍好，也算清贫中的快乐时光。渐渐地，阿家也允许我下厨房了。之前，在她监视下，我已能把一斤油用上半个月了。阿公阿家夸我本事大、干净利索。听父母这么说，曼合脸上也有光。我俩就这么超眉日眼地过着穷日子。

转眼过了一年，我就想，家离张川镇只有三里路远，阿公阿家为啥不做点小生意，把家里的日子过好些？为啥不种些菜蔬卖些钱花？死巴巴地一年等几亩玉米换钱。马关的农民无论回汉，早上麻雀没叫就下地。做小生意的骑自行车跑上三十里路到龙山镇贩货，日子一家比一家过得好。

人忙肚子忙，人闲肚子闲。我嫁到阿公家是闲了一年，可从来都没有吃过一顿好吃的，顿顿寡油黑面，吃油饼和肉简直就是妄想。

不行，我要吃油饼哩！我要吃肉哩！

可这时，我的肚子渐渐鼓起来了。这是曼合一家的期望，他们早盼着养个儿子娃呢。这样，我也只好先把娃生下来再说。

可是……

六

可是却遇上难产，差点连命都丢了。

写了太久，感到疲乏，叶子活动下手腕。孙子还稳稳睡着。叶子在孙子额头亲了一口。孙子长得像海子，深眼窝，高鼻梁，大嘴巴。想到海子，往事不禁又在眼前浮现。

生下海子，虽然落下一身病，虽然受了一肚子委屈，但叶子现在来不及思谋这个。她想着赶紧把娃娃抓养大，好好改善一下家里的生活状况。

这娃倒是好带，吃饱了就睡，睡够了再吃。阿公阿家以及曼合的心思都在娃娃身上，至于叶子么，她的阶段性目标已经完成。既然如此，叶子就不能亏待她自己。男人曼合是个老实人，阿公阿家说一他不敢说二，自己再不上进，日子啥时候才能活到人前头？所以，该吃就吃，该喝就喝！叶子比过去蛮实了许多。可但凡牵扯到家事，还是阿公阿家说了算。叶子渐渐适应了这种微妙的关系。不过，她也在慢慢施加自己的影响力，有朝一日，她定要说服他们。

那天晚上，娃睡着后，叶子摇一旁的曼合，曼合睡眼迷离，看见叶子眼里的光，这光感染了曼合，他想问，又忍着。叶子顾不上他的慢性子，开门见山就对曼合说，掌柜的——

叶子说：你看，咱们倒茬种粮食，比方说，今年西沟洼上种的是洋芋，明年咱们就种麦子，这样能提高粮食产量；再一个，那块离河近的地，咱们种上菜蔬，这样浇地方便，还能吃上新鲜菜，不用再去集上花钱；然后哩，然后咱们自己种些胡麻或者油菜，自己榨油吃，多好！

叶子越说越兴奋，简直觉得已经丰收在望，禁不住双手比划起来。半天不见回应，再看曼合，依然懒洋洋的。但叶子的热情并未退却，她搡一把曼合，盯住他，看他怎么表态。

半天，曼合刚睡醒似的来一句，想法很好，要不你跟大和娘说去，说完翻身背对叶子。叶子一下忍不住了，大声说，你一个男人家不去说，倒叫我一个女人家说，你——

她知道曼合的心思，这家里啥都是阿公阿家两个说了算，曼合去说吧，还以为他想抢班夺权，当家里的掌柜的。可事已至此，叶子觉得不管阿公阿家咋说，她要表明她的心迹。夜里，她奶了几次娃娃，换了几次尿布，忙的间隙，总在思谋这个事情。思来想去没头绪，怕自己再想下去会反悔，索性被子一拉说，管球它！成就成，不成拉倒！

第二天一早，趁着吃饭，叶子把自己的想法说给二老。阿公没听完，就披衣出去了，阿家缄默半天，把叶子上下打量一番，叶子感到不妙。她想，实在不成，就把话圆回来，说只是玩笑话。可阿家把碗往炕上一蹾，也甩门而去。

叶子一下晾在地上，眼泪簌一下下来了，倒不是事情本身，关键这一下让二老觉得，新来一年多的媳妇子，想谋权篡位呀！可转念又觉得，自己这是为啥呀？为她叶子自己吗？还不是为这一家子能过上好日子嘛！这么一想，叶子又觉得委屈：难道这家子人跟好日子有仇吗?!

这次把之前所有的好都弄没了。阿公阿家前还夸她干净利索呢，转眼她就成了罪人。最让她无法接受的是曼合对她的奚落。按曼合的意思，叶子这是自讨苦吃，事先给你说了这其中的利弊关系，你还是要去，我有啥办法。叶子有苦难言，只好往肚里吞。过后很长一段时间，稍缓和一些，叶子又央及曼合，说服二老，让她去街上揽几件裁缝活，毕竟她有这手艺。但仍旧无功而返。

日子像柜上的座钟，不紧不慢，该敲就敲，该响就响，有没有人听，反正就这么下去，一百年也是一样。

叶子心里急啊，她睡不住，一大早就起来扫院子，做早饭，弄出的动静把阿家吵醒了，阿家没好气地说，有福都不会享，又没人逼你，不睡得美美儿的再起来，这么早把人吵醒！至于阿公，依然是日头晒了一院子才起来。叶子觉得没指望了，这样几次三番下来，搞不好连她这个儿媳妇儿的名声都坏了，让街坊邻居说她不孝。不如就推着吧，推一天算一天！叶子把改善生活的心灰了。

几年下来，叶子褪去青涩，已颇具中年妇人该有的模样，慵懒，疲沓。大儿子海子已经满院子跑了，小儿子还在怀里吃奶，叫明子。等到老二明子也会满院子追着哥哥跑时，叶子已经束手就擒。这一亩大的院子就是她的牢笼，吃黑馍馍喝清汤就是她叶子的命。房院一如既往地老，一如既往地沉默，每天无非是日头晒到房脊上，赖上几个钟头，再懒洋洋地回去，周而复始。

再在街上看见背起书包上学的娃娃们时，叶子心里已无半点波澜。那似乎是上个世纪的事情。叶子当初还是从曼合留下的课本里知道了“世纪”这个词的，但现在，那些课本早就跟“世纪”一起进了炕眼了，管你多少世纪，也就一股烟的事情。叶子现在没工夫追究这些，她唯一的想法就是把两个娃娃抓养大，让好好上学，一定要把书念成，可不能像她这样，一切不由自己。

那天，海子哭鼻子回来了。叶子问，咋了，海子揩着鼻涕就是不说，叶子急了，扬手就给海子一巴掌，那一刻，叶子突然觉得那一巴掌竟和当初母亲打她时一模一样，就连巴掌落下的位置都毫无二致。海子挨了巴掌，起初紫胀了脸哭不出来，见曼合进门，才跑去抱住曼合的腿，哭得肩头耸动，泪人似的。好在二老不在家，要不然又得落下口实，说抢班夺权不成，打上孩子了。

海子这娃倒是个倔脾气，爷和奶问了半天，就是不说为啥哭。还是叶子搂住他哄着问时，才抽泣着说了。原来海子去邻居家玩儿，人家正在压粉条。新出锅的粉条，拌上油泼辣子，多香啊！看人家孩子吃，海子馋到不行，就央求那孩子，想尝一口，那孩子倒大方，顺手连碗给小伙伴儿，不料四只小手在这接送之间，一滑溜，失了手，一碗粉条端端扣在地上，正好被那孩子他妈看到，打了那孩子几巴掌，也把旁边吓到不知所措的海子拉扯一把，剜了几眼。

孩子们之间的磕磕碰碰本来不算啥，睡一觉就好了。可就这么个事，却触到叶子的神经，她搂住儿子，想起那重重的一巴掌，又心疼又难过，自己也忍不住淌出眼泪。再看旁边的曼合，睡得什么似的，雷打不动。叶子更是悲从中来，想自己一个农民，自家就种着洋芋，却连一顿粉条都吃不到嘴里，让娃娃受这样的委屈……

叶子睡不着了。除了偶尔几声狗咬，夜空里就只剩她的喘气声了。忽然觉得指头疼，一看，原来不知啥时手里握住个塑料药瓶，已经被她给攥瘪了，竟连小拇指甲都掰断了。日子不能这么个过法！她立时就想把曼合扽起来。看着旁边两个熟睡的孩子，又忍住了，另一个念头马上从心底腾起来。

叶子家的洋芋也挖完了。按惯例，都是晾一夜，第二天交到粉厂卖钱。现在，洋芋就堆在廊沿下，边上用尼龙袋围着。

叶子拨开门缝一瞥，院子里黑洞洞，连月亮都理解人的心事！叶子心下窃喜，她闪身出门，踮起脚在上房窗下听了一会儿，料定二老已熟睡。再折回来，到廊沿跟前，一袋子洋芋提棉花一样被她提起来。原想一下提两袋，犹豫一下，还是决定分两次，她把那袋洋芋立在炕头，再次闪身出门。等再进门时，终于听见自己的心跳。看着两袋子洋芋，当初亲手挖地、撒籽、施肥、培土，然后再挖出来，架子车拉到家，如今却要做贼。

叶子被委屈和兴奋纠葛住，又悲又喜，有那么一刻，她觉得自己怎么这么贱，不就是两袋子洋芋么……

正想着，似乎听见有人喊了一声。

七

原来是曼合：素夫叶——素夫叶——

这个坏怂！叶子心惊之下骂着。

原来曼合装睡呢，一切他都分明！叶子羞恼不语。

散漫的月光下，两个孩子沉入梦酣，叶子忽然觉得夜很静，似乎好久好久没有这种感觉了。她顺着曼合的目光跌倒在他怀里，曼合的胸口很烫。不知埋在心底多久的少女之心，此刻竟融为一阵呢喃。叶子短促呼出的气，急急打着曼合的耳垂，他俩同时闻到炕眼里发出的柴草燎焦的味道。曼合拍拍她的屁股，给她鼓励，这是许久不曾有过的温柔，她宁可耽惘在那轻拍里了。然而不及沉醉，曼合一把揽她入怀。叶子瞬间有被肆意侍弄的柔软，仿佛要把失去的一切都补回来。幸福来得如此剧烈。最后时刻，她竟抽泣起来。当幸福的涟漪荡开去，荡开去，和着曾经的失意与委屈一并袭来。

泪是甜的，也是咸的。交融在这静谧而喧闹的夜里。叶子知道，到天亮，曼合还是曼合，叶子还是叶子。尽管如此，这短暂的悲喜也够她回味些时日了。曼合老实木讷，该说话的时候，往往沉默。叶子啜泣着，温软迷离，思绪飘荡，如远处被电线兜住的夜空。她自然知道，过了今夜的温柔，将要面临的，也许是一堵坚硬的墙，她要生生撞破，她相信自己可以。

明子不知啥时醒了，瘪着嘴抽抽搭搭。叶子赶紧从曼合怀里钻出来，转身轻拍明子，明子一头扎进叶子怀里，嗫嚅着说，你俩为啥打架……

听着小儿子豆腐般温糯的口声，激起叶子无限柔媚。叶子抚着儿子的头发说，没，我们没打架，明子呀，是你梦睡梦啦。叶子为自己这个谎觉得失笑，回头看曼合，已拿被子蒙了头。

第二天，吃完早饭，曼合父子俩忙着把洋芋交到粉厂。中午端饭去上房时，叶子觉得阿公的眼神不对，再看看曼合，还是一副正经样儿。但也许是自己心虚，叶子安慰自己说。

吃了饭，泡好茶，把茶杯放在阿公面前，退后三步，背刚好抵住门扇，她迅速把心里要说的话捋一遍，却把话头丢了，该从何说起呢？

“呃——”阿公开口，叶子一惊。没想到阿公先开口了，这下更是方寸全乱。也好，先听他怎么说吧。

“也是我没设意，娃想吃粉条……”

阿公的意思，也是该留下些洋芋做粉条的，不光娃娃们爱吃，过个节啥的，自家也要用。

叶子心想：“不光娃娃们爱吃，我也爱吃！活人过日子谁不愿吃得好一点，穿得洋一点！”

阿公说完了，语气跟以往大有不同，这倒让叶子更加疑心。也许是曼合在路上说了啥？阿公语气一软，倒让叶子的主意不如开始那么坚决了。但今天就是机会，再不说以后更不好张口。她趁着给阿公茶杯添水平复了一下心情。暖壶刚蹾下，话就从腔子里迸了出来。

时至今日，叶子已想不起原话，只记得自己当时脑子一响，两眼一黑，就快刀斩乱麻，也不管哪是话头儿，哪是话把儿，总而言之一句话：日子不是这么个过法！必定要做个啥。至于具体做啥，目前还没想好，当然还可以再思谋，至于想当这家里的掌柜的，她毫无这想法！但像现在这么下去，眼看人家日子过得红红火火，自家娃娃吃个粉条都要偷偷摸摸，简直不像话！

叶子不知哪来的勇气，竟说出“不像话”这样的字眼。说完看阿公，老汉一脸犹疑。也许他在想，是事情不像话？还是说我不像话？！叶子越想越害怕，但事已至此，没有回旋余地。

就在她等着发落时，阿家在门口向叶子摆手，说曼合叫她有事。这是给叶子解了围，她心上一热，上前几步，给阿公阿家各鞠了一躬，退后几步，转身出门。

跨进自己房门，叶子觉得踩着棉花，却也浑身轻松。曼合凑到叶子跟前，笑得瓜兮兮。叶子嘟嘴：你笑啥！曼合敛了笑，一本正经起来。他一正经，叶子倒觉得好笑。曼合说今天去街上交洋芋时，听人说，最近搞基建的地方多，砂子紧俏……

曼合还没说完，叶子眼一亮，对啊对啊！以前咋没想到哩！挖砂子不要本钱，咱们又有一把子蛮力，只要肯吃苦，就是一本万利的事！对，说干就干！

曼合拦不住，叶子已卷起一阵风刮出去了……

“说干就干……呵呵……说干就干……”叶子边想边念叨着，仿佛自己二十年前说过的话，如今掂量起来，依旧分量十足。

好在都过去了，那时候吃过的那些苦啊，现在的娃娃从哪里知道哩。这么说着，她低头看看怀里的小孙子，孙子脸蛋红扑扑，鼻头上洇出细细密密一层汗珠。叶子对着孙子轻叹：“娃噢，你呦，生下来就是来享福的喔……”

苦归苦，到底是自己走过的路，以后的孩子是否理解并不重要，叶子只是觉得有必要记下来。记下来干什么呢，说不上，也许等老了走不动时，翻翻看看，也是消遣。她翻过刚写满的一页，又捉起笔。

靠挖砂筛砂，日子有了明显改善。以后又凑钱买了辆二手拖拉机，配上了抽砂机。但机械作业以后，反而比人工作业时更吃力，只要机器发动起来，就不能休息，真把人苦死了。忙完外面还要顾地里的活计。我下种，娃他爸就跟在我后面拉跤子（用镢头做记号）。庄里人调侃我俩，说一个男人家不撒籽光会拉跤子！其实娃他爸下的苦比我还多，一个铁疙瘩开上拉石头拉砂，装车的时候，我们两个装，拉到地方，娃他爸一个人卸车。为了多挣两个钱，晚上到家，胳膊疼得连碗都端不住。

就这样，苦死累活地总算出头了。粮食年年大丰收，吃的面粉是最白的，胡麻油菜籽油满桶装着哩，肉啊油饼啊，插花着吃哩。手里呢也有了几个翻着看的钱了，把我俩就高兴着，知足着，出门进门都哼哼啦啦唱个不停。

有时也难免想起刚开始靠人工挖砂的时候。

一开始去河湾里筛毛砂。一天时间筛一拖拉机都很难，手磨出大水泡，水泡破了那个疼啊！筛好的毛砂不愁卖不出去，每天都有人来拉，一手扶拖拉机五块钱，一四轮拖拉机七块钱。

在金钱诱惑下，我俩拼命干，冰冷的河水淹过了我俩的膝盖，我俩还是放命地捞。发过排雨后的河流湍急，就算狠狠捞满一铁锨砂，出水就剩半锨了。有时马步扎不稳，就让河水打倒……

可当司机把钱给到手里，把我高兴得呀！手烂手疼都忘得一干二净。娃他爸更是喜得差点连下巴颏都跌啦！但我俩还不知足，就想着，要是能修上新房子住才知足！修房要一大把钱哩，为此我把分分钱当成大票子用。

娃他爸说："牛奶和面包总会有的！"我俩商量了一下，决定接个"时风三马子"。有了"三马子"，我俩更忙了，要淘砂运石头、拉砖拉土，但凡能挣钱的活，我俩都干，别人嫌价低不干的活我俩一概不嫌弹，有活就拉活，没活了就给自家准备修房的材料。

一晃六年过去，我的手粗成了树皮，腰常常直不起来，但却觉得无比充实，可是，没想到后来……唉……

八

可是没想到，后来啊，我要撇下这辛苦挣来的一份家业，跑到千里之外的新疆……

写到这里，叶子伤感不能自已，她撂下笔，揩一把眼角的泪，对面的穿衣镜里，映出一个小女孩儿来。不正是自己小时候吗？挨了母亲的打，正抽泣呢。镜中的自己一脸枉亏（委屈）的样子；又想起老家的母亲，已相隔有年。那时候挨了母亲那么多打，她恨母亲吗？当然不。可总隔着一层，那是冬日窗上的冰花，远看，朦胧美，凑近，呵口气就化。实际上，她后来也曾试图亲近母亲，但真到面前，又羞怯卑微，绝难出口。如今她当然更爱母亲，想到她一头白发，苍老得让人心疼；但爱愈强烈，就愈难出口。

恍惚中，母亲已在面前，一伸手，触及的是一双同样粗糙的手，要握紧，触电般，母亲却抽手而别，一下空荡荡，像千军万马撤退后的战场，她看住自己的手，握不住的岂止是母亲的手，还有流逝的岁月。往事如烟，那是一墩布局精致却不堪一击的沙盘，一击即溃……

那是盖好新房四后年，叶子和曼合作出人生中一个重大决定，那就是，搬迁。说好听点就是生态移民。为什么？因为脚下养育了祖祖辈辈的黄土地，它不养人了。化肥，农药，种子，样样要钱，可土地出产，一算，本都不够。

但这还不是主要原因。根本问题是，老家已经待不下去了！

为啥？

还得从决定搬迁前一年说起。

那时，上高一的海子，不想念书了。这对叶子来说是无论如何接受不了的事情，念书的重要性说得还少吗？

"眼前就是例子，啊！对不对你说？海子！你娘我当年是实在没办法啊，我是多想跟我那些同学们在一起啊，那时，每当坐在四崖坪梁上，我的眼泪就像滴檐水，不断线啊！现在，给你创造下这么好的条件，农活不让你干，要吃啥买啥，啥时髦穿啥，你还要咋哩？打吧，小时候没少打你，现在呢，我也打不动你了，骂你你也不受，道理你又不听，你让娘我咋办哩……”

叶子面对大儿子，声泪俱下，可依然无法挽回海子的心。非但无法挽回，还有更加惊人的消息告诉叶子，海子在学校谈了个对象，而且那个女孩儿，已经怀上娃娃了。

这下，就是不成也得成。尽管叶子觉得心上架着块石头，那也得以后慢慢用眼泪把石头化掉，不然怎么办？不能眼睁睁毁了人家女娃的名声呀。可问题是，前几年因为盖这一院房，加上供给两个儿子上学，积蓄早都花干了，眼下麦子又不值钱……

曼合除了唉声叹气，只眼瞅着叶子拿主意。这个男人，才四十出头，就已显出五六十岁的人才有的沧桑，也是前几年拼光阴拼得太凶了。曼合是没指望，还得靠自己。叶子决定了，不念就不念！但人家娃娃不能耽搁，得赶紧娶进门！

人在意气中，说话倒是干脆，可到真正面对问题就傻眼了。家里存钱的地方，连老鼠窝都掏过了，满打满算也就一千多，加上叶子偷偷存下的几个私己，也还不够两千整。这可咋办？牙花子咬住借，还能咋办！两口子掰指头算来算去，能张开口的亲朋，也就那么几家，况且有些远亲这几年也没太多来往，怕实在不好开口……

曼合作难，叶子只能让自己脸皮厚起来，用她自己的话说，就是把脸别到裤腰上，不要脸了，等以后挣了钱，再把脸赢回来！

叶子东家求西家告，最后借来五万多，其中好多是毛票凑的。问题是彩礼要八万，还差着两万多从哪来哩？叶子从没觉得夜如此漫长，她整宿整宿思谋着。一度，她盯住两年前盖起的一院青砖大瓦房，扒房卖椽的心都有，但怎么能呢？那是她和曼合拿命换来的。当年因为这院房子，他俩成了村里人羡慕的对象，可转眼她就四处跟人求爷爷告奶奶地借钱，搞得熟人见她都躲着走。索性由他去，三十年河东，三十年河西！谁笑话谁还不一定哩！叶子躺在炕上又想了一夜，她突然有主意了。

等叶子拿着一万多块钱给曼合看时，曼合不敢相信，胡大！哪来这么多钱？他猛然不认识一样盯住一摞票子。叶子对他说，先别管，反正先把事情办了再说，还差几千么，不如把后半年的口粮卖了去，等麦子下来，怎么都能续上，活人还能被饿死！主意已定，各项规程礼数行完，就把新娘子给迎进来了。喜宴那天，叶子特意穿上压了几年箱底的衣裳，满面堆笑，丝毫看不出前一阵儿跟人借钱时的恓惶。曼合也前后奔忙支应个不停。正在一片喜庆热闹中。门外忽然有人骂！谁啊这是？怎么这么不长眼呢？今天啥日子？满院子等着坐席的人都抻了脖子疑惑呢，就听见有人喊：

“素夫叶，你个死女子，你给我出来！”

谁啊这是——

还有谁？叶子她娘！叶子不慌不忙，安抚好院子里的亲朋，出门看时，见母亲被几个老奶奶拦着呢，彼此一怔。见叶子出来，叶子娘黄了脸，也不看叶子，抹着眼泪拉住旁边人的手，哽哽咽咽诉说上了。听来听去，原来是外孙子娶媳妇儿，压根没通知姥姥家！

为啥呢！叶子前几天跑回娘家，说是阿公要借家里的牛使唤一下。

钱，之前已借了，手头三千多，全给啦！借牛呢，稀罕！但考虑到亲家难得张口，没多考虑，就让叶子把牛给牵走了。结果，早上碰见一个去张川跟集的人，叶子娘才知道，敢情自己外孙这是要成亲了！可她自己竟然不知道！

诉完后，叶子娘情绪渐渐平复些，叶子呢，受着母亲的白眼，不敢辩解。最后叶子娘被几个老奶奶劝进隔壁邻居家，叶子让人端来席上的饭菜给娘吃，娘勉强吃了几口，一想，今天这日子，也不能让女儿外孙太难堪。再说，叶子保证了，还一头牛回去。自此，叶子跟娘，心里又添了疙瘩，以前的小疙瘩还没解开，现在又有了大疙瘩。

婚事已毕，借的钱自然要还，可除了粮食，还哪有经济来源。要账的一波接一波，门槛都要被踩折了。海子待不住，跟媳妇儿商量说，要去新疆，叶子还没跟曼合商量出个一二三呢，小两口就偷偷溜了！叶子倒没多生气，也好，年轻人就该逼一下，不然，靠家里靠到啥时候？就现在这情况，坏上再加一点坏，还能咋？就天塌下来，还有她叶子哩！

夜里，叶子跟曼合说，他大，要不成，咱原干老本行咋样？曼合半晌不说话，最后一挠头，干就干！大不了挣了老命，再苦几年！

等他俩收拾家伙，重操旧业时，才发现人家都全盘机械化了，并且，各有各的承包区域。叶子跟曼合没办法，只好跑到更远处，砂含量不太高的河段去，可这样一来，劳动强度更大，且往返路程更远。一天累到趴下，也不过挣个微薄的几个钱。这种情况也影响到老二明子的情绪，看大和娘天天这么辛苦，明子专不下心，成绩猛往下掉。叶子在明子身上寄予厚望。明子比海子安稳听话，成绩也一直不错，叶子就指望着明子给她脸上争光哩！现在这个局面，叶子咋讲大道理，明子也听不进去。叶子只有把原本要从眼里流出的泪，都变成汗珠子，一串一串顺脖颈滚下来……

来催债的人渐渐看到叶子两口子的孽障，也无奈了，表示可以宽限，并安慰他俩身体要紧，不能那么拼命。可身体对叶子和曼合来说算个啥！俩人一旦忙起来，就昏天黑地，只有晚上回家，平瘫在炕上的腰身疼起来，才感到身体的存在。

这样一年下来，还了也才不到一万，可到底感觉肩头松缓了些。娘家的事么，叶子向娘低了几次头，娘看着叶子这样也心疼，就不再追究，说先把别人的账还了，再还娘家的牛。

现在这家里，不用说也是叶子当掌柜的，倒不是谁封的，而是既定事实。可叶子的眉梢还没展开两天，明子又要给她心上压石头了。

那天明子回来，对叶子说他决定辍学。叶子还没反应过来，明子就喊，他也要上新疆挣钱！说完就跑掉了。叶子瞬间愤怒至极，她顺手操起身边一个什么，就要追出去，刚迈两步，腿脚忽然不听使唤了，她一软，瘫在地上，手掌撑地，这才发现自己手里抓起的是一双鞋垫，上面插着一根针，针深深扎进她的手心，她竟没有感到疼痛。叶子抱住膝盖，头埋进臂弯里，刚嚎啕了半声，却戛然而止。门外的曼合听见了。曼合倒是希望叶子能哭出来，最好是大哭一场，但叶子却不哭了，她竟冲着曼合笑了。这一笑，把曼合的鼻子给笑酸了，这个活到四十上，还从没在大和娘面前掉过一滴泪的男人，脸上有温热划过，进而冰冷彻骨。

九

叶子把住门框慢慢站起来，曼合刚要搀她，她却揪住曼合的胳膊，轻轻说：没出息！这一说，倒把曼合说得不好意思，笑笑地挠头。

等叶子回到家，瞅见明子早回来了，手里攥着一张报纸，垂头坐在炕沿上。

明子见大和娘进来，扑通跪下，娘，我没听你的话，你打我吧！对这个听话的孩子，叶子是几乎没动过手的，不像海子，小时候不听话，挨打是家常便饭。这么一瞬，叶子忽然心疼，但还是强咬嘴唇，哽着嗓子对明子说，娃，娘，娘不打，不打你，啊，娘不怪你，怪只怪大和娘没本事……

旁边的曼合捏了捏叶子的胳膊，出去了。明子还跪着，叶子一把把他扯起来，忽然改了腔，决然地对明子说，娃，你也大了，如果你是认真考虑后做的决定，娘尊重你，但你要记得，男儿有泪不轻弹！男儿膝下有黄金！今后膝盖给我硬起来！

当年在曼合的课本上看到的词句，这时都给用上了。叶子感慨，知识到底有用！

叶子拿过明子手里的报纸，找到一条新闻，说的是政府鼓励外出务工的事情。再细看，原来县上出台了一系列劳务政策，还提出一个口号："张家川要发展，满世界开饭馆。"叶子一思谋，这倒也是个出路，而且……而且自己不是有一样特长一直没发挥出来吗？这么一想，叶子豁然开朗。

再说，老大海子前两天也来信说，他们两口子在伊犁，在朋友那里帮忙，目前能养活自己。又说新疆这几年发展很快，有许多四川人、陕西人在那边发展，尤其餐饮业很火爆。

第二天，叶子找阿公阿家商量。二老清楚家里这几年的难处，尽管舍不得，无奈形势逼人，还不如让他们出去闯，总比在家有盼头；再说，他们两口目前身体还可以，种几亩地，养几只鸡，日子也能推着过。既然大家意见一致，就去做闯新疆的准备。叶子首先想到的是，去每个欠着账的亲朋那里说一声，要不就打下借条，欠他们的钱，一定得还上。听叶子这么说，债主们纷纷理解，并说，天下穆斯林是一家，再说，我们还连着亲哩！叶子听后深受感动。

临走了，又舍不下这里的一草一木，毕竟生活了几十年，还从未远离过。再看着一院子新房，还没住上几年，她实在没有住够……

想到这里，叶子叹口气，揉揉双眼，她自己并不知道，陷入回忆这半天她一直是哭着的。叶子眼泪多，爱哭，但那还是小时候，母亲不让她上学和教她做饭的时候。那时，母亲打她，她就哭，母亲说，她的眼睛到底不大么，哪来那么多眼泪哩！等到后来跟了曼合，一开始还因为不适应，偷偷在被窝里哭过，但自从跟曼合淘砂子开始，一直到拼命盖房，再到海子辍学，直至最终决定离开老家去新疆，她都没真正哭过。今天这是怎么了？怎么越老眼泪还越多了。

她这么想着，就看见镜子里的自己，眼睛红红的，像个受了委屈的小姑娘，竟一下不好意思起来，便再次看见自己熟悉的笑。上次这样笑，是啥时候呢？对了，还是那年，决定要修房的时候……

那年，叶子跟曼合买了"时风三马子"，生活就此改善，终于油饼啊肉啊不离锅台，终于有了翻着看的钱了。

那时叶子最大的爱好就是夜深人静时分，从炕席下取出小钥匙，打开藏在板箱里的小柜子，开了锁，抽出小抽屉，小心翼翼地取出一沓长长短短的钞票，指头蘸了唾沫一张一张搓开了数，且必须弄出响声才行；数着数着，叶子就学起曼合，指头也不往嘴唇上蘸了，直接呸一下，吐点子唾沫在指头上，然后摇头晃脑数得心满意足，才小心将钱锁回去，藏好，压瓷实了，才放心睡觉，那时她睡着了嘴角也带着笑。当然，这是曼合告诉她的。当曼合这么对叶子说时，叶子嗔怪曼合，自己睡着了还看啥看！简直是耍死狗流氓！这么一说，曼合也忍不住笑起来，于是两人低声唱起以前一起压粪时唱过的歌来——

山高高不过关山
川大大不过咱张川
青青绿绿出关山
平平展展到张川
身上的尘土脸上的汗
城里阿妹不见山里阿哥着可怜
……

不注意，叶子的声音就冒出来，曼合赶紧捂住自己的嘴巴向叶子示意，意思是别吵醒住在隔壁的海子和明子。叶子看见曼合捂住嘴巴的样子就觉得好笑。说实在的，这几年尽忙着跑光阴了，她还没好好看一眼曼合哩，话说回来，就是以前，也没好好看看自己的男人，想当初闹洞房，居然扽住别人的衣襟……叶子想到这里就忍不住想笑，又可乐又害臊。曼合不明就里，傻呵呵看叶子，问叶子这是咋了？曼合越问叶子笑得越欢。趁着曼合发愣，叶子就过来给曼合挠痒痒，曼合求饶不迭，叶子就叫曼合答应自己一件事，曼合被挠得无可不可，只好说，好好好！别说一件，一百件我也答应！叶子住手，盯住一脸憨相的曼合说：我要——我可说了啊……今晚要好好看看你！

说着，叶子就扑上去了。

今晚世事变了。

今晚，他是她的小乖乖……

十

想到这儿，叶子觉得脸上火辣辣的，不禁心里嗔自己："哎呀，都当奶奶的人了……"

她看看墙上的挂钟，知道曼合和明子就快回来了。于是赶紧让自己冷静一下，又捉起了笔——

就这么没黑没明地又奋斗了六年，按我们两口子的规划，盖了十八米长的锁子厅，表面看是平楼，中间立两根大方柱，主体是木头的按架，每间房都是方方两米的大窗户，装修完真格气派！其间曾有人说“他阿姨呀！你不要太拼命了，要是把你累死，修下的新房子你住不上，看后悔不！”我就笑着给她说：“你把你的心放宽呦他阿姨，就算死了以后，把我落草在地下，守着我的新房，我心里都是亮清的，哈哈哈！”

……

等把上房修好，一家都住进去，把我两口子给累倒了，缓了大半年又开始重操旧业。两个儿子哩，也一年年大了，以后得娶妻生子，房子还是不够住。我俩又拼命苦了二年，把整个院子修成四合院。唉，苦死了，总算能舒口气，好好缓咔了。缓了大半年，手里的钱也花得差不多了，想着赶紧复工呢，结果，海子一下就惹下那么大个麻烦……也怪我和娃他大忙着挣了光阴，疏于管教，把儿子们给耽搁了……

的确，两个娃娃都没念成书，始终是叶子的心病，尽管现在熬过去了，两个娃的日子也好过了许多，到底是遗憾啊！

叶子叹口气，思绪又回到海子当年给她惹下的麻烦上。由于忙着挣钱，叶子和曼合对海子谈女朋友的事一点不知道，只知道他学习不如明子那么认真，也不如明子乖巧听话，但毕竟想着是老实人家的娃娃，还能学坏？

这一大意，麻烦了，海子把人家女娃娃肚子搞大了……对回民女娃娃来说，这是天大的事，万一有啥闪失，就把人家娃娃一辈子害了。

然后，就是给海子娶亲……娘又来闹……决定上新疆……

叶子回娘家安顿好大和娘，答应第二年就把娘家的牛给还上。叶子娘一听，还哪顾得上牛，虽说从小打骂不断，到底是身上掉下来的肉，泪眼婆娑地又是嘱咐又是埋怨。叶子知道娘埋怨她，其实是她不会表达，多少年打骂习惯了，连表达起爱，也是这样。最后母女俩相依惜别，默默挥手。

一家人踏上了西行之路，终于辗转到新疆。原本想着去找在伊犁的海子，但后来又觉得一下过去三个人反而给他添负担，不如先去乌鲁木齐，等以后发展好一些，再汇合一处，再说，曼合有个表姐在乌鲁木齐做餐饮生意，去了也有个靠头。

到乌市，在曼合表姐的关照下，他们盘下一家小饭馆经营面食，这对叶子来说简直如鱼得水。小饭馆经营了一年，就把老家的欠账还清了。叶子还了母亲的牛钱，还特意多给母亲打了两千块钱，又另给阿公阿家两千块钱，说是买些礼品，去当年借给他们钱的人家当面酬谢。饭馆开到第三年时，他们手里有了一定资金，叶子跟曼合商量着，把小饭馆打掉，开个小餐厅，扩大经营规模，把海子他们两口子从伊犁叫回来，大家心往一起凑，彼此好有个帮衬。

经过几个月的物色，终于找到一间适合开小餐厅的门面，谈妥后，叶子和曼合马不停蹄着手装修等事宜，一切都在有条不紊地进行着。

就在小餐厅装修完毕，打算正式营业时，叶子的腰不行了。那天她正指挥工人搬桌椅板凳呢，想过去搭个手，结果就把腰扭了。叶子的腰，当初生海子时就落下病根儿，后来又在河水里泡坏了，这次是新旧伤一齐爆发。这病来得真不是时候。叶子在医院躺了一个礼拜，检查结果倒是没有太大问题，但医生反复交代不能再干体力活。无奈，叶子只好回家养着。

经过三年打拼，小餐厅经营得风生水起。明子非但继承了叶子的手艺，并且还学习了其他餐饮技能。至于曼合么，倒比以前有精神了，里里外外一把手，他的拿手绝活儿是“椒麻鸡”。

海子来电话说，两口子也能混住自己了。他俩也盘了个小面馆儿，经营兰州牛肉面。去年海子媳妇儿回来，把儿子给叶子放下，叶子的腰现在基本康复，只要不干重体力活，完全无虞。再说，有个小孙子作伴，日子也推得快一些，毕竟劳碌惯了的人，根本闲不住。

小餐厅口碑好，生意一直挺火爆。叶子催促曼合跟明子，在市区买了两套商品房。一开始曼合舍不得，想着赚了钱回老家盖小洋楼多好，叶子告诉他，最近看新闻，说国家政策要向西部倾斜，乌市房价指定要涨。曼合禁不住催促，就买了。果不其然，两年后乌市房价大涨。曼合不得不再次佩服叶子的眼光，并在叶子耳边轻轻告诉她，他愿意她一辈子当他的掌柜的。叶子哈哈大笑，说你本来就是跑堂的命！曼合挠挠头，心悦诚服。

这几年间，叶子曾回过两次老家，老家这几年也发生了巨大变化。母亲的牛早都加入了牧业合作社，且由一头变成了三头。至于阿公阿家，现在对叶子这个掌柜的也是交口称赞，逢人就夸。

叶子正发呆呢，腿上一热，原来孙子又尿了自己一裆，叶子笑着拍拍孙子的小屁股，说这娃将来一定能当个状元，将来去学水利。

正念叨呢，就听明子在屋外喊：“娘，你说啥呢？”

叶子隔窗答应：“我说你侄儿以后指定能当个大干部，搞水利——”

还没说完，明子和曼合笑笑地进来了。

还没落座，叶子就对明子说：“将来啊，你们的娃娃，高低贵贱要上大学，而且是好大学，听见没有?!”

明子瞥一眼叶子：“八字还没一撇哩！娘。”

“啥？八字还没一撇？你赶紧给我把生米煮成熟饭！”

听叶子这么说，猛然想起海子当年的事，曼合先一尴尬，接着跟叶子对望一眼，俩人都抿嘴不说话了，明子低头装作没听见。

“对了，明子，你到底啥时候把女朋友带来让我看呢，都快三十的人了！”

明子问：“娘，你那么着急干啥？”

叶子瞅一眼曼合，说：“我要你们每人生一堆娃娃，回老家住我那大房子，我那些房子呀，我才住了不几年，就逃荒一样逃到了这里，唉……”

“老家那破地方，有啥？”

“你胡说！什么破地方！那是咱们的根！”曼合刚想说话，又被叶子截住，“张家川，咱们的根！”叶子又补充道。

“你娘说得对！”曼合跟着说。曼合还要说什么，嘴巴刚张开，叶子抱着孙子去隔壁换尿布了。

“娘——娘！——我大哥他出事了！”

“什么！怎么了?!海子他怎么了?!”

“我——我大哥——把人家女娃的肚子……给……”

“什么什么?!那不是多少年前的事儿吗？怎么又？”叶子一个激灵从梦中醒来。

旁边，曼合捣一下她说：“娃他娘，你梦睡梦啦？”

叶子这才知道是梦，她把梦里的事儿，给曼合说了。曼合说：“看你，胡思乱想！本来今儿下午要给你说的，你不给人机会，海子电话里说了，他两口子下礼拜就来乌鲁木齐。”

叶子这才彻底从梦中回到现实。可回到现实的第一句话是：“还娃他娘哩，早都娃他奶咧。”

曼合听了笑着，笑着，刚准备挠一下叶子的胳肢窝，却发现叶子早又睡着了。

这次叶子睡得很踏实。这次的梦也踏实，她梦见自己领着大大小小几个孙子一起上学校去呢，忽然听见背后有人叫，回头一看，原来是小时候借给她书的那个同学，再看，同学竟然成了小学生，正背着书包呢，又看看自己——

咦——叶子怎么也背上了娘缝的小花书包……

后　记

对今天的孩子来说，幸福只是天经地义，甚至对新生代后的青年而言，文中描述得仿若传说。然而这并非完全的虚构，文中的故事就曾发生在20世纪八九十年代，我老家张家川的山峁墚洼之间。可以说许多“70后”都能成为其中的主角儿。

讲述一段历史的意义，并非讴歌苦难或聊以遣怀，作为那片土地上曾发生过的事，总有留下痕迹的必要，一来是对过往人事的祭奠，二来，也留给后人一个追忆先辈的凭借，哪怕按图索骥，总强于一片空惘。

2019年11月

瓜牡丹

说来说去，最爱还是瓜牡丹。

想到瓜牡丹，脑中即刻浮现这样一幅画面——

一座关山镇守着，一湾河水咯琅琅，自西向东蜿蜒宛若臂膀，将一条长街揽入胸怀。那时，街上已有人头攒动。人多戴白帽帽。若是老年男性，照例还有一脸浓密的胡须，在晨曦中冉冉生辉；而若是个年轻人，又恰好是个女子，则一袭盖头绾尽青丝，唯露一轮清白秀丽的脸庞——不知怎么就浅浅一笑，随眸中流光转盼，诉说一腔水样春愁。

愁怀无释处，又一声叹息。日头远远地探出头来。

忽然，一声笑轰然而下。如宁静的水面投下巨石。顿时金光四溅。

一个人爹手爹脚，威风八面，已从远方横横斜斜趸过来了。啊！谜一样的人，谜一样的笑！

任何谜面，都要保持新奇方可悬念，但倘若已知谜底，仍使人感到无由惊喜，这谜就不失为一个真正的谜了。简直具备动人的力量。

这力量果然结实的。迎向长风，迎着众人的目光，使自己坦坦荡荡。我心为之悸动为之惆怅。当我悸动惆怅，力量却随之变得纤细。细到使我柔软——

知道是魂牵梦萦的瓜牡丹了。

啊呀！伊——伊就这样来了——

不知为何我总称她为“伊”。

所谓伊人，在水一方。

但伊那时不在水中央，也并不在乎我向伊投去歆羡。伊自顾自地——

照例头上插了一枝花，腰里捆根长绳，长绳下是一件开襟的棉衣，纽襻有三个已不知去向，剩下的两个也并未系上，纵横捭阖间使一条大红的裤带赫然入目。单裤却是绿色的，且只盖到脚踝，显然是为突出伊脚下的鞋吧！然而那拖鞋仅剩一只，另一只大约低调的缘故，躲到不见。就把一个大脚丫出卖了，这只脚显然比那只鞋更愿抛头露面，一步跨出后，大脚趾带领其他脚趾欢舞，等落地，已是两米开外。每跨一步，落地都如鼓掌，似要唤醒大地，迎接一对儿神仙眷侣俯临人间。

为伊豪迈而又绰约折服，使我心慌。使我隐入一个锅盔摊摊背后去了。默默注视伊及伊四围的空气，殷殷盼着接下来将要发生的一切。

就见伊向我一瞥，进而将手一拍，啊哈——

是你！——

极惊喜又极亲热的一声！我感到伊就要喊出我的名字了。我感到自己就要将自己的名字默念给伊知道。

伊却将头一甩，划出优美弧线，脸上开出一朵牡丹，边开边说道——

爷诶爷诶，散个乜(niè)贴(善愿，善心)……

同时两手摊开，伸向面前的锅盔。锅盔后是个白胡子老汉。老汉以矫捷身法，从一扇磨盘样的锅盔上扯下半边，递给这朵绚烂绽放的牡丹。老汉边笑边说，唉！给娃散个乜贴……

伊并不说谢，接了锅盔扭身跳开。跳开一瞬已叼下一块，呜呜啦啦大步迈去，全不顾老汉。还有老汉背后的我。

呜啦声落在一个麻糖摊摊前，刚才一幕花开二度。不过这次未等伊开口，摊摊后面一个妇女，已将一柄麻糖举向伊胸前。伊双手接了。刚那块锅盔整个吊在唇间，以为伊将要跳开了，却一唇将吊着的锅盔甩入怀中，连并麻糖一并兜了。才追忆似的说，姐吔姐吔，散个乜贴……

伊竟懂蒙太奇！

镜头才切换，伊竟又跳向一个凉粉摊摊了，说阿舅阿舅，散个乜贴……

伊每说散乜贴时，必盛开一次，且必使散给他锅盔麻糖凉粉的人一并开怀。整条街上所有人笑笑的，欢乐顺了大街浩浩荡荡，从东关到了西关。街上不知何时已有两行牛粪热热烈烈，冒着烟气，夹道欢迎。伊就在牛粪中穿梭如风。

伊就跳，就蹦，就唱，就呜呜啦啦——

伊呜啦时，一手挈锅盔，一手提麻糖，嘴角一绺辣子，妖冶如花。一只鸽子在伊头顶盘旋一圈，飞过去了。

鸽哨悠悠荡荡，梦一般的；整条大街氤氲在浪漫之中。当哨音栖在圆树梁顶，日头忽然红了脸跳出来，将金粉洒向大街上角角落落，所有人腰肢柔软起来，随了街边垂柳轻轻摇摆。

伊仍跳着，蹦着，唱着。伊仍手里挈了锅盔怀抱麻糖。我多想是伊手里挈着的锅盔或怀中抱住的麻糖呀！

噢！幸福的锅盔！幸福的麻糖！

当伊跳着蹦着唱着时，仿佛听见人问，瓜牡丹啊瓜牡丹，你到阿达去！

伊听后说——

看我新女婿去咧！

新女婿在阿达哩？

嗯——我不说么——说了我娘骂哩——

伊竟羞涩。伊竟红了脸。伊红脸蛋上一双眼明如灯火。火光照向我，使我融化使我心扉洞开，使我听见自己说：瓜牡丹，我要当你新女婿哩！

当我听见自己说话，同时看见一个孩子欢蹦乱跳，拉了另一个孩子的手。

但我同时惆怅。伊属于龙山镇。伊是龙山镇的瓜牡丹。伊看不见我……

龙山镇属茶马古道。数百年后，明清建筑虽破败却仍罗列街道两旁；屋顶青苔诉说往日辉煌与今日沧桑。当年从陕西等地退却的义军后人，沿清水河一路寻觅，找到这个业已落寞的古镇，在此扎站在此营生。并建起一座巍峨的清真寺，牢牢占据镇西，与镇东三国古战场遥遥相望。须臾之间，过去未来遭遇，雁入长天，两点春山，不说一句话，但彼此懂得心事。往昔辉煌已不必言说，而今何去何从还看来者。想到此，人们精神一振，决然拂净征途上的烟尘，却将热血托付这旧日山河，焕发新的生机。于是操祖业，于是开先河。为着一腔蛮憨勇武的精神而与此地水乳交融，眷养出一份格外情态韵致。皮毛生意日渐红火，并伴生与之相关的一切产业。八方商贾来朝，各方乡民亦不甘落后。在花儿漫卷与秦腔飞扬中携手向前，齐头并进，竟使这矗立千年的古镇，烈如一个少年。

少年扬鞭一挥，遥指秦汉。

少年纵马轻裘，目视星河。

前方有龙在野。呵，龙山！随即腾越而起，随即提携天地，随即吐纳寰宇，随即世事一派清明而鸿蒙豁然开朗。

便有这样一条长街。并在长街上诞生一个繁华的街市。

每当逢集时节，四邻八乡的人们，换了新衣吆了骡马，来镇上赶集。

镇上真好看，到处白帽帽！

镇上欢火呀，哪里都新鲜！

这里一片商店，那里一个摊摊。

商店里打了油盐，去逛摊摊吧！

有卖菜的摊摊。红的辣椒绿的芹菜，又红又绿水萝卜；黄的洋芋白的蘑菇，不黄不白葱姜蒜；青的瓠子紫的茄子，半青半紫是甘蓝。

有扯布的摊摊。有白洋布有的确良，有涤卡蓝有呢子灰。扯来扎衣裳做裤子，敹背心缝马甲。罩被面你就扯缎子，赶嫁妆你就扯绸子。

还有小吃摊摊。凉粉儿就滑莹莹，酒醅儿就黄澄澄，油饨儿就甜灵灵，酿皮儿就柔筋筋，发糕儿就胀蓬蓬。还有！烧鸡一撕满把香，麻糖一咬嘎嘣脆，醋粉一吸酸倒牙，羊杂一碗汗津津。

更别说！一头碰死人的老豆腐，一嘴扯二尺的牛头皮，一碗咥不够的炒面片，一口香死人的汆丸子，一捣一天的罐罐茶，一摞一山的大盖碗！

都来了，都来了！也浪了，也吃了，也耍了，一天下来把人团乏了！

乏了咋办？

乏了看瓜牡丹！

看了瓜牡丹，也解乏，也解馋，跟着跑一天夜里睡一觉，清早还是一条好汉！

人看瓜牡丹是看热闹，我呢，我看瓜牡丹是看诗意，看念想，看远方。

瓜牡丹是诗。瓜牡丹是哲学诗。伊把一些人笑不出来的心事给笑出来，把一些人说不出的惆怅给说出来，把一些人拉不下的面子给拉下来，把一些人看不清的未来给照亮亮。

伊要的不是乜贴，是安放人们一颗善良而彷徨的心。人们也不是施舍，是用自己的慷慨点燃一份快乐。当快乐随了鸽哨点亮黑夜，人们就睡得格外踏实也格外欢实。

瓜牡丹是念想。当目睹伊孩子般的笑，孩子般的羞涩，孩子般的纯真，我心底埋伏一个愿望，要当瓜牡丹的新女婿！

要把瓜牡丹吹吹打打迎进来——

带伊去漂泊，去流浪，去寻觅我心中的远方！

为这愿望，终于我发起一场遥盼光荣归来的远航。此去经年，天各一方。

可是某天，蓦然听说瓜牡丹死了。

瓜牡丹竟死了！在一个秋风乍起秋水横波的夜晚。那一刻，我心上落满三十年前的霜痕和月色……

然而我又想到，瓜牡丹不是我的。瓜牡丹是龙山镇的。瓜牡丹是龙山镇人感性的一部分，感情的一部分。龙山镇人的感性是高高的圆树梁，是咯琅琅的清水河，是一扇锅盔一杯茶，是一碗炒面一瓣蒜。当初散乜贴时，于彼此神会相互意领中，已将感性传达，酝酿成龙山镇人的感情。龙山镇人的感情是揪脖领子的勇猛，是老拳相向的蛮憨，是街边垂柳的妖娆，是马路牙子的敦实。而这些无不从瓜牡丹眼中照出，心中流出，口中唱出。

瓜牡丹死了。但她仍然活着。

我把瓜牡丹从心底热突突捧出，还给龙山镇的街道和夕阳。任伊继续迎长风、迎人们的目光驰骋纵横、风流婉转。当伊热热烈烈穿过两排牛粪的夹道驭风而去，伊已从感性而感情中升华出艺术——

伊的呜呜啦啦，呜呜啦啦，就成了漫花儿，就成了吼秦腔，就成了夜色中的曼妙舞蹈，就成了夕阳下官泉水面的波纹，悠悠扬扬叮叮咚咚守住一座城的灵魂。

谁说牛粪不配牡丹。当牛粪亲亲滋养而牡丹切切回护，两处眷顾而一地深情。瓜牡丹将永远奔跑永远烂漫在故乡的原野。

当我凝眸故乡，耳边清水河咯琅琅；当我顺流徜徉，就见一声笑轰然而下——

如宁静水面投下巨石，顿时金光四溅。

一个人奓手奓脚，威风八面，已从远方横横斜斜蹿过来了。啊！谜一样的人，谜一样的笑！

那时，就听——

爷诶爷诶，散个乜贴……

姐吔姐吔，散个乜贴……

阿舅阿舅，散个乜贴……

伊每说散乜贴时，必盛开一次。

伊就跳，就蹦，就唱，就呜呜啦啦，呜呜啦啦——

伊手里挈了锅盔和麻糖。一只鸽子在伊头顶盘旋一圈，飞过去了。

鸽哨悠悠荡荡，梦一般地；整条大街氤氲在浪漫之中。日头忽然红了脸跳出来，将金粉洒向大街上角角落落，所有人腰肢柔软起来，随了街边垂柳轻轻摇摆。

2021年10月

赤脚医生

我奶活着的时候常说一句话：要感谢子清哩，子清救了咱们家几个娃娃的命哩！

子清是村里的赤脚医生。

哎呀，说来真是惭愧，我竟对他这么直呼其名；若论辈分，我得叫他太爷的。可那时听惯了大人们叫他子清，如今要写他，不叫他子清，就觉得写的不是他。倘泉下有知，还祈恕罪。

赤脚医生这职业，现在不知还有几人记得，那时几乎每个村都有他们的身影。他们是没有执照的乡村医生。我们村，要说找谁看病，不用问，当然是找子清。大人们说起子清，语气里带着恭敬，可孩子们怕子清，就在背后悄悄骂子清。所谓骂，不过是偷偷叫他的名字。子清老汉不苟言笑，有老派文人的严谨笃实。但孩子们怕他不是因为他的严肃，而是怕他手上的针。那时，小孩儿不听话了，大人就来一句：再不听话，看子清来了！那孩子必定是噙了泪蛋蛋往肚里吞。这么一来，孩子们路上远远看见子清背个药箱过来，仿佛即刻就要被他捉去，要跑不知先迈哪条腿。

子清的诊所就在他家里，找他看病，得先规规矩矩敲他家大门。远远听见院子里趿拉趿拉的脚步声，悬着的心放下了。开门的却不是子清。来人眼睛拐着弯儿往门里掏，怕他跑了似的。开门的子清的家人努努嘴，意思是让等等。回头时，孩子已藏到背后了。

咯吱一声，大门旁一扇小门开了。原来子清的诊所是在大门口的院墙上开了个洞。大人拖住孩子拐进那门里，两厢一照面，倒像三堂会审。子清的目光从大人脸上斜扫下去，落在孩子头顶，孩子觉得身子被那目光压下去了，矮到终于不能再矮。子清手心向下，挖几把空气，说着：娃过来，过来。声音却是绵软的，像冬日草垛上的阳光。身旁大人随着子清的声音配合出一个温柔的笑意。孩子终于敢朝前望一眼，目光绕过子清，只见靠墙木架上是一排排大大小小的瓶子。

瓶子里装着大大小小的药片，朦朦胧胧，在咖啡色的瓶子里，像个梦。

孩子低下头了，乖顺向前，子清却转头和大人聊起了天。说的是家长里短的事情，一问一答，孩子听得真切，倒忘了来的目的；这才觉出这小屋空气里，有种陌生又熟悉的味道；还有点点好闻。然而终究戒备着。当子清伸手过来翻看孩子的眼皮时，孩子还是一个激灵。子清边检查边和大人说话，仿佛不过一个随手的动作而已，倒让孩子因自己的反应过度而不好意思，垂下头。子清丢开手，转头和大人继续说着话，孩子反有被冷落的寂寞，又去看那些瓶子，数了几遍还没数过来。心里到底还是怕的。

忽然，子清抱住孩子，孩子本能挣扎；一使劲，才觉出徒劳，那抱是善意的。子清腾出一只手，摸向孩子的肚皮，孩子有被强力控制的安稳，就像有人硬往他嘴里塞一颗糖。子清的手掌揣摩一阵，如捉住母鸡摸蛋；终于没摸到，丢开了。孩子红了脸，使劲扽衣襟；衣襟怎么就短了，总苫不住肚皮。这期间，子清总没停下和大人的说话，似乎谈天才是正事。

子清边说边打开柜台上的铝饭盒，又转身提起暖瓶，嗡一下开了瓶塞，往饭盒里倒水。这样轻飘飘的动作，看起来有种说不上的舒服。直到水汽从饭盒氤出来时，孩子才惊醒；饭盒里并排躺着几只长短、粗细不一的针管，针管下是泛黄的纱棉，像一床旧被子，“被子”上卧了几根针头。孩子瞬间领悟似的，觉得委屈。

孩子咬了嘴皮憋着，心和屁股讨价还价；屁股上紧绷的一坨地方终于被说服，默默给自己鼓劲。孩子觉得屁股上一凉，想摸，才感到手也凉凉的，以为是手心出汗，一揩，鼻头上却有一滴水跌落，摔成八瓣儿。大人们又在说啥，他没听真，抬头看时，发现子清把两块糖递到大人手心，悠悠说道，回吧回吧。大人答应着攥住糖就要出门，孩子不知该跟谁，瞥一眼大人，又看子清，子清已经转身，往抽屉里扔进去几枚硬币，门外大人断喝一声：回呀！孩子看大人一眼。

大人更恼了：还想攮一针？！

孩子如梦方醒，不知怎么就跳出门槛去了，简直太幸福。

回到家，还有更幸福的事情哩。大人拿出刚得的糖给他，让他吃，孩子才看清，那是“宝塔糖”，黄溶溶的，以前吃过，是打虫药。他接过来含在嘴里，甜丝丝，舌头压压就化了，没吃够似的。

当那孩子长大以后再回想起子清那间小小诊所，竟莫名亲切。再想想奶奶的话，又觉出几分神圣。也难怪，那时人们有了病，无非是去找子清，至于远在乡镇的卫生院，那是快死的人才去的地方，简直不可想象。农人们日常更多的是头疼脑热这样的小毛病，去找子清，方子要么是“四环素”，要么是“安乃近”，再厉害一些，无非“青霉素”或“庆大霉素”，而孩子们最熟悉的莫过于“宝塔糖”“食母生”一类；如果开的是“山楂丸”，那就与奖给糖果一样。

痛苦的时候也不是没有，是吃那种大药片，因为不容易咽下去；往往是半杯水喝下去了，药片卡在嗓子眼；药片被水一泡，溶了，苦得人摇头打摆子。后来得了经验，大药片掰开了吃，眼睛一闭，脖子一仰就下去了。吃药倒吃出了豪迈。说起来，最怕的还是打针。害怕打针其实也没啥可丢人的，毕竟很多大人也怕打针；毕竟那时，打针也是稀罕，平常无非吃几顿药就见好。农民判断病情的唯一标准是疼不疼，实在疼得受不住，吃几片“去痛片”，疼过去了，似乎病也就好了，至于某天突然直面死亡，那也不是病的缘故，而是命。说来也是奇怪，人们宁愿把命交到子清手里，而子清的一包“安乃近”或“四环素”还真就包治百病。还没有人从他手里出去后，有考虑命运的机会。

凡有人觉得自己最近干活不攒劲，就去找子清。

找子清，眼看子清把裁成方块的麻纸展开，又拧开那些大瓶子，倒出些大药片；黄色的、白色的、灰色的；早上、中午、晚上，按剂量按顿数分开包好。来人只瞅着，病已好了几分；再看他把药片投进铁“踏窝”里，用铁杵捣成面面，病已粉身碎骨；吃上几顿药，蒙头睡一觉，又扛起镢头铁锹，一身蛮力能把长城挖倒。

不行的人，猛又行了。就有歌谣传唱——

头疼感冒发高烧
阿司匹林吃三包
多喝开水少吃辣椒
……

多大的病，到子清这里，说笑一阵，病就过去了。

他说，你趴下；他说，唉！这娃娃，咋这么瘦哩；他说，娃娃要好好吃饭哩，说着，又跟大人聊起来，也不知啥时候，他拍一下你的屁股，说声起来，原来针已经打完了。然后，你就破涕为笑，你就觉得子清打针也并非那么可怕的事情。后来，你终于明白，怕子清打针，说到底只不过是自己吓自己。当某天忽然明白这道理时，子清已经不在人世了，然后，赤脚医生这个称呼也已成为遥远的历史。

奶后来常说，子清救了咱们家好几个娃娃的命哩！

怎么救的其他兄弟姊妹，我不知道，只记得父母不止一次说过，我的命可是子清捡回来的。我那时因“四六风”命悬一线，好几次半夜去敲子清家的门。时至今日，我健康地活着；活着，就要时常想起子清，想起那时的赤脚医生。

想起赤脚医生，就想起挂在子清肩膀上的药箱；棕红色的箱体上一个白圈圈，白圈圈里一个大大的红十字。打开箱子，盘着一个发黄的听诊器，旁边是一个铝饭盒，饭盒里有一排针管和针头。在孩子们看来，令人害怕又莫名向往，而在大人眼里，则有近乎神圣的景仰。不单因为他们能救死扶伤，还为他们是身边少有的文化人。背起药匣子，他们是赤脚医生，放下针头抡起镢头，又成了跟村人一样的农民。

那时节，农民谁都不求，只求龙王爷和赤脚医生。龙王爷能保佑风调雨顺，赤脚医生能救人活命。

2018年3月

丑 丑

他左手一划拉，右手一划拉，划船一样，把两边的玉米叶儿划拉开，唰啦唰啦——唰啦唰啦——

玉米叶儿浪一样往后退，又往前推，把他送往玉米地深处。

耳畔，远处戏场子里的板胡声和唢呐声被他唰啦得有一声没一声，唱腔高一句低一句。那戏他知道。他知道这会子韩琪正满台子撵着追着杀秦香莲哩，可他顾不上这个，爱杀谁杀去！他深一脚浅一脚地往靠墙儿走，往地埂塄底下走，越往里走就听见自己腔子里心跳声越大，心跳声越大心里就越痒痒。痒痒又没处抠，又到处游。一会儿是心尖上痒痒，一会儿是屁勾槽子痒痒，一会儿又大腿根根痒痒。

他想尿尿，可他大腿根根一使劲，尿又给夹回去了。

他看见埂塄了。

"忒儿——"

一个什么东西黑愣愣地升起来。

他屁勾槽子一紧，又一松，愣定一看，是个麻鹁鸽子，扑搧搧哗啦啦地飞远了。

"我看就——！"他心里狠狠咒一句。

他就近埂塄立住，低头看住了鞋面，解裤带的手哆嗦着，半天才捉住自己的牛；他捉定了，对准地上一个什么虫虫打出的窝窝，瞄准尿到那窝窝里；窝窝满了，仓琅琅价响，窝窝周围一坨坨泡沫越洇越大，又一个一个破了。他甩一下，又抖一下，又装回去，系裤带，勒一下，又勒一下，咔——娸倛(合适)了。

他觉得指头背背上有点凉凉，他把那点凉凉使劲揩在裤腿上，揩完又看看地下那坨湿印子，就抬腿就抬脚扫来些土，给苫上了。

他很满意。

"轰——圪擦擦——"

他头皮给震得嗡地一麻。他屁勾槽子里猛一紧，心尖尖上猛拧个疙瘩。是戏场子里放铁炮，是庙里迎老儿家(神祇)，是一帮人闲球地没事干！他心想。

"放个球地个炮！我看就——！"他心里骂。

他歪着头尖起耳朵听，唰啦——唰啦——

她来了？他思谋。

是她来了！天爷！他心想。

唰啦——唰啦——

唰啦——唰啦——

他支起耳朵，他努起嘴皮帮忙使劲，他边听边在自己心里划船，边使劲。

他晓得是她。

就像那划拉声也晓得里面等着的是他。

他看见她的个样样儿了。

她样样儿娇娇儿地来了。

他㧐转身对着埂塄，他不敢出气，怕一出气就把埂塄给吹塌了。

划拉——划拉——划——拉！

——"是你?"

——"咹。"

——"是你?"

——"嗯。"

——"你咋来了?"

——"可你……可你咋来了?"

"我……"

"我……嘿嘿!"

"看你个怂势!"

"嘿嘿!"

他猛㧐转身，捉住她手梢梢。

她浑身一抖；她低下头。

"我不!"

"能成！……"

"我不么!"

"能成么！……"

“么揣头，务地的手！”

“绵很！”

“不信！”

“真格！”

“你漫当(哄骗)我哩！”

“真格不！”

“就是！”

“就不是！”

“就是的！”

“就不是就不是！”

“反正我不么！”

“由了你了！”

“死狗！唔唔……死……”她被他结结实实含住，出不来气。

唔咂咂……唔咂咂……唔咂！

她摇着头，把自己从他怀里拔出来。

“咋了？”他说。

“听！”她说。

“管球！”

“听！”

“咋？”

“人来了！”一股热气吹着他耳朵。

“管球！”

“人来了！”她指甲掐进他肉肉里。

“管球子他！”

“死狗！真格是人来了！”

“去他妈！”

“悄悄儿地……”

“嗯……”

“蹴下，蹴下！”

“嗯。”

“蹴倒……”

“嗯。”

唰啦——唰啦——

唰啦——唰啦——

“到埂塄背后了……”他说。

“悄悄儿,不言传……”她说。

“两个。”

“嗯。”

“不言传……”

“嗯……”

埂塄背后一阵窸窣,一阵沉默,一阵出气,像两只跑乏了的,呼哧呼哧的狗——

“防着人看着。”

“没人。”

“万一?”

“都看戏哩。”

“保险?”

“保险!”

“今儿好好儿着你揣受瘾。”

“要你受瘾。”

“你受瘾,我啊受瘾。”

“嗯嗯!”

“我我……啊啊……受瘾受瘾……受……”

“嗯嗯,嗯嗯嗯,嗯嗯嗯嗯……”

她跟他面对面圪蹴着。

他看她。她把头戳进他腿中间。

他抿嘴笑。她指甲又深深陷进他手背背的肉肉里。

她的脸像红日头跌进了玉米地,把他的身上心上烤得焦渴焦渴的。他一焦渴就想尿尿。

他喉结上啊下啊地蠕。蠕啊蠕,他就想尿尿。就听见埂塄背后又有声——

“咂啥哩?”

“香!”

“香啥哩!”

“香很！真格香!”

“棒棒油?”

“不是。”

“雪花膏?”

“不是。”

“那啥香?”

“你唾沫香。”

“唉爷爷,个死狗!”

“手启开,再揣揣那个……”

“死狗！唉爷个死狗……”

……

他想尿尿。

他忍不住了。

他要尿裤裆了。

他站起来,却躬着腰,感觉有个啥顶得他大腿根根疼。

“死恰地！你蹴下!”她拉他。

他顺了她,刚要蹴下——

“有人!”

“唉爷!”

“咋?!”

“跑!”

埂塄背后唰啦唰啦——唰啦唰啦——唰唰啦啦——唰唰啦啦——一前一后两只船,日急慌忙划远了,有几只雀儿和鹁鸽子訇啦訇啦升起来了。

她手捂住戳在他腿中间的脸咯咯咯地笑。

“笑屁哩!”他说。

“就笑你个屁哩!”她说。

“屁吓着溜了。”他说。

“都是你!”她说。

……

……

她突然向后拐转过脸。

“死狗!”她说。

“死狗跑了,留下的是活……”他低头看看裆,才发现她说的不是他。是它。

它二不愣愣地立着。

她猛站起来,头扭向一边。

他也跟着站起来,又觉得顶。疼。

他又躬下腰。又蹴下。

他拾起个柴棍儿捅地上的虫虫窝窝,挡住一只虫虫,不让它好好跑路。

“丑丑,你愿意引我不?”她说。

“用问?”他说。

“我要你说。”

“愿意,十辈子都愿意!”

“那你咋不提亲哩?”

“我害怕你大哩……”

“我大又不是狼。”

“你大不是狼,可我害怕你妈哩。”

“我妈又不是老虎。”

“你妈不是老虎……可我害怕你哩……”

“你害怕我的啥哩?”

“我害怕你……我害怕你……”

“我害怕……我没钱给你大你妈礼钱哩……”

“你好好儿挣!”

“能成?”

“咋不得成?”

“你等我?”

“等!”

“好,戏唱完,我就跟人到宁夏搞副业去!”

“我在屋里等你!”

“万一等不住?”

“么万一!”

“万一万一哩?”

“万一万一，到阴世里我也等你！”

“燕燕儿。”他说。

“咋！”她说。

“你真格好！”

“哪搭好？”

“哪搭都好！”

“咋个好法？”

“好的么世上！”

……

……

“燕燕儿，再梆一口。”

“嗯。”

“不是。”

“这面？”

“还不是。”

“那？”

“我梆嘴哩……”

“死狗！”

……

他跟她划着船出了玉米地。

他拾起一疙瘩胡基，一下扔进玉米地里。

他边扔边咒——

“日你个先人板板哩，跑野洼上挂马子哩！”

玉米地那头，一绺儿玉米秆秆东倒西歪，向沟底下去了。

他在前面跑。

她在后头追。

啊哈哈——

咯咯咯——

2018年10月

三　喜

三喜死了。

对于三喜的死，村里人倒没觉出什么稀奇，一些见多识广的长者早看出了端倪。他们说，自从三喜六月里裹着个破棉袄从墙根儿下顺过去；自从他看见村里的年轻媳妇儿们就嘲着指头叫姨，他们就觉得他其实只差一个形式上的死亡。

三喜根正苗红，世代贫农，他爹叫栓本。栓本那时是农业社里看庄稼的，娶了他舅舅的女孩儿，女孩儿叫爱爱。当栓本腰里别着个鞭子，像戏里的王朝马汉一样，在地埂塄边、沟畔畔上逡巡时，爱爱就负责在家给他养娃娃。养下的头一个娃是大喜，第二个是二喜，等到三喜出生，爱爱突然不养了。爱爱时常对人说，她养娃，像拉屎，憋了，自不然就养下了。所以，当爱爱像拉了三泡屎一样养了三个娃时，栓本还在野洼上转经哩。

那年头人人吃不饱，吃不饱就偷。栓本哪能让随便偷，那是公家的粮食，是众人的。给农业社看庄稼的也不是栓本一个人。别人看见那些在鞋壳郎里塞几个麦穗、腰里揙个包谷棒棒的人，装着喝喊上几声也就睁一只眼闭一只眼过去了，顺便往自己裤腿里装几个洋芋也就心安理得。可栓本不，栓本捉住了要日嘅先人，搞不好还要甩几鞭子。他自己也从不偷拿公家一颗粮食。爱爱坐月子想喝一口浆水拌汤，可拌汤清汤寡水的没一点面气。爱爱就瞅栓本，栓本就蹴在门槛上抽旱烟，仿佛从不认识他这个表妹。

人就在背后咒，咒栓本断子绝孙。可咒归咒，面子上还是客客气气，毕竟栓本是农业社里的看粮模范；可咒归咒，栓本的女人爱爱，还是一连养下三个带把把儿的。栓本就觉得他是对的，他没有亏下先人。

一转眼，三个娃娃身体越来越结板，一顿能把家里一二瓮子缸蜀黍面吃到见底。爱爱就发愁，就常找借口回娘家。娘家大和娘一开始可怜，日子一长，娘家大脸就变黑了，这哪是看爹娘哩，这是招土匪哩！再背娘家的馍馍是没指望了，可三个儿就像三只饿狼，看见个菜根子眼睛都发绿。三个儿都跟了栓本，傻大个子，四方脸，五官就像茅衣铲铲铲出来的，都是棱，连个过度都没有。

百十来口的村，保不齐哪天就死人。死了人就得抬埋。这倒是栓本爷父子的喜事。一开始栓本是带着大喜去。去给人挖坟，抬棺材。这都是力气活。可栓本爷父子都是天生不惜力的人。挖坟挖累了，别人都歇缓，都抽纸烟，栓本还跟大喜汗泼流水地挖着，旁人看招呼不动他俩，也就不招呼了，由他们去。

其实，栓本有他的心事，他知道这几年看粮讨人嫌，人家心里都不情愿他来，可奔丧这事是乡随，又不好不让他来。他也就厚着脸皮来了。等把亡人抬埋了，主家要管饭。别人吃完了，开始拉闲了，栓本和大喜爷父子还把头栽进大黑碗里，扑腾扑腾，满院价响。别人就说，你爷父子恨不得把人家的锅背回去。栓本就嘿嘿地笑，大喜就使劲揩鼻涕。等二喜长到离栓本的额颅还有一拃时，栓本就又带着二喜。凡是村里的干事，必少不了这爷父子，众人见他们干活确实卖力，也就不好说什么。

到三喜嚷着也要跟他爹去抬埋人时，农业社解散了，农业社分成了几个生产小组，家家分到了自留地。栓本这个农业社的劳模一下子失去了用武之地。可这也不是什么坏事，有了自家的地，他爷父子又都有一把子力气，吃饭还能是个困难?

包产到户头一年，虽然天旱，可到底务的是自家的庄农，麦子打了几大口袋。磨了新面，榨了新油，爱爱就忙着半夜里把大门关上炸油饼。油饼端到炕头，把栓本爷父子吃了个美，打着饱嗝儿就睡了。第二天一早，栓本摸黑把三个儿子吼起来担粪，随后吼爱爱，吼爱爱起来烧拌汤。爱爱平时老早就起来了，今儿咋还不见动静？吼了三声也不答应。一揣，被窝里是冰的，再一揣，爱爱的肚子胀鼓鼓的。爱爱给胀死了。这个养三个娃就像拉了三泡屎的女人，已经多少年没见过油水，如今见了油水没命了。油饼端给栓本爷父子吃了，她就把炸了油饼的剩油用蜀黍面馒头蘸了吃，半夜里就给胀死了。

爱爱一死，四个齐门框高的男人出来进去，进去出来，把个破院墙围起来的一小片天空戳得千疮百孔。夜里，四个人睡得长长展展，出奇地安静。把爱爱抬埋了，栓本就觉得自己老了，庄子上的干事也不再亲自出头露面，有三个儿子顶上哩，他倒也放心。

三个儿子还是那么能吃能抬。无论多胖多重的死人，只要有他弟兄三个在，别人也就做个样子，谝个闲传，随便散两锹土，就把个人给埋了。吃饭时，无论是长面还是萝卜菜，兄弟仨泼泼淹淹地，就把五碗饭扑腾扑腾下肚。有人就嫌弃，就说，你爷父子怕是饿死鬼转世下的，前几年是家家吃不饱，现在看能把个肚子咥饱了吧，咋还是这个怂势。大喜听了就嘿嘿地笑，就说，我大说了，吃饭，就要爹个饿势哩，不然不像。别人就轰啦一笑，他们三个就大大方方把嘴一揩。谁也不好说啥了。

不上二年，栓本就死了。村里人很奇怪，栓本这人身体结板，一没病二没闹鬼，咋还说死就死了咧？栓本是夜里死的，死了跟睡着一样。

大喜跑过去看时，他大身上的被子盖得好好的，就跟刚睡下一样。大喜看了三回，还是原样。他又不敢叫，就悄悄喊来了二喜和三喜。三个人看一会儿大的脸，又瞅瞅自家兄弟的脸，瞅着瞅着，就瞅出了泪蛋蛋，就大长大短地哭上了。

栓本一死，人们倒不记仇了，倒都感念他的好处，就说他是个没福又有福的人；都说他看了一辈子粮食，到最后刚能吃饱，他又给走了；看着栓本三个能把天戳破的儿子，人们又说，栓本这是积下德了，这是阎王爷请他去阴间看粮食去了。三个长长大大的儿子，抬埋了一个长长展展的爹。山上的两个坟头，爱爱旁边是栓本，栓本旁边是爱爱。

村里的干事还是少不了大喜、二喜和三喜。兄弟仨还是一样的能吃能抬。抬埋了多少人不记得了，可每次咥下五碗泼泼淹淹的饭，那是定的，也早在主家的计算之内。渐渐地，人们也不觉得奇怪，反而觉得应该。谁家死了人，人们首先想到的是大喜、二喜和三喜。或者说根本不用专门想，他们是不请自来。

又过二年，三个儿娃子齐排排高了，坐席时能把主家的炕坐塌。就有人说，大喜二喜三喜，你们想不想女人哇？大喜二喜不说话，三喜就说，想哩，咋不想哩。人说，那啥时候想哩？三喜就说，天黑了就想哩。别人就说，想了就给你引个女人能成不？三喜就说，不得成哇，前头还有大哥二哥哩！别人又说，引上个女人，你三个换着睡。三喜就脸烧，别人就轰啦一声笑了，三喜挠挠头也笑了。一回头，见大喜和二喜把头埋在裤裆里了，三喜就不敢说了。可回家睡到半夜就睡不着，就使劲抠墙，就使劲压炕席。

倒也不是没有人说媒，可媒人一看，三个站在一起能把天戳三个眼眼，可转身又一看满院子的破砖碎瓦，旧坛烂罐，摇摇头就走了。

一天晌午，二喜和三喜等着大喜喝拌汤，半天等不来。进屋一看，大喜跟他大栓本一个样子，身上的被子盖得好好的，就像刚睡着一样。一揣，被窝是冰的。人们就说，这都是命哇，这是栓本老汉和爱爱在阴世里心急了，叫大喜过去做伴去了哇。

又是一个晌午，三喜等着二喜喝拌汤，半天等不来，三喜尻子一紧，跑进屋里一揣，又是冰的，被窝好好的，就像刚睡着。

人们就不再说那个话了，不再说是栓本和爱爱在阴世里心急了，就都悄悄说，这怕是遭了毛鬼神哇！见三喜袖着手过来了，就没人说了。

三喜大白日里走过去，像是走在梦里。媒人也索性不来了，村里也不再有人搭这个茬了。邻居们以前觉得跟这家人住隔壁挤得慌，现在，又觉得古得慌。半夜里碰见袖着手游转的三喜，猛一下以为是鬼。

三喜还是去干事上帮忙，还是能吃能抬。就是更不爱说话了，倒更爱笑了。见人就嘿嘿、嘿嘿。村里的孩子开始害怕他，老远拿胡基打他，三喜作势要追，可也就是在原地绊绊脚，孩子们也不怕了，就当面叫他傻三喜。村头的狗也不怕他了。原来那狗看见三喜就夹尾巴，现在见了就咬，狗一咬，孩子们就笑，三喜就跟着嘿嘿嘿。

电视上经济一搞活，村里的青壮年劳力都出门去了，去宁夏，去新疆下苦去了，挣光景去了。过年回来，讨论着谁挣了万儿、谁挣了八千，谁买了彩电，谁引了女人。三喜就听得欢喜，仿佛是自己引了女人一样。别人就说，三喜哇三喜，你咋不跟人去下苦哇，挣下钱了说个女人哇！三喜就说，我大说过，农民人，不务庄农，还能叫个农民人？人一听就轰啦笑开了，三喜就跟着笑开了。人笑完了三喜还在笑。人们又思想开了，这个傻三喜，还能说出这么个话？

过完年，开春，村里的年轻人都出去下苦去了、打工去了。村里空荡荡的，只有一条狗和三喜闲着。狗就咬三喜，三喜就笑，就绊脚。

一会儿，又听见他扛着镢头在地埂塄上唱王朝马汉，一会儿又在唱秦香莲。大家都吃罢饭，又看见他在墙根儿下晒阳ㄓ暖暖。

谁家死了人，三喜又去，还是能吃能抬。法事做毕，人们蹴着谝闲传，一个阴阳抬了一下眼皮，就说，三喜这人命硬。一说这话，大家都互相看看，就想起死了的栓本和爱爱，就想起死了的大喜和二喜，就开始对瓜兮兮的三喜有些敬畏，就悄悄离他远一点，仿佛不远一点就要被他克死。

谁知道，命硬的三喜却死了。

准确来说，三喜死之前是先疯了。

关于三喜的疯，村里流传着一个说法，说是那天三喜起来倒尿盆，一揩眼屎，看见自家茅茨隔壁的墙根儿下有个白花花的屁股，屁股下还在仓琅琅地往出飙水，三喜看着看着就没捉住手里的尿盆，尿盆就当啷啷掉在茅茨的地上了。屁股喊一声大大娘娘(nia nia)就跑了。此后，三喜袖着两只手逢人就说，嘿嘿，看见了，嘿嘿，看见了。人问，看见啥了？三喜也不接话，边淌涎水边嘿嘿，边嘿嘿边说，看见了，看见了……

至于这个说法是否准确，没有人证实。一来这是小孩子们嘴里的话，二来村里十辈子没经历过这样的事情，似乎总觉得不可能。又似乎百分之百确定，这事一定发生过。说的人多了，连最初将信将疑的人也拍着腔子发起誓来，就差说他亲眼见过。

三喜一疯，关于他的闲话倒填补了村里青壮年劳力离去留下的空当。三喜也就肆无忌惮地从这家墙根儿顺过去，又从那家墙根儿下顺过来。袖着手嘿嘿，嘿嘿。孩子们倒不再拿胡基打他了。可那狗还是咬他。狗咬他，他就咬狗。狗和人咬欢了，老人妇女娃娃们就笑，笑乏了，就各回各家吃饭。三喜就满村子游，见墙根儿就顺过去，就嘿嘿嘿地笑，仿佛所有墙根儿都是他的。夏天裹个破棉袄热不死，冬天披个破褂子冻不死，人们就说阴阳的卦很准，三喜确实是个命硬的人。

可三喜死了。到底怎么死的，啥时候死的，谁也不知道。命这么硬的人居然也死了，确实出乎大家的意料。可他一死定，大家又觉得完全在意料之中。

隐约听一个老汉说，三喜死时，跟他爹，跟大喜二喜一个㞞样，被子盖得整整齐齐，就跟刚睡着一样。这倒很让人惊奇。瓜兮兮、烂糟糟的三喜是怎么把被子盖整齐的，简直成了一个谜。

三喜死了。大家都很悲伤，连带着想起栓本的好来，大家就摇头不止，还有人挤出了两行泪。说是，好人呐！一家子的好人呐！那神情仿佛是在哭满门忠烈。

哭罢了，才有人恍然大悟：死了人就得抬埋哇！可村里眼下青壮劳力都出门了，剩下的老的老，小的小……

终于，大家都觉得这是个重大问题。最后，大家一致决定由村里德高望重的前任村主任来决定。大家喝着茶，嗑着瓜子，噙着糖，吸着烟商量了半夜，还是拿不出个好的方案。最后，还是前任村主任果断，他说，村里历来的乡俗是，没成家的男子，就还算没有成人，就不能像一般人那样用棺材土葬，要烧了，撒在死娃娃沟里，免得他的魂灵出来祸害人。大家又一致觉得这个决定英明。就把三喜拿烂席破毡卷了，还请了阴阳把他的魂灵镇压在死娃娃沟里了，听说阴阳就是当年说三喜命硬的那个阴阳。

以后，村里每次死了人，都有人想起大喜二喜和三喜。再后来就没人想了。

2019年1月

龙王传奇

清朝末年，清政府横征暴敛，民不聊生，陕甘两省又值天旱少雨，粮食绝收，各地匪患猖獗，民怨沸腾。于是，两省回汉民众纷纷揭竿而起，反抗清廷暴政。以陕西三原、泾阳、蓝田一带交战尤为惨烈。朝廷官兵和义兵展开拉锯战，死伤无数，损毁良田房舍无数。随着战事蔓延，散兵游勇与土匪勾结，四处流窜，为害一方。为防土匪劫掠和官兵袭扰，各地民众兴起团练，募团丁、筑城堡，以求自保。

且说在陕西凤翔县西南有一座飞凤山，巍峨险峻，高八里直上云端。年深日久，忘其本名，直以“高八里山”相称，后又以讹传讹，叫作“高巴里山”。

山下有一条河，名曰“将军河”，据说古时曾有一位白衣将军在此饮马。河两岸，南面住着韩姓，名曰“韩家村”，北坡住着赵姓，名曰“赵坡村”。二村村民世代交好，互通有无，和睦相处已百年余。高巴里山上有一座龙王庙，庙门楣题字曰“高巴里庙黑池龙王”，乃西海龙王敖闰府邸。主管方圆百里云雨水利，甚为灵验，为赵韩两姓族人共同供奉。

那时，赵韩两族各自加紧招募青壮团丁，积粮筑城，互为唇齿。白天，团丁在城墙设岗哨，轮流瞭望察勘，其余民众则耕织农桑不辍。若有匪情，则点起狼烟，互为通信，相保无虞。

韩家领头者为团丁首领韩五魁，其人力大如牛，状貌魁伟，身长八尺有余，善骑马射猎，为人豪爽仗义，性情耿介刚直。早年间曾拜在隐世高人门下习练武艺绝学，后在西北各地行走江湖。近日应召回乡抵御匪盗。五魁平日喜着白衣白袍，骑白马，人皆称白马将军再世。

赵家领头者为赵姓族长，名曰元甲。自幼习得家传拳法，曰“五义拳”，其人平日好研习兵法，胸有韬略。

不日，有探子来报，距此地百里外，有一队武装势力屯扎。详情未明，五魁和元甲商议，各自做好防卫，又派出探子巡哨，防患于未然。

是夜，城防团丁忽闻马蹄杂沓，呼喊声纷纭不绝。城防头领登高瞭望，远处上游河谷一带，有千余兵丁奔来，队形散乱、旌旗蔽日，不知是官兵还是土匪来袭，五魁嘱咐团丁加强戒备。约半个时辰，马嘶犬吠，来袭之众已临城下。守城团丁正欲放箭，五魁挥手止住，手执火把向城下来观，只见来者皆头戴白帽，手执大刀长矛，显是一队“回回兵”无疑。然此队“回回兵”互相搀扶、背抬，老幼混杂、凄苦无状，直如一队溃兵。五魁正欲问话，忽闻城下有人喊道——

“敢问，韩家庄的韩五魁壮士在么?”

五魁执火把趋城下照见，发话者乃为首的一位青年将领，头戴白帽，紫面虬髯，臂上似有箭伤。

五魁回道：“正是在下，请问来者何人？意欲何往?”话音未了，城下一片骚动，“胡大、主麻”声一片。

白帽男子回身示意大家安静，然后朗声向城上喊道：“我是三原的‘回回’义军头领兰保子，在咸阳城被清狗总兵刘之洞所败，一路撤退至此，久闻韩义士为人豪侠仗义，特……特率众来投，望乞收留，来日定报大恩!”

五魁观来者言辞恳切，再看城下，伤者无数，悲鸣不绝，心下恻隐；转念又想，恐其中有诈，不能贸然决断。正狐疑间，更闻城下苦告哀求一片。

五魁踟蹰良久，当下决定，请元甲来议。不久，元甲入城。五魁急携元甲登高来望，只见城下“回回兵”凄苦异常、悲不自胜。

五魁向元甲道：“哥哥，今‘回回兵’来投，其情甚苦，然详情未明，若之奈何，请哥哥商议定夺。”元甲捋须不语，正思忖间，忽闻城下青年将领又言：“想我陕省回汉之民，自来相睦，皆为朝廷顺民，奈清廷无道，官逼民反。以所谓‘以汉制回’之策离间，挑起回汉殴斗纷争；又以回民内部‘新教’和‘老教’分歧为由，分而治之，其心险恶。今起事以抗暴清，实属无奈，然所部败退至此，还请义士念及老幼伤残，若得容留休整，则‘回回’人永世不忘大德!”言毕，躬身稽首，泪流满面。

五魁面露焦灼之色，元甲执五魁手道：“贤弟勿急，待你我从长计议。你我与‘回回’人素无往来，且今逢乱世，我闻言前几日泾阳城，汉民与‘回回’人因龃龉而引发殴斗，死伤者众，今日情势未明，不可不察。”

五魁道：“哥哥所虑极是，然我观城下‘回回兵’，不像祸乱之人，加之伤残者众，心下实为不忍啊。”

“贤弟，我心下亦有不忍，然你我城中皆有百姓及父老妻儿，倘有差池，如何以对?!”

“这……”

二人正商议间，忽闻城下异动，再看，那为首青年将领仰天长叹：“胡大呀！莫非我兰保子与诸父老兄弟合该绝于此地吗……”言毕，放声痛哭。

“哥哥，你我向来尚义，今若见死不救，将以何面目示人，我意已决，救人要紧！”

“贤弟，慎重啊！当以你我城中百姓为念，先图自保，再谋其他！”

“哥哥，恐后有追兵，事不宜迟啊！”

“贤弟！你一时鲁莽，恐招祸患啊！贤弟万万三思！”

“哥哥，你怕受连累，请自保，愚弟不怪！”

“贤弟！贤弟！非哥哥不义，实乃情势未明，不可鲁莽……”

“哥哥，若有差池，愚弟一人当责！”

“贤弟差矣！一城百姓性命攸关，岂你一人可担待……”

元甲见五魁决意救人，忧愤而去。

五魁沉吟片刻，重登高望下呼喊：“请壮士一人先入城商议，再做决断！”

青年入城，见五魁便拜，五魁请起，二人对坐。青年道：“我部于咸阳城遇清将刘之洞属下兵马，与之激战，不料中了狗贼奸计败退；狗贼一路追杀，路遇数个回民村寨求救，其恐招祸患，拒不得入；遂至此，因久闻韩义士大名，特前来投靠，在下愿以一家老小性命为质；若有诈，任义士处决。”言罢又拜。五魁连忙扶起，挥手道：“不必！”即命人开城。城下回民方得入城。

当晚，五魁命人医治包扎伤者，又起火造饭，皆为素净清真饮食，“回回兵”感激不尽，难以尽述。

第二日天麻麻亮，兰保子怕追兵赶来，殃及韩家村，决意离去；五魁命人送几头黄牛，驮粮食若干，送“回回兵”出城而去。

随后，清兵刘之洞率部赶到城下，探问“回回兵”下落，五魁言告未见；刘之洞不信，将韩家村城堡围定；声言若不交出回兵，将屠城。五魁令团丁加强防守，以图后计。清兵探子在城后捉住韩家村一欲逃者，拷打逼问之下，其人将昨晚收容并放走回兵一事说出，刘大怒，誓言屠城以报。

清兵以火器攻城，此城乃村民所筑土城，俗称“堡子”，防土匪尚可，奈官兵火力强大，眼看城将破，五魁恐相持下去，城破后百姓涂炭，遂立于城头向清兵道，愿一人做事一人当，祈求放过城中百姓。

清兵入城后，将五魁一家老小缚于城头，斩首示众。五魁死前大义凛然，毫无惧色；可怜一家老小皆死于非命。为保血脉，其两岁幼子由一老者冒死隐匿而幸免于难。清兵急于追赶败逃回兵，暂且放过城中百姓，临走扬言，若追回兵不得，仍来屠城。

元甲听闻五魁自首，欲领赵坡村团丁来救。来时，清兵已走；元甲入城，见五魁一家老小首级高悬于城门之上，痛哭不迭，遂与韩氏族人一道将五魁阖家尸首埋葬。

是夜，探子来报，说刘之洞追赶回兵未得，欲回马屠城。元甲即召来赵韩两姓有德望者商议，决定连夜率领赵韩两家百姓出逃。百姓大多不舍祖业，哭声震天，元甲带人苦劝：只要人在，一切都可重新振作，所谓“留得青山在、不怕没柴烧”。百姓无奈只携带口粮，余者辎重农具皆抛。元甲命几名精壮者去高巴里山龙王庙，搬来龙王老儿家一同撤离。去人跪祈龙王爷：老儿家啊！非是子孙不敬，实乃将遭灭族之祸，还望您老儿家屈尊随行，待安稳后，再给您老儿家建造府邸……

元甲嘱人将龙王爷神像驮于黄牛背上，率领赵韩两家两千余人踏上逃亡之路。

两千余人之队伍，行动迟缓，至后半夜不过行进十余里路。清兵赶到，杀散团丁，百姓各自顾命逃亡，多往四面山上隐匿。清兵放火烧山，被杀死烧死者数百人。天亮，等清兵散去，元甲归拢队伍，两千余人庄众只剩千余，口粮尽失于山火。再看驮着龙王爷的黄牛时，牛已受惊逃散，早没了下落。庄众哀声震野，跪地而拜，又怕清兵重新杀来，将亡人尸首草草掩埋，一路向甘肃方向逃去。

逃至甘肃平凉地界，刘之洞知会驻平凉清兵围追堵截，元甲率众沿关山一路向华亭、庄浪一带行进。经一番追杀，死伤者又数百人。余者两姓八九百人一路乞讨、挖野菜果腹。及至庄浪，元甲见老弱病残日多，继续强行上路恐怕折人过多，幸好当地汉民民风淳朴，对逃难而来的两姓陕民十分同情，愿意接纳部分百姓。于是，元甲安置一部分老弱留在当地，待日后来接。休整一番后，带领其余五六百人往天水张家川方向而去。（留在庄浪的一部分百姓在当地繁衍生息，形成后来的韩家店子，这是后话。）

沿途又接纳了一部分其他地界的难民，有杨姓、王姓、李姓等。经庄浪岔李家到达张家川境内（时归清水县管辖）连五梁下，这里清兵势力薄弱，可作休养生息之地。于是，难民们依山而居、垦田开荒，渐渐定居下来；因以赵韩两姓为主，庄名合一曰“赵坡韩家”。以后若干年，又有一些从陕甘宁各地逃难而来或因起义失败后流落此地的人被安置，形成一些村落，比如“兰家”“贠家”“李家”“张家”等。此是后话。

经过数十年繁衍，赵韩两姓人口日渐得以恢复，成了方达围圆有名的大村子。

此时，赵元甲已是七十高龄，而五魁幼子赖元甲精心抚养，业已长成二十来岁的精壮小伙，相貌一如乃父，高大魁伟，由元甲取名韩景琦，与元甲之子赵建泰亲如兄弟。

民国十七年，张家川县遭遇大旱。加之民国政府苛捐杂税多如牛毛，土豪劣绅、土匪民团横行乡下，而驻防西北的马鸿逵所部则拉壮丁、劫掠民产，无恶不作，张家川人岁无宁日。从民国十七年腊月到民国十八年五月的大灾荒席卷整个张家川，饿殍遍野、哀鸿载道；富户奸商囤积居奇，一块白洋只能买到“一合”麦子，草根树皮都被挖光剥尽。青壮年外逃者无数，老弱只能束手待毙。卖儿鬻女者，比比皆是；到处都是“叼着吃”的。民国政府对此置之不理，张家川区公所在“夏家场”挖了几个深两丈、三丈见方的大坑埋“饿死鬼”。

到了民国十八年六月，麦子快成熟时，人们饥饿难耐，纷纷剥青麦粒生吃，有的人把青麦子煮熟拿石磨子推了，放上油盐吃，叫作“麦梭”。从陕西逃来的难民又带来了瘟疫，叫作“转筋病”，一旦感染，人辄头晕恶心、呕吐黑水，严重者脚尖向后反转，脚跟朝前，不久即死。

加之军阀混战，流寇袭扰，民不聊生。人们为了防范土匪和马家队伍，各村纷纷筑起了“堡子”。赵坡韩家的“堡子”是方圆最厚实的。

赵元甲自感时日无多，便叫来赵建泰和韩景琦，召集村里德高望重的老者开会。元甲说，几十年过去了，可有一桩心事未了啊！我死不瞑目。把龙王老儿家丢了，我们都是罪人啊！现在又遇到灾荒，是老儿家不高兴了，我们一定要把龙王老儿家请回来，保佑子孙万世平安。大家商议，派出赵元甲的两个亲坊侄子赵四龙和赵天虎，扮成“麦客子”去陕西老家把龙王老儿家迎回来。赵元甲又交代韩景琦和赵建泰两个赵坡韩家的领头人，看守好堡子，保护好父老乡亲。

不日，老英雄溘然长逝。村民含泪埋葬了元甲，四龙和天虎带着使命奔赴陕西。

一别三四个月，不见动静。在这大荒之年，村民们苦焦难捱，又无计可施，只好加固堡子加强巡守，以防土匪和马家军，等待二赵归来。

话说，新近驻防张家川的，是军阀马鸿逵的部下兰守义，经名“阿丹”。他手下的部队也叫“阿丹军”。“阿丹军”奉马鸿逵之命，四处抓壮丁，若遇抵抗不从者，则破开堡子，劫掠抓人。

这日，“阿丹军”的兵抓住了两个“要着吃”的；这两个“要着吃”的不一般，快饿死了，还抬着一个什么东西，拿绸布包裹得严严实实，像是很贵重的样子。手下人向阿丹报告，说捉住了两个“要着吃”的，说不定偷了什么贵重东西。阿丹即刻审问二人，二人只说是从陕西回来的“麦客子”。阿丹见二人不说实话，拔出枪扬言要毙，二人只好如实招来。

原来这二人就是四龙和天虎。当初二人得了元甲的指派扮作“麦客子”去陕西寻“老儿家”。一路乞讨几百里，终于到了陕西凤翔境内，饿昏在路边，被一个上山打柴的老婆婆搭救。老婆婆问二人来此地缘由，二人说起当年之事，老婆婆说，她就是当年被清兵杀散的赵姓村民。大家说起往事，大哭一场。老婆婆说，当年被杀散以后，她被当地村民救活，嫁给一个光棍儿，那人前几年死了，现今只剩她一人过活。至于当年不见的龙王老儿家，被人发现后，又供奉在一座大庙里，那庙里的大殿上有十几个老儿家，香火旺盛，日夜有人驻持看守。四龙天虎吃饱喝足以后，经老婆婆指点上山去寻老儿家。

二人路上商议，时隔这么多年，要肯定是要不回来了，空手回去又不好交差，怎么办？只能半夜去偷。

于是，二人白天跟着香客混入山门，傍晚时又潜入大殿，藏在大殿后面的桌子底下。待到夜深人静时，出来再看，大殿里黑黢黢一片，阴森森一屋子老儿家，根本分不清哪个是哪个。二人急得咬牙冒汗，不知如何是好。正无可奈何之际，天虎悄悄对四龙说，如今只能听天命了，我们斗胆问问老儿家，看老儿家咋说，四龙说，只好一试。天虎低声对着大殿里的各路神仙说，老儿家啊，龙王爷老儿家，我们是赵坡韩家的四龙和天虎，当年把你老儿家佴了，如今迎你回去哩，你老儿家要是想回去，就说句话……

天虎说完不见动静，四龙又轻声说，老儿家啊老儿家，我们当年也是不得已呀，么办法呀！你老儿家不要见怪，你要愿回去，我们给你好好修一座庙，把你老儿家供奉上……

话未说完，只听一尊神像座椅下面的铜铃“当啷”作响，二人循声过去，凑近细细看了又看，摸了又摸，铜铃又“当啷”一声，把二人吓得差点尿裤子。缓过神来又是一阵窃喜，这可不就是咱的龙王爷老儿家咋滴！

于是，二人偷偷扯来大殿里的经幡，把龙王爷包裹了，由四龙背着，偷偷打开大殿门，摸着黑往山门外走。

二人换着背老儿家，走不快。天亮时，忽听背后有人大喊“站住！”四龙和天虎知道是陕人追来，赶紧挣命跑；耳边脚步声越来越近，眼看就要被捉住了。四龙天虎心里叫苦不迭，涕泗交流。这时天虎回头望着背后的龙王爷老儿家说，老儿家啊老儿家，你是愿意去甘省哩还是愿意留在陕省，你老儿家说一句话。如果愿意留下，我们么话说，如果愿意去甘省，你就让前方日头高照，身后冷子（冰雹）、冰碴子乱倒。话说完，就听见身后天雷滚滚，冷子冰碴子咔咔嚓嚓地乱倒，把身后的陕人滑得人仰马翻……二人这才逃脱，一路回到了甘省。

阿丹听完急忙问：“你们说的赵坡韩家可是当年陕西凤翔的赵家与韩家？”

二人回答：“正是！”

阿丹说：“这可真是你们汉人说的话‘大水冲了龙王庙，一家人不识一家人！’”

四龙天虎闻言不解。

“掌柜的，这是怎么个说法哩？”

阿丹哈哈大笑：“哎呀！说起来，这其中有些渊源啊！听我慢慢给你们说”——

原来这阿丹正是当年五魁放走的“回回兵”头领兰保子的侄子。当年兰保子逃走之后，加入了甘肃回民起义军李德仓手下的“南八营”，转战陕甘宁。后来李德仓投降了清军，被清军收编。兰保子不愿被收编，于是隐居起来。其他一些不愿被收编的义军被遣散安置在张家川境内各地，他们大多采用了原来陕西的村名，有的叫“兰家”，有的叫“贠家”……

到了民国以后，时局混乱，军阀混战、匪盗猖獗、民命不堪，兰保子的侄子，也就是阿丹，组织起一支义军，除暴安良；后来被驻防西北的马鸿逵的马家队伍威逼利诱、软硬兼施，收编了。可是，阿丹看到马家队伍的做派，不愿助纣为虐滥杀无辜，早有二心，只是尚未等得合适时机……

“这么说来，是恩人相遇啊！”阿丹非常高兴，即命给四龙天虎松绑，吃喝款待一番，又派人护送二人回乡，并说，一定要去赵坡韩家当面拜谢当年搭救之恩。二人喜笑颜开，背着老儿家回村了。

回村后，赵坡韩家村民自是不胜欢喜，又宽慰四龙天虎二人一番。暂且把老儿家安置在一间民房，待日后再重修庙宇以俟供奉。不提。

却说此事不知因何走漏风声，被马鸿逵得知；马诬称阿丹私纵匪谍——其实马鸿逵亦早知阿丹有二心，因为“阿丹军”对马鸿逵的军令从不严格执行，与其他手下动辄屠城、滥杀无辜不同，“阿丹军”每每对无辜百姓手下留情，甚至提供掩护，马鸿逵对此心知肚明，一直在找机会除掉这个“败类”。

马鸿逵发电申饬阿丹通共并私纵匪谍，阿丹不认。于是，马鸿逵即刻命令阿丹血洗赵坡韩家以证清白，且从天水调来一个团督战并伺机剿灭“阿丹军”。派来的这个团，本由土匪收编。来路上杀人放火、无恶不作，周围许多“堡子”被其攻破，劫财杀人视若家常便饭；本次又挟持“阿丹军”围攻赵坡韩家的“堡子”，意在一举两得。

翌日，赵坡韩家的堡子已被团团围定，势如水火。派来的团长王麻子数次命令阿丹打先锋都被拒绝，王麻子恼羞成怒，扬言先攻破赵坡韩家的堡子，回头再收拾阿丹。

王麻子在堡子外长枪短炮一阵猛攻，无奈赵坡韩家的堡子墙高沟深，枪子打在墙上，像是被城墙吃了一样，迫击炮落下来也只是炸起一团灰雾。王麻子恼羞成怒，调来几包炸药准备炸开城墙，城里的村民手里只有大刀矛子和土枪，很难给对方造成实质性伤害。王麻子把炸药堆放在堡子下，准备起爆，眼看城破在即，阿丹挥手向部下喊道：“兄弟们！当年是汉民兄弟救了我们的先辈，如今他们有难，我们不能袖手旁观，再说，我们当初起事是为保家卫国，不是为虎作伥！大家跟我上！”

阿丹率领部下从王麻子后方发起进攻，王麻子的人马应声倒下一片。王麻子大骇，指挥少量部队继续攻城，大部队调转枪口应战，双方随即展开激烈的拉锯。

准备爆破的王麻子的部队暂时被堡子上的村民压制而未得逞。战斗从下午持续到晚上，双方各有伤亡；阿丹军弹药不足，渐渐压制不住王麻子的火力，处于下风。王麻子顺势增援爆破部队，堡子里的火力消耗得也差不多了，而炸药已经安放到位，随着一声巨响，堡子被炸塌出一个口子，眼看王麻子的人就要冲进去。突然空中火闪阵阵、天雷滚滚，下起蚕豆大的冷子，冷子只往王麻子的队伍身上猛砸，阿丹军和堡子里村民身上不着半点，一时间，王麻子的队伍东躲西蹿。这时，城墙上一道亮光冲天，一匹白马从天而降，马上一位白袍将军手持大刀，断喝一声：“狗贼哪里逃?!”王麻子的队伍呼爹喊娘，四散奔逃，互相践踏，死伤无数。而阿丹的队伍安然无恙，安全撤回。

是夜，冷子停后，又降甘霖，整整下了一晚，久旱的大地如枯木逢春；但是冷子过处，庄稼秋毫无损。

第二天，赵坡韩家，人人都说昨晚城墙上骑白马的将军，是白袍将军韩五魁。还有人说，听见龙王爷老儿家说话了，龙王爷说话的声音像赵元甲。

2017年12月

月白

淡 淡

那年，在T市承揽了一些高速公路上的杂活。

给高速公路边的护栏刷油漆的活儿，简单，谁都能上手，于是雇了些附近的村妇。就这样认识了淡淡。淡淡娘家在哪里不知道，只知道她嫁到了“窝驼村”。

起初雇的几个人里其实没她，是头天干完活，第二天早上去窝驼村接人时遇见她。要出发了，淡淡跑来问，我能去吗！口气不像询问，倒像是命令。

人是够的，可经她这一问，倒让我不知怎么拒绝。正思谋呢，车上的女人们嘴里喊着淡淡淡淡！说着就把淡淡拉上了车。

来就来吧，既然都上来了。

到了工地，鉴于头一天的教训，我给每个人划分了区域，分头开工，免得这帮女人在一起咬耳朵，商讨如何带娃又如何对付老公。其他人都洗耳恭听，新来的淡淡呢，就和她的名字一样，态度淡淡的，仿佛我的话全不与她相干。可一说开工，别人扭腰送胯神色涣散，唯淡淡像走军姿一样径直向自己的编号。看着她的背影，我开始留意这个女孩儿。准确来说也不是女孩儿，而是少妇。是从其他女人那里得知，头天淡淡去娘家了，所以没赶上。晚上听一起的女人说有这么个打短工的机会，就表示想去。所以她们拉她其实是有预谋的。

如果不是人说，绝不会相信淡淡是嫁了人的，她分明是个假小子。一头干练的短发，脸上不施粉黛，却天然的白，五官清晰，棱角分明，身穿一套迷彩服，足蹬战靴，一个人就能走成一列仪仗队。然而，她不大说话。总是别人热情地喊着淡淡淡淡时，她淡然应对。

淡淡干活儿绝不拖泥带水，一上午下来，别人身上多少都溅了些油漆点子，她不，迷彩服就跟刚上身没什么区别。她的动作并不慢，虽然相对别人她是新手，可没多少工夫，她已经比所有人都熟练。人家都是趁着倒油漆的间隙聊几句，互相调笑推搡一番，淡淡总是直来直去，过来，倒了油漆，盖好盖儿，提起桶就直达目标，一套动作仿佛训练有素。

中午吃饭了，她们端来各自带来的干粮有说有笑地吃着，不时拿我开涮，我也趁机尝尝她们的手艺。看淡淡在一旁吃得认真，本想跟她开句玩笑，又不敢。不像别的女人，淡淡自己吃，不让人。我知道这些女人的心思，她们套近乎无非是想在讲工价时能博得一些余地。头一天她们就摸着了我的脾气，只要来软的，我就挠头，就无法拒绝。

可淡淡不。

世上竟有这么奇怪的人。

我作出监工的样子，背着手在她们后面逡巡一阵，看看她们并不怕我，就觉得没意思。装作若无其事地踱到淡淡背后，站定，咳嗽一声。她始终给我一个脊背，不给任何搭讪的机会。看着她熟练而专注的动作，我更加没意思起来，终于彻底没了底气，自言自语说一句，淡淡啊，辛苦了啊！她手下略一停，接着就继续忙自己的，把我晾起来。

到了下午，查点工作量，淡淡比其他人都干得多。

天色渐渐暗下来了，大家围过来，笑笑。知道这是要工钱呢，我依次递给她们，别人都是抢着伸手来接，淡淡在外圈儿瞅着，仿佛与她无关。轮到她了，上前一步，伸手扽过去，像是对我来了个缴枪不杀！这让我多少有点不快。虽然并未想从她们任何人嘴里听到一声谢谢，可也不至于这样的态度对我吧？毕竟我不是黄世仁啊！

送她们回家的路上，我边开车边琢磨，把过去的一天重演一遍，又一遍。到底没发现哪里说错话，为什么淡淡对我这么冷淡呢？最后只好归结于我俩没有眼缘。

好吧，无非就是个小活儿，过一阵子也就完了，到时各自走人，谁也不认识谁。虽然我有自己的私心，想着把这些女人哄高兴了，能多干点儿，干好点儿，可专一讨好谁的事，我不干。

接下来的几天，大家越来越熟悉，休息时也会说说自己，又问问对方的一些情况。女人们笑起来越来越肆无忌惮。只有淡淡仿佛跟我处在不同的时空，我竟然有些自惭形秽，认为自己一定有什么地方让她不待见。试着跟她搭了几次茬，还是如故。自尊心不允许我继续这样了，于是，我也对她冷淡起来。不过心里终究满意，毕竟她活儿干得又好又快，只是，怎么就连一个让我夸她的机会都不给呢！

这样，我每次故意对别人热情，跟她们说笑，有时还说到各自爱吃什么一类琐碎的事。说起吃，大家总有共同语言，当我每次把一些吃食夹杂着儿时的回忆描述得不可方物时，居然连她们都被打动了。这些天天趴在灶台上的女人纷纷表示没想到，没想到她们自己天天面对着的那些寻常饭食居然有如此动人之处。

这样聊一会儿，不用我催促，她们自觉地拍拍屁股上的土开干了，倒让我觉得意犹未尽。她们干得欢畅，我奔前忙后为她们准备油漆。到了傍晚收工，一数，工作量比前几天几乎增加了一倍。尤其是淡淡，领到了最多的工钱。别人大声表示不服。我说，那你们就要跟淡淡一样的麻利能干。几个女人说着就要抢淡淡手里的钱，淡淡跟她们玩闹成一疙瘩。她跟她们倒不淡了！

活快干完了，一阵子下来把她们赶得腰酸背疼。临收工，她们才恍然大悟似的对我说，还把你当个好人哩！原来哄我们开心其实是让我们多干活儿哩！看这几天下来，比务一年的庄农还累人！你可是比黄世仁还狡猾的黄世仁！对此我无话可说，毕竟，这么短时间，活儿在那放着呢，工期比预计要提前好几天，黄世仁这封号于我实际是褒奖。可话说回来，细看，她们每个人确实都晒黑了，比刚来时邋遢了。只有淡淡是个例外，表情漠然，身上干干净净。

我临时决定给她们每人多加半天工钱。听到消息，大家欢呼起来，暂时忘了对黄世仁的数落。给到淡淡时，她并未如预期的开心。我心想，反正活儿也快完了，你不待见就不待见吧，反正我是对得起你的；同时也把想偷偷额外加给她一些工钱的念头打消了。

最后一天，我没让大家赶进度，由着她们性子干，可她们快惯了，想慢也慢不下来。转眼中午，大家坐下吃干粮。淡淡过来，像捉俘虏一样把我扯向一边。我正纳闷，她从挎包里掏出一叠煎饼，正是我这阵子念念不忘的荞麦面煎饼，用塑料布整齐地包着。我不敢先说话，等她说。她匆匆看我一眼，说，给你。说完转身就走开了。我正发愣呢，就听见背后的女人们起哄，并纷纷表示要来分吃煎饼。我说，来吃啊！大家一起吃！有几个人作势要吃的样子，可临了又大笑起来，说，这是淡淡专门给你烙的，这年头好荞麦面可不多见，还是找了好几家邻居借来的哩！我拆开塑料布，扽出两张，边吃边赞叹。女人们没命地笑。我吃得狼狈也吃得香。

干完收工，要送她们回去了，大家纷纷留下微信，说是有活儿了再联系她们。我说，好！好！一定！一定！

说是这么说，一忙，这事儿也就过去了。

忙到年底，我回到L市，我的家。偶尔想起就跟她们聊两句。时间长了也就翻翻她们的朋友圈儿，想说些什么，又不知从何说起。可从未在朋友圈儿看见淡淡。想问别人，又不好意思问。

几月后的一天，淡淡突然分享了一首歌给我。我点开，视频中，她边唱边流泪。过后她告诉我，就在完工后几天，她老公因车祸去世了。

这才知道她半年来消失的原因。我一时沉默，想安慰她，又不知该怎么起头，打下的字，删了写，写了删，一句都没发过去，感觉一切安慰都是苍白的。只好听她说。听她说她老公，说她老公对她的好，说他们的女儿如何乖巧。我不时附和几句，见她说得悲切，就想引导她转换话题，分散她的注意力，几乎就要成功了，可每次都功亏一篑。她又给绕个圈儿回到她老公那里。我痛感她的苦楚，又深感自己的无力。我知道，这种事，唯一靠时间，靠时间去淡忘，别无他法。一切虚妄的安慰不但无用，且有可能在她伤口上撒盐。

以后，常见她在社交软件上分享自己唱歌的视频，多是情歌，每次唱起都泪流满脸。

淡淡完全变了模样。

看着她上传的照片，短发留长了，五官的棱角似乎不那么分明了，假小子变成中年妇女，也再看不到她穿那身迷彩服。

不知这样持续多久，她突然又沉默了。我想，她一定是走出阴霾，有了新的生活。最好不要打扰。

一晃三年，我的生活也发生许多改变，忙碌中渐渐耽于回忆往事。偶尔想起那帮单纯质朴的女人，也不过嘴角一弯就过去了。至于淡淡，她该是已开启一段新的人生了吧？

某天得空，无聊中又打开社交软件，突然刷到了淡淡。照片里，她已经确乎是个中年妇女了，竟没有从前的半点神采，只有眼里的忧郁还一如三年前。旁边，她女儿已经长大许多。有几张照片是淡淡带着女儿给她老公上坟，小家伙看起来像个小大人，怀里抱着纸火一类的祭奠品，忙前忙后。女儿看起来倒是淡定得多，仿佛是另一个曾经的淡淡。不知往事在这孩子心里留下多少印记，也不知她还能否记起父亲的模样。

我翻看了淡淡所有的小视频，无一例外是对她老公的怀念。

看来跟预想的不一样，她并未开始一段新的生活，且继续沉湎于过去。其中一张照片是她老公的，照片上是一个微胖的笑得憨憨的男人。他的笑仿佛使他从未离去，笑笑地注视着淡淡，注视着他的女儿，以及周遭他曾熟悉的一切。这个男人留下一张永远活着的笑脸。

我在想，到底是怎样的一个男人，他们有过怎样一段感情，让淡淡过了三年还深陷其中，如同刚刚分离。仅仅是因为感情，因为孩子，因为共同的经历吗？

当我再看那个男人的照片，仿佛瞬间明白——

她走不出的，是那个男人的笑。

2018年11月

相　亲

二十年前，在省城待不下去，一抹脸，就跑回老家了。父亲并不多问，可也正是这不问使我愧疚，哪怕骂一顿也好呢。这么想时，父亲愈慈眉善目了。照例每餐前招呼我吃饭，我倒像上门亲戚。浆水面极易安抚人的落魄，我却每每吃到失魂，到盛第三碗时，竟羞涩，怕他说我。然而没有。我想，父子间曾有的十数年的战斗是不是就此和解？也就在那一刻，才真正觉出父亲的老，同时觉得自己该长大的责任。

但也许那不过是错觉。因为我压根猜不透父亲心里究竟想些什么。果然，那天他说，要给我相亲。老实说，听到父亲这话，我心底里除了失笑，咬住嘴唇故作正经，实在想不出恰当的反应。我俩默契地不看彼此的眼睛，只以声气和呼吸试探着，仿佛空气里满是触须和雷达波，捕捉每一个可能透露对方真实想法的讯息。

我脑中首先的念头是抗拒。相亲？意味着我的人生就这么被放弃么？接着又想到，我难道有什么可以放弃的么？笑话！

那么答应吗？所谓人生大事，要在一面之缘、三言两语间决定了，这个，未免也太滑稽！

父亲点燃一根烟，将要向我转头时，又顿住，然后猛吸一口，把烟咽下去，我听见他喉头打结。等烟从他口鼻喷出来，每缕烟雾里都有一句话，却难说。他这一系列动作，恰到好处给我提醒，又保持彼此必要的矜持，把一种催问的意思表达得含蓄委婉。

我心里是抵触的，但嘴上说出的却是："好吧。"说完我低头，像犯下见不得人的错。父亲长出一口气，这口气把挈在他指间长长一段烟灰震落了，随父亲猛然站起，散成末儿。随即听见他在门口射出一口清脆的唾沫。

我更不明白自己了，就这么答应了。

然而不容多想，他很快转身，橐橐几步向我走来，我下意识站起来。他说：

"赶紧收拾一下，一会儿就见人！"

这——

这多少让我气恼，说见就见，也不事先商量一下！

命令的惯性使我还是跑去收拾。无非是找把梳子蘸了水，把头发往光了抿，却越抿越觉得不像话，索性由他。紧接着就听见门外有人说话了，我抓起桌上半张报纸把皮鞋擦了擦，反擦花了。这时父亲远远喊着，叫我出来见客。我循声走到门口，一个青色衣裤的男人迅速朝我瞥一眼，旋即把原本扽住衣襟的双手撤下，像个小学生。

"来，叫赵叔叔！"父亲说这话的同时，笑着剜我一眼，埋怨我的没礼貌。

"噢啊，赵叔叔好。"

那男人向我点点头，又似乎被什么猛击一下，显出窘迫，嘿嘿笑着，大概以为笑得不够矜持，手半握于嘴前干咳。

"还不把你赵叔叔请进来坐下说话！"

这才意识到大家一直站着，同时看到门口停了一辆架子车。把客人迎进屋，倒了茶，我垂手侍立，想着该说什么。却看见那男人，从他对面的镜子里打量我了，我只好视若不见。男人无声笑了，是一个朴实憨厚的农民的笑，然而又不是寻常农民的笑容。那是从一件青色上衣，及已发白的衣领上探出的，一张皱纹密布的脸上漾出来的笑。笑里有种知识分子特有的腼腆与羞涩，只是被劳作的辛苦掩护得沧桑了些而已。就是这腼腆而羞涩的笑，使我心里终于承认他是叔叔了。他大概感到我的善意，移开的目光渐渐又回到镜子里。

"你赵叔叔啊，是我同学，我俩是二中时的同学，同班同学……"

父亲介绍着，拉长声调，似乎有意寻求男人的印证。男人握向唇边的茶杯忽然顿住，继而受惊似的连声说："咹咹！么嘛达（没问题）！"又觉得自己的确认有些唐突，两条腿拢得更紧了，上身绷直。

我连忙说："噢，怪不得这么眼熟呢！原来是赵叔叔！"

"嘿嘿，嘿嘿！"

赵叔叔这一"嘿嘿"，仿佛彼此已确乎是老相识。

那么我的眼熟从何而来？从他那腼腆的笑开始？我俩竟都有些不好意思。

父亲趁赵叔叔喝茶的工夫向我努嘴，方向是后院的小屋。我开始不解，思忖再三，终于恍然大悟。就在我向小屋走去时，赵叔叔低下了头。一种预感使我浑身豪迈起来。却疑惑，没看见有人进门啊！

掀开门帘，一个女孩儿坐在沙发上。我像走错门一样，进退维谷。

“你来了昂，进来啊!”她的招呼使我更加无措，却也更加豪迈。我深深坐进她对面的沙发里。跷起二郎腿，决心扳回一局的想法，使我的声音格外大，声调异样：“你来干啥！……”说完觉得脸一烧，怎么问了这么个蠢问题。对了，我原本是想问她原来干啥，情急下少说了字，就闹出笑话。

她“咩呲”一笑，这一笑，使她脸蛋儿上的“红二团”更明显了。她这一笑，也使我把刚才想好的台词都忘光了。

“你以前在干啥?”她反问。

“我……我……”我以前干啥来着？我心想。

“那就说我吧!”

我猛抬头，见她也跷起二郎腿了。

“我啊，之前在西安的一家饼干厂打工……”她做起了自我介绍。配合着大开大合的手势，还有她那半洋不洋的在我老家叫作“变言子”的普通话。她的大方使我要豪迈的心思显得小家子气，让我这个在城里混迹若干年的人倒成了没见过世面的小媳妇儿。

趁她说得兴起，我脑里开始迅速作种种假设——

我今后将要跟她在一起生活下去吗？接着养一堆胖娃娃，然后一堆娃娃跟在后头叫爸爸妈妈……一个一个，手里挈着她所说的，那个西安某食品厂生产的饼干；抑或我们开个小商店，她站柜台，我进货，过上二年成功迈入小老板的行列；还是说，我带她杀回省城，我俩一起打工，租住在阴暗逼仄的小屋，省吃俭用，夫唱妇随……

每种可能都迅速从脑中闪过，又无一例外半途夭折。我已听不见她说什么话了，只觉得自己心怦怦跳。

“咹——”

她一声唤，使我猛醒。随即她大概觉得自己唐突，把嘴里剩下半截话悠悠咽回去了。沉默，沉默使她忽然陷入难堪，我却觉得一阵空惘，觉得眼前所见，是巨大的不真实，像一场梦。然而这梦是从何时开始的？是当她开始用她蹩脚的普通话介绍她的饼干开始的吗？又或者再往前推，从门口那辆架子车开始？还是说从我向父亲说“好吧”二字时就开始了？

我渐渐从沉默到不安，最后终于痛恨起自己的虚伪了。尤其当看到她无辜却认真的神色时。她大概也觉出自己的不合时宜，又或许还想到她老实憨厚的农民的父亲。而想到“农民”二字，更刺痛了我，在于我心底隐隐存着的，有关我父亲干部身份那浅薄的优越感，此刻格外庸俗不堪。

一丝阳光从门缝挤进来，亮得使人难为情。然而等她再抬头看我时，亮亮堂堂坦坦荡荡，使我刚才的种种假设显出荒唐。无论从哪种脚本开始，或许都适合她，却未必适合我。我能给她什么？我所剩下的，唯有骨子里残存的那点点所谓干部家庭的豪迈罢了，如今也已碎了一地。

我已骗过她一回，不能再骗自己。扪心自问：这是我所想要的生活吗？我又能否给她所期冀的一切？我的虚荣心攫住了我，使我像个卑鄙的小丑。然而也正是这虚荣拯救了我，使我知道心底终究还向往着都市繁华。也就在那一刻，使我明了了方向，还要逃往曾深深伤了我，使我疲惫使我厌倦，而今却恨不能即刻奔赴省城。

我没有勇气面对她的真诚。她脸蛋上两朵红云给我感动，又给我刺痛。我借口去上个厕所，然后夺门而出——

懦弱如我，非但逃了，还撒了那么个拙劣的谎。经过堂屋时，面对父亲和那个男人目光的夹道迎击，我低头，又向他们茫然地摇摇头，然后不管不顾身后目光的追索，疾步出门而去。

就在我打算跑到河湾里大吼几声时，却鬼使神差躲在对面街上一堵矮墙背后——

我是要看那个男人，那个作为父亲同学的男人如何的尴尬吗？

这个作为“叔叔”仅存数分钟而使我无言以对的男人。

我是要看她怎样的带着羞辱从我家门口走向一条漫无尽头的路吗？

空惘中，阳光从房顶跳下来，震得我后脑疼痛。

架子车缓缓移动了，架子车前掌辕的那个男人，他青灰而又褪色的背部佝偻下去了，步态尽量显出从容。背后跟着他的女儿。就在几分钟前，我还跟她面对面，听她说着她的饼干往事，那么热烈，那么无邪。现在，她一如一株玉米样的，挺起腰杆儿，一往无前，一切与我无关。

就在架子车离开我家门口十来米时，他们默契地加快步伐，架子车似乎自带动力，我似乎听到轮辐发出的密密的匝匝声，顷刻间，那条原本看来漫无尽头的路上，他们的身影消失了。

2020年8月

招　弟

一

莽莽苍苍的黄土大塬深处，一夜如期而至的透雨让四野清明澄澈。风在无遮无拦的山峁墚洼间来回游荡，一不留神就搔到了一株杨树的痒处，树叶一阵乱颤，洒落的雨水打湿了麻雀们的清梦，麻雀“轰”一下飞走，又“轰”一下飞回。对麻雀来说，这是一个百无聊赖的早晨。

太阳从园树梁顶探出头，以它的迟疑和散漫招惹塬上的沟沟卡卡，为大地勾勒出一副安然恬淡的轮廓。因为昨夜这场雨，这轮廓究竟比往常多了几分柔和，这是枯焦了一年的黄土大塬难得的温情时刻。

养足了水分的大地泌出多余的汁液，一点一滴汇成条条涓涓细流，在沟垄川坝间密谋交接又迂回包抄，终在一个不为人知的穴地媾和一处，澎湃成一条河，姑且叫作清水河。

清水河迤逦而下，投入一座墚洼间，洼上有层层叠叠的梯田，其中一块田里，黄土垄间不时露出一簇被犁断的冰草，新鲜的冰草茬和着泥土泛出一阵阵令人安宁的清香。

“呔球——”

随着吆喝，一头驴子极不情愿地蒙头小跑。驴子碎步向前导引，后面跟着吆驴老汉。

老汉犁完地，日头才扒上树梢，此刻他要沿山路回家了。

老汉向系在纽襻上的旱烟袋里挖一锅烟丝，压瓷实了，摸出火柴划着，点了烟，连吸几口，烟雾模糊了他脸上的皱纹。

驴背上驮着耱，架着犁铧，铧头锃亮，在日头下反射出一圈五彩炫目的光晕。老汉的吆喝声穿过几条沟又越过几道岭，来到一个有百十来户人家的村前，被一扇门截住。

刚要叫门——“咯吱——”门开了，跑出一个十来岁的男孩儿。

“大，你回来了。”

“咹，你姐哩?”

“我姐在厨房，给你烧饭哩。”

老汉进门，卸耱拴驴，掸掸卷在裤腿里的泥土，回头摸一把孩子的毛头，眼里漾出欣慰的笑。

孩子一把打掉老汉的手：“大，看你一手的土!”老汉哈哈乐了。他敛了笑容，换一副脸子，转身向屋顶的烟囱喊话——

“咹招弟儿！你死哪了！不给大倒水!”

老汉身子才转向厨房门口，怒气已先他而至，裤腿搅动一阵旋风。他的脚刚要跨过门槛。

“大吔——”门后闪出一道黑影。

“娘吔——”老汉被吓个愣怔，定睛看，却是女儿。

“把你个死恰地！吓人捣怪！弄啥?!”

女儿笑疼了肠子：“大吔，你把我当谁了?”

“死女子！猛一看还当你娘咧，快把头巾取了!”

听到父亲呵斥，女孩儿努嘴抓下头巾。男孩儿幸灾乐祸地朝她吐舌头，女孩儿挥拳作势要打，男孩儿滚入老汉怀中：

“大，二姐打我哩!”

“她敢!”老汉警告女孩儿，女孩儿朝男孩儿划个“羞羞”。

男孩儿躬身拍拍自己的屁股，回头作个鬼脸跑开了。

女孩儿端来脸盆放在地上：“大，干粮烧好了，快洗手吃饭吧!”

老汉跄蹴下来洗手：“招弟儿，你啊大了，则要有个样样儿哩，还没大没小!”

“咹，大，我晓得了。”女孩儿咩呲一笑，端起脸盆顺手一扬，把脏水泼在院子里。

“大，你吃，我挖刺菱去哩。”

“早些儿回来！看四处野去!”

“大，我晓得!”

女孩儿挽了篮子出门，两条又黑又亮的长辫子在屁股上甩甩打打。老汉抹了嘴，点起一锅旱烟。“叭嗞——”一个烟圈儿从胡茬里升起，向空中打着旋儿，旋儿滚动着，越来越大。老汉虚眼望着，望着，就望见了娃她娘。

望见娃她娘，也望见了那些过往的日子。

说是老汉，其实也不过五十来岁，官名叫福根。自从娃她娘死在三年前的夜里，福根就成了老汉。

而当老汉还叫福根的时候，身边守着菊香，是三个娃的娘。

福根祖上三代单传，传到福根这里，差点断了香火；一直熬到了三十几上才娶了庙湾里的王菊香。菊香过门三个月，福根他大就因急性阑尾炎跟老伴儿团圆去了。他大临死前瞅着福根眼珠子瞪得像马灯，不说一句话。可大心里想说啥，福根心里亮清。

福根用毛驴把菊香驮进村口时，人都说他捡了个大便宜：菊香人长得俊，屁股圆实，是个好养娃的胚。福根听了，脸上绽出一朵绣球。

“先人的！有了菊香，我还日捣不出他几窝带把把的娃！”坐在炕沿上的福根笑了，缩在被窝里的菊香咬着被角哭了，她想娘。

菊香头一回养娃，疼，叫得那个凶。娃却叫得没力。福根说他隔着门听响声就晓得下了个赔钱货。抱来一看，果不其然，是个肉肉嚷嚷的女娃。福根给娃取名叫跟弟。别人问他为啥给娃起这么个名儿呀？福根瞪一眼：“你把你大叫大哩，又是为个啥？”

福根并不气馁，他女人菊香的屁股像磨盘，奶头像牛奶头，老天爷让她上我门就是来养娃娃的，只是夹生的馍，欠点火候，急个啥咧！

快马加鞭又是一年。

菊香二回养娃，叫唤得没上次凶了。福根没敢听，他在巷子口转磨磨哩。被妇女主任喊回来时，他几次张口又没敢问。临到家门口，主任拍着他的肩膀说，急啥？不急嘛！从各方面条件来看，菊香是个生男娃的身子，只是目前时机还不成熟，干革命不是一天两天的热情，关键要持之以恒……

福根手提着一条腿进来，再提另一条，进了家门。

三天后他又笑着出门了，人问二女子叫个啥名字。福根白他一眼：“武则天！”

菊香问：

“她大，二女子叫个啥好哩？”

“叫个啥！叫招弟！”

一招招了三年，把福根的脸都招黄了。第三回菊香没敢叫唤，娃替她叫唤了。娃叫唤得声如铜铃、气冲霄汉！娃把儿朝天，滋了福根一脸的水。

事后，福根说他前晚梦见一条长虫。这是应验了呀！

这次，福根事先预备下三个名字，眼下这个叫大牛，再生一个二牛，不够！还得一个三牛。

可菊香自生下大牛，就像一块肥田忽然成了盐碱地，只种不收。麦子黄几茬福根的脸就黄几茬。五年过去，福根的脸成了黄裱纸，他夜里拔着自己的头发问他大："大吔！一垧膘肥的自留地，咋就不出苗嘛！"阴阳的经念了，送子娘娘的头也磕了，大公鸡宰了六只，菊香肚子里还是没动静。夜里，两口子背对背睡着，把一个黑灯瞎火的夜睡得浮皮潦草。

大女儿跟弟十二岁时带着大牛砸杏仁吃，中了毒，福根光顾着给大牛嘴里灌尿水，把跟弟忘了。大牛被抢救过来，吐得稀里哗啦。跟弟被福根抽了一顿鞭子，脑子受了刺激，见人就嘿嘿笑。

大牛是一家子的宝贝疙瘩，最白的馍给他吃，最稠的汤给他喝，长到六七岁上还要摸着菊香的奶才能睡。菊香被三个娃咂瘪了身子，月子里又添了病，屁股塌到大腿上，奶子被大牛嘬成两个口袋耷拉着，走路疲疲沓沓。跟弟只晓得跟在菊香身后说：

"娘，吃！"

"娘，尿！"

"娘，大他打我！"

招弟倒是披了菊香年轻时的皮，十一二的身子，像个刚剥皮的煮鸡蛋，嫩，受看。

大牛跟了福根，黄，瘦。

十五岁那年，跟弟嫁给了张家庄的张学良，是个打了十八年光棍儿的瘸子。福根看着手里三百块彩礼，就恨菊香——

"女娃，就是赔钱货！"

招弟上到初中，考试总得前两名，和她争第一的是后山里冯家坝的冯玉祥，俩人暗地里较着劲。招弟偶尔没考过冯玉祥得伤心好几天，端起饭碗往鼻子里扒拉，福根看着就骂：

"女娃家，上学有啥用哩！迟早是人家的人，不如早早收搁了寻个下家！"

招弟听了不愿意："大，我不，我不寻下家，我就要念书哩！"

"女娃念书有啥用？还不是白佴我的馍馍！"

"可为啥大牛能念我不能！"

“大牛是男娃！男娃以后要顶门立户哩，你迟早是旁人！”

“男娃男娃，你心里只有你的男娃，难道女娃就不是你养下的娃么！”

招弟的眼泪花转磨磨：“人家花木兰还替父从军去打仗哩，你咋不说?!”

“少给我来你的洋话，我是你大，我说啥就是啥！”

招弟捂着嘴跑了。

菊香踅摸过来：“娃她大，女娃大了，要脸哩，你好好说么？”

“你叫我咋说？你这二年身体不好务不成庄农，学里的钱从哪答来哩?”

菊香霜杀过的脸埋进房檐下的月影里。

打从大前年起，菊香吃下的饭就是长不成身上的力气，软，乏。去看村医，说是营养不良，让回家养养。养了半年，养得菊香的两条腿走路时像踩着一堆烂棉花。原来干农活顶个把男人，现在担半担水就冒虚汗。两口子夜里背对背磨牙：兴许是月子里落下的病，缓一缓就好了。

一缓二年，又把菊香缓成个牛皮灯影子。菊香心里苦焦，非要挣扎着去地里掰苞谷，她说日子长了闻不着粮食的味道，心里头发慌。结果苞谷没掰倒，她自己倒了。抬回去用拖拉机送到县医院，没查出名堂，又搭上车到市医院，一查，大夫说是肝癌晚期：回去想吃啥就吃啥，想喝啥就喝啥。不上半个月，菊香死了。

抬埋了菊香，大牛晚上没奶吃睡不着，哭着要娘，福根就瞅星星，就挠头，差点把指头磨秃。嫁出去的跟弟指望不上，福根大半辈子被女人伺候惯了，没奈何，洗衣做饭全靠招弟。

招弟干完农活，伺候福根和大牛吃了饭，就去野洼上挖刺蒺，挖半夏，晒干卖了换学费。伙伴儿们在大门外喊——

“招弟，招弟，来了个耍把式的，咱们去看吧！”

“我不去，你们去吧，我还要去拔猪草哩！”

“招弟，招弟，看戏走！”

“我不去，我还要给我大洗衣裳哩！”

“招弟，招弟，我们玩儿沙包吧！”

“不，你们去，我还要去挖药哩！”伙伴儿们讪讪地走了，商量好以后再不找招弟玩儿。

晌午，招弟挎着满满一篮子药材回来：“大，大！你看，我今儿找到个没人发现的地场，一下挖了这么多药材哩！”

福根眼皮也懒怠抬一下，继续忙手里的活计。

招弟自言自语着，把塑料布铺在廊沿上，倒出药材摊开，一脸享受。招弟提起墙根下蛇皮袋里晒好的药材，掂量掂量，笑笑地对自己说：再挖这么一小半儿，这学期的学费就够了。这么想时，她初步发育的胸脯起起伏伏，脸上泛起红晕。

招弟的志愿是能考上市里的师范，将来当个老师。可一想到上师范的学费，再看一眼廊沿上的药材，眸子里飘过一朵云彩。晚饭时，福根对招弟说话时换了腔，“死女子”又变回了“招弟儿”，这倒让招弟有点儿不自在：大这是咋啦？日头从西边出来啦？夜里，等大牛睡了，福根让招弟放下书跟自己进堂屋。招弟眼看着大笑得一脸心事重重的样子，打开炕柜，拿出一个花布包袱，拆开了，包袱里是一沓水粉色的的确良布，招弟眼前一亮。福根掂量一下手里的布，抬头看一眼招弟，他的目光被招弟的目光逼退，还以几声虚张声势的咳嗽：“招弟儿，提亲的人都来了三回了，我也一直没跟你说……”

招弟觉得自己听岔了。

“你哩，也不小了，村里跟你一般大的女娃都说了下家了，把你耽搁着也不得成；我托人打问了，李家的家底厚，娃娃老实，你以后跟过去我也放心……”

“大，你说的啥？我咋不晓得！”

“这个学哩，我看咱们就不上了，你说呐？一来是……”

“我不！我就要上学！我不嫁人，这辈子都不嫁人！”

福根被眼前的女儿惊住了，的确良布滑落在炕上，悄无声息，空气瞬间凝固。福根脸上的皮肉由惊讶转成愤怒之际，招弟起身捂嘴跳出门槛。

“你给我回来！成也得成，不成也得成，我是你大！”

“我不！就不！”

福根的咒骂一声紧一声地撵着招弟的脚后跟出了门，变成招弟嘴里长长短短的啜泣；长夜下，高悬的星星眨眼彷徨，几欲跌落。

厦屋的窗户张开一条缝：“大，我要尿尿！”大牛揉着眼探出头。

二

三天后，绿皮火车在一路“滚蛋”声中，把招弟带向一个自她出生以来从未眺望过的地方，窗外掠过的村庄，树木，炊烟，一下子跟她完全断了关系。车厢里，各色人等身体里散发出的气味使人昏昏欲睡。招弟觉得书本上那些个躺着的词汇忽然间站起来了，脑子里跌跌撞撞闪出一个词——命运。

她决定站起来活动一下，以感知自己此刻的真实存在。她打个哈欠伸伸懒腰，思虑和警惕使她的动作显得夸张而僵硬。

顺车厢探进厕所，褪下裤子，缝在衬裤上的手绢还在，她长舒一口气。手绢里有卖了药材的五十几块钱。本来有九十几块的，出门前在弟弟枕头下留了十块，买车票又花了二十。她捏捏手绢，心里踏实了。蹲下却一时尿不出来，车上的厕所跟家里的茅坑一时难以对应。脚下铁轨的撞击声伴着一阵凉风从身下的铁窟窿里蹿进来，掠过屁股，麻麻痒痒的，难为情死了，她陡然一个激灵，肌肉由紧张到松弛的瞬间，一股暖流倾泻而出，感到憋闷瞬间发泄的畅快，不禁哼哼出声来。回到座位上，招弟感觉所有人都在看她。她闭上眼，把身外的世界暂时拒之门外，然而，她的世界早已兵荒马乱。

那晚摔门而出后，她漫无目的地往山上跑，半路上撞见冯玉祥，他刚从场院里背了一背篼柴禾过来，冯玉祥眼见强忍哭泣的招弟经过，问她干嘛去，招弟刚要开口，心里一阵发酸，头也没回就跑开了——

她知道自己心底隐隐的渴望，一个温暖的眼神，一个可以依靠的肩膀，但自尊随即战胜了妄想。冯玉祥曾写过几封情书，偷偷夹在招弟的课本里。招弟一个人跑到操场的杨树背后悄悄看，那几页从作业本上撕下来的纸上写着让人脸红心跳的句子，一阵兴奋和苦闷同时抓住她——欣赏着他，他也欣赏她，信上的话确定了这份好感，可分明又明争暗斗地竞争着。

胡乱跑着的招弟心里想，无论好感还是竞争，都看不到明天了，可以依靠的也许只有一个草窝窝，这么想着时，她跌进场院里一座草垛，满天繁星在场院上空点起堆堆篝火，焚烧着十六岁女孩的梦。

第二天一早，招弟就去找班主任兼语文老师，老师很同情这个他最得意的学生。他留招弟吃完饭以后，就一同去找福根商量。福根说他已经应承了李家的亲事，而且这些年已经花了不少李家陆续送来的礼钱，这些钱大部分用来给菊香买药治病，这一切，福根从没跟招弟提起。老师了解情况以后，答应想办法凑招弟的学费，他实在不忍心看着这么一个优秀的学生辍学，走上祖辈的老路。他深知农村孩子要想出人头地，只有上学一条路，更何况一个女孩子。可福根说已经答应的事情绝不能反悔，不然他在这方达围圆还怎么抬起头活人？就算老师想办法凑到学费也不行，把吐出去的话再咽回去，这亏人的事，他干不出！

老师和福根发生了激烈的争吵，老师气呼呼地走了，把绝望的招弟一个人留下面对残局。事已至此，毫无回旋的余地，招弟只好假意屈从，暂时稳住福根。她把攒下的药材全卖了，偷偷跑到母亲的坟上磕了头，又偷偷去看望了傻乎乎的大姐，给父亲留下一封短信，跑了。

她告诉父亲，欠人家的钱她会想办法还上。学没法上，但要她嫁人，还是趁早死了这条心！招弟悄悄跑到朋友玉梅家住了一晚，玉梅说自己的妹妹玉玲在省城的一家饭店打工，招弟可以去找她。招弟当晚决定去省城找玉玲。一早，她带上自己的影子便踏上了去往省城的火车。

她没坐过火车，也不知道怎么买票，就在车站问人，学着人家买了票，跟着人流上了车。广播里音乐响起时，园树梁顶上的太阳，清水河里的水花儿，母亲苦焦的脸，操场上的杨树，一一在车窗玻璃上闪现，车速快起来，它们终于跌出窗外渐渐远去了，招弟忍不住扶住窗框。哐——她往下一拉关上窗，掐断最后一缕影子，火车飞奔前去。要去的地方，她不敢想，关于未来，她也没法想。

火车“咣当”一声，把招弟从睡梦中推醒，看着纷乱的人群向车门攒动，她才意识到自己已经到了一个完全陌生的地方。窗外还麻麻亮，夜空被星星点点的灯光点缀，仿佛置身于海市蜃楼一般。她迷茫着被乱哄哄的人群裹挟出车站。抬眼望去，远处不见光秃秃的山包，没有大柳树，大白杨，也没有满地觅食的鸡鸭，只有一个个高低参差的怪兽蹲坐在面前，身上散发着令人眩晕的光；一排排高杆上挂着大灯泡，照得人脸上或明或暗，透着冷峻与诡异。

不知何时，一个男人堵在面前，问道：“小妹妹，你要去哪里？”她避开那人的目光，赶紧向人群密集处走去。

远远地看那人迟疑一阵离开了，这才想起跟玉玲的约定。招弟重新找到出站口，站在牌子下面向远处张望，半天不见玉玲，她心里慌乱起来。

突然，心跟着肩膀一沉，浑身一个哆嗦，省神定睛再看，是一个穿着时髦的女孩子，正笑盈盈地左右瞅着自己。

“你是玉玲？……”

“招弟呀招弟，好呀！你不认得我了！”玉玲说着双手搂过招弟的脖子。

“啊！玉玲！真的是你！”

“快，跟我走！”玉玲拉了招弟的手就甩开了大步。

招弟觉得自己的脚长进了水泥地里，不知该怎么迈腿，只好机械地被玉玲牵扯着。

“咦！你没行李啊！”

“嗯。”招弟不好意思地点点头。

“我本来要早早来接你的，结果不小心睡过了头，嘿嘿！你一个人刚下车没害怕吧?”

“没,没有,有你呢,我不怕！嘿嘿!”招弟遭遇玉玲的一番热情轰炸,一时转不过弯儿来。

“啥也别说了,你坐了一天车肯定乏了,先去我宿舍好好睡一觉吧!”

招弟满心感激地点头。

经过路边的一家小吃摊时,招弟看见冒着热气的钢精锅里煮着一锅白色的圆圆的东西,说是饺子又不像饺子,想问又不好意思开口,糊里糊涂地就跟着玉玲上了出租车。

也不知恍恍惚惚经过了哪些地方,终于靠边停车。玉玲拉着招弟到了自己的宿舍,进门就乱七八糟翻来一堆吃的,招弟这才感觉到饿,糊里糊涂一顿乱吃,吃完安顿睡下。

转天玉玲请了假,说陪着招弟去逛街。招弟感觉自己的一双眼睛根本不够用,啥都新鲜,啥都想问个究竟。问着问着招弟自己不好意思起来。玉玲说:“那有啥,刚来时谁不是这样,慢慢也就适应了。再说,城里人不也是两只耳朵一张嘴,难不成还比咱们特殊不成?”招弟笑笑不说话。

当对这座陌生的城市有了初步的认识时,招弟更加感觉到对她自己的陌生。川流不息的人群,各色车来车往,喧闹熙攘的街市,繁华的百货商场……这一切都与她无关,却又即将发生某种让人恐惧又兴奋的关联。这倏忽间的转换让她拖着疲惫的双腿回到玉玲的宿舍时,分不清一场幻梦将醒,还是正在即将入梦。

晚上,同宿舍的姐妹们陪着招弟,聊各自家乡的趣事,大家出乎意料的关怀,让招弟的惶恐得到慰藉。因为都是来自周边县市的人,沟通起来并没有什么隔阂。招弟有玉玲关照,很快就跟大家熟络起来。

熄灯睡觉时,招弟一时适应不了窗外的灯光和噪音,总觉得耳朵里嗡嗡叫。老家的夜里,除了偶尔的一两声狗叫,多么安静哪！月亮星星是安静的,空气是安静的,连人的呼吸都是安静的,一根针掉在地上都能听见响声。这么想着时,她心里竟有些难过,可转念又觉得自己特没出息:招弟啊招弟,你可不能想家,家在你心里已经死了,你要在这里找到属于自己的位置,生根,开花,结果。

说服了自己,招弟心里又兴奋起来,她开始梦想着未来的生活。

未来的她必将与这里的一切人事建立关系,发生感情,她要尽快适应。招弟看到了玉玲的活泼开朗,看到了同宿舍那些姐妹们的见识不凡,她们和老家的同龄孩子如此不同，玉玲尤其让人刮目相看。招弟心想：我要哪天和玉玲一样就好了！相信那一天很快就会到来！这么想时，招弟觉得那嗡嗡声已不再是困扰，反而成了一支令人心醉的催眠曲。

玉玲把怯生生的招弟介绍给饭店经理，经理同意给招弟一个月试用期，因为有玉玲担保，招弟的两百元押金也不用交了，明天就可以去实习。至于工资，说先两百，试用期通过以后，如果表现好的话可以再涨。招弟听到这个消息兴奋又紧张。兴奋的是自己马上就有工作了，紧张的是自己啥都不会干呀！玉玲开导她：工作嘛！谁开始都得学，再说，端茶倒水又不是啥高科技，只要有眼色，腿脚勤快些，嘴巴伶俐些，就没问题！

招弟跟师傅学，把看到的每招每式都默默记在心里；害怕忘了，就在脑子里过几遍电影。看人家怎么端菜怎么上菜、怎么报菜名乃至怎么走路，以及怎么跟客人交流，她都有样学样；撤台擦桌子时先做什么后做什么，她一一留心。刚上手时，难免战战兢兢，留心了手上就顾不得脚下，她觉得自己像个笨拙的鸭子一样滑稽，有时把别人逗笑了，她自己也不好意思地笑起来。

有一次，一个传菜员告诉她：这道菜叫“馕包肉”，可那个传菜员鼻音重，招弟听成了“狼脖肉”。当招弟报出菜名时，客人问，这是啥肉？招弟说“狼脖肉。”客人若有所思地念叨：“狼脖肉……狼脖肉……那我问你，狼脖肉是啥肉?”招弟脸红了，跟客人说去问问领班。那人一脸正经地说，不用问了，狼脖肉当然是狼脖子上的肉！说完轻轻坏笑一声。

下班后，她跟其他姐妹请教，大家听了一阵大笑，招弟不明所以，有些窘，但看到大家脸上并没有恶意，也就没来由地跟着一起笑；大家笑得腰酸了，上不来气了，这才停下来你一言我一语地跟招弟解释：不叫“狼脖肉”也不是狼脖子上的肉，是馕包肉。招弟听懂以后自己也忍不住又笑起来，大家都喜欢上了这个新来的姑娘。

一个月后，经理当众宣布，从今起招弟被正式录用了！发工资了，招弟平生第一次拿到了属于自己的一笔巨款。当她双手接过两张纸币时，心怦怦跳个不住。她心里盘算：要给自己买一管牙膏，总用玉玲的多不好意思啊！再买一块香皂洗脸，玉玲她们用的那种洗面奶她用不起。对了，还要买一包卫生巾，她见过玉玲用的那种，自己以前都用卫生纸，可自从被她们发现这个秘密以后，她就觉得难为情。

当她汗津津的手里攥着两百块钱时，总觉得那钱不是她自己的，有一种不真实的感觉。又想起经过刚才这么一番归置以后，每一分钱又都落到实处，她终于相信自己有了两百块钱。可她的手越攥越紧，手心的纸币攥成了一疙瘩，还是下不了决心。她心里有两个声音在吵架：一个说，反正是自己的钱，花了就花了！另一个说，说不定还有更需要的什么东西要买，还是等等吧。可她到底需要什么呢？似乎什么都缺，又似乎什么都不该买。

她走进一条热闹的街，是个夜市。那里有烤羊肉串儿的，卖凉粉凉皮的，卖甜醅灰豆的，闻起来就让人流口水。她想起刚来省城那晚在路边看到的那一锅白白圆圆的东西，像饺子又不像饺子的。对，她后来偷偷问玉玲了，玉玲说那叫汤圆儿。就吃汤圆儿！她想知道这个汤圆儿和饺子到底有什么不同。果然有一家卖汤圆儿的摊子，她问老板，你这个汤圆儿一碗多少钱。

老板说："姑娘，一碗一块五！"

招弟心里美美想着汤圆儿的滋味儿，腿却背叛了自己的心思，就在老板打算舀汤圆儿时，她一个转身大步走开了。老板端碗的手悬在半空，目送着这个奇怪的姑娘走远。

转身的一瞬间，招弟自己也不懂自己了，半路上她甚至有些恨自己：一直想吃的汤圆儿，不就一块五毛钱嘛！吃一碗又怎么了！招弟落落寡欢地走进宿舍，姐妹们问：招弟儿，你到哪去了？还没回答呢，玉玲过来拉住她的胳膊问："招弟儿，你的脸色怎么这么差，你怎么了？"招弟皱一下眉："我肚子疼，下去买了个药。"

时光如水，一年后的招弟，已经褪去了黄土高原给她带来的青涩，青春少女出落成了一颗水嫩的鲜笋，忧愁和营养不良留下的痕迹不见了。难怪经理见了她就说：哎呀，真是可惜！这么一个水灵灵的姑娘偏偏生在乡下，都怪老天爷让你投错了胎……

一天下班后，玉玲喊住正要去食堂打饭的招弟，把她拉到一旁，从口袋里掏出两张一百的纸币，在招弟面前晃一晃，神秘地冲着招弟笑。玉玲看着疑惑的招弟，用眼神给她一个小小的蔑视。

"傻子，今儿我请客！"

"这不是还没到发工资的日子吗？"招弟不解。

"这是我得的小费！不懂了吧？"

"小费？啥意思？"

"先别管那么多，去吃一顿好吃的再说！嘿嘿！"

半路上碰见那个说话瓮声瓮气的传菜员，传菜员问："你俩咋这么高兴，拾钱了吧？"

"你吃得不多管得多！"玉玲拉起招弟的手快步走开："别理他！"

"他好像对你有点那个意思……"招弟笑笑地看玉玲一眼。

"胡说啥！"玉玲嗔怪地白了招弟一眼。招弟觉得不好意思，回头看时，那个毛头毛脑的传菜员站在那里发呆。

吃完麻辣烫往回走的路上，玉玲告诉招弟：小费，就是客人满意你的服务，给你的额外报酬。

招弟半信半疑："世上真有这么好的事情？会有人无缘无故给钱？他又不是你的啥！"

玉玲以一副少见多怪的模样看着招弟："你才见了多少世面！这世上有钱人多的是，人家花不完还愁肠呢！"

看着招弟陷入了沉思，玉玲拍拍招弟的肩膀，笑着说："傻了吧！这世事，你没见过的还多着哩！"

玉玲看出招弟心里的问号："你想问为啥没人给你小费是吧？"招弟不置可否地笑笑。"你要学灵活一点儿，凡事多个心眼儿，慢慢自然会明白。"玉玲说时神秘莫测笑着，招弟茫然地点点头，暂时放下这个让她一头雾水的话题。

"我总觉得那个传菜员看你的眼神不一样，你不在时他好像魂不守舍的样子。"

"他？嘿嘿，他是说过喜欢我，不过被我给骂回去了。"玉玲骄傲的笑里似有些被人低估的不屑。

招弟想起冯玉祥，也不知他现在在干嘛，旋即又觉出自己很可笑，那个男孩跟自己又有什么关系呢？一切都过去了，再回不来了。到酒店门口，有人大声喊："玉玲，玉玲，你的信！"玉玲奇怪："谁呀？"跑过去接了，发现信上字迹陌生，收信人却是自己。她撕开信封看几眼，递给旁边的招弟："是你大给你的信！"

"我的？我大给我写信？"招弟半信半疑，瞅了玉玲一会儿，才把信接过来。

原来招弟离家出走那天，一家人四处去找，后来从玉梅处得知招弟给跑了！

自从招弟跑了，李家人就来索要说法。福根自知理亏，又没办法，李家逼得急，就把家里的驴卖了，还了一部分账，告诉人家等今年的麦割了，粜了再还一些，剩下的另想办法。可是亏下的人是无论如何也还不起了，几辈子攒下的好名声算是毁在招弟手里了……

看到这里，招弟心想:“活该！谁让你不言语就把自己的女儿像牲口一样卖给别人家，你这是自作自受!”可转念一想，这些钱大部分用在给母亲治病上，招弟心里一阵悲凉，鼻子发酸，模糊的视线又落到信纸上——

“卖了驴，耕地拉耱就得靠人力，大老了，大牛年纪又小，也不敢耽误他的学习……”

招弟心里说:学习学习，就知道你儿子的学习，凭啥女娃就不能学习，女娃就是赔钱货?

想起“赔钱货”三个字，屈辱一下涌到心头上来，泪花眼看收不住了。这一年多，招弟见到了外面世界的女孩子，她们健康阳光，活活泼泼，她们的生命就像家乡的狗娃花儿一样盛开，无论哪一点都跟这样三个字搭不上边。

她有一股把信撕了的冲动！可好奇心露出头角，且暂时安顿下愤怒，她要看看，看看这个她叫作“父亲”的男人还有什么话要说!

果不其然，他是要钱!

信上说，眼看大牛上了中学，住校要花钱，学费又涨了，卖了鹅卖了鸡，粜了粮食，实在没有啥可卖了，总不能把你大卖了吧？再说也没人要……

看到最后招弟也没看到父亲对那个傻了的大姐提起只言片语，也没问自己一句。招弟心想，自己春节没有回家，看着别人大包小包地回家团聚，只有她自告奋勇留下来值班——经理觉得这女娃的敬业精神简直不可思议，可只有自己知道自己的委屈。而这个她叫作“父亲”的男人，眼里只有他的儿子，我招弟在他眼里就是天生的赔钱货……

既然这样，干嘛还要觍着脸跟我要钱！这不是自己打自己的脸吗?!

想到这里，招弟一把把信纸撕了，信纸撕开的声音把空气划开一个口子，她感到自己的心也“嗤——”一声撕裂了。她把脸埋在信纸里，一声嚎啕不及出口，又被怨气和愤懑阻在喉咙中……她抽泣起来。

这口气她还没有出，还不是出的时候。她迟早要让父亲知道，女娃不是赔钱货！这么想时，她觉得身上生出一股力量，她把撕裂的信纸对起来装入信封。

她决定寄钱回去!

不单是看在去世的母亲份上，更想要给她的父亲看看，女娃究竟是不是赔钱货!

第二天，招弟请玉玲帮忙，陪她去给父亲打了钱，那是她这一年多来俭省下来的所有工资，只给自己留了几十块钱。

好在忙碌的工作使心头的不快很快过去。招弟因为手脚勤快，干净利索，好几次被评为店里的优秀员工。可她还是做不到玉玲嘴里的“灵活”。当包厢里的客人跟她调笑时，她红着脸躲开，搞得那些人很没有意思。

招弟也知道了玉玲嘴里的“灵活”。然而她并不想深究，一想到这个，她就觉得莫名地反感。因此，对玉玲有了一丝异样的想法。可当她含蓄地向玉玲暗示，想劝告玉玲时，玉玲却给她翻了一顿白眼。按玉玲的意思：反正不过是逢场作戏，他们是来吃饭，又不会发生什么实质的接触，只要把握好一个度，别让自己吃亏，大家各得其所，何乐而不为呢？招弟听了玉玲的话，张了张口却再说不出什么，又想到玉玲对自己的照顾，想着玉玲这么聪明，总有她的分寸。

有一天，玉玲手挽着那个传菜员来到宿舍，这让招弟觉得诧异。玉玲不是对这个传菜员爱搭不理的吗？

传菜员是陕西人，姓何。小何长得好秀气，说话也和气，就是鼻音重，听起来瓮声瓮气的，听他说话招弟就觉得好玩儿，忍不住想笑。来的次数多了，姐妹们就调笑小何，小何脸“刷”一下红到耳根，玉玲就打圆场。看着他俩亲密，招弟觉得有些羡慕，又有些莫名其妙的嫉妒，接着一阵无来由的落寞。小何来了，会抢走她跟玉玲的友谊吧，没人回答她的疑问。

玉玲当然看出了招弟眼里心里的疑问，她悄悄告诉招弟：搞对象嘛，就是个玩儿，反正也不会损失什么，再说，宿舍里好几个姐妹都有对象了，自己没有，多没面子呀！被人喜欢不也挺好吗，虽然她并不喜欢小何的性格，动不动就脸红，但她喜欢被宠着的感觉。至于什么感觉，等你招弟以后有了对象自然会知道。

经过评鉴，舍友们一致认为小何是个挺好的小伙子。相识久了，招弟渐渐觉出小何的好，他干起活来风风火火，仿佛有使不完的劲儿，可跟女孩子说话时却突然腼腆起来，招弟觉得他脸红时的表情挺可爱。

可玉玲对小何却有点儿粗鲁，她时常对小何发号施令，一会儿让小何帮她买东西，一会儿让小何把垃圾倒了。小何对玉玲总是服服帖帖，招弟心里有点替小何打抱不平，可面子上还是跟着大家一起调笑，小何似乎也习惯了被一帮女孩子欺负的感觉，总是笑笑的。但有一次，腼腆的小何让招弟生气了。

那次下班，大家坐在一起闲聊，玉玲让刚为自己捏完肩膀的小何讲个笑话，必须把大家逗乐，否则要惩罚他。有人出主意，说要是大家没笑，就让小何把宿舍里所有女孩儿叫姐姐。小何听完红着脸挠头，挠了半天头突然故作神秘地说——

从前啊，有个地主，想要儿子，可生下来的全是姑娘。于是他就给大女儿起名叫“招弟”，二女儿起名“再招”，可老三生下来还是女娃儿，地主一气之下就给三女儿起名叫“绝招”。说完别人都捂着嘴笑得前仰后合，只有招弟一脸尴尬。小何反应过来时，大家才突然止住了笑。招弟甩手出去了。从此招弟心里有点儿恼小何。

觉得不该为一个玩笑存着情绪，可不知为什么还是恼了许久。小何几次红着脸跟自己道歉，又觉得他挺可爱。招弟不明白自己为什么会有这奇怪的感觉。以后玉玲把小何带到宿舍时，招弟就借口出去了。

三

两年了，福根过一阵子就来信跟招弟要钱，一开始不好意思写给招弟，总把信寄给玉玲，后来就干脆直接写给招弟，大大方方地张口了。理由有时是地里等着下种，有时是交不起提留款，有时是自己头疼脑热。每次看着这些名正言顺又十万火急火燎眉毛的理由，招弟就烦，可最终还是把一笔笔款寄回去。

有时招弟一个人发愣，多希望父亲在信里问候一下她的死活，叫她回家过年，尽管她压根不想回去，甚至打算一辈子都不回去，可每次心里还是抱着渺茫的期望。然而期望每回都落空。仿佛在福根眼里，他这个二女儿是铁打的、钢铸的钱匣子，只会定期吐钞票，却永远没有饥寒冷暖。每次当招弟小心翼翼地怀着期待又落寞的心情打开信封时，看到的只是一个意思，就是要钱。甚至连信也越写越简略了，恨不得就剩一句话——

“拿钱来！”

招弟除了给家里寄，给自己留一点必需的零花钱之外，还存下一些钱用来买书。当招弟终于有了可以自由支配自己所得的权利以后，她学习的渴望又复活了。虽然回到学校已是一场幻梦——

这梦常常让她在啜泣中醒来，清醒后，浑身冷汗又把她拉回现实。可她对于书、对于知识的热望并没有冷却。她把原本能用一个月的牙膏省成两个月，每次挤筷子头大小；别的女孩儿用洗面奶，她只用最便宜的香皂；同事们举办生日聚会要凑份子，除非过不去的交情，她就以各种理由推脱，渐渐地别人也不大愿意邀请她了，她乐得如此却也感觉失落。但好在读书给她安慰，她把省下来的钱都用来买书。一部《平凡的世界》，愣是从一管管牙膏和一块块香皂里抠出来的。

孙少平和孙少安的故事对她触动很大，也激发了她对平凡琐碎的生活的思考，当看到别人只顾着谈对象和逛街时，她觉得自己应该选择一种与众不同的生活。无数个夜晚，睡在宿舍的床上，外面的噪音和城市的灯光包围着宿舍，包围着宿舍里的她，这个时候她觉得自己像一条小船在水上轻轻荡着。静静地凝视着床铺顶，那上面蒙着一块淡粉色的碎花布，像老家春天的杏树林，朵朵杏花天天灼灼，书中的句子在杏花的幕布下飘荡，随即那幕布变成了一片缀满繁星的夜空，夜空下有一座学校，散发着朦胧的光。招弟在这个他乡的小屋里开始了思考，她明白了，求学的渴望一直在她心里，她要上学。

十六岁时不得不离开学校，但现在那个地方以另外一种形式又来和她相会了，她有了一个大胆的想法，她要上函授班！一有这个念头，她抑制不住兴奋，随即又陷入迷惘之中。上函授需要一大笔钱，从哪里来?

从梦想回到现实，晴朗的天空一片灰暗。接下来的几天，她闷闷地，懒得理人，懒得说话。很快，玉玲带来了好消息。可这好消息却都与她招弟无关。玉玲的好消息有两件——

一、她联系到了同村的美芳，她在一家足浴店打工，小时候一起玩儿过，出门在外，算是多一个伴儿。

二、她就要辞职不干了。

第一个消息招弟没大在意，第二个消息却让她大吃一惊，干得好好的，为啥要辞职呢？原来玉玲在做贵宾区服务员的时候，不光时常收到小费，还收到名片，那些名片上的人有着让人眼花缭乱的头衔。那些人的公司名称不是“环球”就是“宇宙”的，让人看了就心生仰慕。

名片上那些人，有的约她出去吃饭，太老，她拒绝了；有的年轻，可有家有室，她嘴上说着“这些不要脸的臭男人!”可还是愉快地跟着他们去吃饭。花了他们的臭钱，玉玲觉得心里舒坦了，也就不再理会他们。其中有一个南方来的做沙发贸易的老板，人长得挺帅，虽然已经三十几了，可还没有结婚。他说看上玉玲了，想跟玉玲谈对象，玉玲不信，可人家当场就发誓了，而且说得诚恳感人，不由得人不信。玉玲被这天降的幸福砸晕了，直到那个老板请她吃了饭，又洗了一次澡，她才醍醐灌顶地当真了。

南方老板答应给她在L市开个服装店，还说给她每月五千块的生活费。这样，她就没必要再干这又脏又累的破服务员了！玉玲说得眉飞色舞，招弟听来感觉像是一场梦。她总觉得哪里不踏实，可又说不出个一二三来。想到最要好的姐妹就要离开自己，招弟有点伤感又有些隐隐的担忧。可担忧什么呢？招弟想不明白。看着玉玲兴高采烈的样子，招弟觉得自己无论如何也不该在此时无动于衷。又不知道是该说恭喜还是该说什么，她笑得很夸张的样子对玉玲说："是啊！这样也挺好，总比当服务员伺候人好。"可说出来的话却是淡淡的，她不知道这是为自己悲哀还是为朋友不舍。也许，她心里还有一点点嫉妒，不过一下子就过去了。

"小何怎么办？"

当脱口而出时，招弟自己也不相信这话是从她嘴里说出来的，因为她根本就没想过这个问题，可不知为啥还是像鬼魅一样从她的嘴里跳出来了，问完以后她脸红了，突然不好意思起来。

"哈哈哈！他？！就分了呗！"

玉玲的态度让招弟大吃一惊。不过也好，这样就能让自己的尴尬悄然无形，玉玲的满不在乎不失时机地拯救了招弟。招弟觉得原来在自己心里沉重的问题，在别人心里却可以这么举重若轻。她有点瞧不起自己，也有点佩服起玉玲。怪不得人家能有今天，人家玉玲天生就是干大事的人，干大事的人就应该是这样子。这样想着，心里滑过一丝隐隐的忧虑。

招弟帮玉玲收拾行李，玉玲说："这一堆破被子烂褥子就不要了，你要要的话就拿去用。"玉玲留下一些自己的衣服和零碎物件给招弟。

"我去送你吧。"招弟尽量让自己的语气平静。

"再不送了，他的车等我呢。"玉玲给招弟一个好看又妩媚的笑。

"我走了，你把自己操心好。"说完最后一个字，玉玲落泪了。招弟搂住玉玲的肩膀，突然想起自己刚来省城的那个夜晚，再想想几年来的朝暮相处，一阵难过，两个人相拥而泣。

"行了行了，又不是生离死别再不见面了，再说离得又不远，有空了我会来看你的。"玉玲用手背边揩眼泪边说。

招弟本想努出一个笑来，笑在半路上又被一阵伤心逼回去了，哭出了声，却声声不成调。玉玲拍一把招弟的肩膀，扭头出门。招弟大喊一声——

"玉玲，有了啥委屈记着给我写信！"

玉玲同样发出一个不成调的"嗯"，匆匆离去。

四

玉玲走后，招弟上班无精打采，都没注意到小何请了假。等再见面，已是三天以后了。小何跟招弟打招呼，欲言又止的样子，招弟心下有些不忍，仿佛是她自己对小何做了什么对不住的事情而心生愧疚，她敷衍了一声就走开了。转身的瞬间隐隐觉得小何秀气的脸更加苍白。

招弟现在顾不得其他，只一门心思想着上函授班的事情。思绪正一团乱麻呢，她突然想起玉玲说过的话，不如去找美芳坐坐，小时候的玩伴总有共同话题。

她根据玉玲说的地址找美芳，走路去，一来可以省下几毛钱的车费，二来顺便散散心。走了十来站路，打问了几个人，终于找到了美芳的住处。

美芳所在的足浴店在Q区的一个破产了的工厂厂房里。工作就是给来这里足浴的客人按摩脚。按美芳说，这里工资待遇不错，一个月能有六百块工资，有时还能收到客人的小费。最让招弟动心的是，可以晚上做兼职。这对急需学费的招弟来说是个不小的诱惑。她立刻跟美芳问关于工作的细节：老板人好不好，客人难缠不难缠，工作应该怎么做，要是新来的不会怎么办，工资能不能拿到手……美芳还没回答完上一个问题呢，招弟已经抛出了下一个问题，仿佛自己此刻已经是一个忐忑不安地等待上岗的新手，倒把美芳惹失笑了。

招弟这才觉出自己的失态，不好意思起来。当美芳把招弟的问题一一解答过，招弟再也问不出什么时，招弟心里已经暗暗下定决心：虽说是给人家按摩脚，自己目前也不会，但只要肯学，慢慢适应了也就好了，就像当初自己干服务员一样，一步一步不也过来了吗。心里做好打算以后，她跟美芳说出了自己的想法，美芳答应把她介绍给老板。

当晚，招弟破天荒地头一次请客，她请美芳狠狠吃了一顿大餐，去一家大排档点了三个菜，花了她五十块！

此后的招弟，成了一个不知疲惫、不停旋转的陀螺。从酒店下班后，简单扒拉几口饭，就赶到足浴店实习。

一开始，她很不适应这份工作。尽管暗暗下了许多次决心：不就是给人按摩脚吗，也没什么大不了！可当她真的要触摸一个陌生男人的脚时，却像面对一场生死考验。对于此前从未触碰过异性任何身体部位的招弟来说，无论如何也过不了自己心里这道坎。

在家时，她给父亲洗袜子、洗衣服，可从没给他洗过脚，不是她不愿意，而是福根根本不可能让她给他洗，虽然是父女之间，但男女授受不亲的观念深刻印记在彼此心底。弟弟的脚她倒是摸了多少回，洗了多少回，可他毕竟是个孩子，又是自己的亲弟弟。而现在，想起要给这些形形色色的，或胖或瘦，或香或臭的陌生男人按摩脚，她实在不敢想象。

她始终无法忘记第一次伸出手时的情景。那是一双肥肥胖胖的脚，拥有这双脚的是跟他的脚非常匹配的一个矬胖子。胖子在洗过脚后舒服得睡着了，打着震天的呼噜，长短呼噜的休止符之间偶尔还会冒出一个屁来作为过门儿。

面对这样一滩横肉，她以刘胡兰赴刑场的毅然决然勉励自己，心里冒出以前从一本旧书上看到的话——

“下定决心、排除万难……”

当她以刘胡兰的勇气和决心终于开始按摩时，胖子一声杀猪似的叫声差点把屋顶掀翻。

招弟不知道自己会下手那么重，她也忽略了自己心里把这两只肥脚当作国民党反动派的事实。难怪胖子会发出如此惨烈的叫声。叫声把老板给喊来了。老板说，再给你一次机会，能干干，不能干搭上你的十一路车滚蛋！招弟没有给老板再次发号施令的机会。接下来的一切，她都力求完美。当她把一双双形态各异的臭脚想象成一页页翻过的书时，接受起来就容易多了。再当她想到如此奋斗几个月就可以上梦寐以求的函授班时，竟莫名地充满愉悦。

老板被招弟打动了。他当着全体员工的面夸招弟：“啊这个，干一行就要爱一行，啊！爱一行才能干好一行，啊！”

“你看看人家招弟，啊！像老鼠爱着大米，老农爱着玉米一样，啊！爱着自己的工作。这是一种什么精神？各位！这是国际主义精神！哦不对！这是典型的爱岗敬业的、崇高精神！……”

在此期间，玉玲给招弟写了一封信，说自己过得很好，那南方人对她不错，说起时，话里话外都透着幸福。玉玲告诉招弟，她买了传呼机，有空时可以给她打传呼，这样比写信方便。

招弟没有对玉玲说打算上函授班的事情，她觉得这已不算她跟玉玲之间的共同话题了。

小何对自己的被甩，没有向招弟透露过任何不满，他还是把招弟当作朋友一样看待。招弟一开始躲着他，后来想想没有必要。小何有时会来找招弟聊天，招弟也就应付着随便说说话，她太忙，她不允许自己太在意。不过招弟理解小何此刻的心态，他也许是寻找某种寄托，毕竟自己和玉玲是好姐妹。无意间被寄托一份说不清道不明的情愫，招弟对此淡淡的，不单说不清他，又何曾道得明自己呢。忙碌奔波的日子里，时不时的关心问候给她心里说不出的温暖，却是确实的。这时她就想起父亲的信，想起盼着的那声问候，就时常在心里叹息一声。

小何有时会在招弟下班后给她打好饭端来，有时是从外面带回来一份小吃。招弟一开始觉得不可接受，可又像等着什么。起先她觉得委屈，可转念感到心里确实的温暖，就觉得委屈实在轻轻淡淡。小何递来饭菜时，还像以前一样腼腆一笑，脸上一红，他还是曾经向她道歉时那个样子，有点可爱，招弟心里热乎乎地，她接受了小何的好意。她想，这是两个人的互相接受，算是一个约定。

兼职几个月下来，刨去一些日常费用，招弟一算，已经够一多半儿的学费了！数完手里的钱，她这才感觉到自己的手指结满了老茧，摸一摸，像两个不成熟的脆枣儿相互碰撞，之前她竟然对此完全无感。实际在刚开始的一个月里，指头磨破了，流血了，用创可贴把伤口粘上，刚结痂又破了，又裹上，下班后再取下来。直到那些破溃都变得不好意思再矫情，终于皮厚肉糙，终于结成一块块死痂。

这个过程，招弟居然丝毫没有感觉到疼。直到今天才看到自己的手指在短暂又漫长的几个月里经历的坎坷。这哪是一双二十岁女孩的手，以它们的饱经风霜来说，起码有七十岁。可此刻的招弟没有顾影自怜的心情，她的心被期待和想往填充着，她正沉浸在自己的喜悦里呢，有人喊——

"招弟，招弟，你的信！"

开始她以为是玉玲的信，一阵开心，又想到前几天才给玉玲打了传呼通过话的。对了，一定又是家里！

果然不错！

后来，招弟再次回想起她看到这封信的心情时，她想，如果可以重来，她宁可把那封信烧了也不会拆开，那是一封多么伤人的信啊！以至于几个月后，还会在夜里哭醒。

这次，是福根向她兴师问罪！他在信里说，据确切的消息，他那个争气的二女儿招弟，正在省城以一种不光彩的身份赚钱。至于怎么个不光彩法，大概福根自己也想象不来，总之，是足以让他在先人面前抬不起头、在亲戚街坊那里没脸做人的那种不光彩。

福根说，你的钱是脏钱，我不要，不但不要，而且要把以前寄回来的钱原原本本退回去。

他还说，我福根家门里就没有叫招弟的这样一个人！

招弟不知道自己是怎么把信上的字一个个看完的。与其说是看字，不如说眼看着一把把带血的刀扎向自己，扎到百口莫辩，连喊疼都无力。

招弟不知道自己哭了，哭着哭着哭累了，睡了。不知睡了多久，睁开眼见小何坐在身旁，说不清是羞还是恼，“谁让你坐在这里的？你想干什么?!”一句断喝到了嘴边忽又咽下，招弟抽泣一声，她多么需要一个肩膀啊！她长这么大从来都是无所依靠，就在最忙碌最辛劳的时候，也没个人问候一声，她多想有个墙根儿靠着坐下来休息休息啊！这样想着，她已经在小何的怀里泣不成声了。

招弟依然过着陀螺似的生活，在两点一线间奔忙，又一个月过去了。

福根说要退回钱的事，自然是没有下文。在招弟看来，她宁可这个家从此没有音信才好。这个家，除了无休止的索取，能给予她的，只有伤痛和不忍追忆的过去，至于未来，她宁可希望没有未来。

小何一直陪伴在身旁，这让招弟觉得莫大的宽慰。她一点一点品尝着对小何的依赖，渐渐地，依赖变得更深更浓。这回，不是从书里，招弟是从自己心里读懂了眷恋这个词。

流言却有鼻子有眼地来了。宿舍里的那些女孩儿背后对招弟指指点点，看她的眼神变得复杂起来。渐渐地，别人都躲着她走，一些长着针刺的话不时穿破空气，露出峥嵘，刺痛她的耳膜。她想不明白，原来情同姐妹的那些女孩儿“变起脸来真是比翻书还快!”她原来知道这句话，而当这话真真切切应验在她自己身上时，才有了深刻而痛切的领悟。以至于当后来谣言终于被廓清以后，一道伤疤却在她心里永久地留下了。

当美芳的父亲带着同福根一样的愤怒亲自来省城向女儿兴师问罪后，谣言不攻自破。可对于已经洗清冤屈的招弟来说，倒宁愿来的是自己的父亲，虽然要面对难以言明的不堪，终究说明她这个女儿在父亲眼里还有一席之地。

终于顺利报上了函授班。这几乎冲淡了笼罩在招弟心头的所有阴霾。她来不及过多地愤怒与谴责，就把精力放在更重要的事情上。至于当同寝室的人转而向她投来重归于好的歉意和友善时，忙碌中的她早已释然。

有时候，看似站在同一起跑线上，有人已早早起飞，而有人却依然困守原地。她招弟就是属于为心灵插上翅膀的人，眼前的形同一路，未必不是未来的分道扬镳。兼职的那家足浴店的老板很舍不得放走招弟，招弟答应以后如有可能，还会去他那里兼职。

白天上班晚上上函授班的招弟日子过得忙忙碌碌，可有了小何的陪伴，心里有一份踏实。小何自始至终没有向她表达过什么，承诺过什么，但她能感到他眼里有无声的表达和无言的承诺。她很满足，甚至觉得这种状态再理想不过。当语言和承诺稳稳放在心里时，是最庄重的，而一旦说出口，就变了。

这种奇特的情感体验，招弟是缺乏经验的。但她阅读过一些世界名著，她从那些书里对应和验证的微妙的情感，投射在她自己和小何的身上，纤毫不差。因此，她懂得小何的同时，也更加佩服那些伟大的作家，他们总能以特有的敏感捕捉到人最微妙的情思，于无声处洞察人性。

一旦开始学习与思考，招弟觉得自己又复活了，之前暂时的沉寂只是一粒种子在土里等待着时机，一旦条件成熟，随时可以蓬勃而发。对此，她深信不疑。

小何告诉招弟，自己要去学厨师，传菜员这种工作终究只是青春饭，青春不再时，还有饭吃吗？招弟表示支持，并鼓励小何，她愿意和他一起成长，一起努力成就一个更好的自己。

岁月不经意间流淌，也在不经意间带走我们身上的一些东西，然而，沉淀下来的更多，更厚重。我们都在悄悄地改变，只是自己从未察觉，当某天突然在镜子里再见自己时，仿佛陌生又似曾相识。我们追问，原来的自己哪去了？其实，他还在眼前啊！只是那时，我们把自己交出去——交给时间，交给阅历，交给磨难，经过一番打磨后以另一副面孔出现时，我们觉得自己陌生了，其实是我们成熟了，只是，其间付出了一些必不可少的代价。

当后来的招弟面对镜子时，偶尔也会发出类似的感慨。那个青春的、青涩的、蓬勃而新鲜的招弟已经变成一个安放在岁月深处的记忆，她不时笑笑，给此时镜前的招弟一个温暖的慰藉。她没有流连在岁月的流逝里顾影自怜，她和昨天的自己达成了完美的和解与交接。现在的她，更有一种放下的洒脱。那些曾经的苦恼与不快，再次想来，已不是苦涩，而变成淡淡的甜蜜。

五

电话铃响起时，招弟正坐在一家小酒店的吧台后面。面前是计算器和账本，一摞印刷精美的菜单整齐码着。小店大概有七八张台面，不大，却有种精巧的雅致。两三个服务员来回穿梭，一会儿撤台一会儿招呼客人。后堂里，炉火把一个正在颠勺的年轻厨师的脸映得红彤彤，厨师的神情认真而专注，手上的动作干净利索。

一个服务员拿着一份账单到吧台前说：“招弟姐，三号客人埋单。”招弟的指头正在计算器上一阵舞蹈——函授班会计专业的学习赋予了她对数字的敏感。

计算器里报数的人声跟不上指头舞蹈的节奏，直到招弟把总数目写在账单后面时，那计算器才报出一个姗姗来迟的金额。送走一拨客人，招弟收回荡漾在脸上的笑容，优雅而娴静的目光一个迂回，看见后堂里面对一堆肉菜“杀伐决断”的年轻厨师，报以一个欣赏的微笑。

年轻厨师旁边一个打荷的小厨子用胳膊肘捅一下那厨师：“何哥，招弟姐想你了！嘿嘿！”年轻厨师并未停下手里的动作，直到炒锅里的菜听话地跳进眼前的空盘里，他才腾出手，拿炒菜的大勺作势往小厨子头上扣，小厨子怪笑一声躲开了。站在外面目睹这一切的招弟捂着嘴，报以一个既嗔又怜的笑。

“招弟姐，电话！”一个服务员跑过来。招弟看看电话上显示的号码，随即拿起听筒：

“喂，你好！”

“啊！玉玲啊！你这个死家伙！”

“这一阵子不给我打电话，你死哪儿去了？”

“嗯嗯，好好，我等你，到了给我打电话！”

放下电话的招弟陷入了沉思。相比几年前故作成熟的姿态，如今的她更有了几许自然而然的优雅。午后的阳光洒在她脸上，根根细微的汗毛被浸润了，整个人氤氲在一片柔和的气氛里。过去的苦难曾映在她脸上的淡淡的哀愁已消失无踪。

这几年，她和玉玲一直保持着联系，不过仅限于电话而未见其人。奔忙之际，她有时也会念起这个好姐妹，总想抽空去看看她，却因为种种琐事而最终放弃。开始的一两年，电话里的玉玲还洋溢着欢笑和幸福，后来电话打得少了，没聊几句又被突来的事情打断，只好匆匆结束通话。招弟从玉玲时而的欲言又止里隐约感到某种不祥，可又不愿往坏处想。直到刚才通话，招弟明显感到玉玲迫切想要见她，背后可能隐藏着一个秘密。

打烊后，她匆匆跟小何打招呼，说要去接一个朋友。

再次站在招弟面前的玉玲，让招弟有恍若隔世之感，当初那个活泼生动的玉玲，走起路来风摆杨柳的少女玉玲，此刻俨然一个形容憔悴的少妇。招弟一时不愿接受这样的玉玲，愣着无法相认。没等招弟从幻梦里醒来，玉玲已经扑在招弟的怀里哭成一团软泥。那个青春的玉玲哪去了？招弟至今记得自己刚到省城时第一眼看到的那个让她几乎不敢直视的玉玲，那个骄傲而快乐的玉玲。那么是谁，夺走了她眼里的光彩，摄去了她的魂魄……

玉玲被那个南方商人带走后，以为终于找到了想要的生活。可一年后残酷的真相渐渐浮现，玉玲才真正见识了生活的真面目。那个商人在南方某地有妻女，他的翩翩风度和不俗谈吐源自他的空虚寂寞。当玉玲给南方人做了一年的免费店员后，她才从来自南方某地的一个电话，得知了全部真相。

电话里的女子是某品牌家族企业的董事长，而她老公是派驻本地的区域代表。她从本地商会的朋友那里发现了事件的端倪。而此时，玉玲已经在一年里为男人堕过两次胎。每次玉玲都要求把孩子生下来，可每次都被以生意忙，现在还不是时候为由拒绝。

不甘心的玉玲和另一个同样不甘心的女人，在南北方的时空转换中拉开了一场持久战。而结局从一开始已经注定，从对方优雅沉稳而冷静老练的谈吐里，玉玲知道胜负已分，然而除了苍白的追问和虚弱的歇斯底里，她没有任何可以对抗的本钱。当玉玲最终灰头土脸地铩羽而归时，男人留给她一笔钱，她把那沓钞票甩在那人脸上，然后又在他离去的背影里含泪一张一张捡起来。她捡起了张张饱蘸屈辱和泪水的钞票，却捡不回那个已经迷失的自己。当玉玲在眼里把自己望成一个不知所以的虚空时，她知道，那个曾经的玉玲，再也回不去了……

招弟帮玉玲找了一处宾馆住下，过一两日又租得一间公寓，先安顿下，再作打算。至于小何，招弟还没有想到一个让玉玲能够体面面对的理由，因此暂不必说。

这天晚上，招弟正在吧台里算账，电话铃声打断了她手指的飞舞。电话是从老家打来的。招弟刚拿起听筒就听见弟弟说：

“姐，你快回来吧，大生病了！”

“不严重吧？”

“你回来就知道了。”

“喂喂！喂！”招弟还要问时，电话里传来了忙音。

放下电话，招弟心想，父亲身体一直还行，不至于一下子生什么严重的病吧？这么想着时，她心里还是莫名着急。招弟赶紧放下手里的活，去找正在后堂忙活的小何商量。

小何说，老年人的身体指不定哪天就有什么毛病，还是回去看看的好。招弟想打电话再次确认一下，又觉得弟弟既然夜里打来电话，十有八九真的出了什么状况。

招弟买了去老家的火车票，连夜往回赶。

车上的招弟才有空好好回顾一下她跟父亲这些年的磕磕绊绊。福根每次来信来电话，都还是以要钱为主。当然，李家的钱早都还清了，可家里依然是个无底洞，扔多少钱进去也听不见个响声。

福根要钱总是火燎眉毛十万火急，不是种子化肥钱，就是头疼脑热的药钱，或者是篷房的瓦钱补院的砖钱，再不济也得给几个烟酒糖茶、油盐酱醋钱。对此招弟早已习以为常，再说，好几年了，有些事也慢慢淡化了，对于当年辍学，随着自己从函授班毕业，也不再耿耿于怀。毕竟是血浓于水的父女！一家人要是记仇，那不得有记不完的仇？可心里的阴影总还在，有些伤害吧，就像钉在木头上的钉眼，钉子拔掉了，可那眼还在。招弟在心里安慰自己，不去计较那些阴影、那钉子眼，也就跟那东西并不存在一样啊！

招弟现在可以从容地面对自己的伤疤了。父亲年纪一天天大了，自从母亲走后，他一个人过日子，还要拉扯弟弟，想来很不容易。

想到这里，招弟一阵伤感，又觉得自己太不懂事，为什么不肯放下过去。她越想越自责，越来越觉得父亲的病可能跟自己有关。假如这次父亲的病比较严重的话，她该如何面对自己的良心。想着想着，她把一切错误都归结在自己身上。又想起这几年和小何一起打拼，眼看着日子越来越好过了，父亲却病倒了，她的眼泪开始打转转。招弟原计划今年再忙一年就和小何办婚事，到时候还要接上父亲好好风光一回呢，可现在，一切变得莫测起来。

父亲到底得了什么病呢？万一坚持不到自己婚礼那天，将是一个不可弥补的遗憾……

就这样，招弟沿着铁轨把过去多少年积攒下来的怨恨全都抛洒干净了。躲在火车厕所里哭过一场后，招弟心里的沉重略微缓解了一些。丢掉过去，意味着一切还可以重来。招弟心想，借着这次回家，和父亲冰释前嫌，兴许父亲就能很快好起来。想到这里，招弟觉得心里又轻松了许多，不知不觉睡着了。

等列车员叫醒她时，已经到站了。她胡乱整理一下衣衫，提起包匆匆下车。天还没大亮，她搭上去老家的面包车。看着车窗外的情景，觉得这六七年简直像一场梦一样。离家越来越近了，她却莫名焦虑起来，不知道父亲变成什么样子了，还能不能一眼认出自己。弟弟也该长成个大小伙子了，从电话里就能听出来，他的声音已经不再是稚嫩的童声，有一种蓬勃而肆意的力量感。她心里一遍遍幻想着进家门时，该先迈哪条腿后跨哪条腿，见了父亲说些什么……

招弟心里一遍遍放电影，完了又修改。很快，车停在她熟悉的那条土路上，景致虽然有些变化，但大样子还在。她手里提着两个包，腾不出手，就用肩膀一顶，大门“哗啦”一声开了，一个趔趄就进了家门。

“大，大！我回来了！”没听到回应，她又喊一声“大牛！”依然静默。

招弟心里一沉，手里的包从指间滑落，她一头扎进堂屋，往炕上看，炕上没人！看桌上，只有一座停了摆的座钟。

“死女子，你还晓得回来！”

身后砸来一个声音，几乎将她打倒。招弟抚着胸口站稳，回神，是父亲的声音！再回头，父亲好端端地坐在小板凳上抽烟哩！

“大牛，你姐回来了……”福根扭头对着窗口喊一声。

“姐，你回来啦！”

招弟循声看时，大牛手里提着两个包站在门口傻笑。又看看死皮赖脸笑着的父亲，猛转头，把一股无名火兜头泼向门口的大牛——

“你们这是干啥！日急慌忙地把人叫着来就是个这！这不是耍人哩么！”说着几颗眼泪齐头飞到门扇上，粉身碎骨。

“大，你太过分了！”招弟恨了父亲一眼。福根却咂摸着烟锅嘴嘿嘿地笑了。

“死女子，你还晓得我是你大，晓得就好！”

“这事不怪你兄弟，都是我的主意。”说着吐出一口烟。

招弟气得站在地上半天不言语，泪蛋蛋泪花花前赴后继。

“回来就好，我又没死么，看你，这样子干啥?!”福根低头凑到招弟跟前。

福根压根没病，她设计把招弟叫回来的原因其实也简单。就是要在庄里人跟前显摆显摆，让庄里人看看：前几年我福根确实不如意，可现在，我的二女子在城里开了饭店，儿子马上要考大学，正所谓好事成双，不让李家人知道一下、不在全村人面前露露脸怎么得成？可他又怕自己叫不回招弟，只好跟大牛俩人唱了这么一出拙劣的双簧。

招弟听说后，哭笑不得。既然父亲没病，那自然是再好不过了，还有什么理由生气呢？可当她看到父亲好端端时，又有些反悔，车上那些怪罪自己不孝的理由又都因为福根的装病而不成立了。她觉得父亲除了苍老一些以外，实际跟以前并没有太大差别，甚至一声“死女子”一下又把她这些年打拼回来的自尊打回原形。

想起往事，招弟心中的不快又涌现出来，路上想好要跟父亲说的话，此刻怎么都难以出口。幻想的那个父亲——他是温情的，其言也善的，可现实里的父亲依然一如从前，要钱时一副嘴脸，骂人时一副嘴脸。这让招弟十分厌恶。

招弟去看了大姐和玉梅，给她俩分别留下一些钱，又去母亲坟上磕了头烧了纸，敷衍潦草地接待了几个不远不近的来访的亲戚，再给父亲撂下一些钱，叮嘱弟弟好好复习参加高考，便匆匆踏上了回城的旅途。

六

车上招弟愣神：父亲的恶作剧让她生气，但他毕竟老了，老了的父亲还要自己上灶做饭，她心疼了。这么想时，心里那个不孝的女儿又回来了，而那个理直气壮兴师问罪的招弟又不见了。不管怎么说，这次回家总算在僵持的父女间打开了一个口子，这就不虚此行。

赶回家时的那股劲儿一旦卸下，她感觉浑身乏力，多年来亏欠下的疲乏一股脑地找上门来，她眼皮重到抬不起来。真想美美睡一觉啊！她得有多久没有好好睡一个浑全觉了。可当她决定要睡时却又睡不着，往事一幕幕在心头浮现，这些年的不易和心酸、甜蜜和温馨交替出现。她想，回去后和小何再好好奋斗一年，把俩人的亲事办了，从此翻开新的一页。

招弟的想法是：盘下的别人的小饭店生意还不错，和小何俩人省吃俭用一年下来怎么着也得有个三五万元的进项吧，眼下手里还有三万多存款，再过一年就有七八万，这样一来首付款也够了，可以按揭一套小一点的房子，有个自己的窝；等以后手头宽裕一些，就可以换一套更大一点的房，再生个胖娃娃，一家人就这么安安稳稳地过日子。

招弟心里这么盘算时，幸福得差点笑出声。

可玉玲怎么办？

想到玉玲，招弟心头又腾起一团愁雾。这才几年啊！玉玲就成了这个样子。招弟又想起自己当年刚上省城时，玉玲来接她时的样子，想起路边的一锅冒着热汽儿的汤圆儿……

不知为什么，后来她每次想起过往，就去吃一碗汤圆儿，这仿佛成了她的一种独特的忆苦思甜的方式。有时候，她宁愿时光倒流，那时候多好啊！和玉玲、和姐妹们在一起，热热闹闹、无忧无虑。她想，人为什么要长大呢？小时候急着盼着要长大，长大了又怀念过往，真是矛盾啊！

可她招弟不能长时间沉浸在这样的追问与思考里，她告诉自己：也许这就是生活吧——生下来，活下去！关于生活，她觉得最关键的是把握好眼前，而眼前怎么把握呢？那就是好好地奋斗。

她要去看玉玲，在决定大干一番之前先得把这个昔日的好姐妹安顿好了。

招弟从农贸市场买了一些水果。提着水果，她感觉格外地沉。她左右手互换着掂量一下，每只手里也就提着两三斤，不知怎么倒像是二十来斤。不至于这么重啊！她心想，也许是最近疲于奔波，太劳累了吧。她在心里嘲笑自己："招弟啊招弟，你怎么这么矫情起来了，你还是那个从乡里跑出来的野丫头吗？"

走到她帮玉玲租的那间房门口，放下水果，敲门，没人回应。她用整个手掌拍着门板，使了很大的劲儿，拍下去却像是拍在了棉花上。招弟心里一急，握起拳头使劲捶门时，捶到半空，门开了，拳头后面是玉玲那张黄瘦干枯的脸，随即扑面而来的是一股发馊的潮气，就像走进一条阴暗潮湿的隧道一样。

招弟的目光暂时迂回过玉玲，环顾一周这被阳光遗忘的角落，快步走到窗前，"唰啦"一把拉开铁丝上挂着的平绒布窗帘，把窗外窥伺已久的阳光一股脑放进来。玉玲一时不能适应这样的光亮，用毫无血色的手遮挡在眼前，几绺油腻的头发从指间滑出来。玉玲长时间不说话而发黏发涩的喉咙里吐出几个含混不清的字符，招弟听不清她在说什么。她看看窗外，突然转身看着玉玲说："玉玲，你这是糟蹋自己！"玉玲似乎没听见，后退几步，颓坐在床上，床上的被褥是被反复蹂躏后的一片狼藉。床头柜上放着一个吃掉一半的方便面碗，碗里昏暗的汤汁上飘着一层油花，油花里，几只小飞蝇还保持着生前慷慨赴死的战斗姿态。

招弟觉得自己刚才过于生硬，她过去坐在玉玲身边，沉默了几秒，伸手从后背环抱住玉玲。玉玲像一条干抹布缠绕在招弟身上，抹布里突然挤出了水，扑在招弟怀里，眼泪鼻涕纠缠在一起，难分难舍。

招弟抚摸着玉玲的头发。

"招弟，你说现在这个样子，我该咋办？"玉玲抬头巴望着招弟。

"咋办？凉拌还是干拌都得办！"招弟捉住玉玲的两只手臂摇摇玉玲的身子，仿佛是叫醒一个在睡梦中迷糊的人。

"首先，你得有个人样子，天塌下来还有大个子顶着呢，何况天又没塌下来，就这么糟蹋自己，这又是何必呢?!"

玉玲望着窗外，嘴角露出惨淡的笑。

"再说，不是还有我哩，对不对？"

玉玲收回目光，看着招弟的眼睛，俩人须臾的对视里默契地各自把往事重播一遍。

“招弟，我还能回去吗？你说。”

“能！有啥不能的！无论你走到哪一步，我都愿意等你，原地等你，就像那时你在车站等我一样！只要我在，你就在，反过来也一样，对不对！”

招弟觉得进门前的无力感消失了，相反，此刻浑身充满了力气。她觉得玉玲哪怕是个死人，她也能把她背回去！

仿佛是受了招弟的鼓舞：“招弟，我饿！”玉玲发出孩子对母亲般的呼唤。

招弟听到玉玲这话倒一下把她给逗笑了：“死女子，你还晓得饿！”招弟这一笑把潜伏在眼眶的眼泪给抖了下来。玉玲看着边笑边擦眼泪的招弟，自己也笑了……

晚上打烊后，招弟把打着哈欠的小何叫住，说有事商量，小何揉捏着腰说：“有啥就说呗，还神神秘秘的。”

“哎呀，跟你说正事呢！”招弟揪住小何的耳朵，小何龇牙咧嘴地求饶：“好好好，听你的正事，我听，听！”

“是玉玲的事。”招弟开门见山。

说完这句，她等着看小何的反应。小何低下头不说话——

他在等招弟后面的话。

“那我就说了啊！”

小何继续以沉默回应。按照招弟给小何的说法，她是这么计划的——

原打算年底按揭买房的事缓缓，租房也可以把婚事办了，反正木已成舟，迟早都一回事。这样呢，咱们手里那三万块钱就闲着没处使了……我是这样想的，能不能暂时周转给玉玲……

小何对招弟这个逻辑转不过弯儿，他抬头看看招弟，又不想贸然打断她，期望她能把这个逻辑自圆其说。招弟望着小何发呆的样子，忍不住想笑出来，半路上又换成心有亏欠。小何的表情告诉她：“说吧，还有啥，继续……”

“嗯，其实呢，事情是这样的，玉玲呢，自从离开那个南方人，钱也花得差不多了，现在呢，连个安身的地方都没有……”

招弟说着又看看小何，小何低头琢磨着自己的脚丫子。

招弟用几声干咳打开局面：“咳咳！你看，我跟玉玲呢，是多少年的姐妹，总不能见死不救吧……再说了，你跟她也……”

招弟意识到自己的失口，把剩下的话咬断了。她也低下头，跟着小何一起研究他的脚丫子。

“成!”

“你说啥?”

“我说成!”

“真的?”

“不是蒸的还能是煮的?!”

“哈哈哈,可真能装!”招弟以一个眼神挑逗一下小何,小何朝招弟噘嘴还以颜色。

“那你还让我长篇大论地说半天,早不吭声!”

“我也没有说话的机会呀!”俩人说着逗着,互相捶打着搂成一团。一个咬疼了一个的舌头,一个踩化了一个的脚。

招弟把三万块钱交到玉玲手里,告诉她这是自己的意思,也是小何的意思。招弟担心把本来的一个意思说成两个意思,那可就没意思了。她也不知道玉玲能不能听懂她的意思,她希望玉玲心里别有那个意思……

玉玲倒是痛快:“我明白你的意思,其实……我没有那个意思,你懂我的意思……毕竟……都过去了多少年了……”招弟想笑,她觉得和玉玲这么意思来意思去的,可真有意思!

她建议玉玲最好还是继续开个服装店,毕竟熟悉,玉玲想想,点头应承。

招弟又开始了一如既往的忙碌生活,像陀螺一样不停旋转,不能停,一旦停下来就觉得心里没着没落。有时正盘点呢,突然眼前一片模糊,连计算器上的数字都看不清。她觉得可能是没睡好。再说最近吧,下班就跟小何忙着布置租来的新房,也可能是太累了。可实在没工夫休息啊!小店关门要到晚上九点,再到租房里搞卫生,收拾这收拾那,眼看结婚的日子快到跟前了,得趁早把一切准备工作做好。

舍不得请人,他们就自己买来涂料刷墙,至于家具,等到时候按揭了房子再置办,目前只要有张床就可以。只要俩人一条心,这些都不重要。尽管劳累,可当想起未来的生活,招弟心里总有十二分的甜蜜,再累也不算啥。小何刷高处的墙,她刷低处。刷着刷着就感觉胳膊不听使唤,举起刷子比举一袋面还吃力。小何说,招弟你累了吧,累了就坐下休息,我来。招弟说,不,我不能让你一个人辛苦,我心疼。小何擦一把汗,鼻头和眼窝里粘了涂料,像戏里的小丑,倒把招弟给逗笑了。笑软了身子的招弟顺势坐在报纸上,边笑边“哎呀哎呀”地呻唤。

“哎呀!我笑软了,一点力气都没有了……”

“累了你就睡一会儿吧。”

招弟就坐在报纸上靠着墙睡着了。招弟看见母亲扛着锄头，戴着草帽在前面走，身后跟着大姐跟弟，还有弟弟大牛。她突然听见一声蚂蚱叫，几个孩子欢奔乱跳起来，循着蚂蚱声向一片洋芋地里跑去，洋芋花儿开得粉艳艳一片，招弟丢开蚂蚱，从洋芋蔓上摘下一朵花儿来，这花儿越看越好看。她把花儿别在头发里，抬头喊大姐和小弟，却不见他俩的影子……只有蚂蚱声一阵一阵从哪里飘来，她回头喊——

“娘！”

“大姐和弟弟咋不见了！”她揉一揉眼睛，刚才还对着自己笑盈盈的母亲此时也不见了。她害怕了，撒腿往母亲刚才站的方向跑，跑着跑着她的脚被洋芋蔓勾住，一下跌倒了，跌倒的瞬间脚下变成了万丈悬崖，她大喊一声——

“娘——”

招弟听见自己喊出声了，睁眼却见小何的眼睛盯住自己。小何擦着她腮上的泪焦急地问：“招弟招弟，你咋啦！”

招弟摇摇头说：“没啥，做了个梦。”她觉得小何身上暖暖的，有一种奇妙的让人舒服的味道，她抱住小何，咬着他的耳朵说：“你真好！”

七

玉玲的服装店开张了。

招弟满以为小何见了玉玲会脸红，奇怪的是小何的脸居然没红。小何的落落大方倒反而让招弟为自己的想法脸红。当小何和玉玲的手握在一起时，彼此都像是梦了个梦，而醒来的彼此，居然比睡着时更加自然、云淡风轻。当大家都觉得自己的顾虑多余时，他们仿佛又回到了当初。

三个人聊了很久，喝了很多酒，当小何挽着招弟从玉玲那里出来时，他抬头看见了天边若隐若现的朝霞，真美！

房子已经收拾停当了。玉玲为招弟看好了一套婚纱，租一天二百元。招弟说，一辈子就奢侈这么一回，值了！

这天周末，店里的客人格外多。招弟和小何一个在外一个在里，马不停蹄忙活了大半天。柜台上的酒不够了，客人还在猛催，招弟搬来凳子用手摇了摇，踩上去取放在搁板上的酒箱。刚抱起酒箱，突然一阵天旋地转，胳膊就像脱离了自己的身体，她奋力喊——“小……”

“何”字还没出口，就已连人带酒跌下去了。那一瞬间，她感觉自己掉进了梦里那个万丈深渊。

再醒来时，她感觉自己睡了很长很长的一觉，想伸个懒腰却抬不起胳膊。当她终于看清自己胳膊上缠着的绷带时，也看见面前一张熟悉又陌生的脸。随即这张脸上某个部位接连发出了几声呼喊——

“死女子，你终于醒啦！好消息、好消息啊！你弟弟考上大学啦！”说着，那人拿出一张纸在她面前晃了又晃。她听出说话的是父亲。她想说啥，说不出来。

一只手过来抓起她的手，把她的手埋进他的另一只手里。她知道这手和来自手心的温暖属于谁。

她问：“我这是在哪里？我怎么了？”他低头对着她的手心说：“你好好的，就是累了。”“是啊，我还真的是累了，我美美睡了一觉……”紧接着，她的声音被另一个亢奋的声音打断了——

“哎呀！你们看看，我儿子考上了重点大学——名牌儿大学啊——你们看看——录取通知书都在这里！”

床上的招弟看见父亲模糊的身影在向每个病房里的人舞动，仿佛要让全世界对他此刻的荣耀顶礼膜拜；面对着周遭的沉默，他像一次又一次冲向风车的堂吉诃德，手里的那张纸仿佛是他不可一世的长矛，要刺穿一切敢于横亘在他巨大荣耀前面的障碍。

门口，玉玲轻轻唤声小何。小何轻吻一下招弟的手，告诉她去去就来。她点头闭眼，暂时把面前的喧闹拒之门外。

玉玲手里的检查结果上写着“肌无力”。对这几个陌生的字眼，玉玲和小何毫无概念。他们去找值班大夫。戴着眼镜的头发花白的大夫说，其他的皮外伤都是小事，很快就能恢复，就是这个肌无力比较麻烦，搞不好的话……

小何已经失去了听下去的能力，他听不清老大夫嘴里说的是什么，仿佛是一个老人在讲一个遥远的故事，又像是瞬间做了一个长梦。

玉玲艰难地把他从诊室里搀扶出来时，他才如梦初醒。小何挣脱了玉玲搀扶的手臂，转身扑向诊室方向，玉玲要拉他却扑了个空。她刚追到诊室外就听见“扑通”一声，那是地板被撞击的声音。

“大夫，求求你！一定想办法治好她！求求你了！我给你磕头！”玉玲的泪水随着地板一连串的撞击声，连珠而下。

“快起来快起来，年轻人，不要这样，作为医生，救死扶伤是我们的天职，我们一定会尽最大努力的，这个你要百分之百放心。”两个护士把小何搀出来，玉玲迎上去扶住小何。

小何再次挣脱三人的束缚，冲进诊室。又是一次沉闷的撞击。

“大夫……求你一定……”

“我说你这个年轻人，怎么这么不懂事呢，刚才给你解释得很清楚了，我们一定会尽最大努力的，再说，这又不是立马会怎么样的病，你要做好长期照顾病人康复的准备，这样怎么能行！”

玉玲进门把小何扶起来：“大夫说的对，我们现在需要的是积极配合医生的治疗，康复又不是完全没有可能，你要冷静！”

出门时大夫再次交代，为了谨慎起见，还将有一个会诊，结果下午就能出来，届时会有定论。

再次回到病房的小何，又是那个体贴腼腆的小何了，泪眼变成了笑眼。玉玲坐在床边抚摸着招弟的头发。

招弟嗔怪：“你们干嘛去了，把我一个人撂下这么久？”玉玲看一眼小何，小何笑着说：“大夫开了几样药，我去签字了，没啥事，都是消炎止痛的药，你这是皮外伤，养一养很快就好了。”跟病房里其他家属聊天的福根凑过来，把手里的录取通知书在招弟面前一挥——

“死女子，你赶紧缓好了出院，我要给你弟弟办三天庆功宴哩！他这次可真是给我长脸了！哈哈！”

招弟想为弟弟努出一个喜悦的笑，却没有力气，但她微微上翘又缓缓下垂的嘴角已经充分表达了内心的波澜。

“大，还有一件喜事哩，你忘了……我跟小何下个月就要结婚了，给你的酒都买好了……”

“噢噢，对对！你不说大还忘了，大这是高兴糊涂了，咱这是双喜临门哩！”

大夫来查房了，交代家属保持安静，病人尽量不要说话，安心静养。

下午，会诊结果出来了，大夫说招弟的这种情况比较罕见，恢复的可能不是没有，但在世界范围内也只有十万分之一的概率，最大的可能是下半辈子要在床上度过……

小何连再次下跪的力气都没有了，护士搊他瘫坐在长条凳上。玉玲含泪急切地问：“大夫大夫，她下个月就要举行婚礼了，她还能不能穿上婚纱？这是女孩子一生最期盼的事呀！”大夫沉思一下，又无奈地摇摇头：“这个……很不好说，得看具体情况，我无法给你一个保证……”

玉玲回头，眼里的汪洋淹没了角落里的小何，小何嘴里喃喃自语——“我陪着她，陪着她，永远……永远……”

玉玲双手掩面，泪决堤而下……

晚饭时间到了。进病房前，玉玲扽住小何的衣角问：“要不要告诉他？”

“谁？”玉玲朝墙角努努嘴——

小何抬眼——那里蹲着丢盹儿的，喊乏了、跳累了的福根。

“当然，那是他爸，有权知情。”

“啥时候说？”

“等等吧，现在还不是时候……”

“玉玲，上次选的那套婚纱订好了吗？”玉玲一到跟前，招弟就拉住玉玲的手问。

“订好了，订金都交了，放心吧。”玉玲捏捏招弟的手。

招弟露出欣慰的笑，随即把头转向小何：“再没什么遗漏了吧？我咋总觉得不踏实。”

“啥都停当了，你就安心养着吧，乖。”当听到一贯腼腆的小何当众说出“乖”这个字时，招弟脸上露出孩子般的羞涩。

转眼看见玉玲在偷偷抹眼泪，她拉一把玉玲：“你哭啥哩？”

“没！不是！你没事的！我是为你高兴，招弟，我真为你们开心！我是高兴的哭！”招弟皱一下眉，她对玉玲的语无伦次有些不解。

“咱们都会越来越好的，玉玲，记着，我在，你就在，你在，我就在，咱们谁也不会落下谁。”

“嗯嗯，我晓得，我晓得，招弟。”

“我这会儿感觉精神好多了，我想吃点啥。”招弟看着小何，眼里无限深情。

“你——你想吃点啥？我去给你买。”说话时，小何苍白的脸上，两颗泪几欲滚落，又被他忍回去了，他感觉自己脸上的肌肉在颤动。

“看，看，不晓得羞，一个男人家家的，怎么也要哭？”招弟对小何说话，眼睛却看着玉玲。

玉玲和招弟忍不住笑了，小何苍白的脸上泛起一层红晕。

“我想吃一碗汤圆儿。”

“好好，我就去买！就去买！”

招弟双眼含情地看着又一次红了脸的小何，他转身离去的瞬间，她仿佛又看到了那个说话瓮声瓮气的小传菜员……

招弟吃着小何喂给她的汤圆儿，又想起了那个清晨，玉玲拉着她的手，在路边看到那么一锅热腾腾的汤圆儿。只是那时候她还不知道那是什么，只觉得像饺子又不像饺子，她想问玉玲又没好意思问。她心里暗想，等我挣了钱，一定要尝尝到底是啥味道。她又想起第一次领到工资，面对那一笔巨款时心里的不真实，手里捏得汗津津的纸币，总觉得那是别人的，即便装在自己身上也不敢相信……

就在她让老板盛汤圆儿时，心里听到一声断喝——“死女子，你哪来的钱敢乱花哩！”是父亲的声音，她心里打了个寒噤，拔腿就走。

她知道背后是诧异的眼神，当精神病一样盯着她，可她就是不敢停留。心里那个声音让她感到恐惧。

后来，当终于鼓起勇气再去，一口气吃下满满一碗汤圆儿时，她深深爱上了那清清甜甜的味道。

从此，她舍不得吃别的，就是时常去吃一碗热腾腾的汤圆儿，吃着时，觉得心里格外暖和。

现在，一碗汤圆儿，招弟在小何的怀里把它吃完了，味道与以往任何一次都不同。这味道让她温暖，让她陶醉。除了小时候在母亲怀里，再也没有感受过这种暖暖的、让人如梦似幻的味道……

招弟催促小何和玉玲也去吃饭。

实际上，她是想一个人好好陶醉在这种美妙里，宁愿长卧不起。她又想起即将到来的婚礼，想着想着安静地睡着了。

她看见母亲又站在家乡那片一望无际的杏树林里，朵朵杏花夭夭灼灼，像一个个小姑娘穿一身粉袄蹴在树梢上朝她笑。她喊一声娘，娘答应一声，再喊一声，娘又答应一声，然后，她和娘就没来由地咯咯咯地笑了，树上穿着粉袄的小姑娘也笑了，有的笑着从树上跌下来。

她就跑过去抱她们，结果站在她眼前的是大姐跟弟，姐妹俩就抱着笑作一团。

突然，她俩看见一只笨头笨脑的大狗蜂在欺负那些小姑娘，她俩就捡起石头打那大狗蜂，结果一石头打过去，打在了父亲的烟袋上。大姐喊一声——

“不得了了，大要打我们俩了！”

姐妹俩撒腿就往娘那里跑，跑着跑着抬头一看，娘不在了，身后传来父亲的呵骂声，眼看就要追上了，招弟听见自己吓得哭出声来。

这时，面前出现了一只蜻蜓，蜻蜓落在地上变成了一架飞机，她俩跳上飞机，飞机挥动翅膀一下就飞起来了。飞机飞得好高呀！父亲的身影在地下变成了一只小蚂蚁。

姐妹俩笑啦！

她们飞到了一个大花园里停下。她去拉姐姐的袖子，拉住的却是玉玲的手。她刚要问，玉玲你怎么在这里，还没开口，一只手伸到她面前，招弟很自然地被那手牵住，这时，背后的另一只手举出一束鲜花，她接过来闻闻，好香呀！她娇羞地抬头看时，原来是小何！小何牵着她的手走下舷梯时，面前是一座漂亮的大房子，被布置成了洞房。同宿舍的姐妹们从四周簇拥过来，美芳给她头上别上一朵花，玉玲站在身旁做她的伴娘，母亲坐在椅子上等待着她行礼，大姐抱住她，在她耳边说出最温馨甜美的祝福……

那是一场盛大的婚礼，那是多么美妙的一天呀！

当她被小何牵着走进洞房时，整个房子又变成了一个巨大的云朵，带他们飞啊飞啊，飞向她梦里的，一个她从未到达过的地方……

2018年5月

卖　瓜

夏日午后，人和狗都乏了。苍蝇一忽儿飞上发梢，一忽儿又凑近鼻尖，痒酥酥地烦人。实在懒怠动弹。正嗡嘤呢，却一头碰着窗纸。人睡在炕上，恋着身下竹席那点子凉。恍惚听见悠然一声长调，叫魂一样，使人不禁侧耳。声音确乎挨沿着巷子，越来越近，越近越古，要把村庄从梦中叫醒似的。又不像货郎担担，更不是谁家女人的哭。这么思谋着，不知何时，人已向门口，捉了那声而去。

才把住门框，就瞭见巷子一头，一个“蚂蚱车”摇摇摆摆地过来。所谓蚂蚱车，是一种手推独轮车。木头旋的轮子，包了一层胶皮，车身呈一个睡倒的“V”字，腰部叉开两条腿，车走时腿悬空，车停时作为支撑。而两辕间拴一条绳子连住，绳子就挂在推车人的肩上，作为承重。蚂蚱车日常用来推粪灰或粮食。但现在，绳子挂在人的脖子上，蚂蚱车上不是粪灰也没有粮食。

是西瓜！

看清的同时，那声音从西瓜后头飘过来了——

卖西瓜呦——

是卖西瓜的！

卖西瓜的看见我了，我倒没地方可藏。只好低头向墙上的窝窝里抠土，顺余光把那人和那车从跟前背后送过去。然而不甘，跟在后面，看他要往哪里去。那人实在走得很慢，原来竟是个罗锅儿！难怪绳子要挂在脖颈上的。小小的背影，竟那么般配！罗锅儿听见了我心里的议论，似要停下了。我赶紧贴墙站住，他却揩把汗又往前了。

那么深的巷子，他小小的身子竟也快要走到头。怎么办，他就要走出巷子了。这时，巷口那家的门打开了，截住推车人，给我了靠近的理由。等我过去，见门里走出的是一男一女。那是一对新婚夫妇，男的是上门女婿，人白净腼腆，还未说话，就要笑。女的倒大方，使人觉得是男人的姐姐。这俩人每人肩上掮一根扁担，是要去担水。担水就担水，却把一个卖西瓜的截住了。

截住了，却不问西瓜的价钱。就那么笑笑地瞅着。瞅就瞅吧，卖西瓜的干脆取下脖颈上的绳子，蹲在墙根儿下，卷起他的旱烟了。看架势，仿佛是说，瞅吧瞅吧，你们瞅够了，我的烟也抽完了。那人卷好了烟，用舌头舔着烟纸时，露出残存的几颗牙，原来这是一个半大的老头儿。老头儿，个头小，又是个罗锅儿，身子缩成一个圆球，脸上一团安闲。

老头儿划着火柴时，女人看男人一眼，男人一笑，没笑出声，出声的却是老头儿，"叭嗞"一声。女人向男人撇撇嘴。女人是在埋怨男人的没出息吗？男人挠挠头，要开口了。那正是我一直等着的，等着他问西瓜的价钱，然后看他们怎样讨价还价，再把西瓜抱回去。

男人开口了，问的却是——

"你看这东西像个啥?"说着瞟女人一眼。

"像个啥？像个西瓜!"女人要捂嘴笑，终于忍住。

"不对。"

"不对？西瓜不像个西瓜，还能像个啥?"女人说着，努嘴不屑。

"像个马勺。"男人边说边用一只闲手，靠近压住扁担的另一只手，比了个圆。神色近乎得意了。

见女人疑惑。男人索性用下巴颏儿抵住扁担，腾出压扁担那只手，把圆比得更大更阔气。

女人似乎明白了，眼里却闪烁一丝嘲讽。

大概是说，马勺中间是空的，才用来掠水么；那么现在这个西瓜……

西瓜中间是瓤儿啊。想到西瓜中间的瓤儿，男人跟女人同时理解了彼此，却也同时向彼此投去更深的疑惑。疑惑从各自眼里两道光带出来，在空中遭遇。渐渐地，女人的疑惑逼退男人的疑惑。男人终于不敢看女人的眼了。

这家是女人做主，这人人知道。

"对呀！还真就像个马勺哩!"这时，旁边有人说。"倒是个好主意!"

等彼此寻着说话的人时，才发现此时巷口已围住好几个人了。刚说话的，便是其中一个老汉。老汉说话时，只见胡子，不见嘴巴。

听有人响应，女人把头歪了，不看众人。

男人却忽然得了势。他又比划上了，比上次比划得更大更阔气，且因说得生动，仿佛他比划的那个大圆里，正好箍住半个西瓜——

不，应当是个马勺。但一个马勺能让他那么激动么？马勺中间啥都没有，西瓜中间却有又红又甜的瓤儿。要使半个西瓜成为马勺，首先要买来一个西瓜。买了西瓜就得把西瓜中间的瓤儿挖掉；挖掉的瓤儿……

女人有一瞬像是要瞪男人，但骄傲使她难以回头。

男人似乎在咽口水了。似乎随着自己的比划，把头脑里的想象又复习一遍。但他终究想得不周全。他的不周全处，被旁人指出来了。指出的是一个长头长脸长手长脚的人，叫个五魁的。

五魁说："那么，瓜皮难道不会干的么？干了可不就缩成疙瘩了么？"

众人伙儿里齐"咹——"一声，是对这意见的赞同。

一时谁也不说话了。

这时，有人从远处走来，到跟前问，"这是卖啥的？"

有人答："卖西瓜的。"

又有人靠近，盯住问："这是卖啥？"

有人答："卖西瓜……"

说着，都扭头去看卖西瓜的老汉。老汉眯起眼，"叭呲"一口，倒像是这问答与他全然无关。

问的和答的，都自自然然；问的明明看着是西瓜，仍要问"卖的是啥？"答的明知对方看到了，仍答得认真，说"卖西瓜。"

大人们咋这么奇怪。

就在这个空当，男人已想到应对的方法。

他说："可以把瓜皮泡进水里呀，可不就不干了嘛，舀水时，捉住就掀（舀），多好。"

这时，众人倒不看男人了，齐刷刷看向仍歪起头的女人。女人大概要生气。却"咩呲"一笑说："那也得先担了水来呀！"女人说话时，向着众人扫一圈儿，目光是虚的，而她的话到了男人耳朵里，却实实在在。男人又挠头，似乎才想起，这是要去担水；也似乎才想起刚才这么一阵子，为什么不把扁担放下来。

众人开始讨论这方法的可行性了。有人说用瓜皮做马勺，是以前谁也没想到的好主意哩。有人想了想，说泡在水里还是不行哇，那不得臭了……

说着时，仿佛人人怀里已经有了一个大西瓜，并把西瓜瓤儿，一勺一勺挖出来。那个甜哟，啧啧！

说着说着，又都觉得不对劲。不知啥时节，男人和女人已不见了。男人女人不见了，用瓜皮作马勺又因他们而起，那么这一场争论也便失去意义。但人们似乎还是意犹未尽的样子。渐渐也就转移了话题。

至于瓜皮，又不做马勺了，做了其他一些七七八八的东西。也不必用水泡了，因为又有人想到别的办法。

围住的人，散去几个。散去的是谁，谁也没有留意。便是墙根儿下的老汉，也无人留意他了。老汉抽了烟，似乎忘了自己是个卖西瓜的了。

仍有人到跟前问："这是卖啥？"

"卖西瓜。"

"噢，卖西瓜。"

"卖西瓜，不都得切成牙的么……"

"噢，对呀！"大家又一齐附和着。

可不是么。集市上卖西瓜的摊摊，大家都见过。切成牙牙，牙牙上一嘟噜一嘟噜的蜜蜂趴着，飞着。旁边有孩子瞅着，嘣一回指头……

但现在显然来不及了。蚂蚱车上又没有刀也没有案板，怎么切呀？众人几乎要为老汉感到着急了。

老汉像是看出众人的心思，终于从墙根儿下站起。站起也还是个圆球。

（圆球）到了蚂蚱车跟前了。众人倒都怕他忽然有了刀又有了案板似的，一齐向后退着走开了。

走开了是很自然的。

人人很满足。卖瓜的老汉也很满足。尽管他没卖出一个西瓜。甚至没人问一句西瓜的价钱。

大人们真是奇怪。等着讨价还价呢，却等来个一场白看热闹。这热闹里，仿佛大家都已经不但看到瓜皮怎样地做成马勺，并符合想象中的样子，也看到瓜皮做成其他一切曾经设计的物什——

而做这些之前，要把西瓜里的瓤儿挖出这个程序，似乎每个人也都于意念里实习一遍，现在不由得不满足。

当那悠长的叫卖声再次向远处飘去时，巷子里又空空的了。而稍早前，那已担了水回来的两口子，经过时，仿佛一切都没发生，俩人都未看卖瓜老汉一眼。关于马勺的想象，也并不符合事实，简直就像一场梦，醒来就忘。

我又跟着卖瓜老汉走了一段儿。半路上，几次他似乎要回头，然而终于没有。也还不时有人问道："这是卖啥？"

"卖瓜哩。"老汉这次自己说了。说得不紧不慢。

这一问一答，就很该满足似的。仿佛卖瓜的所有过程，便都在这一问一答里了。

蚂蚱车上推着的，还是那些瓜。绳子还挂在脖颈上——并还将挂向另一个村子。

不知道到了那里，人们又将有什么新的主意。而那时有没有一对儿男人和女人，以及围住的那一群人，谁知道呢。

这么想时，我已走上回家的路，已经到了巷子里。村子又沉沉睡去，还是人也乏狗也乏，只有苍蝇来来回回瞎忙。

静静悄悄的，仿佛一切都理所应当，一切都自自然然。

2021年1月

中 奖

20世纪八九十年代，从省城兰州回我老家，只能坐班车。班车屁股后冒着黑烟，沿着砂石铺成的老国道高高低低盘上十来个小时才能到家。中间有两个必停点，定西和秦安。到定西基本算走了一半儿路程，顺便吃顿饭；到秦安就离老家很近了，解个手，活动下筋骨，一口气到龙山。

赶到车站时，车上还有些空座，拣靠门一排坐下。刚坐定，驾驶位一个大肚子腆进来，接着塞进门的是一坨肥囊囊的屁股；屁股一拧，车身一晃。看来是司机了。十个司机八个胖。胖司机从裤腰间撸下一双棉线手套，抽打几下空气，又撅屁股对座椅噗噗吹两口，就奓开指头，交替把指筒套上去，套好后，捉钥匙一拧，日日日——轰轰轰——车就抖起来；窗外灌进的黑烟直辣鼻子。胖司机从上衣袋夹出一支烟，烟屁股在方向盘上墩墩，再用门牙啃着指头蛋蛋把一只手套褪下来；向裤兜摸出火柴，呲喇划着，叭儿吸一口，噗儿吹出来，烟气撞在前挡玻璃上又折回，散开去。猛呵一声——

都坐好！发车了！

歪嘴把烟屁股往窗外一吐，两只肉手交叠着滴滴嘟嘟按喇叭时，一个女声从头顶撵过来——

唉，师傅师傅！等一下，等一下，我去尿个尿！

司机短脖子带领大脑袋划个圈圈，很无奈。女人出门时，他侧身向车厢某个虚空处："还有谁屎尿没腾利索！？赶紧的！毛病！"

车厢里轰啦一声，继而沉默，只剩吧嗒吧嗒嗑麻子、忒儿忒儿吐麻子壳的声响。

司机脑袋又划了好几个圈圈，那个跑去尿尿的女人才颠颠儿回来。她瞭瞭司机，脸上带着难为情又恭谨的笑，两只手捉着裤腰就上了车。司机也不看她。车子忽然开动，女人一趔趄，娘吔叫一声，忙把住椅背站稳。这才看清，她五十上下，一个普通农村妇女，除两颗大板牙外没什么突出特征。她把自己收拾进座位里。我又觉出无聊，便眯眼假寐，知道车子还没浪够，得在车站周围溜几圈才走呢。

恍惚中车子终于挪出城，吭哧吭哧爬山了，有人打起鼾，鼾声渐渐传染出去，连成此起彼伏。别人睡了，我倒清醒起来。回顾，那个喊着去尿尿的女人朝窗外愣怔呢。过道里不知啥时摆了一排马扎子。车窗外，山峁连山峁，洼墚托洼墚，大地一片枯焦麻黄。

枯焦麻黄到定西。司机吆羊一样把人们吆下车，大家糊里糊涂扒口饭，饭还未下肚，司机就又一口一个“毛病”地催着上车。车过了定西，稀稀拉拉有了绿色，眼前是天水界了，车子像一只顽皮的屎趴牛，在山顶与沟底间来回转悠。

不知到什么地方，车前路上有人招手；司机一脚踩死刹车，三言两语讲好价。一个鸭舌帽顺进车门。他手卷一张旧报，径坐我旁边，摊开报纸，帽檐和报纸间夹着个黑青的下巴。

一路又陆续上来几拨人，终于把过道里的马扎子占满。马扎上的人随着车身摇晃东倒西歪，把脚下的麻子壳儿踩得咯嘣嘣咯嘣嘣。

鼾声又起……

叭！呲——

一声响从空中跌下，接着有人厉声呵道——

嘎噢！瞎了吗！个狗日的！

随呵骂，另一个声音呜呜咽咽，像挨了棒子的狗。

人都揉眼揩眼屎，终于看清，声音来自一个瘦子和一个黄帽子，在过道间马扎方向，是半路上来的人。

瘦子喉结鸡嗉子一样翻滚，正怒向旁边的黄帽子，迅疾一把拎住黄帽子的脖领，用下巴向自己身上指点，指点处一坨水渍。

“嘎，咋你们都看咔，看咔，个狗日的！搞了我一身水！”瘦子边说边捉住黄帽子的脖领来回晃，黄帽子的脑袋像狂风中的大接杏。

黄帽子手脚乱舞乱奓，一只手攥个易拉罐，另一只手比比划划，嘴里入囔入囔分辩着。人们互相瞅瞅，谁也没听清他到底在入囔什么。随即达成默契：黄帽子是个瓜娃子！

人们对眼前情景充满期待。有人眼里说，嘿嘿，打起来才好哩，打呀！快打呀！也有人为瓜娃子感到不平，替他摇头。

瘦子穿一件花衬衫，面部肌肉夸张地凌乱。

瓜娃子似哭又笑，似笑又哭。

空气暧昧而震荡。

人们反应不及，瘦子潇洒一个反手，把黄帽子搧飞，黄帽子飞行一段后猪尿脬一样滚落脚下。帽子内衬里垫一层报纸，报纸因吸收了过量油污而泛光，帽檐处赫然一圈汗渍。帽子滚落处，人们纷纷收脚，躲瘟疫似的。于一阵惊呼中，我身边的鸭舌帽出奇淡定，报纸与帽檐间黑青的下巴若隐若现，有列宁般的沉静。但吸引我的并非列宁，而是隔壁前排的“中山装”。他一身板正，如果上衣口袋别支钢笔，就是个民办教师。

对峙持续。

失了帽子的瓜娃子，像失去主人又落入绳套的狗，面对武力，呜咽里充满哀告的凄楚。每个人都似乎明白他的意思，又似乎还要好好看看接下来会是怎么个意思。

看起来瘦子不会善罢甘休了，瓜娃子今天非得吃一通苦头不可。瘦子要出拳了！所有人张了嘴巴等着。

瘦子的拳头虎虎生风，挥出一瞬，人们下意识闭眼，仿佛那势大力沉的一击是捣向自己面门。瘦子的拳头砸一下空气后忽遭阻力，急停变线，迂回向瓜娃子下三路奔去。就在众人不及反应时，瘦子的拳头向上开出一朵花，托住一个亮晶晶的东西。

瘦子俄而猛醒，目光锐利，眼里闪出金花儿。

“啊哈！奖！奖！中奖了！”瘦子几乎跃起。

这空隙，人们看清，那亮晶晶的不是别个，是易拉罐的拉环！

人们忽然泄气，像晒蔫的苍蝇。

“一等奖！”有人喊一声。蔫苍蝇即刻化身蜜蜂，不是一只，而是一大群嗡啦嗡啦——搅起甜蜜的骚动。

人们即刻在脑子里还原——

瓜娃子打开易拉罐时，罐里的液体喷出来，液体溅到旁边瘦子身上，瓜娃子一慌，把拉环给丢到了脚下，他不知道的是，丢掉的不是拉环，而是个一等奖！

瓜娃子呆若木鸡，无所适从，愈似笑而哭、似哭而笑。他瞄瞄瘦子又瞅瞅众人，不知其身何以归置。

人群缄默。缄默中瘦子竟过去拾起“猪尿脬”，扣在瓜娃子脑袋上。这贸然的关切让人们对瘦子起了鄙视。却听瘦子咬牙：“嘎噢！这世道简直再说不成，一个瓜娃子竟然，”又不骂了，转向我身边的列宁：“咹，师傅，你报我瞅瞅？”列宁不答，也不抬头，略不耐烦地把报纸递向瘦子，瘦子接了报倒提着：“天爷！看咔！一等奖！五千元哩！五千元哩！”

闻言，人群哗然，有人怪声惊叹，有人接头耳语。

瓜娃子却眼神空惘，抓耳挠腮，不知如何应付。看瓜娃子这样，人们眼中歆羡陡作鄙夷。

此时，瘦子从裤兜摸出一百元钱，同时捉来瓜娃子一只手，把钱拍在他手心；瓜娃子倒是认识钱，他见钱嘴歪，涎水拽着丝线“嘿嘿，嘿嘿”。瘦子用自己的一只手托住瓜娃子手背，另一只手盖住其手心，瘦子的手成了被褥，温暖着瓜娃子攥钱的手，像极了电影上战友久别重逢，彼此紧紧握住不舍分开。

瘦子对瓜娃子说：“娃子，算你命好，可你有命无运呀，一等奖给你你也不认识哇，我给你一百元，你把这奖就卖给我哇！”

“嘿嘿，嘿嘿”瓜娃子笑笑地哭了两声。

人群终于激愤了。有人喊，“小伙你坏良心，你凭啥哄一个瓜娃子咧！你哄瓜娃子不说，当这一车人都是瓜怂咧！”

民办教师缓慢而沉稳地站起来，摊开双手，手心向下压压。

喧闹戛然而止。他抬起臂膀，从胸前往远处，划个完美的弧线，然后以一个有力的握拳将刚送出去的臂膀收回，仿佛将寰宇揽入胸怀，简直无往而不胜。他目光炯炯俯视着瘦子，对瘦子形成绝对碾压。

瘦子见状一愣，随即谄笑说：“你看，老哥，我又么哄瓜娃子么，我的意思是下车了，我带他去领奖么，谁哄他，谁哄他谁就是个这！”他说着用手比个王八。

民办教师眉头一拧，紧上前一步，一把揪住瘦子的袖口说：“既然这样，我陪你去！”

瘦子像被拎起的牛皮灯影，边扽袖子边后退：“你凭啥哩，凭啥哩你！”

民办教师稳稳将车内环视一周，嘴角一丝轻蔑；又笑笑，显出不容抗拒的宽宏：“为公平起见，我也掏一百块钱押着，咱们一起去兑奖。”民办教师缓缓说道。“可是押给谁呢？中间得有个保人才得行。”他又说道，并拿目光逡巡。

瘦子乖乖看着民办教师掌控了局面。

“这位大哥，我看你这半天一直不言传，是个稳当人，”民办教师说着看列宁，列宁一脸冷漠。“不如你给咱们……”民办教师边说边以眼神示意。列宁看看民办教师，又看看瘦子和瓜娃子，目光扫视一周，见人们随车子的颠簸，身体一俯一仰，头一点一啄，像面对食槽的鸡。

列宁左左右右跟每个人打个照面，最后目光从我面前滑过去，带了一丝不易觉察的阴沉，将我要给他个庄严对视的打算摁住。人们俯仰间的点头仿佛给列宁无声授意。

他冷冷地说："好吧，既然如此，我也就当回好人；为了公平，我也出一份，"说着从上衣内兜里抽出一百元，捏住钞票一头，朝上立住，仿佛宣誓："我就做个保人，到了秦安咱们一起去兑奖。"

事已至此，众人仿佛看到结局迫在眉睫，有人搓手有人摇头，有人干脆望向窗外，唯支起耳朵参与其中。瘦子已经收起了列宁和民办教师各自押的钱，但并未装进兜里，而是攥住几张钞票，用手背以极小的幅度有节奏地敲着膝盖。

"咹！几个师傅，我也想入一股，你们看得成不得成？"

所有人向发声处注目，原来是那个尿尿的女人。

见没人应承，女人自己又说："我入一股，不为别的，是看这瓜娃娃太孽障了，能帮一下就帮一下，对着么……"她的尾音有一丝颤抖。

瘦子淡漠地瞟女人一眼，又低头看着自己的手指："你看你这人，这又不是做生意哩，你也入一股，难道这还有分红哩?!"

女人一愣，要笑，却转作正经，红了脸说："我绝对么那个意思，你把我当啥人了……"

瘦子睬着女人，转向民办教师和列宁，分别看看他俩："我看不如这样，这瓜娃子就算兑了奖拿了钱，也不一定能拿回家，半路上就给啥人哄走了也不一定，要不，"

所有人都在等他下面的话，女人脸更红了，身子几乎倾成九十度。

瘦子干咳一声，提高调门："要不咱几个每人凑上些钱，凑个千儿八百的给这瓜娃子，然后咱们去兑奖，咋样？"

女人急了："那不得成！咋能那样哩！道理不是这么讲的，是不是？"她目光转向一车人征询，没人接应。

瘦子跟民办教师及列宁他们，低声商量着什么，有意避着女人。

女人一跺脚，张大嘴，可话临出口又拐个弯儿，近似祈求："你们把我要下嘛，我身上也有钱哩……"

瘦子数着钱，并不抬头，顿一下，才不无轻蔑地问："你有多少钱？"边问边把手上的钱摞成一叠，向钱弹一指，吹口气。女人想张口说，话到嘴边又被瘦子这一指弹回去，又张几次嘴，没张开。瘦子低头，又把手里的钱一五一十数一遍，自言道："还是不够，差几百……"

几个人互相看看，从外面压压各自的上下衣兜，摇摇头。这时，女人轻轻笑了，她把眼前各位打量一圈儿，抿着嘴不说话了。

瘦子思谋一下，看看民办教师，民办教师看看列宁，转向女人："咹，他嫂子，我们三个身上一时凑不齐，要不，你看你身上……"

女人看看左右，有些得意，重回自己座位，在裤腰里摸摸揣揣，终于掏出一个手巾，层层展开，露出一卷钞票，女人抬头望着民办教师："我这里是八百三十四元五角……够是还不够，问题是……"

瘦子听说，迅速扫一眼列宁和民办教师："你们看咋样？"

"也行！我看也行！"民办教师和列宁几乎同时冲口而出。

女人腼腆笑笑，脸上红晕渐渐褪去。

瘦子赶紧接茬："也好，就这么定了！这对瓜娃子好，也是你做了善事一件，大家也高兴么，对不对？"

瘦子像是向所有人发问，又不真正期待回答。车里一片安宁，司机继续开他的车，瓜娃子摇头晃脑地憨笑，车窗外，油菜烂漫，阳光正好，晴朗朗一片天！

……

我心跳加速，呼吸急促，胸脯剧烈起伏。就在我即将站起那一瞬，感到大腿碰到一个硬硬的东西，下意识低头看，硬物来自隔壁，一只手有意无意撩一下衣襟，衣襟下露出一个有机玻璃装饰着碎花的刀柄……这种匕首我再熟悉不过，我就有一把。

顺花纹向上，是列宁淡然的笑脸；风从各处吹来。举目处，瘦子和民办教师已向我拢来……

瘦子接过女人手里的钱一五一十数起来，女人不忘要回自己的手巾，盯着瘦子的指头，嘴皮翕动，一五、一十，二五、三十……几张百元票，然后是十元、五元，最后是一沓毛票。数完，分毫不差。女人似乎还在等瘦子再数一遍，可瘦子却一把把钱塞给瓜娃子，并千叮咛万嘱咐，一定要把钱装好，谁要都不能给……

瓜娃子迷茫应承着，边应承边把钱别进最里面的衣服口袋，从外面使劲压压瓷实。

女人从瘦子手中接过亮晶晶的"一等奖"拉环，用手巾层层包紧，塞进裤腰，嘴角轻轻翘起。

窗外阳光更加明媚，晒得车厢里暖烘烘，这种时候最适合睡一觉。果不其然，一车人早已睡去，安静得仿佛刚才一切都在梦中。

车快到秦安，瓜娃子入囔着要下车，司机靠边；目送他离去，女人长出一口气，如释重负。

民办教师和瘦子以及列宁也先后下车，匆匆消失在明媚的阳光里。

这时，不知什么人没头没脑喊了一句："喂，女人，你被骗了！你上当了！"

一片沉默。

"你是驴屁股上的虫，笨虫！被人骗了还晓不得！"

一片死寂。

女人笑笑地，晓得这话根本不是说她。

女人还是笑笑地，仿佛讨好众人似的，仿佛讨好自己似的。

无论如何，一切与她无关。

人群忽然爆醒："唉，我就说，那些人是骗子！"

"是啊！我早就感觉不合适！"

"嗐！这么明显的事情，还上当！唉……"

"就是说么，哪有那么好心的人，还帮忙兑奖哩，简直是胡谝传哩！"

"说了人家就是不听，你有啥办法哩……"

女人听着听着，仿佛一切都是冲着自己来，又不像；脸上还是挂着笑，笑渐渐凝固，长在脸皮上了。

车厢里声音越来越大，直至开始激烈辩论。人人都迫不及待诉说自己的先见之明；有人绘声绘色讲述他遇到的比这高明一百倍的骗子，然后嘲笑这骗术的低劣，简直小儿科……

瞬间正义爆棚，瞬间慷慨陈词，瞬间仿佛所有人一起参与了一场不被领情的见义勇为……可那个上当的人，竟然至今糊里糊涂，甚至连一声谢谢都不曾说！

"呃——呜呜——"

"你咋了？"

"天爷，咋咋办恰……"

"啥咋办？"

"我给我女孩儿搞娃娃……我给我女孩儿搞了三个月娃娃……呜呜……"

"临回，我女婿给了我三百……我女孩儿又偷偷给我三百……呃呃……"

"连我掌柜的给我的一百，还有，还有我自己攒下的几十个元麦辫钱……一共八百三十四元五角啊……我一分都没敢花……”

“我临回前还给我掌柜的挂电话，说今年打化肥的钱有下家……我说碎孙子娃学里的钱不愁了……天爷呀！”

“……天爷呀，你杀我哩！”

司机大吼一声——

“秦安到了，下车的抓紧喽！毛病！”

女人还要哭诉，却哭不出声。司机不耐烦了，啃下手套，抽几下空气，呵道：“不要耽误其他人！毛病！”

女人终究下车，下了车却巴巴瞅着车子，又像瞅住一个虚空。

所有人长舒一口气，庆幸摆脱一个麻烦；眼前就到家了，人人抑制不住地欢喜，忘了一路疲惫；嗑麻子及吐麻子壳声此起彼伏。

窗外，金色斜阳照得山川一片辉煌。

斜阳里女人的影子越拉越长，终成一线，消失于天际。时间也消失了，仿佛从未有过如此一天。

2018年10月

手　机

安和冲好咖啡，闻了闻，小啜一口，轻浅的暖，使他几乎笑出声来。

只消再看一眼，就关手机，就将那些烦人的信息屏蔽掉。想起再也不必回复“收到”一类，窗外马路上施工机械的吵闹声也成了协奏。他摸口袋，空的。他踱到餐桌跟前，刚早餐时掉下的面包屑，还在阳光下闪烁迷人的笑靥；碗筷已收到厨房了，中午再洗吧，反正林红又不在家——或许等她回来，还会看到一桌可口的饭菜呢。对了，大概就在厨房了，刚不是边收餐具边把微波炉的插头拔掉吗。踅进厨房，向案板上瞟一眼，咦，没在。那么，一定在卫生间了。

他有边上厕所边听音乐的习惯，手机就搁在门后的洗衣机盖板上。可是，仍然没有。就在拉卫生间门时，不知何时，猫儿跟了进来，差点夹了尾巴。猫儿抖抖浑身的毛，跳上跑步机的扶手，蹭来蹭去。他抚摸一下猫脖颈，猫儿迷离双眼，湿漉漉的嘴巴碰了一下他的手背，凉浸浸麻酥酥。是了，在客厅窗台上。那里一堆药盒子，猫儿常弄盒子玩儿，说不定压在盒子底下。他三两步跨到窗前，果然盒子七零八落。他将盒子归置了，可是手机并不在那里。那么，就在阳台了。吃毕早饭不是从阳台取了猫砂么。他飘然顶开阳台门，阳光齐刷刷扑到脸上，他张臂遮眼，四处巡睃，哪儿有手机的影子。

他瓷在阳台的小凳子上，拖出一支烟，点着了，深深吐出一口。这是怎么了。许多年前的事，记得越来越清晰，眼下的事却赌气似的，总绕着他走。他咂着烟，将刚才的形迹重放一遍。

一睁眼，林红就说迟了迟了。就匆匆打发了儿子的早饭，赶着去上班——林红这几天找到一份工作，还处于培训期。在经济萧条时期，又四十多岁的年纪，算非常幸运了。儿子这两天感冒，昨晚答应今早送他上学的，结果一觉迟了。想起儿子嘟嘴出门连招呼也不愿跟他打的样子，他有些后悔。可一想到这难得的清闲，又觉得儿子的埋怨那么可爱。大不了完了再补偿他一盒乐高玩具。老李让他休息三天，说最近他太累了，手头的工作，交给小王，反正那个项目已是板上钉钉，就差敲定合同的细节了。

怎么又想到工作了，说好今儿要好好缓缓脑子的。不妨烟烫了手，他拧一下眉头又咧咧嘴，将烟头丢进烟缸里。他循着刚才的回忆，又将房里各处摸个遍。但回忆是凌乱的，先干什么后干什么，先去了哪里后去了哪里，现在是一窝越理越乱的麻。他匆匆奔向厨房，连冰箱都打开瞅了一遍——真是可笑。一转身，头被橱柜门顶了一下。瞬间他有些迷糊。扬手将门磕上，以示报复。林红还是这样毛手毛脚，就是不把橱柜门关好，就跟每晚睡前，他一再交代她却置若罔闻的那样，家里防盗门内的木门，总是忘记关紧，风一吹就晃荡——他现在睡觉多需要安静啊。想到这一层，林红的诸多毛病一下浮现眼前。一定是林红出门时错拿了他的手机。他边摔着厨房门边气狠狠地想着。

刚一出门，脚下被猫儿刨出的猫砂几乎跐个趔趄。猫儿呢，还以为他跟往常一样逗它玩儿呢，俯卧在他脚面上，顺势打个滚儿，四爪朝天，一双蓝汪汪的圆眼，无辜望着他。若在平时，他定揽猫儿入怀，搂它一会儿，抚弄它一回，让它咬，还可能亲它一口。可这会子，鬼使神差，他竟抬脚将猫儿挑起，飞出老远。猫儿惨叫一声露着胡子在窗帘背后窥觑。原要赶去再给它一脚，半道上，又折回，将刚已翻过的药盒再搜罗一遍。药盒乱了一窗台，索性反手扫落地下。猫儿也眼计较着，一声不敢言语。他猛想到，这又何必呢，想好要好好放松一天的，结果闹成这个样子。他弯腰伸手，向猫儿示好，那家伙却死活不肯屈就，还伸着爪儿欲挠不挠的样子。他苦笑一声，向阳台走去。

盒里只剩一支烟了。他狠狠点了，连抽几口，烟气撞着墙后，四散逃开。

手机，你死哪儿了！

他感到错过了什么不可回避的大事。原来那些让他烦恼的红点儿，此刻让他满怀渴望。想起《金瓶梅》里李瓶儿说，你就是那医奴的药。真是该死，手机从昨晚调了静音，即使响了，林红可能也听不到。这倒霉婆娘，从来都顾头不顾尾。常常出了门，要进电梯时，才想起钥匙忘带。总是手机随处一放，落后死活不见，还要他骚扰一下，才从某个旮旯里揪出来。这样的人，怎么活在这个世上又长这么大的，你说说——还偏偏让自己给遇上。

好苦。他将抽了半截的烟，在烟缸里拧成一个麻花。

再找找吧，也许这次是冤枉林红了，也许的确是自己记错了。

他猛站起身，感到晕眩，有那么一瞬失去了知觉，就要栽倒，好在稳住了。忽然鼻子一酸。才四十几，这是怎么了？

单位上，这个岁数，还在一线奔波的职员就他跟老张了。老张是自甘堕落。可他是因为“千里马常有而伯乐不常有”啊！这次签了这个大单，或许将一举改观他在老板心中的印象也未可知。这三年多难，许多高学历的小年轻，还被“末位淘汰”了。想到自己目前暂且安稳，觉得“老骥伏枥”也足可安慰。至于是否“志在千里”倒不那么重要了。志在数里，甚至就在眼下，也已知足。待儿子大一些，就开始着手回归家庭，至于事业的雄心，一场梦罢了。话说回来，谁的往事又堪回首？成功者毕竟如牛肉面里的牛肉。

他又将整个屋子抄捡一遍。被子撕罗了一床，儿子的玩具七零八落。一时手滑，还把从敦煌带回的一只玉制酒杯从书架上打落，跌出几个豁口。不知怎么，一丝不详伴着屈辱的焰火，向他逼近，滗起来，整个人轻飘飘，像凫在浪尖的鸭子。他再次趿拉到餐桌前，颓然坐下。他终于意识到一些事的蹊跷之处。他恍然大悟老李让他休息是何用意。

他怎么早没料到。据说小王是老李的远房亲戚，虽是听说，现在看来也八九不离十了。否则，怎会在这样关键的时候，老李让他休息，让小王接手这个单子——尽管按老李的意思，他这几个月，实在跑得太辛苦——尽管让小王接手，也是暂时；一来对小王是锻炼，二来，带出小王这个徒弟，也是体现能力的事情。可他当时怎么就没多个心眼儿呢，现在是什么时候？现在同行纷纷倒闭，就公司眼下的业绩，也是大不如前而捉襟见肘，苦苦支撑，许多人都感到压力陡增，生怕下次裁员轮到自己。尽管大家都不说破，可谁不是暗暗较劲。老李啊老李，你这也算一起打拼了十来年的兄弟！想当初，为你上位，可没少为你鞍前马后，不为别的，为同是农村出身——而你又老成厚道的缘故，情愿将升职的机会礼让于你，想不到……

安和觉得自己像个腔体动物。

窗外阳光渐渐炽烈，驮在安和头顶颇有些分量了。竟不由寒噤。不免想起老李说让他休息时，满眼柔情的样子。还笑呵呵在他肩窝捏了一下——当时感动，如今却恶心想吐。

他踉跄着进了卫生间，面对镜子。一张熟悉又陌生的脸庞，不敢相认。他似乎听到开门声，下意识以为是林红发现拿错手机了，给他送来。他转身去开门，门外空空荡荡，唯有尘埃抢进门缝，与阳光迎头一击，奔腾翻涌。他轻轻关门。却发出一声巨响。

没错，都是林红。这些年的艰辛不易，他都认了。要是林红像别家女人那样，温柔体贴，会说甜话——乃至于他一开口一个眼神她就会意，那么，艰辛不易不失为一场浩大的幸福，或许若干年后还将成为斜阳夕照下的美好回忆呢。到年老时亦不失为绝佳的谈资。可惜，她粗枝大叶、言语散漫也就罢了，一起生活将近二十年，竟丝毫默契也没有。比方说，明明他下班后口干舌燥，她却总问喝水不喝；他嘴上不置可否，心里想的却是，你要有那份心早泡上茶了，还用问？又比如，说好照顾孩子的事情，大家分工，林红你只负责洗衣做饭就好，作业就不必时时盯着，一来剥夺孩子自主能力，二则，你那时常暴豆儿般的脾气，孩子还能有信心？可你总爱越俎代庖，洗衣做饭整不明白，搞得孩子衣服皱皱巴巴，饭菜总埋怨不合口，还动辄指责，说不死眼盯着，孩子偷空就要玩手机！——孩子嘛，好动也是常情，该好好跟他沟通，如果吼能让孩子出息，我们今天也不是这个样子。况且早都跟你说过，我们曾经就是因为父母不懂也不会教育，所以造成某些不必要的逆反，从而带给人生诸多困扰，现在又怎能让下一辈重复我们的路。

还有……

安和头骨一裂。这一生，竟交代在林红这样的女人手里了。

现在就打电话，这日子没法过了！

手机?！妈的！

安和揉搓着脸，如同虐待一块抹布。

从未预料，一个手机让自己如此惶恐。真不知以前没手机的日子是怎么过来的。比方说今天，原本要关机，好好喝杯咖啡好好看看书，再晒晒太阳睡会子觉的，结果弄成这副德行。

安和口干舌燥，想喝口水冷静一下。可一时又愈加放荡起来。疾奔阳台，踢开门去抓烟盒，空空如也，索性一把捏在地下踩瘪。去烟缸里，把拧成麻花的半截烟捋直了，哆嗦点着，猛咳一阵，一点子凉从眼前飞溅墙上，登时摔得四仰八叉；鼻涕又曳成一丝，甩不掉。这副狼狈相倒让他呵呵大笑。

妈的！

不知是骂自己还是骂谁。

世界好安静，只剩耳蜗里的嗡嗡声；世界又嘈杂不已，施工机械的轰鸣仿佛宣告末日的即将莅临。

他埋头将烟蒂掐死在烟缸里。烟尸上海绵灼烧的余味让他心有余悸。然而又极其渴望烟的刺激。像病入膏肓的人挣扎着，就要换衣下楼，才想起，手机不在，而身上已好几年不装一分钱了。

安和累了，身体沉重，仿佛一座山轰然崩塌，却又倾圮无声。

他像狗一样趴着四处搜寻。沙发缝隙，餐桌底下，冰箱槅间，窗帘背后。不知在搜寻什么。世界蓦地昏沉，他只感到目光如炬，要将一切焚毁。一霎时，周遭这巨大无边的丛林，到处冒着残烟，到处弥漫死亡和腐臭的气息，他感到毁灭的快感。就在这伸手不见五指的世上，忽有一星微光在悄然复活，起初，他恍惚以为那是猫儿的眼，及至近了，才发觉，那是一个通体坚硬却又柔和无比的东西，仿佛被灵光抚慰着的华美棺椁，他双手把定，决然揽进怀里，就听歇斯底里的一声——

手机！

2023年5月

驴粪蛋儿

有成为一只驴粪蛋儿的想法，已不止一天两天了。设若某天真的实现，做一只在墙根儿下晒阳屲暖暖儿的驴粪蛋儿，于我而言，几乎可以算作命运的报偿。驴粪蛋儿有着实在的好处，我常这么想。对高贵，固然向往，但一想到卑贱的种种好处，我便迫不及待把要高贵的想法扔到山背后了。

把目光推向三十年前，当一头驴子漫步在山路上时，它无法预期，自己已然密谋了一个奇迹的诞生。此刻的它，只盼着少挨两鞭子罢了，然而事与愿违，鞭子已经在头顶高高举起，随着鞭子落下的，还有一句：嘚球！个驴日的！

对人类的这种骂法，驴觉出一种不得要领的好笑，然而，终究是大实话。

驴忍不住笑了，却没有人类的含蓄，一笑就呕啊呕啊地不停，一笑就夹不住屎尿。一股洪荒之力奔涌而出，一泡热腾腾的驴粪蛋儿就活泼泼地来到了人间，倒让吆驴的人抓耳挠腮，没意思起来。这下，驴和人都没想到，我作为一个有自己思想的驴粪蛋儿，新新鲜鲜来到了世上。驴子来不及作出深邃的思考，一脚把我踢向路边的草丛，继续向着它不知归处亦不明来路的驴生方向，人的吆喝和驴的叫唤渐渐远了，我留下了。

作为一颗初生的驴粪蛋儿，我自然保有适当的好奇，却并未生出一探究竟的想法。我是个冷眼旁观者，我想。回首前世今生，从一团青草成为一疙瘩带着清香的驴粪蛋儿，一切都是偶然，既如此，便既来之则安之。在被拾粪老汉或者屎壳郎掳去之前，我可以安静思考我的粪生。这么悠哉悠哉的当儿，我不觉跷起了二郎腿。

一只蚂蚱跳过去了，快乐得忘了它短暂的一生行将倒运。也好。好在它并不能如我一样预见秋的肃杀，我想。造物主赋予一些生物无知而懵懂的快乐，到底是他们的幸运呢还是不幸？倘若一只蚂蚱能像人一样，活到那么久，我想它的快乐注定要被剥夺。于是为了公平起见，上苍允许它们拥有远比人类出色的跳跃能力作为补偿，我又想。

这时，一个男孩儿穿着开裆裤过去了，他根本没看我一眼，他的心思在一颗糖果上。可我以一种他所不能察觉的低微的姿态，反而看清了他的所知所想。他在幻想赶紧长大，以获得如大人般高高在上的权力，起码可以犯不着为一颗糖果跟别人低三下四。然而他不知道的是，终有一天，他将多么后悔他的长大；自然，他也不知道他裤裆里垂着的那个吊儿郎当的玩意儿将会带给他怎样的快乐与忧伤。我自然不会告诉他，因为大道理总会在未来的经历中应验，而在那之前，他们总有属于自己的一套逻辑。幸好，目前他还是快乐的，我这么厚道又幸灾乐祸地想。

接着，一个女人打着哈欠扭着屁股从我身边跳过去。一阵风来，带来她昨夜未尽的缠绵和她悠悠的体香。这是个待嫁的女人，然而也已见识了一些风尘的颜色，不然不会从我头顶跳过去。她的风韵里还残存着青黄不接的轻狂。也难怪，对于男人这种动物的残酷，她尚不具备高屋建瓴的认识。在那个日子如井绳一样漫长的年月，在男人普遍把拳头当作真理的年代，她未见面的婆婆早已千般叮咛万般嘱咐，她们说，千揉的媳妇儿万揉的面。

许是每个婆婆都曾有过某种心有余悸的时光，因而当某天终于熬成婆时，曾有的美好已翩然而逝，一腔幽怨无处安放。于是，盼着儿子长大，长大了好娶进个媳妇儿，要揉面团儿似的，把过去那些皱皱巴巴，简直不堪回首的往事在媳妇儿身上捋得展展呱呱。媳妇儿们背着人哭了，婆婆们在人前笑了，脸上横七竖八的皱纹是她们给自己的荣誉勋章。也有顶着不孝的骂名，跟媳妇儿结成统一战线的男子，明里暗里地给女人些些抚慰。不知道刚刚跳过去这个女子有没有这样的好运气？来不及猜测，她已经走远了，草叶上残存着她的芳香。

接着，过来的是一个敞胸露怀的汉子，他扛起一把锄，吼着那骨头缝里带着血丝的秦腔。我认识他，他叫五生。我认识他倒不是见过他，而是认识他的声音。在我孕育于驴腹中时就挨过他的土坷垃。这个平庸而老实的汉子，把每个百无聊赖的日子都过出一种悲壮。他对丰收的喜悦和对贫困的感慨，都一览无余地落实到他嗓子眼里的秦腔。繁重的体力劳动并未实质地改善他的生活，一顿白面馒头仍是他幻想里对自己最好的犒赏。然而这个在阴阳眼里生错了时辰的人，却有没来由的快乐。甚至有人说，他娘生他时，他都在唱。他的快乐无根无据，他的痛苦不哀不伤。他快乐抑或痛苦时，都要吼一嗓子秦腔，乃至于让人怀疑，他到底是唱着哭，还是哭着唱。那时，我还在一头驴子的腹中。那驴子也是乖张，耕完地，不守着缄默的本分，偏要对一朵洋芋花儿生发无谓的妄想。它不知道那块洋芋地是五生家的，于是，一块土坷垃就飞到了驴肚皮上，驴肚子里的我，感受到那份沉重的飞翔。照理说我跟五生是旧相识了，我想。可他扛起锄从我身边过去了，他不理我。他是个只知道王朝马汉的二货，我心想。

只一天的工夫，我便见识了人世的种种，虽说只是一隅的管窥，然而世上总免不了面目相似的荒凉。天下农民的苦，没有写在脸上，它刻在高低起伏的山峁墚洼间。作为驴粪蛋儿的一生，一天时光已可谓漫长。我黢黑的面皮尽管还没长出皱纹，也已沾染了几分黄土地的沧桑。我知道在拾粪老汉叼着烟锅思谋时，某处一定盘踞着一只处心积虑的屎壳郎。我知道丑陋的外表遮盖不住我熠熠生辉的思想，而在一只屎壳郎看来，我不过是它的盘中餐。我知道真理的不朽，却也明白身体的孱弱。真理自有它的旗帜，而我却不会有自己的墓志铭。为了不在徘徊中蹉跎，我要生出隐形的翅膀，我只好抓紧时间，来进行我无边无际的幻想。

一头毛驴来了，悄悄说着情话，摇摇摆摆的一坨吊下来，那是它张扬情话的喇叭。毛驴无疑是丑陋的，它胯下的什物却有超越人类的完美，它的伸缩自如洗白了一个词：大而无当。这头驴有着超越想象的嚣张。它站在村头的坡上，与我只有一箭之遥。这居高临下的姿态，定是把全村的草驴自认为情妇。它咴咴地窃笑几声，然后啊呕啊呕地叫唤起来，空气中有一种暧昧的气息在悠悠荡漾。村里的草驴没来及给出恰当的反应时，几个拿着弹弓的孩子已经悄悄瞄准了。这头叫驴被荷尔蒙冲昏了头脑，全然未知将临的凶险。一颗石子夹杂着西北风呼啸而来，啪！驴子硬在那里伸不是缩也不是，它瞪圆双眼尥几个蹶子，愤怒中有种被无端愚弄的哀伤。孩子们抱住笑疼的肚皮，驴子带着未遂的不甘逃之夭夭。

半路上，那驴子会怎么想？倘若它能意识到路边的草丛里还有一颗冷眼偷窥的驴粪蛋儿，带着目睹一切的卑鄙窃窃而笑，恐怕于怨恨里定然带着羞愧难当。

天渐渐黑下来，山村的夜幕下，从来不乏秘而不宣的情事。就在一头驴子落荒而逃的时候，一只磕头虫和另一只磕头虫恋爱了；一只花蝴蝶跟着另一只花蝴蝶私奔了；一只青蛙趴在另一只青蛙背上，干着见不得人的勾当；一只蜘蛛在为它即将到来的情郎叠被铺床……

谁也不知道，在这隐秘的角落里，有一颗驴粪蛋儿，窥破了多少不宜伸张的幽微心事。

当然，平静的山村，也不只有如西北风般粗粝的陈光流年，也有绵密细致的情深意长。

两只绣花鞋匆匆过来了，后头，两只千层底紧紧跟上，在驴粪蛋儿跟前，两双手握起来，汗津津的，诉说的是千古未变的衷肠。绣花鞋说，我爹要是还不同意，我就把自己吊在树林里的歪脖树上。千层底揽她入怀，用他的嘴堵住她的嘴，说是为了她，要去千里之外的新疆下苦打场。她说她愿意等他；他说他只想娶她……

千层底和绣花鞋揩着鼻涕走了，无人理一颗驴粪蛋儿莫名的悲伤。

阳光下，藏不住长久的伤感。当一只公鸡勾勾悠悠叼起一轮太阳时，整个村子醒了。驴粪蛋儿的腰围瘦下去一些，脑袋却丰满了一些，里面装满了它的思考，还有哀伤。

时光是拿来虚度的，它想。那些忙碌的人们和忙碌的驴子一样愚蠢，它又想。

一天的开始跟结束并无明显的两样，就像山村的宁静一样。东边的山头挑累了，把日头还给西边的山头，南边过来的穿堂风跑到北边掀起一个人的衣裳。吆着驴子耱地的人抬头瞅了几眼，就把天老爷的脸给瞅灰了。

炊烟升起来，屋顶沉下去，田野里传来驴啊牛啊马啊们脖子上的铃铛声。

关于幸福，驴粪蛋儿从未深想，那是闲人们的自讨苦吃。跷起二郎腿，晒了一天阳㐰暖暖儿的驴粪蛋儿悠然地这么想。想着想着，它睡着了。

一个老汉走过来，他低头，咦！他说，这是造孽哩呀，他又说。农民人看不见粪，就等于看不见粮食，他愤愤地说。

一铲子下去，驴粪蛋儿被拾走了。

竹笼里满是阳光和驴粪蛋儿的清香。

2019年4月

烟灰

一条人迹罕至的路

这是一条人迹罕至的路。他独行于这路上时，并未感到孤独。不感到孤独，并非源于固执，抑或路的那头存着什么期望中的结果。只因这是一条正确的路。路上有他生命全部的热情与眷顾，是他的自我实现。每当走着时，他这么想。然而寂寞仍然不可回避，有时也还要怀疑。但那不过是生而为人根子里的惰性。固然无法全身而退，但当想到拥有这样的眷顾与热情，且负有自我实现的使命，纵独往，他也要走得愈加坚定而义无反顾。

当他走着时，会有许多往事冒出来。比如会想起他的所爱。他一直以为爱是人类最崇高的生命体验。无论是爱亲人爱爱人还是爱朋友，抑或爱着一切可爱之人，只要尽管去爱好了，爱了，便无所谓结果。因为爱与被爱，实在是人类无以抗拒亦毋庸掩饰的本能。其中还附着了人对人世一切可贵情感的寄寓。于此而言，爱的本质便是付出，便是牺牲，便是成就，而非得到与回报。爱是一个人的事，是心的独自完成。当爱着时，便是纯粹的愉悦与莫名的感动，非但使人精神净化，亦产生与灵魂的对话，那奇妙非人类的语言可以描述。

一路走着，吹吹风，他又想起曾喜欢过的一个女子。那时懵懂。他暗暗喜欢她三年，写了难以计数的情书，却一封也不曾发出去。落寞是淡淡的欢喜，欢喜是淡淡的哀愁，而爱是不求来路的旅程，他情愿紧握这单程票。看千帆过尽，他独来独往。他欢喜着，便惟愿她有与他同样的欢喜，又希望她是安静的。安静如他一样，那是心湖晕起的、不为人知的小小涟漪。他要独享，又因这安静的美好而使缱绻于美好之上的、一切人间的种种都有即刻分享的冲动。亦因这样的美好，他便爱着这世上一切。是秋夜，是月光如牛乳弥漫在每枝花叶上的感觉。说不上她究竟哪里好，甚至每与她擦肩而过时，都装作不见；而分明的心跳，使他害怕自己成了打扰，扰乱这醉且恼人的清梦。

他是幸运的，他常这么想。幸运于他曾如此深沉爱过一人，更幸运于这爱的从无表达。这爱的没有表达，一来源于他的羞涩，二来于他心底的声音说：爱是无上圣洁的事，而语言却使之蒙尘。或许还有一种天生的悲观。这悲观在于他那时常有的一个梦，那梦中的故事说，当他无言地爱上一个女孩儿时，那女孩儿便在一个深沉而恬静的梦里，于是为了成全她的醉人的美梦，他甘愿成为一个哑巴。是魔咒，是作茧自缚。他独守这隐秘的爱，他情愿吃苦。天知道他为了这梦的安稳，曾吃过多少苦，那些沾满泪痕而未寄出的信，更不必提，单是那些怅惘，怅惘而又思念着的清晨与夜晚，足以使最孤独的诗人费尽终身诗篇。然而现在他却要庆幸了。他不知道自己何时笑了，留给孩子们一脸疑惑。

许是潜意识的作用，摇动了冥冥中的注定。某年，他终于有与她重逢的机会，是阔别二十年后的同学聚会。他自然期待着这青春时的约定，当然更期待她出现在自己眼前时的样子。当那天终于来临，尽管曾有种种的设想：关于流逝的岁月，关于人世的沧桑。但再见，他还是惊艳于她的一颦一笑。岁月似乎对她格外开恩，人世于她情有独钟。

并非身形依然姣好，也不是席间言笑晏晏给人不动声色的舒心，而是那个为之怀着三年，乃至三十年的梦，其轮廓依然在她身上清晰可见。某一刻，他曾有向她靠近的冲动，却于目光交汇的刹那从容滑过去了，如掠过湖面的鹅毛。从始至终，他跟她保持必要而有分寸的交谈，而她似乎也配合着，若即若离，反而营造出难以言明的、无谓悲喜的氛围。而这氛围却使他感到恐慌。他不要惊扰她的梦。但也许他所以为的梦，不过是梦。仅仅是梦。

现在，那若晨露，若秋霜，那一丝微凉已浸入心底了。只是，他不知道，那丝微凉给他的淡淡的惆怅，亦将予他怎样的滋养。

后来，他当然爱过别的女子，只是，爱于他不单是情感，更是信仰。这信仰使他决不愿像人家那样以爱的名义游戏人间，于亲人，于爱人，于朋友，于世间一切所爱，非但有欣赏，有爱护，更有疼惜与眷顾，本质上是慈悲。而慈悲更使他觉得爱的无条件与非功利。自然，因此吃过的苦不必言说。因为值得，苦也就无所谓苦。一条人迹罕至又鲜为人知的路，既然是正确的，就去走好了，即便撞了南墙，也不过是命运的另外一种恩赏罢了。一定是因为自己还不够好的缘故，他常常于深夜这么想。这自然常常使他陷入自责的深渊，然而当他再有所领悟，也就无所谓窠臼，因为每当生命因这反省而更进一步时，唯有喜悦。那是一种自我涅槃后的自我完成。也由此使他觉得，所谓生命不过是一场体验，所有体验组成一个丰富而饶有兴味的人生，其中酸甜苦辣皆是滋养。

当他陷入这体验而不能自拔时，便观照自己的心灵飞升向一个宏阔而高远的宇宙。当他再以源自心底的慈悲俯察时，他看到人世的可怜又可爱，亦深深觉得人类的渺小。所谓人生一世，不过沧海一粟，所谓人类万万年的繁衍，抑或千百年的辉煌文明，亦不过转瞬即逝，不过是这宇宙间一场瞬间明灭的烟火，再多曾有的苦难或辉煌，不过刹那芳华。于是，他便格外地爱着这可爱又可怜的人间，与伟大又渺小的人类了。深深理解这爱，在于他真切地放下。他明白了放下才能毫无负担地爱时，那爱的体验便轻快明亮而不会虚无缥缈，给人温暖与蕴藉却永不会使人觉得烦乱与打扰。

他爱着这明明灭灭亦摇摇晃晃的人间种种，一如他陶醉于身边满天繁星。他与这繁星的相遇，使他的爱更进一步，使他觉得一切关于人世的爱恨离愁，不过是缘分一场。无论是母子、夫妻抑或姐妹兄弟，不管是亲人朋友还是爱人情人，于茫茫人海，于浩瀚宇宙而言都只是必然下的偶然，亦是偶然中的必然。无论偶然必然，都值得感念。仅是这必然中的偶然就让人怦然心动，又只这必然中的偶然足以使人心生欢喜，又何必恼恨何必执着，当心无挂碍，便唯有爱，唯有眷恋。

他是理想主义者——只是后来才被他自己发现。

要知道这不切实际而不合时宜的理想，曾让他于小时候便受尽亲人的白眼，亦成为众人眼中的异类。于是他又想起那个清贫而富有的年代。清贫限制而又无限扩大了他的幻想。因囿于一方小小天地，而使他对于未来充满幻想，这幻想足以对抗现实的嘲弄与不解。于是他便常常耽溺于漫无边际的幻想里了。

他对于每个新鲜的发现都怀有强烈好奇，哪怕是一块阳光下斑驳陆离的墙皮，哪怕是一窝匆匆搬家的蚂蚁，更别说那些夜深人静时不期而至的幻梦，或使他满足欢喜，或给他惆怅迷惘，都使他多一份对人世探知的热情与渴望。他几乎有女孩子的绵密，却并不妨碍他男孩子的勇武。每当他犯错时，便是上天入地的匪帮，而当归于一个人的沉静时，他又听到源于生命内里的安宁。这大概也解释了，当他后来置身茫茫宇宙，而俯察人间时，心底存着一份少女般的多情与老父般的宽宏。

他觉得自己是合体的怪胎，尽管心里总不愿坦然承认，然而事实也就明摆着。当他后来爱上一个女子时，便作为那女子的父亲、母亲、兄长与兄弟的合体存在。然而还不够，还是朋友，是伙伴，是知己，是其他可值得亲密的一切。这一切的亲密使他具备一种呵护的本能，同时便生出一种拯救的力量。

例如当他后来爱着她时，他便要尽力使自己穿越到她的过去，要看她如何一步步地成长，或许于她成长的过程里便有一些他所以为的危险，而那危险正要等他适时出现，以给她拯救。若说这是原始本能，属于男性的英雄情结倒也罢了，而当他某天听她说起她小时候：那天早上她迷蒙中醒来，却不见了一直抚养她的奶奶时，她述说中的、关于她多年前的恐惧与惆怅便使他陷入一种难以描述的悲愁中了。

那是无法参与她那一段生命的遗憾，那是他所感知的，有关她生命中第一缕风摇曳一树花影带来关于人世寂寥的初体验，这遗憾使他恨不能减灭人间阳寿，换得那数分钟，换得时光倒流，只为陪她，哪怕是作为精魂陪她一起恐惧，一起哭泣，他便觉得他有无可辩驳的使命。

他要成全，成全他期望中使她得以成全的一切。

他想，他是她，他是她所能呼唤的一切。

而终于当她的奶奶回到家见到那个泪眼迷蒙的小孙女儿时，他又想到那时他是她的奶奶该多好，那样他就可以名正言顺揽她入怀，给她怎样的慰藉。他甚至感到了自己的体温以及她小小脸蛋儿上的微凉，怎样地使她每一根发梢上都浸满奶奶歉疚的爱意，此刻却因为幸福的抱抱而化为一个嗔笑的鼻涕泡。

然而，当他正做她的奶奶时，却又生发了对他已经化身的奶奶的无限疼惜。因为她说，接下来她便因为这得势而肆意地闹起来了，她要吃一块意念中的肉夹馍，仿佛唯如此才得抚慰，奶奶便要任她的小手捶打着脊背了，因为奶奶手头的钱实在微薄，且奶奶的手脚实在不够灵便，至于刚才的离去，不过是因为她熟睡着，偷偷跑去给她远在外地的父亲挂一通电话罢了。现在，奶奶的为难她是不懂的，因为她终究只有四岁。于是他便在她的述说里手足无措了，他愿意做她的奶奶，替她承受所有的为难，亦愿做四岁的她，而感受她所有的惆怅，包括她的肆意顽闹。

他觉得那该是怎样一种生动的表达——关于人的生命的表达，而这表达因为他的能够参与格外动心摄魄。

于是，当她的述说接近尾声时，他竟泪流满面，他已深切感到仅她的存在，已经、进而将给她怎样的感动。他觉得生命如此美好，他觉得爱上她，非但因这爱而使人崇高，亦使他因为爱她而爱上自己，继而决意要成就更好的自己。而这更好的自己便要虔诚参与她未来每一刻的生命，想想都激动不已，怎不使人热泪盈眶？

后来，他终于还是与她走散，但他从未觉得失去，他从来给她最深切而美好的祈祷与祝福，他觉得爱一个人，就要她一切都好，无论当初曾在一起，还是现在分离。

当真爱过，爱便作为一种源于宇宙深处的能量而始终存在，纵宇宙洪荒却并不会消失……

现在，他仍愿走这条人迹罕至的路，无论是为心中所爱，还是为他不惜再受十倍千倍苦难所坚守的理想。他知道理想是生命的必须，他知道爱是永远的价值，这必须的价值，就是正确。他愿意继续且永远地走着这样一条正确的路。尽管人迹罕至，纵然已愈荒凉，且未知的远处或许还有不可名状的苦痛，还有无法预知的戕害，要使他头破血流，他仍要百折不回。不愿回头不是因为意志，仅仅因为正确，那是一条人迹罕至却正确的路——这路上有他崇高的生命体验。

他愿意为这生命的崇高体验而永远孤独地走下去，没有尽头。

2020年8月